Barry Eisler

Die Einheit

amazon crossing

Das Buch

Als der legendäre Strohmann Colonel Scott »Hort« Horton den Auftragskiller John Rain in Tokio aufspürt, kann Rain seinem Angebot – einem Multi-Millionen-Dollar-Job – nicht widerstehen. Dafür muss er drei extrem hochrangige Ziele »unter natürlichen Umständen« ausschalten, die gefährlich nahe daran sind, einen Staatsstreich in den USA anzuzetteln.

Doch bei diesem Job sind die Gegner sogar für Rain zu viel, um die Sache alleine durchzuziehen. Er braucht eine Einheit von zuverlässigen Sonderlingen: seinen Partner, den ehemaligen Marine-Scharfschützen Dox, Ben Treven, einen Geheimagent mit ambivalenten Motiven und widersprüchlichen Loyalitäten sowie Larison, einen launischen Mann mit einem Geheimnis, für dessen Bewahrung er töten würde.

Von den dunklen Gassen Tokios und Wiens über den trügerischen Glanz und Glamour von Los Angeles und Las Vegas bis nach Washington DC – permanent im Kriegszustand, müssen diese vier Einzelgänger-Killer Präsidenten-Attentäter, geheime CIA-Gefängnisse und die tödlich-übereifrige National Security Organisation überstehen.

Aber zuerst müssen sie einander überleben.

Der Autor

Barry Eisler, geboren 1964 in New Jersey, arbeitete drei Jahre lang in einer verdeckten Position für die CIA. Eine Zeit lang lebte er in Japan, wo er im berühmten Kodokan International Judo Center in Tokio den Schwarzen Gürtel erwarb. Seit dem internationalen Erfolg seines ersten John-Rain-Thrillers widmet er sich ganz dem Schreiben. Eisler lebt heute mit seiner Familie bei San Francisco.

Barry Eisler

Übersetzt von Peter Friedrich

Die Einheit

Ein Tokio-Killer-Auftrag

Die Originalausgabe erschien 2011 unter dem Titel »The Detachment« bei Thomas & Mercer, Las Vegas.

Deutsche Erstveröffentlichung bei AmazonCrossing,
Luxembourg, August 2012

Umschlaggestaltung: bürosüd° GmbH, München
Lektorat: Holger Michel
Satz: Judith Zimmer, Hamburg
Printed in Germany
by Amazon Distribution GmbH, Leipzig
ISBN 978-1-611-09735-1
www.amazon.com/crossing

Für die Schriftsteller J. A. Konrath und M. J. Rose,
die den Weg erkannt und gebahnt haben

Hinter der angeblichen Regierung sitzt eine unsichtbare Regierung im Sattel, die niemandem verantwortlich ist und vor dem Volk keine Rechenschaft ablegt.

Theodore Roosevelt

Wir treten in eine Epoche des gebildeten Establishments ein, in der die Regierung nur noch einen stabilen – und oft oligarchischen – Rahmen für das kapitalistische Unternehmertum schafft.

David Brooks

Meiner Ansicht nach sind Washington und die Aufsichtsbehörden dazu da, den Banken zu dienen.

Spencer Bachus, Vorsitzender des Ausschusses des Repräsentantenhauses der USA für die Aufsicht der Finanzdienstleistungsbranche

Alle Regierungen lügen.

I. F. Stone

Teil Eins

… natürlich gibt es Glücksfälle. Umwälzende Ereignisse von außerhalb können bewirken, dass die Gesellschaft aus ihrer zunehmenden Erstarrung erwacht und die Notwendigkeit einer Umkehr erkennt, so wie der vernichtende japanische Angriff auf Pearl Harbor 1941 sehr effektiv die USA aus ihren sanften Träumen von permanenter Neutralität weckte.

Michael Ledeen

Die einzige Chance, die wir als Nation derzeit haben, ist, dass Osama bin Laden einen großen Anschlag in den Vereinigten Staaten durchführt.

Michael Scheurer, Ex-Chef der CIA Bin Laden Einheit

Die Revolutionsregierung ist der Despotismus der Freiheit gegen die Tyrannei.

Robespierre

Kapitel Eins

Ich hatte seit fast vier Jahren niemanden mehr getötet. Aber alle guten Dinge gehen irgendwann zu Ende.

Es war schön, wieder in Tokio zu leben. Das Antlitz der Stadt hatte sich verändert und das große Erdbeben von Tōhoku und der Tsunami machten sich noch in Form von gedimmter Beleuchtung und heruntergeregelten Klimaanlagen bemerkbar. Die Stimmung schwankte irgendwo zwischen Angst und Entschlossenheit, aber in seiner zeitlosen, elementaren Energie ist Tokio unwandelbar. Klar, während meines Aufenthalts in sichereren Gefilden hatte sich eine Fülle von *Starbucks* und *Dean & Delucas* breitgemacht, begleitet von ihren zahllosen Nachahmern, aber die wirklich wichtigen Refugien waren gegenüber dieser neuartigen Seuche immun geblieben. Im *Body & Soul* in Minami Aoyama, wo kein Platz zu weit von der Bühne entfernt ist, dass man den Bandmitgliedern nicht ein leises Dankeschön zuflüstern könnte, wurde immer noch Jazz gespielt. Im *Café de l'Ambre* in Ginza, wo der Besitzer Sekiguchi-sensei noch täglich selbst die Bohnen röstet, obwohl er inzwischen auf die Hundert zugeht, wurde weiterhin Kaffee serviert. Und einen guten Schluck gab es im *Campbelltoun Loch* in Yurakucho, wo der Besitzer und Barkeeper Nakamura-san einem gerne eine der raren Flaschenabfüllungen empfiehlt, die für kurze Augenblicke die Welt vergessen lassen – falls man das Glück hat, einen der acht Plätze in seinem versteckten Kellerlokal zu ergattern.

Ich schlief manchmal unruhig, obwohl ich mir sagte, dass niemand mehr hinter mir her war. Falls doch, würde er natürlich an den Orten anfangen, die ich früher regelmäßig besucht hatte. Aber die Bars und Cafés und Jazzclubs, die mir gefielen, eigneten sich schlecht zur Überwachung, es sei denn, man verfügte unbegrenzt über Personal. Es gab einfach zu viele davon in Tokio und mein Erscheinen dort war nicht vorhersehbar. Da konnte man monatelang oder auch ewig warten und selbst wenn es unangenehmere Observierungsposten gibt als die von Tokios Nachtschwärmern frequentierten Etablissements, fällt man als Beobachter irgendwann auf, vor allem als Ausländer. In der Zwischenzeit würde der Auftraggeber ungeduldig werden.

Damit blieb als meine Achillesferse der Kodokan. Ich hatte dort beinahe fünfundzwanzig Jahre lang trainiert, bevor mächtige Feinde mich dazu zwangen, aus der Stadt zu fliehen. Feinde, die zu überleben mir auf die eine oder andere Art gelungen war. Das Judotraining im Kodokan war stets mein Schwachpunkt gewesen, die einzige Art von Routine, die ich mir gestattete, ein Muster, nach dem man mich in Zeit und Raum lokalisieren konnte. Wenn ich immer wieder dorthin zurückkehrte, dann vielleicht, um mir auf diese Art selbst zu versichern, dass meine Feinde allesamt tot waren. Oder ich sagte damit: *Komm doch her, komm doch her, wo immer du sein magst.*

Randori, das freie Training, wurde im *Dai-dojo* veranstaltet, einem modernen, zweigeschossigen Raum aus vier miteinander verbundenen Wettkampfflächen mit einer umlaufenden Galerie für die Zuschauer. Jeden Abend zog es gut zweihundert *Judoka* im traditionellen weißen *Judo-gi*, dem Judoanzug, in die Übungshalle – Männer und Frauen, Japaner und Ausländer, Collegestars ebenso wie ergraute Veteranen. Der riesige Raum hallte wider von Angriffsschreien und den Grunzlauten der Anstrengung; von ernsthaften Diskussionen über Taktiken und Techniken zwischen Leuten, die keine gemeinsame Sprache besaßen;

vom schweren Trommelschlag der Körper, die auf den *Tatamis*, den Bodenmatten, einschlugen; den Zimbelschlägen der offenen Handflächen, die gegen die Matten klatschten, um bei den *Ukemis*, den Fallübungen, den Aufprall zu dämpfen. Ich habe diese Kakofonie des *Dai-dojo* immer geliebt. Ich stand aber auch schon allein in seiner Mitte, wenn er vollständig verlassen war. Seine feierliche Ruhe während des Tages, dieses überwältigende Gefühl von Geduld und Potenzial, hat eine ganz eigene Magie. Doch es ist der Klang des abendlichen Trainings, der den Raum seiner Bestimmung zuführt und die schlafende Halle zum Leben erweckt.

An Trainingsabenden sind die Zuschauerränge normalerweise leer, auch wenn man gelegentlich ein paar vereinzelte Leute herumsitzen sieht, die den *Judoka* unten bei ihren Übungen zusehen: einen Schüler, der auf einen Freund wartet; einen Vater, der darüber nachdenkt, sein Kind im Kodokan anzumelden; einen Kampfsportenthusiasten, der die Pilgerfahrt zum Geburtsort des modernen Judo unternimmt. Daher war ich nicht sonderlich beunruhigt, als ich eines Abends zwei große Weiße in den Zuschauerreihen zusammensitzen sah, die muskulösen Arme auf der Brüstung verschränkt, vorgebeugt wie Aasgeier auf einer Telefonleitung. Ich speicherte sie ab, wie ich reflexartig alles abspeichere, was in meiner Umgebung deplatziert wirkt, ohne erkennen zu lassen, dass ich ihre Anwesenheit bemerkt hatte oder mich für sie interessierte. Stattdessen machte ich weiter *Randori* mit meinem Übungspartner, einem untersetzten Knaben aus einem durchreisenden Collegeteam, dem ich bisher noch keinen Punkt gegen mich gestattet hatte.

Ich hatte eine Ebene erreicht, wo ich eine bevorstehende gegnerische Attacke fast immer schon einen Sekundenbruchteil vor ihrem Beginn erkannte, sodass ich meine Haltung subtil verändern und sie vereiteln konnte, ohne dass der Angreifer so recht wusste, was er falsch gemacht hatte. Nachdem mein Gegner eine

Weile an solchen unsichtbaren Störmanövern gescheitert war, versuchte er häufig, eine Eröffnung zu erzwingen, mit Gewalt einen Wurf anzusetzen, oder er gab sich eine andere Blöße, woraufhin ich je nach Stimmung mit einem eigenen Wurf kontern konnte. Manchmal gab ich mich auch damit zufrieden, lediglich von Abwehr zu Abwehr zu gleiten und den Kampf eher zu vermeiden, als ihn anzunehmen. Es war nicht mehr der Stil meiner jungen Tage, welcher mehr mit Aggression und Draufgängertum zu tun gehabt hatte als mit Eleganz und Effizienz. Als Sprössling eines japanischen Vaters und einer amerikanischen Mutter war ich einmal ziemlich komplexbeladen gewesen. Zwar konnte ich äußerlich als Japaner durchgehen, aber das Erscheinungsbild kommt in Japan nicht gegen Vorurteile an. Tatsächlich richtet sich die größte Feindseligkeit der Gesellschaft gegen Menschen koreanischer Abstammung, gegen *Burakumin* – die Abkömmlinge von Gerbern und Lederarbeitern – und alle anderen, die ihre ›Unreinheit‹ hinter einer scheinbar japanischen Fassade verbergen. Natürlich liegen meine Entwicklungsjahre schon lange hinter mir. Heutzutage, da mein dunkles Haar zunehmend von Grau durchsetzt ist, sehne ich mich nicht mehr nach einem Land, das mich als sein eigenes Kind aufnimmt. Es hat lange gedauert, aber ich habe gelernt, mich nicht mehr auf Kämpfe einzulassen, die man nur verlieren kann.

Nach dem Körperbau der beiden Besucher zu schließen, ihrem Bürstenhaarschnitt und den *Oakley*-Panoramasonnenbrillen, wie sie von den Spezialeinsatzkräften und ihren Pendants aus dem privaten Sektor bevorzugt werden, hielt ich sie für Militärs, ehemalig oder noch im aktiven Dienst. Das allein war wenig ungewöhnlich: Der Kodokan ist bei amerikanischen Soldaten, Marines und in Japan stationierten Air-Force-Piloten nicht unbekannt. Viele kommen zum Zusehen oder sogar zum Training. Trotzdem, im Zweifelsfall nehme ich lieber das Schlimmste an. Ich ließ mich von dem Collegeknaben mit einem *Tai-otoshi* werfen, einem Körperwurf, den er schon den ganzen Abend versucht hatte. Offensichtlich beherrschte er diese Technik am besten. In meinem früheren Job hatte ich eine Kunstform daraus gemacht, unterschätzt zu werden. Aus der Branche war ich ausgestiegen, die Gewohnheit ließ sich nicht abschütteln.

Als ich an diesem Abend nach Hause ging, hatte ich meine Wachsamkeit einen Gang hochgeschaltet und war vorsichtig. Ich checkte unauffällig die Orte, wo ich mich versteckt hätte, wenn ich mir selbst auflauern wollte: hinter den Betonpfeilern, die den Ausgang zur Hakusan-dori flankierten, zwischen den geparkten Autos an der viel befahrenen achtspurigen Straße, am Eingang zur Mita-sen U-Bahn-Linie zu meiner Linken. Ich sah nur ›*Sarariman*‹-Pendler – der japanische Begriff leitet sich vom englischen ›salaryman‹ für einen Gehaltsempfänger ab –, die ihre Umgebung gar nicht wahrnahmen. Ihre austauschbaren dunklen Anzüge hingen schlaff und zerknittert von der dieselgeschwängerten, feuchten Luft an ihnen dran, die Augenbrauen waren von Schweißperlen gesäumt, aber sie hatten den erleichterten Gesichtsausdruck von Menschen, vor denen ein paar entspannte Stunden liegen, bevor die Firmentretmühle am nächsten Tag wieder losgeht. Ein paar Motorroller düsten mit knatternden Zweitaktmotoren vorüber, aber die Fahrer trugen keine Vollvisierhelme, wie sie von Motorradattentätern bevorzugt werden, und sie beachteten mich überhaupt nicht, wurden nicht langsamer. Eine Frau radelte auf dem Gehsteig an mir vorbei, einen pausbäckigen Knirps in einem Korb an der Lenkstange vor sich. Er hielt die Arme vor sich ausgestreckt und die winzigen Hände zu Fäusten geballt, warum, wusste ich nicht. Alle sahen so aus, als ob sie hierher gehörten, und ich konnte keine Spur von den Soldaten entdecken. Wenn sie nicht wieder auftauchten, würde ich ihre einmalige Anwesenheit als Nicht-Ereignis klassifizieren.

Aber sie tauchten wieder auf, am nächsten Abend. Diesmal blieben sie nur ganz kurz, wahrscheinlich gerade lange genug, um in der Menge der *Judoka* ihr Zielobjekt ausfindig zu machen. Hätte ich nicht regelmäßig und unauffällig den Blick über die Zuschauerränge gleiten lassen, wäre mir ihr Erscheinen überhaupt nicht aufgefallen.

Ich setzte das Training bis acht Uhr fort, dann duschte ich wie gewöhnlich, da ich ihnen keinesfalls signalisieren wollte, dass ich etwas gemerkt hatte. Aber ich bereitete mich vor und während sich ein Plan in meinem Kopf entwickelte und Adrenalin in die Adern schoss, während die Nähe der Gefahr und die Gewissheit, wie ich damit umgehen würde, sich in schrecklicher, vertrauter Klarheit herauskristallisierten, musste ich mir eingestehen: Ich hatte mich mein ganzes Leben lang darauf vorbereitet und alle Ruhephasen, die ich mir je gegönnt hatte, zählten nicht mehr und nicht weniger als Träume. Nur die Vorbereitung war real – die Vorbereitung und der Zweck, dem sie diente.

Kapitel Zwei

Ben Treven und Daniel Larison saßen auf Barhockern an der Fenstertheke eines Doutor Cafés an der Hakusan-dori, fünfzig Meter südlich des Kodokan, tranken schwarzen Kaffee und warteten auf die Rückkehr der beiden freien Mitarbeiter. Treven hätte gerne selbst einen Blick auf den Mann geworfen, den er noch vor einer Woche für einen Mythos gehalten hatte, aber Larison hatte ihn davon überzeugt, dass vier Augen mehr als ausreichten. Es ärgerte Treven, mit welcher Leichtigkeit sich Larison als das Alphatier des Teams etabliert hatte, doch er musste auch zugeben, dass Larison, der Mitte vierzig und damit zehn Jahre älter war als Treven, schon tiefer in der Scheiße gesteckt und härtere Gegner überlebt hatte als er. Wahrscheinlich hielt er besser den Mund, weil er von ihm noch etwas lernen konnte. Aber nach zehn Jahren bei der ISA, dem absichtlich so vage benannten streng geheimen Arm des *Joint Special Operations Command,* war er es nicht gewohnt, mit Leuten zu arbeiten, die sich wie sein Einsatzleiter aufführten, und er war sehr wenigen begegnet, die eine Berechtigung dazu gehabt hätten.

Treven saß so, dass er den Kodokan durchs Fenster im Auge behalten konnte, und bemerkte die Selbstständigen, die er nur als Beckley und Krichman kannte, noch vor Larison. Er nickte leicht mit dem Kopf. »Da sind sie.«

Larison hatte sie instruiert, die Handys so selten wie möglich zu benutzen und sie, außer in vorher vereinbarten Zeitintervallen, ausgeschaltet zu lassen und die Akkus herauszunehmen. Sie waren natürlich alle unter falschen Identitäten angemietet, aber gute Sicherheitsvorkehrungen erforderten multiple Barrieren. Der unvorsichtige Gebrauch von Handys durch die CIA bei der ›Überführung‹ von Abu Omar aus Mailand nach Ägypten hatte dazu geführt, dass ein italienisches Gericht Haftbefehle gegen eine ganze Gruppe von CIA-Leuten ausstellte, darunter der Stationschef von Mailand, und Treven vermutete, dass Larison seine Lehren aus diesem Desaster gezogen hatte. Dennoch kamen ihm die Sicherheitsvorkehrungen übertrieben vor – sie waren schließlich nicht hier, um Rain zu kidnappen, sondern nur, um Kontakt mit ihm aufzunehmen. Andererseits konnten zusätzliche Maßnahmen nicht schaden, wozu auch zählte, lediglich die beiden freien Mitarbeiter in den Kodokan zu schicken.

Die Freien traten ein und platzierten sich so gegenüber Treven und Larison, dass sie gleichzeitig die Straße im Auge behalten konnten. Es gab zwar eine Menge Ausländer in diesem Stadtteil, aber Treven wusste, dass sie dennoch auffielen. Seine blonden Haare und grünen Augen waren bei Beschattungen noch nie von Vorteil gewesen, aber er nahm an, dass er für den Durchschnittsjapaner trotzdem nicht viel anders aussah als Larison mit seinen dunklen Haaren und der Olivenhaut oder überhaupt irgendein Westler. Was den Einheimischen im Gedächtnis haften würde, war ihr vierfaches und wuchtiges Auftreten. Treven war auf der Highschool Schwergewichtsringer gewesen und hatte später als Linebacker für Stanford gespielt, und er war noch der Kleinste der Gruppe. Larison drückte offensichtlich Gewichte und wenn man Hort glauben durfte, schluckte er auch Steroide. Und die zwei freien Mitarbeiter sahen aus wie Profi-Wrestler. Treven fragte sich, ob Hort sie in der Hoffnung ausgewählt hatte, ihre Größe würde Rain bei der Kontaktaufnahme einschüchtern. Aber er bezweifelte, dass es einen Unterschied machte. Größe zählte nur in einem fairen Kampf und nach allem, was er von Rain wusste, war der Mann zu schlau, um es je auf einen fairen Kampf ankommen zu lassen.

»Er ist da«, sagte der Mann namens Beckley. »Er trainiert, genau wie gestern.«

Larison nickte. »Vielleicht sollten wir Sie jetzt abziehen«, sagte er mit seiner tiefen, rauen Stimme. »Zwei Abende hintereinander, da hat er Sie vermutlich wiedererkannt. Treven und ich können von jetzt an übernehmen.«

»Er hat uns nicht gesehen«, widersprach Krichman. »Wir waren auf den Zuschauerrängen, er hat kaum einmal in unsere Richtung geschaut.«

Beckley grunzte zustimmend. »Hören Sie, wenn der Typ so vorsichtig wäre, würde er bestimmt nicht jeden Abend zur selben Zeit am selben Ort auftauchen. Er hat uns nicht bemerkt.«

Larison nippte an seinem Kaffee. »Ist er gut? Beim Judo, meine ich.«

Krichman zuckte die Achseln. »Ich weiß nicht. Schien alle Hände voll zu tun zu haben mit dem Jungen, mit dem er heute trainierte.«

Larison nippte wieder an seinem Kaffee und schwieg, als würde er nachdenken. »Wissen Sie, wahrscheinlich ist es ziemlich unwichtig, ob er Sie gesehen hat oder nicht. Wir können ihn in die Zange nehmen, wenn er rauskommt.«

»Sicher, das könnten wir«, sagte Krichman, doch sein Ton besagte, dass er die Idee sterbenslangweilig fand. »Aber wie sollen wir ihn dann unter Druck setzen? Wir haben ihn im Kodokan aufgespürt. Was sollte ihn daran hindern, einfach ab Morgen anderswo zu trainieren? Oder das Training ganz aufzugeben? Schluss, aus. Er soll sich in die Enge getrieben fühlen, hat Hort es nicht so ausgedrückt? Wir sollten ihm zeigen, dass wir wissen, wo er wohnt. Nehmen wir ihn dort in die Zange, lassen wir ihn spüren, dass wir ihm dicht auf der Pelle sitzen und er uns nicht mehr los wird. So kriegt man die Leute zum Mitspielen – wenn man sie an den Eiern packt.«

Treven konnte dagegen grundsätzlich nichts einwenden. Er war eher von Larisons Vorschlag überrascht gewesen. Doch Larison musste es sich anders überlegt haben, denn er sagte: »Das macht Sinn. Aber kommen Sie schon, er kann Sie nicht übersehen haben. Treven und ich sollten die Spitze übernehmen.«

»Hören Sie«, sagte Beckley und sein Tonfall signalisierte, dass er mit seiner Geduld am Ende war, »er hat uns nicht bemerkt. Krichman und ich nehmen ihn uns vor.« Er deutete auf einen bestimmten Knopf an seinem verschwitzten, marineblauen Hemd. »Sie können alles sehen, was wir auch sehen. Falls er uns entdeckt, was ich bezweifle, tauschen wir die Plätze. Okay?«

Der Knopf war in Wirklichkeit das Objektiv einer hochauflösenden Videokamera, die bei Tageslicht Farbaufnahmen machte und bei Nacht in infrarotverstärktem Schwarz-Weiß filmte. Sie trugen alle eine und jede Einheit übertrug die Bilder drahtlos an die anderen im Netzwerk. Ein zweites Gerät in der Größe eines Stapels Spielkarten konnte in der Hand gehalten werden und zeigte, was die anderen Kameraeinheiten sendeten. Es war nichts Großartiges, nur eine leicht modifizierte Version des *EagleEyes*-Überwachungssystems, das sich bei den verschiedensten Regierungsbehörden zunehmender Beliebtheit erfreute. Aber es gestattete einem kleinen Beschattungsteam, sich über ein größeres Gebiet zu verteilen, als es bei dem üblichen Sichtkontakt möglich gewesen wäre. Außerdem wusste damit jedes Teammitglied über die Position der anderen Bescheid, ohne dass sie sich auf Handys und sonstige verbale Kommunikationsmittel verlassen mussten.

Larison hob die Hände zum Zeichen des Einverständnisses. »Na gut. Ihr beide überwacht den Ausgang des Kodokan. Treven und ich warten hier und bleiben hinter euch, wenn ihr ihm folgt.«

Beckley lächelte – ein wenig hämisch, fand Treven. Es machte fast den Eindruck, als gäbe Larison in einem schwachen Versuch, das Gesicht zu wahren, Befehle aus, die er tatsächlich gerade selbst erhalten hatte.

Beckley und Krichman gingen hinaus. Larison drehte sich um und sah ihnen durchs Fenster nach, während sie davongingen.

Treven sagte: »Glauben Sie, er kommt wieder um dieselbe Zeit heraus? Hort meinte doch, er sei richtiggehend paranoid, was Sicherheit angeht.«

Larison trank einen Schluck Kaffee. »Was glauben Sie, warum Hort uns diese Arschlöcher mitgegeben hat?«

Es war ein wenig irritierend, dass Larison die Frage nicht gleich selbst beantwortete. Treven schwieg kurz, dann meinte er: »Offensichtlich traut er uns nicht.«

»Das stimmt. Die beiden arbeiten für ihn, nicht für uns. Vergessen Sie das nicht.«

Colonel Scott »Hort« Horton war Trevens Kommandant in der ISA und früher auch Larisons Boss gewesen, bevor dieser abtrünnig wurde, seinen eigenen Tod vortäuschte und versuchte, Uncle Sam im Austausch gegen Videos von amerikanischen Agenten, die muslimische Gefangene folterten, um Rohdiamanten im Wert von hundert Millionen Dollar zu erleichtern. Er wäre sogar fast damit durchgekommen, doch Hort hatte ihn überlistet und die Diamanten selbst behalten. Treven war sich nicht ganz sicher, warum. Horts Patriotismus und Integrität standen außer Frage. Als Schwarzer hätte er anderswo nicht so leicht Karriere gemacht, aber hier stieg er nicht nur steil auf, sondern wurde von der Elite der Armee geradezu mit Ehrfurcht betrachtet. Er liebte das Militär und er liebte die Männer, die unter ihm dienten. Allerdings hatte ihn das nicht daran gehindert, Larison fertigzumachen, als es nötig wurde, und auch bei Treven hatte er es versucht. Er hatte ihm sogar gesagt, warum: Amerika wurde von einer Art von Oligarchie regiert – was Hort nicht sonderlich gestört hätte, aber diese Oligarchie war gierig und inkompetent geworden. Und das stellte in Horts seltsamem moralischen Universum anscheinend eine Todsünde dar. Das Land brauche ein besseres Management, hatte er gesagt. Er hatte Großes vor und die Diamanten waren Teil davon. Auch Treven und Larison würden dazugehören, so hoffe er, und auch dieser Typ namens Rain, den sie finden sollten. Falls er sich überzeugen ließ.

Natürlich vertraute Hort ihnen nicht. Sie standen nicht direkt unter Zwang, aber es war auch keine Situation, in der es viel zu gewinnen gab. Larison würde auf Rache sinnen und nach einer Chance suchen, die Diamanten zurückzubekommen. Und Treven war inzwischen schlau genug, um zu erkennen, wie Hort die Fäden gezogen hatte, um ihn zu manipulieren, und auch, dass er einen Weg finden musste, sie zu kappen. Die Überwachungsvideos, die Treven mit der Ermordung eines prominenten ehemaligen Regierungsbeamten in Verbindung bringen konnten, ließen sich unglücklicherweise nicht wegdiskutieren. Es spielte keine Rolle, dass es eine CIA-Operation gewesen war und Treven mit dem Tod des Mannes nichts zu tun gehabt hatte. Entscheidend war, dass Hort die Bänder besaß und sie gegen Treven ausspielen konnte, falls er nicht parierte. Das gegenwärtige Arrangement kam ihm daher wie ein nicht besonders stabiles Zweckbündnis vor, voll wechselnder Allianzen und widerstreitender Motive. Hort hätte sie nie losgeschickt, ohne sie gleichzeitig überwachen zu können, und daher klang Larisons Warnung, er solle daran denken, für wen Beckley und Krichman in Wirklichkeit arbeiteten, überflüssig, wenn nicht gar ein wenig herablassend. Vielleicht wurmte es ihn, dass es die freien Mitarbeiter einen Dreck scherte, dass Larison sich hier für die Autoritätsperson hielt. Treven beschloss, diese Sache auf sich beruhen zu lassen.

Aber er konnte nicht akzeptieren, dass Larison seine Frage

einfach ignorierte. »Gleicher Ort, gleiche Zeit, gleicher Ausgang und das zwei Abende hintereinander«, wiederholte er. »Klingt das etwa nach unserem Mann?«

Larison warf ihm einen Seitenblick zu und Treven hätte schwören können, dass er beinahe lächelte.

»Kommt drauf an«, meinte Larison.

»Was soll das heißen?«

»Rain hat die Beiden mit Sicherheit gestern Abend bemerkt, als sie für längere Zeit im Kodokan waren. Ich glaube kaum, dass sie ihm heute entgangen sind.«

»Woher wollen Sie das wissen?«

»Ich hätte sie bemerkt. Und wenn der Mann so gut ist, wie Hort behauptet, wären sie ihm auch aufgefallen. Denn wenn er nicht einmal dazu taugte, würde Hort sich nicht mit ihm abgeben.«

Treven dachte nach. »Und was hat es dann zu bedeuten, wenn er heute trotzdem auf demselben Weg zur selben Zeit herauskommt?«

Jetzt lächelte Larison tatsächlich. »Das bedeutet, ich bin froh, dass nicht wir die Spitze übernommen haben.«

Kapitel Drei

Als ich den Kodokan verließ, wusste ich, dass mich jemand erwarten würde. Höchstwahrscheinlich die beiden Riesenkerle, die ich zweimal drinnen gesehen hatte. Vielleicht waren sie auch nur ein Spähtrupp und jemand anderes würde mir auflauern, aber wenn sie genügend Personal gehabt hätten, wäre es vernünftiger gewesen, unterschiedliche Teammitglieder vorzuschicken, damit ich gar nicht erst jemanden wiedererkennen konnte. Natürlich war es auch möglich, dass ich die beiden absichtlich hatte bemerken sollen – schließlich waren sie nicht gerade leicht zu übersehen –, damit ich nach ihnen Ausschau hielt und die wahre Gefahr übersah. Aber wenn das Spiel so laufen sollte, wären sie länger geblieben, um ganz sicherzugehen. Mein Bauchgefühl sagte mir, dass ich es nur mit den Beiden zu tun hatte, die sowohl die Aufklärung als auch den Angriff durchführten.

Ich hielt mich auf der linken Seite des Korridors, der zum Ausgang des Kodokan führte, und benutzte den Kiosk mit den Büchern und Souvenirs als Deckung, damit sie mich erst im letzten Moment sehen konnten und keine Zeit hatten, sich vorzubereiten. Ich bezweifelte, dass sie Pistolen besaßen – Feuerwaffen werden in Japan sehr streng kontrolliert und jemand mit den richtigen Beziehungen, um sie sich zu beschaffen, hätte höchstwahrscheinlich auch ein größeres und unauffälligeres Team eingesetzt. Ein Scharfschützengewehr war noch schwieriger aufzutreiben als eine Pistole und selbst wenn es ihnen gelungen wäre, was hätten sie damit anfangen sollen? Ein Apartment mieten, das den Eingang des Kodokan überblickte? Zu kompliziert, zu viel belastender Papierkram. Es gab bessere Methoden.

Als ich die Glastüren aufstieß, hielt ich den Kopf gerade und ließ nur die Augen über die Straße vor dem Kodokan schweifen. Nichts. Am Abend zuvor war ich nach links abgebogen und hatte die U-Bahn genommen, und obwohl ich sie dabei nicht bemerkt hatte, vermutete ich, dass sie in der Nähe gelauert und mich beobachtet hatten. Wenn Sie mir also heute Nacht folgen und sich an einem geeigneten Ort an mich heranpirschen wollten, würden sie irgendwo weiter rechts sein. Falls ihr Plan aber vorsah, mir aufzulauern, würden sie links auf mich warten. Unmöglich vorherzusagen. Aber wenn alle anderen Faktoren gleich sind, sehe ich lieber, was auf mich zukommt. Und warum sollte ich sie nicht denken lassen, dass ich dem Schema von letzter Nacht treu blieb? Das würde ihnen noch ein paar zusätzliche Gründe liefern, mich zu unterschätzen. Ich wandte mich also nach links, während ich die Augen weiter herumhuschen ließ, Gefahrenpunkte checkte und auf Schritte hinter mir lauschte.

Den Ersten sah ich sofort, er lehnte an einem der Pfeiler vor dem Gebäude. Er war noch größer, als ich ihn nach dem Eindruck von der Zuschauergalerie eingeschätzt hätte. Beide Hände waren sichtbar und in einer davon hielt er eine Zigarette. Nicht gerade die ideale Tarnung für Tokio. Das Land ist an der Nichtraucherfront etwas zurückgeblieben und außer bei Starbucks oder auf der Intensivstation im Krankenhaus geht kein Raucher für eine Zigarettenpause nach draußen, vor allem nicht in der feuchten Hitze des Sommers.

Ich ging an ihm vorbei und betrat die Treppe zur U-Bahn-Station Kasuga, wobei ich den Kopf gesenkt hielt, um mein Gesicht vor der Überwachungskamera an der Decke zu verbergen. Meine Schritte hallten an den Betonwänden wider. Normalerweise empfand ich die Kameras als lästig, wenn nicht sogar als unverhohlene Bedrohung, aber im Augenblick beruhigte mich ihre Anwesenheit. Niemand führt gern ein Attentat in der Tokioter U-Bahn durch, wo die Anzahl der Überwachungskameras selbst ein Casino in Las Vegas in den Schatten stellt. Kameras hatten mich noch selten behindert, aber schließlich war es auch meine Spezialität gewesen, natürliche Todesursachen vorzutäuschen – einer der Vorteile davon ist, dass sich hinterher niemand die Bänder der Überwachungskameras ansieht. Das Mossad-Team zum Beispiel, das den Hamas-Führer in Dubai aus dem Weg räumte, hatte es vermutlich nach einem Herzanfall aussehen lassen wollen und kümmerte sich daher nicht darum, von den Kameras im Hotel und am Flughafen gefilmt zu werden. Aber sie hatten gepfuscht und da es sich unübersehbar um ein Attentat handelte, kam es zu einer Untersuchung. Damals hatte ich mich gefragt, warum der Mossad mit dem Auftrag nicht an mich herangetreten war. Vielleicht wussten sie von Delilah, dass ich mich zurückgezogen hatte. Ich konnte mich bei dem Gedanken eines bitteren Lächelns nicht erwehren, während ich das Fußende der Treppe erreichte.

Ich bog um eine Ecke in den eigentlichen Bahnhofsbereich ein und da stand der zweite Typ unter den Leuchtstoffröhren vor den Fahrkartenautomaten. Er studierte den Linienplan an der Wand wie ein extragroßer, extraverwirrter Tourist. Kasuga ist keine große Haltestelle und die Bahnsteige lagen weitgehend verlassen – lediglich ein Fahrkartenkontrolleur saß mit glasigen Augen in seinem Kabuff und sah ungefähr so wachsam aus wie eine Topfpflanze, während ein paar Highschool-Schüler ihr Englisch an meinem Freund erprobten und ihm bei seiner vorgetäuschten Suche zu helfen versuchten. Als ich an ihm vorbeikam, hörte ich ihn ungeduldig knurren, dass er schon zurechtkäme. Beinahe hätte ich Mitleid gehabt – von einem Zivilisten angesprochen zu werden, wenn man sich gerade unsichtbar zu machen versucht, ist das Letzte. Ich schob meine Dauerkarte in den Entwertungsautomaten und betrat den Bahnsteig.

Langsam schlenderte ich an ihm entlang, links unter mir die schmuddeligen Gleise, rechts die glänzende, weiß gekachelte Wand. Ich kam an ein paar vereinzelten Tokiotern vorbei – einem Mädchen mit teefarbenem Haar und grellem Make-up, das auf seinem Handy textete, einem *Sarariman*, der abwesend seinen Golfschlag übte, ein paar Leuten, die ich aus dem Kodokan kannte – aber keiner löste mein Warnsystem aus. Nach ungefähr zwei Dritteln des Bahnsteigs blieb ich stehen und stellte mich mit dem Rücken dicht an die Wand. Bis auf das Summen der Klimaanlage war es still. Irgendwo aus dem Tunnel zu meiner Rechten hörte ich Wasser tropfen.

Ich hätte zurückblicken können, aber das hätte mir nur bestätigt, was ich bereits wusste: Sie waren mir gefolgt. Sie würden Abstand halten und zwei oder drei Waggons hinter mir einsteigen. Bei jedem Halt würden sie den Kopf zu den Schiebetüren hinausstecken, um zu sehen, ob ich ausstieg, und mir gegebenenfalls folgen. Und wenn wir einen Schauplatz erreichten, der ihnen ausreichend dunkel oder einsam oder sonst wie für ihr Vorhaben geeignet schien, würden sie tun, wozu sie gekommen waren, und wieder verschwinden.

Aber das Problem mit den dunklen, einsamen und sonst wie geeigneten Schauplätzen ist: Sie funktionieren für beide beteiligten Parteien gleich gut, genau wie Leuchtspurmunition.

Ich spürte ein näherkommendes Rumpeln tief im Tunnel zu meiner Linken und eine Lautsprecherstimme kündigte die Einfahrt eines Zugs Richtung Meguro an. Das Rumpeln wurde lauter. Ich spähte nach links und sah die beiden Riesenkerle, die sich etwa in der Bahnsteigmitte mit dem Rücken an die Wand drückten – genau an der Stelle, die ich mit größter Wahrscheinlichkeit übersehen würde, wenn ich dem ankommenden Zug entgegen blickte. Nicht nah genug, um mich zu beunruhigen, nicht weit genug, um im natürlichen Winkel meines Blickfelds aufzutauchen. Ich wusste nicht, wer sie waren, aber ihre Positionierung bewies einige Erfahrung.

Es wäre nicht schwer gewesen, sie abzuschütteln. Ich bezweifelte, dass sie sich in der Stadt auskannten, jedenfalls nicht so gut wie ich. Aber ich sah keinen Sinn darin. Vor langer Zeit, in einem anderen Kontext, hatte mir ein Mann, den ich für gefährlich hielt, gesagt, dass er mich töten würde, wenn er mich das nächste Mal sah. Ich glaubte ihm aufs Wort und verhinderte, dass er sein Versprechen wahr machen konnte. Diesmal war es ebenso. Wenn die Burschen mich kennenlernen wollten, würden wir es heute Nacht hinter uns bringen. Ich wollte nicht den Rest meiner Tage damit verbringen, über die Schulter sehen zu müssen und mich zu fragen, wann sie das nächste Mal auftauchten. Und ich würde auch nicht nach einer Möglichkeit suchen, sie höflich nach ihrem Begehr zu fragen. Wenn man sein ganzes Leben in meiner ehemaligen Branche gearbeitet hat und zwei Riesenbrocken wie diese Jungs an dem einzigen Ort auftauchen, mit dem einen jemand in Verbindung bringen kann, dann nimmt man besser das Schlimmste an und handelt entsprechend.

Der Zug schoss aus dem Tunnel und bremste mit kreischenden Rädern auf den stählernen Schienen. Ruckelnd kam er zum Stehen und die Türen glitten auf. Ein paar Passagiere stiegen aus. Ich betrat ein weitgehend leeres Abteil und bezog Stellung direkt gegenüber der Tür, nur für alle Fälle. Niemand kam mir nach. Gleich darauf warnte die Lautsprecherstimme die Passagiere, vom Gleis zurückzubleiben, die Türen zischten zu und der Zug setzte sich ruckartig in Bewegung.

Ich hatte vor, sie nach Jinbocho zu locken, zwei Haltestellen weiter auf der Mita-Linie, hauptsächlich bekannt für seine zahlreichen antiquarischen Buchläden. Ich mochte die Gegend unter anderem wegen eines Cafés in der Nähe des Bahnhofs, das passenderweise *Saboru* hieß, das japanische Wort für Faulenzen, Herumgammeln, Schule schwänzen oder sich sonstwie eine Auszeit gönnen. Allerdings würde ich die beiden Riesenkerle nur an dem Café vorbeiführen, nicht hinein. Und die Auszeit, die ich für sie plante, würde länger dauern, als *Saboru* normalerweise implizierte.

Als der Zug im Bahnhof Jimbocho hielt, stieg ich ohne Eile aus und ging zum Ausgang A7. Ich sah mich nicht um. Das war nicht nötig. Vielleicht waren sie vertraut genug mit Tokio, um zu wissen, wie schnell man das Zielobjekt einer Beschattung zwischen den Scharen von Nachtschwärmern verlieren konnte, oder in den namenlosen, schmalen Gassen eines Stadtteils, der so alt und labyrinthisch war wie Jinbocho. Ihnen würde das Selbstvertrauen fehlen, mehr als eine kleine Lücke zwischen uns zu lassen. In jedem Fall mussten sie nahe genug dran bleiben, um eine Möglichkeit zu ergreifen, wenn sie sich ergab.

Schon als Kind hatte ich gelernt, mit Schlägertypen umzugehen. Zuerst in Japan, wo kleine Mischlinge wie ich die unfreundliche Aufmerksamkeit größerer Kinder auf sich zogen, für die es zwischen Spaß und Grausamkeit keinen Unterschied gab. Und später, nach dem Tod meines Vaters, in einer amerikanischen Kleinstadt, wo ich ein exotisches, halb asiatisches Kind mit beschränkten Englischkenntnissen und einem komischen Akzent war. Während der ersten Woche auf der amerikanischen Schule, bei der meine frisch verwitwete Mutter mich angemeldet hatte, merkte ich, wie ein viel größerer Junge mich beäugte, ein Fleischklops mit blondem Bürstenschnitt, den die anderen Kinder ›Bär‹ nannten. Wie sich herausstellte, hatte der Bär seinen Spitznamen davon, dass er seine Opfer am liebsten umschlang und halb besinnungslos quetschte, bevor er sie zu Boden warf, um sie nach Lust und Laune zu quälen und zu demütigen. Ich erlebte mit, wie er einem unglückseligen Jungen diese Behandlung angedeihen ließ – der Bär zog ihn an sich, der Kleine versuchte, sich wegzustemmen, aber irgendwann ließen seine Kräfte nach. Der Bär warf ihn zu Boden und prügelte ihm die Scheiße aus dem Leib. Ich vermutete, dass seine Opfer bisher immer so reagiert hatten: Wenn jemand versucht, einen halb tot zu quetschen, ist es nur natürlich, sich dagegen zu stemmen. Es stand also zu erwarten, dass der Bär nicht darauf gefasst sein würde, wenn jemand sich nicht gegen seine Umarmung wehrte. Und sie vielmehr erwiderte.

Es dauerte nicht lange, bis ich an die Reihe kam. Obwohl mir damals noch der richtige Bezugsrahmen fehlte, erkannte ich die Verhaltensweisen – die abfälligen Blicke und Bemerkungen, die scheinbar unabsichtlichen Rempeleien auf dem Gang –, welche für Schläger auf beiden Seiten des Pazifiks eine Art Vorspiel darzustellen scheinen. Und ich begriff instinktiv, dass diese kleinen Hinweise gleichzeitig taktische Fehler waren, denn sie warnten das zukünftige Opfer. Ich beschloss, selbst nie solche Signale auszusenden, und habe es auch nie getan.

Auf einer Grasböschung hinter dem mit Unkraut übersäten Baseballfeld der Schule beschloss der Bär schließlich, unsere aufkeimende Beziehung zu vertiefen. Ich hatte ihn lange genug beobachtet, um noch vor ihm selbst zu wissen, dass Ort und Zeit gekommen waren. Als er dann seine Freunde mit dem Ellbogen anstieß und auf mich zeigte, war es beinahe beruhigend, als würde ich einem Schauspieler zusehen, der pflichtschuldigst seine Rolle in einem Drama spielte, dessen Ausgang ich bereits kannte. Er kam heranstolziert und herrschte mich an: *Was glotzt du?* Es entsprach so genau dem, was ich erwartet hatte, dass ich vielleicht schwach gelächelt habe, denn obwohl ich nichts erwiderte, glaubte ich einen Moment lang, einen Anflug von Unsicherheit über sein Gesicht huschen zu sehen, wie den Schatten einer schnell dahinziehenden Wolke. Aber es dauerte nur einen Augenblick, dann beschuldigte er mich abermals, ihn anzustarren. In diesem einen Satz erschöpften sich anscheinend seine kreativen Kapazitäten, denn er streckte die Arme nach mir aus, genau, wie ich es gehofft hatte.

Während er mich umklammerte und zuzudrücken begann, schossen meine Hände vor, meine Finger gruben sich hinten in seinen Hals und meine Ellbogen stemmten sich gegen seine Brust. Ich spürte, wie er überrascht zurückzuckte, doch er kannte nur den einen Trick und bis jetzt hatte er immer funktioniert, also hörte er nicht auf – er verschränkte die Hände miteinander und drückte noch stärker zu. Aber jetzt klammerte ich mich an ihn, Bizeps und die Sehnen an meinen Unterarmen traten unter der Anstrengung hervor, während ich seinen Kopf immer näher an meinen heranzog. Bis unsere linken Wangen aneinander lagen. Dann ruckte ich vor, biss ihm ins Ohrläppchen und riss es mit einer heftigen Kopfbewegung ab. Er schrie auf und versuchte plötzlich, mich wegzustoßen, aber ich hing an ihm fest wie ein Schraubstock und biss ihn abermals, diesmal in die Ohrmuschel. Knorpel knirschten und zerrissen, mein Mund füllte sich mit heißem, nach Kupfer schmeckendem Blut und eine urtümliche Wildheit schoss in mir hoch, als mir klar wurde, dass ich ihn verwundet hatte. Er schrie wieder, verlor das Gleichgewicht und fiel mit mir auf ihm drauf auf den Rücken. Ich spuckte aus, was ich abgebissen hatte, bäumte mich auf und ließ einen Regen von Schlägen auf sein Gesicht herabprasseln. Er hob blindlings und panisch die Arme, um sich zu schützen. Jemand versuchte, mich von ihm wegzuzerren, aber ich riss mich los und warf mich für einen weiteren Angriff auf sein Ohr auf ihn. Diesmal bekam ich es nicht zu fassen – es war zu viel Blut da und zu wenig Ohr übrig –, aber allein die neuerliche Attacke entlockte dem Bären ein entsetztes Kreischen und er wand sich unter mir hervor, während die anderen Kinder mich wegzogen.

Wir standen beide auf und der Bär wimmerte, die Augen ungläubig aufgerissen, während er mit der linken Hand zitternd nach dem verstümmelten Stumpf an der Seite seines Kopfes tastete. Die zwei Kids, die meine Arme festhielten, ließen mich los und wichen argwöhnisch zurück, als wäre ihnen gerade klar geworden, dass sie sich zu nahe an ein wildes Tier herangewagt hatten. Ich musterte den Bären mit geballten Fäusten, geblähten Nasenflügeln und spürte, wie ein blutiges Lächeln sich auf meinem Gesicht ausbreitete. Ich trat einen Schritt auf ihn zu und mit einem abgehackten, gequälten Quieksen machte er auf dem Absatz kehrt und flüchtete sich in die Sicherheit der Schule.

Die Eltern des Bären veranstalteten ein Riesentheater, drohten mit einer Anzeige und ließen kein gutes Haar an meiner Mutter, weil sie ein so kriminelles, brutales Kind großgezogen hätte. Die Schule leitete ein Disziplinarverfahren ein und eine Weile lang sah es so aus, als würden sie mich hinauswerfen. Aber in die Diskussion der Angelegenheit mischten sich die früheren Vorfälle, in die der Bär verwickelt gewesen war, und da er auch noch so viel größer und stärker war als ich, spürte ich in der offiziellen Verwarnung, die letztlich ausgesprochen wurde, einen Hauch von *pro forma*, der sich anfühlte wie ein Freispruch. Irgendwann wurde mir klar, dass es eine Koalition aus frustrierten Lehrern und erbosten Eltern gab, die die Anhörung nur als Mittel zu einem bereits feststehenden Zweck benutzt hatten, weil sie insgeheim sehr zufrieden damit waren, dass der Bär endlich seine gerechte Strafe erhalten hatte. Es war das erste Mal, dass ich so etwas erlebte, aber mit der Zeit begriff ich, dass dieser Vorgang weit verbreitet ist. Er wiederholt sich jedes Mal, wenn eine Regierung einen Untersuchungsausschuss einsetzt, um den letzten Skandal zu vertuschen. Die Aufregung um meinen Zusammenstoß mit dem Bären legte sich bald. Die Chirurgen konnten retten, was von seinem Ohr noch übrig war. Er ließ sich die Haare wachsen, um seine Entstellung zu verbergen, und kam nie wieder in meine Nähe.

Aus meiner Begegnung mit dem Bären lernte ich zwei Dinge. Das eine war die Bedeutung des Überraschungseffekts. Es spielt keine Rolle, über welche Kräfte, Fähigkeiten oder andere Vorteile der Gegner verfügt, wenn man ihm nicht die Chance lässt, sie einzusetzen.

Und das zweite: Es gibt immer ein Nachspiel. Nach der Schlägerei war ich nur durch viel Glück großen Schwierigkeiten mit der Obrigkeit entgangen. Man kümmerte sich also besser so um derartige Angelegenheiten, dass einen niemand damit in Verbindung bringen konnte. Den Kampf zu gewinnen, brachte gar nichts, wenn man später nur Nachteile davon hatte, legal oder anderswie.

Hinter der U-Bahntreppe wandte ich mich nach links auf die namenlose, schmale Straße, in der das *Saboru* lag, mit seiner exzentrischen Berghüttenfassade und einer Fülle von Topfpflanzen davor. Das Tageslicht war noch nicht ganz vom Himmel gewichen, aber düstere Schatten legten sich bereits über die Gegend. Grüppchen von Passanten kamen mir entgegen, wahrscheinlich von der Arbeit und unterwegs zu einem Bier in einem *Yakitori*-Grill im nahe gelegenen Kanda-Bezirk. Ich wusste, dass meine Verfolger mir dicht auf den Fersen saßen, aber sie würden auf eine bessere Gelegenheit warten – die Fußgängerdichte war hier noch viel zu groß. Sie lauerten entweder auf einen besonders dicht bevölkerten Straßenabschnitt, wo es von Menschen nur so wimmelte, dass im Durcheinander nach der Tat erst mehrere Sekunden später jemand merken würde, was passiert war. Oder auf eine besonders verlassene Gegend, wo es keinerlei Zeugen gab.

Ich hatte ein *Benchmade*-Klappmesser in meiner vorderen Hosentasche stecken. Aber das war nur für Notfälle gedacht. Messer verursachen eine mit DNA gespickte Schweinerei. Auch Feuerwaffen hinterlassen eine Beweiskette. Um sauber davonzukommen, gibt es nichts besseres als die bloßen Hände.

Nach dem *Saboru* entwickelte sich das Viertel mehr und mehr zur reinen Wohngegend und die gelben Straßenlaternen wurden seltener und standen in größeren Abständen. Eine Ecke weiter, und die lockeren Trauben von Passanten waren völlig verschwunden. Vor dem Schrillen der Zikaden im Hintergrund konnte ich gerade noch das schwache Geräusch von Schritten hinter mir hören. Sie stammten zweifellos von dem, der optischen Kontakt zu mir hielt. Der zweite Typ würde ungefähr in derselben Entfernung hinter dem ersten sein. Wenn sich der Abstand zwischen den Beiden verringerte, hieß das, sie wollten in Aktion treten. Diese Gelegenheit würde ich ihnen nicht geben.

Auf der linken Seite einer kleinen Kreuzung direkt vor mir lag ein winziger Parkplatz. Er war mir bei meinen regelmäßigen taktischen Erkundungen des Stadtgebiets aufgefallen, weil sich zwischen etlichen im Dunkel liegenden Münzautomaten an seiner Rückseite der Zugang zu einer Reihe von Gassen befand – oder besser gesagt: schmalen Durchgängen –, die wieder zurück zu der Straße führten, die ich eben entlangging. Gerade war ich an einem Tor vorbeigekommen, an dem eine dieser Gassen mündete, aber ich bezweifelte, dass meine Verfolger es bemerken würden, und selbst wenn, konnten sie seine Bedeutung nicht kennen. Die Schritte des Typen hinter mir klangen weit genug entfernt, dass ich es meiner Schätzung nach durch die Gassen rechtzeitig bis zu jenem Tor schaffen konnte, ehe der erste Verfolger sich zusammenreimte, wohin ich verschwunden war, und direkt hinter dem zweiten Typen herauskam.

Ich schwenkte nach links auf den Parkplatz, rannte los und bog wieder nach links in die Durchgänge ab. Nochmal nach links, an einer Reihe von Mülltonnen vorbei, dann langte ich hinter dem Tor an, das ich gerade auf der Straßenseite passiert hatte. Ich verharrte mit dem Rücken zur Wand in der Dunkelheit, bis der zweite Typ vorbei war. Dann wartete ich noch ein paar Sekunden, bevor ich die Metallstange an der Oberkante des Tores packte und sachte probierte, ob sie solide war und kein Geräusch machte. Dann sprang ich hoch, legte mich mit dem Bauch darüber, stützte die Hände auf beiden Seiten auf, schwang die Beine hinüber und landete katzenartig auf der Straßenseite. Der zweite Kerl befand sich nur ein paar Meter vor mir und näherte sich der Ecke zum Parkplatz. Er bewegte sich so langsam, dass ich annahm, er wollte seinem Partner, der wahrscheinlich direkt hinter der Ecke stehen geblieben war und nach mir Ausschau hielt, genügend Zeit lassen. Eine Sekunde lang irritierte mich die Frage, woher er wusste, dass sein Partner nicht mehr weiterging – vielleicht war es ja nur eine Sicherheitsvorkehrung vor jeder Straßenecke? –, aber das spielte keine Rolle. Wichtig war, dass ich ihm schnell näherkam und er mit dem Rücken zu mir stand.

Ich tauschte Verstohlenheit gegen Schnelligkeit, denn ich wusste, mir blieb nur ein Sekundenbruchteil, bevor er sich umsah, und tatsächlich begann er sich gerade umzudrehen, als ich ihn erreichte. Zu spät. Ich sprang ihn an und pflanzte ihm meinen rechten Fuß ins Kreuz, als wollte ich eine Treppe hinaufspringen. Sein Körper bog sich gewaltsam nach vorne durch, Arme und Kopf flogen nach hinten und ein verblüfftes Grunzen quetschte sich aus seiner Lunge, laut genug, dass sein Partner hinter der Ecke es hören konnte. Während er in die Knie ging, legte ich ihm den linken Arm um die Kehle, riss sein emporgewandtes Gesicht an meinen Bauch, packte das linke Handgelenk mit der rechten Hand und warf mich ruckartig nach hinten und nach oben. Sein Genick brach so leicht wie ein Zweig und mit einem ähnlichen Geräusch. Ich ließ ihn los und er sackte zusammen.

Sekundenbruchteile später schoss sein Partner um die Ecke. »Scheiße!«, brüllte er mit amerikanischem Akzent, wie ich am Rande registrierte, während er sich auf mich stürzte. Ich hatte weder Zeit noch Lust auszuweichen. Stattdessen hielt ich die Stellung und beugte meinen Oberkörper zurück, damit er sich nach mir strecken musste, während ich mich leicht gegen den Uhrzeigersinn wegdrehte. Ich streckte das linke Bein aus und stemmte meine Fußsohle gegen sein rechtes Knie, packte seine Oberarme und nutzte seinen eigenen Schwung, um ihn gegen den Uhrzeigersinn in einem *Hiza-guruma*, einem Knierad, herumzuwirbeln. Er war aus dem Gleichgewicht und schaffte es nicht, die Beine nach vorne zu bringen, weil ich sein Knie blockierte. Er leistete einen Sekundenbruchteil lang Widerstand, dann segelte er parallel zum Boden an mir vorbei und versuchte, sich von mir wegzudrehen und gleichzeitig den bevorstehenden Aufprall abzufangen. Doch dafür bewegte er sich schon zu schnell und ich beschleunigte seinen Sturz noch, indem ich seine Schultern nach unten stieß. Ich wollte, dass sein Schädel den Hauptteil des Aufpralls abbekam, und er krachte mit einem schweren Schlag auf das Pflaster, den ich nicht nur hören, sondern auch spüren konnte. Seine Schultern trafen zuerst auf, dann schnappte sein Hinterkopf zurück. Ich ließ mich neben ihm auf die Knie fallen. Er war noch bei Bewusstsein und so schockiert und betäubt er auch sein musste, schaffte er es dennoch, mit der linken Hand auf meine Augen loszufahren. Ich packte sein Handgelenk mit der Linken, stieß ihm nebenbei den Ellenbogen ins Gesicht, schob meinen linken Arm unter seinem Oberarm durch, blockierte mein eigenes Handgelenk, warf meinen Körper über seine Brust und brach ihm den Ellbogen mit einem *Ude-garami*, einem Armhebel. Er kreischte und versuchte, mich abzuwerfen. Ich wich zurück, bäumte mich auf und knallte ihm die Handwurzel unter die Nase. Sein Hinterkopf krachte auf das Pflaster und ich setzte mit dem gleichen Schlag noch einmal nach. Er rollte sich weg und versuchte, auf die Füße zu kommen. Ich warf mich auf seinen Rücken, legte ihm den linken Arm um den Hals, packte meinen rechten Oberarm und presste ihm die rechte Hand in einem *Hadaka-jime* gegen den Hinterkopf, einem klassischen Würgegriff. Er sträubte sich und schlug um sich und ich behielt seinen gesunden Arm im Auge, falls er nach einer versteckten Waffe greifen sollte. Aber der Würgegriff saß und sein Gehirn bekam keinen Sauerstoff mehr. Nach ein paar Sekunden lag er still und wenig später war er tot.

Ich löste meinen Griff und kam wackelig auf die Beine. Mein Herz hämmerte. Ich wischte mir mit dem Hemdsärmel den Schweiß aus den Augen und sah mich um. Er hatte einen Aufschrei ausgestoßen, aber ich sah niemanden, jedenfalls noch nicht. Kaum wahrscheinlich, dass einer der beiden einen Ausweis bei sich trug, aber ich glaubte, Zeit genug zu haben, um nachzusehen.

Ich kniete mich hin und drehte den Kerl, den ich erdrosselt hatte, auf den Rücken. Er rollte flüssig und leicht herum, während sein gebrochener Arm unnatürlich wegklappte. Ich tastete seine Hosentaschen ab. Ein Schnappmesser in der rechten. Etwas Hartes und Rechteckiges in der linken – ein Handy? Ich zog es heraus und sah, dass es ein Telefon war, wie ich gehofft hatte. Aber es steckte noch etwas anderes in der Tasche. Ich spürte Metall. Ich holte das Ding heraus und starrte es an. Es dauerte eine Weile, bis ich begriff, was ich da in der Hand hielt: eine kleine Videokamera.

Oh, Scheiße.

Ein Kabel ging davon aus und verschwand unter seinen Kleidern. Ich schob die Finger zwischen die Knöpfe seines Hemds und riss es auf. Das Kabel führte zu einem der Knöpfe. Ich beugte mich tiefer – es war gar nicht so leicht zu erkennen in dem schwachen Licht – und sah genauer hin. Scheiße, das war kein Knopf, sondern ein Objektiv. Und ich starrte direkt hinein.

Ich riss den Draht los und stopfte Kamera und Telefon in die Tasche, dann durchsuchte ich hastig den anderen Kerl. Er war ähnlich ausgerüstet. Ich steckte auch das zweite Telefon und die Kamera ein und machte mich davon, wobei ich die ruhigen Straßen parallel zur Yasukuni-dori bevorzugte. Ich würde die Batterien aus den Handys nehmen, damit sie unaufspürbar waren und mir die Kameras ansehen, wenn ich weit genug von den Leichen entfernt war. Falls die beiden Riesenkerle ihre Ausrüstung nur benutzt hatten, um gegenseitig in Kontakt zu bleiben, war alles in Ordnung.

Aber ich hatte das ungute Gefühl, dass mich noch jemand anderes im Auge behalten hatte. Und wenn das stimmte, stand mir noch ein weiterer Besuch bevor, und zwar bald.

Kapitel Vier

Larison stand knapp außerhalb des Kegels der Straßenlaterne und betrachtete die stummen Bilder auf dem kleinen Videomonitor in seiner Hand. Eine Sekunde: eine leere Straße. In der nächsten eine irre Montage von kaleidoskopartigen Bildern: Gliedmaßen/Grimassen/ein Auto/ein Gebäude/vorbeihuschender Himmel. Schwärze. Dann wieder Himmel und ein paar abgehackte Bilder von Rain, der anscheinend Beckleys Taschen durchsuchte. Rains Gesicht in Großaufnahme, während er mit aufdämmernder Erkenntnis direkt in die Knopfkamera von Beckleys erkaltender Leiche starrte. Ein Aufblitzen von statischem Rauschen, dann Dunkelheit.

Er hörte schnelle Schritte aus der Richtung der U-Bahn-Station Jinbocho und als er aufblickte, sah er Treven um die Ecke sprinten. Larison steckte den Videomonitor ein und trat mit erhobenen Armen und nach vorne gestreckten Handflächen auf die Straße.

»Halt«, sagte er. »Es ist vorbei.«

Treven wurde langsamer, ein Ausdruck von Verwirrung trat auf sein Gesicht. Anscheinend hatte er erwartet, Larison würde die rettende Kavallerie spielen, ganz egal, wie vergeblich ein Rettungsversuch sein mochte. Was bedeutete, dass er nicht ganz verstanden hatte, was Larison ihm über die freien Mitarbeiter gesagt hatte: Sie gehörten nicht zum Team.

»Schnell!«, sagte Treven und wollte an Larison vorbei. »Haben Sie das Video nicht gesehen? Rain hat sie in einen Hinterhalt gelockt!«

Larison vertrat ihm den Weg und stieß ihn zurück. Trevens Gesicht lief rot an und er senkte die Schultern wie ein Bulle, der gleich angreifen wird.

Larison hob wieder die Hände. »Machen Sie keine Szene«, sagte er. »Es gibt nichts, was wir noch tun könnten. Sie sind tot.«

»Das wissen wir nicht. Rain ist uns entwischt, okay, aber …«

»Sie. Sind. Tot.«

Treven richtete sich auf und ein Teil der Anspannung wich aus seinem Körper.

»Was ist mit den Telefonen?«, fragte er. »Der ganzen Ausrüstung? Wir müssen Sie sicherstellen.«

»Rain hat alles mitgenommen.«

»Wie zum Teufel wollen Sie …«

»Hätten Sie nicht das gleiche getan? Aber egal. Ich habe ihn über die Videoverbindung beobachtet. Er ist mit der gesamten Ausrüstung verschwunden.«

Treven musterte ihn einen Moment lang stumm. Er sagte: »Sie waren nah genug dran. Sie hätten etwas unternehmen können, wenn sie gewollt hätten.«

Larison blickte sich vorsichtig um, dann sah er wieder Treven an. In gewisser Weise empfand er Mitgefühl mit dem Mann. Ihm war klar, dass er Schwierigkeiten hatte, seinen kürzlichen Erstkontakt mit der realen Welt zu verarbeiten, genau, wie es Larison auch einmal ergangen war. Andererseits fiel ihm Trevens sturer Patriotismus auf die Nerven, weil er ihn scheinheilig und naiv fand. Und er hasste es, dass Treven, als er ihn auf der Suche nach den gestohlenen Foltervideos verfolgt hatte, in Costa Rica auf Larisons Geheimnis gestoßen war. Nico, sein alternatives Leben.

»Sie haben sie manipuliert«, meinte Treven vorwurfsvoll. »Das ganze Gerede darüber, die Spitze zu übernehmen … Sie haben sie aufgehetzt. Weil sie genau wussten, was geschehen würde.«

Larison zuckte die Achseln. »War ich ihnen vielleicht etwas schuldig? Sie sollten mich bespitzeln. Oder uns beide.«

Trevens Miene war ungläubig, an der Grenze zum Abscheu. »Sie waren Amerikaner.«

Larison stieß lange die Luft aus. Die Freien waren ein Klotz am Bein gewesen und er hatte sie sich vom Hals geschafft. Mehr war nicht dran. Er versuchte, sich an eine Zeit zu erinnern, wo so etwas für ihn ein Problem gewesen wäre, wo er vielleicht gezögert und später einen Anflug von schlechtem Gewissen gespürt hätte. Er konnte es nicht. Es war zu lange her und zu viel war seither geschehen.

»Was hat das denn damit zu tun?«, fragte er.

Treven schüttelte den Kopf. »Sie sind ja völlig durchgeknallt.«

Larison erwiderte nichts. Er schwankte, was er tun sollte. Treven umbringen? Leider brauchte er ihn, um an Hort heranzukommen, und außerdem wusste auch Hort über Nico Bescheid.

Aber wenn Hort erst einmal tot war …

Dann war Treven der einzige Mensch, der wusste, dass Larison lebte, ganz zu schweigen von seinem alternativen Leben. Plus Rain, jedenfalls in Kürze, und dieser andere Typ, den sie aufspüren sollten. Im Moment brauchte Larison sie noch, das war ihm klar. Aber sobald Hort tot war, waren sie nur noch Ballast.

Er konnte die anderen manipulieren, um Hort auszulöschen, und anschließend würde er sie persönlich erledigen. Sich mit den Diamanten absetzen und jeden zum Schweigen bringen, der eine Bedrohung für ihn darstellte.

Es war perfekt. Es war machbar. Er musste nur den richtigen Köder an den Haken hängen. Der Rest würde sich dann von selbst ergeben.

Er versuchte, ein Lächeln zu unterdrücken. »Rufen wir einfach Rain an«, meinte er.

Kapitel Fünf

Ich hatte die U-Bahn-Station Ogawamachi beinahe erreicht, von wo aus ich einen Zug nehmen und die Gegenstände der beiden Toten untersuchen wollte, als eines der Telefone vibrierte. Ich blieb stehen und überprüfte das Display – kein Name, nur eine Nummer.

Ich suchte die belebte Straßenszenerie um mich herum ab. Vorbeikriechende Autos, eilige Passanten, ein inzwischen dunkel gewordener Himmel, die Gegend nur von Straßenlaternen, Scheinwerfern und Schaufenstern beleuchtet. Ich nahm den Anruf an und hielt das Handy ans Ohr.

Eine leise Stimme, kaum mehr als ein Flüstern, sagte auf Englisch mit amerikanischem Einschlag: »Ich weiß, wer Sie sind. Keine Sorge, ich werde Ihren Namen nicht über eine offene Leitung sagen. Die Telefone, die Sie bei sich tragen, gehören zwei Männern, die mit mir zusammen waren. Das ist schon in Ordnung. Ich weiß, dass sie die Handys nicht mehr brauchen.«

Die naheliegende Frage lautete: *Wer ist da?* Ich ignorierte sie zugunsten von etwas Relevanterem, weil sie ohnehin zu nichts führen würde.

»Was wollen Sie?«

»Ich will Sie treffen. Ich habe eine Botschaft von einem Fan.«

»Geben Sie sie mir am Telefon durch.«

»Nein. Wenn das hier funktionieren soll, müssen wir erst Vertrauen herstellen.«

»Wer ist ›wir‹?«

»Mein Partner und ich.«

»Gleich zwei Boten?«

»Ursprünglich vier. Aber ja, doch.«

Ich schwieg und dachte an die Videokamera, versuchte zu ergründen, worum es hier wohl ging. Auch nach Einbruch der Nacht war es immer noch schwül und mein Hemd war schweißdurchnässt.

»Hören Sie«, sagte die Stimme, »ich war auch nicht begeisterter als Sie von den Jungs, die Sie gerade kennengelernt haben. Andernfalls hätte ich die beiden nicht ermutigt, Ihnen so nahe zu kommen. Ich habe sie zweimal in den Kodokan geschickt. Ich wusste, Sie würden sie bemerken.«

Ich fragte mich, ob er mir einen Bären aufband. Aber der Zeitpunkt des Anrufs und die ruhige Zuversicht in seiner Stimme sagten mir, dass ich wahrscheinlich mit jemandem sprach, der das alles vorausgesehen oder sogar geplant hatte.

»Es liegt ganz bei Ihnen«, sagte die Stimme. »Aber ich besitze etwas, das Sie sicher haben wollen. Ein Gerät, das die Signale der beiden Kameras auffing, die Sie gerade bei sich tragen. Lassen Sie sich Zeit, untersuchen Sie sie und Sie werden sehen, dass ich die Wahrheit sage. Und wenn Sie dann das Gerät haben wollen, das sich in meinem Besitz befindet, können wir uns treffen.«

Ich erwog, ihm eine kreative rektale Anwendung für sein angebliches Gerät zu empfehlen, entschied mich aber dagegen. Die Überlegung war die gleiche wie bei den beiden Riesenkerlen. Ich konnte mich der Sache sofort stellen, heute Abend, oder mich für den Rest meiner Tage fragen, wer hinter mir her war, was er wollte und wie weit er zu gehen bereit war. Und ihn bestimmen lassen, wann und wo er meine Fragen beantworten würde, statt es selbst zu entscheiden.

»Wo sind Sie jetzt?«, fragte ich.

»Wenn Sie noch zu Fuß unterwegs sind, können wir keinen Kilometer voneinander entfernt sein.«

»Es gibt ein Café beim Ausgang der U-Bahn-Station aus der ich gekommen bin. Ich vermute, Sie waren irgendwo hinter den beiden, die mich verfolgt haben.«

»Richtig.«

»Sie sind zehn Sekunden nach dem U-Bahnaufgang daran vorbeigekommen. Großes, gelbes Schild, auffällige Fassade. Rechts, wenn man vom Bahnhof kommt.«

Ich klickte das Gespräch weg und nahm die Batterien aus den Handys und Videokameras. Das Timing hätte besser sein können – wenn sie sich die ganze Zeit hinter mir befunden hatten, waren sie näher am *Saboru* als ich. Ich hätte es vorgezogen, zuerst da zu sein und sie von der Straße aus zu observieren. Aber einen weiter entfernten Ort vorzuschlagen, hätte auch seine Nachteile gehabt. Erstens hätte ich genaue statt eher versteckte Anweisungen per Telefon geben müssen. Zweitens wäre ihnen mehr Zeit geblieben, einen Hinterhalt zu legen, falls sie das vorhatten. Insgesamt schätzte ich meine Chancen am besten ein, wenn ich sie unter Zeitdruck setzte.

Ich brauchte weniger als zehn Minuten, um zum *Saboru* zurückzukehren. Ich drehte zwei Observierungsrunden, die erste aus der Entfernung, bei der zweiten ging ich direkt an dem Lokal vorbei. Sepiafarbenes Licht schimmerte durch die Fenster, aber die Bambuspflanzen verhinderten einen Blick ins Innere. Ich blieb einen Moment lang an der düsteren Straßenecke stehen, sah mich nach links und rechts um und überlegte. Die Zikaden waren zeitweilig verstummt und das einzige Geräusch kam von den *Suzumushi* – japanischen Singgrillen –, die der hundertjährige Besitzer des *Saboru* in einem Käfig neben dem Eingang hielt, um sich an ihrem abendlichen Gesang zu erfreuen. Ich entdeckte keine Ausländer und nichts, was fehl am Platz zu sein schien. Ich vermutete, meine Anrufer warteten bereits drinnen.

Ich überquerte die Straße und trat ein, während ich den Blick durch den gedämpft beleuchteten Innenraum gleiten ließ. Eine junge Bedienung wollte mich zu einem freien Tisch führen, aber ich lehnte dankend ab, während ich die Gäste musterte, nein, meine Freunde würden mich bereits erwarten. Das Erdgeschoss war ungefähr halb voll mit der üblichen Ansammlung von *Sarariman*-Typen und beturnschuhten Studenten. Ein leises Hintergrundmurmeln aus Gesprächen und J-Pop-Musik aus den in den Ecken der niedrigen Decke angebrachten Lautsprechern erfüllte den Raum. Keine Ausländer, nichts Ungewöhnliches. Ich stieg über die Holztreppe in den ersten Stock hinauf. Wieder nichts. Dann in den Keller. Ich bückte mich auf der Treppe, um sehen zu können, was mich erwartete, bevor ich unten ankam.

Ich erkannte sie sofort, in einer Ecknische mit dem Rücken zur Backsteinwand, beide groß und fit aussehend. Einer war in den Dreißigern, mit blonden Haaren und ausladendem Unterkiefer, durch und durch amerikanisch. Der andere schien etwa zehn Jahre älter zu sein, hatte kürzere, dunkle Haare und dunkle Haut, schwer einzuordnen. Ich fragte mich, mit wem ich am Telefon gesprochen hatte und spürte aus irgendeinem Grund, dass es der Dunkle gewesen war. Er strahlte etwas Gefährliches aus, eine explosive Qualität, die quer durch den Raum zu spüren war, obwohl er vollkommen still saß. Ihre Hände lagen mit den Handflächen nach unten auf der narbigen Tischplatte. Ein gutes Zeichen, oder zumindest das Fehlen eines schlechten. Sie blieben reglos sitzen und beobachteten mich. Ihre unverwandten Blicke waren das einzige Anzeichen, dass zwischen uns irgendeine Verbindung existierte.

Ich blieb in Bewegung und durchmaß den höhlenartigen Raum mit Blicken, um sicherzugehen, dass niemand da war, der aussah, als gehöre er nicht hierher. In der gegenüberliegenden Ecke gab es noch einen freien Tisch. Ich neigte den Kopf in diese Richtung, um ihnen zu bedeuten, dass sie mir folgen sollten, ging hinüber und blieb mit dem Rücken zur Wand vor der Sitzbank stehen. Ich wollte nicht an dem Tisch sitzen, den sie ausgewählt hatten oder ihnen den Blick zur Treppe ermöglichen, während ich ihn nicht hatte. Und ich wollte sie von Kopf bis Fuß begutachten können, sehen, wie sie sich bewegten, genau wie sie es gerade mit mir gemacht hatten.

Sie standen auf und kamen langsam herüber, ohne plötzliche Bewegungen, die Hände immer deutlich sichtbar. Wir setzten uns wortlos und musterten uns gegenseitig. Eine Bedienung kam vorbei und reichte uns Speisekarten in japanischer Schrift. Der dunklere Bursche warf einen Blick darauf, dann sah er mich mit einer Spur von Lächeln an. »Was würden Sie empfehlen?«

Ich hatte recht gehabt: dieselbe leise, raue Stimme, die ich am Telefon gehört hatte. »Es heißt, der Kaffee des Hauses ist recht gut«, erwiderte ich.

Er sah den blonden Typen fragend an, aber der zuckte nur die Achseln. Ihr unterschiedliches Verhalten machte mich neugierig. Der Blonde wirkte berechtigterweise angespannt, genau wie ich es war. Der dunkle Typ andererseits schien unerklärlich gelassen zu sein, fast so, als ob er sich amüsierte.

Ich bestellte drei Kaffee und drei Gläser Wasser und die Bedienung entfernte sich. Ich nickte dem dunklen Typen zu. »Wie soll ich Sie nennen?«

»Larison.«

Ich wandte den Kopf zu dem anderen und er sagte: »Treven.«

»Na schön, Larison und Treven. Was wollen Sie?« Eine passendere Frage wäre natürlich gewesen: *Wen soll ich für Sie umbringen?* Aber es war egal, welchen Weg wir nahmen. Er würde zum selben Ziel führen.

»Unser Auftrag lautet nur, Sie zu finden«, sagte Larison. »Derjenige, der etwas von Ihnen will, ist Colonel Horton. Scott Horton.«

Der Name kam mir bekannt vor, aber ich konnte ihn nicht

sofort unterbringen. Dann erinnerte ich mich an eine Geschichte aus dem Afghanistan der Reagan-Ära, eine Zeit, die mir inzwischen so fremd vorkam, als gehörte sie zum Leben eines anderen. Die CIA hatte Ex-Soldaten wie mich rekrutiert, um die Mudschaheddin, die gegen die Sowjets kämpften, mit Waffen zu versorgen und auszubilden. Obwohl das oberste Gebot natürlich Bestreitbarkeit hieß, hielten sich immer auch ein paar aktive Militärs am Kriegsschauplatz auf, um Verbindung zu uns Söldnern zu halten. Darunter war ein junger Unteroffizier der Special Forces gewesen, den alle nur Hort nannten. Wir hatten uns über ihn lustig gemacht, weil er bei aller Tüchtigkeit und Tapferkeit ein Schwarzer war und damit eine absurde Wahl für einen verdeckten Einsatz in Afghanistan. Er versicherte uns jedoch, dass das genau der springende Punkt sei: Sollte er gefangen genommen werden, wollte Uncle Sam zu den Russen sagen können: *Glaubt ihr wirklich, wir wären so dämlich, einen schwarzen Soldaten zu einem Undercover-Einsatz ausgerechnet in Afghanistan zu schicken? Muss ein Söldner gewesen sein, ein schwarzer Moslem, der dem Ruf des Dschihad gefolgt ist. Seht ihr, wie sehr eure Kriege die Leute radikalisieren? Ihr solltet euch was schämen.*

Ich sagte: »Der Typ, der sich in Afghanistan seine Sporen verdient hat?«

Larison nickte. »Mudschaheddin-Ausbilder.«

»Ein Weißer?«

»Nein. Schwarz.«

»Hört er auf einen Spitznamen?«

»Hort.«

Das klang, als wäre es derselbe Mann. Er musste irgendwann zum Offizier aufgestiegen und beim Militär geblieben sein. Ich schätzte, dass er heute um die Fünfzig war. »Und inzwischen ist er Colonel«, sagte ich, mehr als Vermutung, denn als Frage.

»Chef der ISA«, sagte Treven.

Ich nickte beeindruckt. Es war ein langer Weg vom entbehrlichen Kanonenfutter bis zum Chef der Intelligence Support Activity, der gefürchteten Einheit von verdeckten Attentätern der US-Armee.

»Und Sie?«, fragte ich, indem ich erst Larison, dann Treven ansah. »Auch ISA?«

Treven nickte. Er schien nicht ganz glücklich darüber oder vielleicht widerstrebte es ihm nur, eine Verbindung zuzugeben, die er sonst reflexartig bestritten hätte.

Larison antwortete: »Früher mal. Heute bin ich nur noch Berater.«

»Besser bezahlt?«

Larison grinste. »Sagen *Sie's* mir.«

»Die Bezahlung ist in Ordnung«, meinte ich. »An der Gesundheitsvorsorge hapert's ein bisschen.«

Treven blickte Larison an – ein wenig ungeduldig, fand ich. Vielleicht war er der Typ, der lieber sofort zur Sache kam. Er begriff nicht, dass das hier schon dazu *gehörte*. Larison und ich versuchten, uns gegenseitig einzuschätzen.

»Und die beiden anderen?«, fragte ich.

»Freie Mitarbeiter«, erwiderte Larison. »Von irgendeiner Blackwater-Nachfolgeorganisation. Da verliert man leicht die Übersicht.«

Ich blickte zwischen Treven und Larison hin und her. »Also ISA, ein Berater, freie Mitarbeiter … ziemlich gemischte Truppe, finde ich.«

»Wir haben die Freien nicht angefordert«, sagte Larison und hob die Handflächen leicht von der Tischfläche, eine Geste, die so viel besagte wie: *Was soll man machen?* »Das war Hort. Ich denke, man könnte sagen, er hat die Sache … überbesetzt.«

»Und Sie haben sie auf's richtige Maß zurechtgestutzt.«

Er neigte leicht den Kopf, wie aus Respekt oder Anerkennung. »Mit Ihrer Hilfe.«

Er schien fest entschlossen, mir zu versichern, dass er mir die zwei toten Riesenkerle nicht übel nahm – sondern sie im Gegenteil bewusst geopfert hatte. Und dazu schuf er noch eine gewisse Distanz zwischen sich und Horton, während er Gemeinsamkeiten zwischen uns beiden betonte. Ich war nicht sicher, warum.

»Was will Horton?«, fragte ich.

»Wir wissen nichts Genaues«, erwiderte Treven. »Er hat uns lediglich gesagt, dass er beim Wiederaufbau ist und Ihnen ein Angebot unterbreiten will.«

»Was baut er wieder auf?«

»Ich weiß nicht. Hat etwas mit einem Projekt zu tun, das Sie zerschlagen haben, geleitet von einem Typen namens Jim Hilger.«

Hilger. Ich zeigte nicht, wie überrascht ich war, den Namen zu hören. Als sich unsere Wege gekreuzt hatten, zunächst in Hongkong, wo er den Verkauf von Atomraketen und Nuklearmaterial vermittelt hatte, und dann in Holland, wo er eine Operation mit dem Ziel leitete, den Hafen von Rotterdam in die Luft zu sprengen und den Ölpreis hochzutreiben, waren mir seine Verbindungen nie ganz klar gewesen. Ich war der letzte, der ihn jemals lebend gesehen hatte, damals in Amsterdam. Falls Horton mit dem verblichenen Jim Hilger zu tun gehabt hatte, schmiedete er wahrscheinlich ziemlich abenteuerliche Pläne.

»Was wissen Sie über Jim Hilger?«, fragte ich.

Treven schüttelte den Kopf. »Nur das, was ich Ihnen gerade gesagt habe.«

Larison meinte: »Ich habe von ihm gehört.«

»Für wen hat er gearbeitet? Regierung? Wirtschaft?«

Larison lachte. »Glauben Sie im Ernst, da gäbe es einen Unterschied?«

Treven runzelte fast unmerklich die Stirn und ich spürte, dass Larisons Kommentar ihm irgendwie unangenehm war. Ich wusste nicht so recht, warum. Egal, keiner von beiden würde mir mehr erzählen. Und angesichts von Hilgers gegenwärtigem

Zustand spielte das wohl auch keine große Rolle.

»Sonst noch etwas?«

Treven sagte: »Ja. Was immer Hort aufzubauen versucht, es hat auch mit einem ehemaligen Scharfschützen der Marines namens Dox zu tun, den Sie angeblich kennen.«

Ich antwortete nicht. Ich hatte Dox eine Weile nicht gesehen, aber wir standen in Kontakt und ich wusste, dass er immer noch in Bali lebte. Er war nicht mehr darauf angewiesen zu arbeiten, aber das hier würde ihn wahrscheinlich interessieren. Bei Dox war es keine Frage des Geldes. Er steckte einfach gerne mitten im Getümmel.

Eine Stimme in meinem Hinterkopf flüsterte: *Und du?* Ich ignorierte sie.

Larison sagte: »Vielleicht wollen Sie Dox selbst verständigen. Wenn nicht, müssten wir das tun, und wozu noch mehr freie Mitarbeiter opfern?«

Wieder verblüffte mich die Anspielung, dass ihm egal war, was aus den Freien in seinem Team wurde.

Die Bedienung brachte unsere Bestellung. Larison nippte an seinem Kaffee und nickte anerkennend. Treven rührte seinen nicht an.

Ich leerte mein Glas Wasser und betrachtete sie. »Womit hat Horton Sie beide in der Hand?«

Keiner von ihnen antwortete. Tja, etwas musste es geben. Und sie hatten jetzt etwas gegen mich in der Hand.

Aber Larison überraschte mich. »Der Videorekorder ist in meiner Tasche. Darf ich ihn herausholen?«

Eine berechtigte Frage. Wenn man in einer Situation wie dieser mit einem Mann wie mir am Tisch sitzt, macht man lieber keine unbedachten Bewegungen. Besonders, wenn man vorher angedeutet hat, dass man zu klug ist, um unvermittelt etwas aus der Tasche zu holen. Die einzige vernünftige Interpretation dafür wäre, dass man eine Waffe ziehen will, und das hätte eine unerfreuliche Reaktion zur Folge.

Ich bedeutete ihm meine Zustimmung. Er stand auf und zog langsam ein Gerät wie das, das ich den Riesenkerlen abgenommen hatte, aus der Hosentasche. Er legte es mitten auf den Tisch und setzte sich wieder. Dann warf er einen Blick zu Treven, der seinem Beispiel folgte und ein identisches Gerät zum Vorschein brachte.

Ich traf keine Anstalten, nach den Rekordern zu greifen. Ich hatte erwartet, sie würden nur dem Zweck dienen, mich zu einem Treffen zu veranlassen, aber jetzt schien es, als würde Larison es tatsächlich ernst meinen. Aber ein Druckmittel freiwillig aufgeben? Wären die beiden unerfahrene Zivilisten gewesen, hätte ich das als den naiven Versuch interpretieren können, guten Willen durch guten Willen zu erkaufen. Aber keiner dieser Typen war naiv. Im Gegenteil, sie besaßen die stille, wissende Aura von Männern, die mehr als einmal getötet und überlebt hatten. Solche Erfahrungen tendieren dazu, einem den Glauben an das Gute im Menschen auszutreiben, neben anderen fröhlichen Illusionen dieser Art.

»Es gibt keine Kopien«, sagte Larison. »Wir behalten nichts gegen Sie in der Hand. Wenn Sie uns sagen, wir sollen verschwinden, werden wir das auf der Stelle tun. Aber das nächste Team, das Hort schickt, wird nicht so vorgehen. Es wird das Video benutzen.«

Vermutlich log er, was die Videokopien betraf, aber das würde ich erst erfahren, wenn jemand anderes sie gegen mich verwendete, und dazu würde es nur kommen, wenn gutmütigere Taktiken versagten. Man durfte von Larison erwarten, dass er es erst mit einem relativ subtilen Ansatz versuchte. Bis jetzt machte er das zugegebenermaßen recht gut. Es ist ziemlich sinnlos, Erpressung als Drohung zu präsentieren: Damit verletzt man nur unnötig das Ego der Zielperson und erzeugt eine der Sache nicht dienliche Widerspenstigkeit. Stattdessen verschleiert man die Drohung, als ginge sie von jemand anderem aus, ja, als stünde man selbst auf der Seite der Zielperson. Vielleicht hatte Larison deshalb Spannungen zwischen Horton und ihm selbst und Treven angedeutet. So konnte ich mir einreden, dass ich eigentlich gar kein Problem mit diesen beiden hatte, sondern mit Horton. Wenn Larison skrupellos genug war, und das spürte ich, hatte er vielleicht sogar die beiden Riesenkerle zu genau diesem Zweck geopfert.

»Hören Sie«, meinte Larison. »Niemand kann heutzutage noch richtig untertauchen. Jeder ist auffindbar. So ist das moderne Leben. Sie wollen totale Sicherheit? Dann müssen Sie sich vollständig ausklinken. Von der Bildfläche verschwinden, sich in die Einsamkeit zurückziehen, ohne Kontakt zur Welt. Aber wenn Sie Städte mögen und Judo und Jazz und Cafés und Kultur, wie es in Ihrer Akte heißt, dann haben Sie keine Chance, jemandem wie Hort auf Dauer zu entgehen. Sie können höchstens dafür sorgen, dass man die Suche nach Ihnen aufgibt.«

»Und wie stellt man das an?«, fragte ich beiläufig.

Er trank noch einen Schluck Kaffee. »Man wartet auf die richtige Gelegenheit.«

»Oder man führt sie herbei«, schlug ich vor.

Er nickte. »Oder das. Und ich sage Ihnen noch etwas. Falls Sie beschließen, Horts Angebot anzunehmen, was immer es sein mag: Lassen Sie ihn zahlen. Eine Menge. Er kann es sich leisten.«

Er klang zornig, als er das sagte, sogar verbittert, und wenn mir zuvor die Unstimmigkeiten zwischen ihm und Horton entgangen wären, jetzt lagen sie offen zutage. Was immer Horton vorhatte, es musste äußerst wichtig für ihn sein, um sich die Feindschaft von jemandem zuzuziehen, der derart gefährlich wirkte wie Larison.

Danach wurde nichts mehr gesprochen. Larison wusste, wann es Zeit war, den Mund zu halten und es dem potenziellen

Interessenten zu überlassen, das Geschäft mit sich selbst abzuschließen. Und Treven war klug genug, dem Beispiel des älteren Mannes zu folgen.

Schweigend nippten wir an unseren Kaffeetassen. Entweder ich hatte gerade eine imponierende Theateraufführung mit zwei toten Statisten erlebt oder sie sagten weitgehend die Wahrheit. Horton wollte mir und Dox ein Angebot machen, wahrscheinlich eines, dem wir nicht widerstehen konnten. Treven und Larison hatte er bereits angeheuert, aber sie schienen nicht besonders glücklich darüber zu sein und suchten nach Allianzen oder einem Weg, auszusteigen. Doch sie waren clever genug, ihre Karten nicht gleich aufzudecken. Was eventuelle Kopien meines abendlichen Privatvideos anging, konnte ich mir nicht sicher sein. Und das war im Moment eigentlich auch nicht nötig.

Zum dritten Mal an diesem Abend sah ich keinen Vorteil darin, abzuwarten. Ich trank meinen Kaffee aus und nahm die Videogeräte vom Tisch.

»Wie kontaktiere ich Horton?«, fragte ich.

Kapitel Sechs

Später am Abend, in den endlosen, verschlungenen Tiefen des U-Bahn-Komplexes von Shinjuku, wo die zahlreichen Ebenen und wimmelnden Menschenmassen es beinahe unmöglich machen, Signale zu verfolgen und jemanden aufzuspüren, sah ich mir das Video an. Die Aufnahmen waren körnig und verwackelt, aber mit der richtigen Bildverbesserung konnten sie der Staatsanwaltschaft vernichtendes Beweismaterial gegen mich liefern, sollte es je dazu kommen. Ich zerstörte die Festplatten von allen Geräten und warf sie weg. Die Handys waren nutzlos – die einzigen angezeigten Nummern waren die des jeweils anderen. Ich warf sie ebenfalls weg. Dann suchte ich mir ein Internetcafé und googelte Larison, Treven und Horton. Für Larison und Treven gab es keinen einzigen Treffer. Horton wurde beiläufig in ein paar Nachrichtenartikeln erwähnt und verfügte über einen Wikipedia-Eintrag, der lediglich aus einem kurzen Abriss seiner herausragenden militärischen Laufbahn und der Anmerkung bestand, dass er geschieden war und keine Kinder hatte. Schließlich tätigte ich drei Anrufe, jeden von einem anderen Münztelefon aus.

Zunächst die Nummer, die Larison mir gegeben hatte. Ein tiefer Bariton mit Mississippi-Delta-Einschlag, an den ich mich aus Afghanistan erinnerte, inzwischen etwas älter und gesetzter, meldete sich: »Ist das derjenige, von dem ich zu hören gehofft hatte?«

Ich erwiderte: »Ich weiß nicht. Gibt es noch jemand anderen?«

Er lachte. »Es gibt Leute, von denen ich zu hören hoffe, und Leute, von denen ich am liebsten nie wieder etwas hören würde. Sie gehören zur ersten Kategorie. Wie ist es Ihnen ergangen?«

»Gut. Man sagt, sie hätten einen Vorschlag für mich.«

»So ist es.«

»Ich lausche.«

»Seit unserer letzten Begegnung ist viel Wasser den Bach hinunter geflossen. Es wäre besser, wir besprechen das persönlich.«

»Einverstanden, kommen Sie rüber. Ihre Jungs können Ihnen sagen, wo Sie mich finden.«

»Das haben sie bereits. Leider bin ich im Augenblick zu beschäftigt für eine Reise nach Übersee. Aber ich sag Ihnen was. Wir treffen uns auf halbem Weg. Wie wäre es mit Los Angeles? Wo immer Sie wollen.«

Von Tokio nach Los Angeles zu gelangen war kein Problem und es gab so viele indirekte Wege zum Ziel, dass es mir leicht fallen würde, meinen Reiseweg zu verschleiern. Automatisch überlegte ich, wie ich die Situation anpacken würde, wenn ich einen Anschlag auf mich selbst plante, und war überrascht und ein wenig bestürzt, wie vertraut und selbstverständlich sich der Rückfall in diese Denkweise anfühlte. Beinahe so, als hätte ich sie vermisst.

»Wenn Sie wollen, dass ich zu Ihnen komme«, sagte ich, um auszutesten, was Larison gesagt hatte, »müssen Sie mir schon die Spesen ersetzen. Und ich fliege erster Klasse.«

»Ich hätte nichts weniger erwartet. Ich mache Ihnen einen Vorschlag. Was immer unsere Besprechung ergibt, Sie bekommen fünfundzwanzigtausend Dollar allein für ihr Erscheinen. Damit dürften die Reisekosten mehr als gedeckt sein.«

»Fünfzig«, gab ich zurück. »Sie haben mir bereits durch die Art Ihrer Kontaktaufnahme genügend Umstände bereitet.«

Es entstand eine Pause und ich fragte mich, ob ich zu viel gefordert hatte oder meine Dreistigkeit ihm verriet, dass mich jemand dazu ermutigt hatte. Aber wenn schon. Falls es aus irgendeinem Grund böses Blut zwischen Larison und Horton gab, wäre das ja nichts Neues für ihn. Der Horton, an den ich mich aus Afghanistan erinnerte, war kein Narr gewesen.

»Soweit ich weiß, haben Sie selbst ein paar Schwierigkeiten verursacht«, meinte er und mir wurde klar, dass Larison und Treven bereits Bericht erstattet und ihn über den Tod der freien Mitarbeiter informiert hatten. Wieder dachte ich an mögliche Kopien des Videos. »Aber einverstanden, machen wir fünfzig daraus. Wenn Sie morgen hier sein können.«

Ich fragte mich, was er von mir wollte. Wenn er bereit war, für mein bloßes Erscheinen fünfzigtausend US-Dollar hinzulegen, ging es um etwas Großes. Und beinahe mit Sicherheit um etwas Gefährliches.

»Morgen geht nicht«, sagte ich. »Aber übermorgen ist machbar. Für die fünfzig.« Eigentlich spielte es keine große Rolle. Ich lasse mich nur einfach ungern drängen. Wenn man jemanden unter Zeitdruck setzt, will man, dass er reagiert, ohne nachdenken zu können.

»Also gut«, sagte er, »übermorgen. Sie erreichen mich unter dieser Nummer. Ich werde mich in der Innenstadt aufhalten, aber wir können uns treffen, wo immer Sie wollen.«

Ich dachte nach, bevor ich antwortete. Warum tat ich mir das an? Wegen des Geldes? Wegen der Vorteile, die es brachte, ein Problem frontal anzugehen, statt abzuwarten? Oder war da ein dunkler, zersetzender Teil meiner selbst am Werk, der meine Ambitionen auf ein friedliches Leben satt hatte und eine Gelegenheit beim Schopf packen wollte – der Killer in mir, der Eismann, der sein Recht verlangte?

»Ich melde mich«, sagte ich und trennte die Verbindung.

Bestimmt zeigte er sich nur so flexibel, um meine Sicherheitsbedenken zu beschwichtigen. Er hatte bereits die Stadt ausgewählt und versucht, auch den Tag festzulegen. Er wusste, es würde mich nervös machen, wenn seine Forderungen noch spezifischer wurden.

Mein nächster Anruf galt Tomohisa »Tom« Kanezaki, einem Mann japanisch-amerikanischer Abstammung, den ich noch aus der Zeit kannte, als er ein Frischling im CIA-Büro in Tokio gewesen war. Ich vertraute ihm nicht vollständig, aber wir hatten uns gegenseitig genügend Gefälligkeiten erwiesen, dass ich ihn nicht als aktive Bedrohung einstufte und darauf zählte, dass er halten würde, was er versprach. Wir hatten uns vor etwa einem Jahr aus den Augen verloren, als ich mit Delilah in Paris lebte und dachte, ich wäre glücklich. Als wir das letzte Mal miteinander gesprochen hatten, war er turnusmäßig zurück im CIA-Hauptquartier in Langley und hasste es dort.

Er nahm mit seinem charakteristischen, unverbindlichen *Ja* ab. In Japan hatte es *Hai* gelautet. Es tat seltsam gut, seine Stimme zu hören.

»Na, liegen Sie wieder mal in Langley auf der faulen Haut?«, fragte ich.

Er antwortete nicht gleich und ich stellte mir vor, dass er lächelte. Ich überlegte, ob er immer noch diese Brille mit Drahtgestell trug. Wahrscheinlich ja. Sie ließ ihn wie den Bücherwurm erscheinen, der er einmal gewesen war. Heutzutage verbarg er dahinter die Gerissenheit, die er sich mittlerweile zugelegt hatte, und er war schlau genug, ihren Wert zu kennen. *No aru taka wa, tsume o kakusu*, wie ein japanisches Sprichwort lautet. Der kluge Falke verbirgt seine Krallen.

»Nicht direkt auf der faulen Haut«, meinte er. »Was ist mit … alles in Ordnung bei Ihnen?«

»Ich muss Sie um einen kleinen Gefallen bitten – einen sehr kleinen.«

Man durfte sich immer darauf verlassen, dass Kanezaki um

einen Gegengefallen bitten würde, und der konnte ganz schön groß ausfallen. Es lohnte sich also, von Anfang an klarzustellen, dass es nur um eine Kleinigkeit ging.

»Sollen wir über Skype weiterreden?«, fragte er. »Falls Sie befürchten, mein Handy wäre nicht sicher genug.«

Das war ein Zugeständnis an meinen Sicherheitswahn und gleichzeitig der Versuch, den Gefallen aufzuwerten. »Nein«, sagte ich. »Nichts derartiges. Ich brauche nur eine aktuelle Auskunft über einen JSOC-Colonel namens Scott Horton. Sein Spitzname lautet Hort. Haben Sie schon mal von ihm gehört?«

Eine Pause entstand und ich nahm an, dass Kanezaki überlegte, ob ich Horton töten wollte. Er war es gewohnt, mich in solchen Kategorien zu betrachten. Aber er wusste auch, dass ich ihn in dem Fall nicht angerufen hätte.

»Ja, das habe ich. Aber seine Position ist …«

»Geheim, ich weiß. Ich kenne seine Position. Ich will mehr über den Menschen erfahren. Könnte er einen Grund haben, nicht mein Bestes im Sinn zu haben?«

»Schwer zu sagen. Bei Ihrer Tätigkeit kann es leicht passieren, dass man sich Feinde macht.«

»Ehemalige Tätigkeit.«

Er lachte. »Und trotzdem telefonieren wir jetzt miteinander.«

Das ignorierte ich. »Er will sich mit mir treffen.«

»Sie befürchten eine Falle?«

»Ich denke immer, es wäre eine Falle. Manchmal stimmt es sogar.«

»Nun, alles was ich sagen kann, ist, dass er Rückendeckung von ganz oben hat. Unter der letzten Regierung war das JSOC direkt dem Vizepräsidenten unterstellt und führte ein paar extrem schwarze Operationen durch. Seymour Hersh nannte es ein Mordkommando.«

»Ist da was dran?«

Er lachte. »Sie erwarten doch nicht im Ernst, dass ich einen

Sy-Hersh-Artikel auf seinen Wahrheitsgehalt überprüfe, oder?«

Dann stimmte es also. »Was noch?«

»Sagen wir mal, unter der neuen Administration ist die Mission des JSOC unverändert geblieben. Ich kenne nicht alle Details, aber ich weiß, dass eine Menge unserer ehemaligen Zuständigkeiten auf das Militär übertragen wurden.«

»Warum?«

»Wir stehen jetzt seit über einem Jahrzehnt in Afghanistan. Im Irak beinahe ebenso lang. Dazu an ein paar anderen Orten, die nicht so oft in den Nachrichten erwähnt werden. Eine Dekade weltweiten Krieges spült das Militär ganz nach oben. Die Leute kriegen, was sie wollen, und sie wollen eine Menge.«

»Was ist mit einem ehemaligen ISA-Agenten mit Nachnamen Larison? Und einem derzeitigen ISA-Typen namens Treven?«

»Die Namen sagen mir nichts, aber ich kann sie überprüfen. Und ich halte die Ohren offen, was Horton von Ihnen wollen könnte.«

So etwas sagte Kanezaki nicht einfach so dahin. »Das weiß ich zu schätzen.«

»Tun Sie mir denselben Gefallen. Ich möchte auch gerne wissen, was er im Schilde führt. Da Sie nicht ganz leicht zu finden sind, muss er äußerst motiviert sein.«

Ich hörte einen Anflug von beruflichem Neid aus seiner Bemerkung heraus. Man konnte es ihm nicht verübeln, dass er seine Agenten nicht gerne mit jemandem teilte. Oder seine ehemaligen Agenten. Und es war ja wirklich nicht viel verlangt. Ich sagte, dass ich ihn auf dem Laufenden halten würde und legte auf.

Der dritte Anruf galt Dox. »Ich bin's«, sagte ich, als er abhob.

»Ich? Wer ist ›ich‹?«, fragte er mit seinem gedehnten Südstaatenakzent.

Das hatten wir schon mal gehabt. »Du weißt schon, wer ›ich‹ ist.«

Er lachte, offensichtlich erfreut. »Klaro, klaro, ich wollte nur mal sehen …«

»Ob du mich dazu bringst, meinen Namen am Telefon zu sagen, ich weiß. Da musst du dich schon ein bisschen mehr anstrengen.«

»Ich tue mein Bestes! Aber du wirst nicht jünger. Irgendwann kriege ich dich. Wie geht's, mein Alter? Gottverdammt, ist das schön, deine Stimme zu hören, selbst anonym. »

Ich informierte ihn über die neuesten Ereignisse und stellte mir vor, wie er am anderen Ende der Leitung grinste.

»Klingt so, als wäre da für irgendjemanden eine verdammt aufwendige Abschiedsparty in Vorbereitung«, meinte er.

»Ja, und wir sollen sie organisieren.«

»Tja, ich habe immer ein offenes Ohr, wenn ich ein paar deftige Gerichte servieren soll, solange die Tagespauschale stimmt. Aber was ist mit dir? Ich dachte, du wärst aus dem Catering-Geschäft ausgestiegen.«

»Ich höre mir ja auch nur einen Vorschlag an.«

Er lachte. »Dein Wort in Gottes Gehörgang, Partner.«

Dox kannte keinerlei Hemmungen, seine tödlichen Talente einzusetzen und konnte meine diesbezügliche Ambivalenz nicht verstehen. Ich sagte: »Ich lasse dich wissen, was ich erfahre.«

»Du lässt mich wissen? Hast du etwa vor, da solo hinzugehen?«

»Hör mal, es hat doch keinen Sinn …«

»Hast du den Verstand verloren? Es hat keinen Sinn, mit offenem Hosenschlitz in Gott weiß was reinzumarschieren. Wir treffen uns dort und ich decke dir den Rücken. Und erzähl mir nicht, das wäre nicht nötig. Das sagst du jedes Mal, und wie oft hast du schon danebengelangt?«

Natürlich hatte er recht. Ich kannte keinen vertrauenswürdigeren Menschen als ihn und einmal hatte er sogar einen Fünf-Millionen-Dollar-Zahltag sausen lassen, um mir das Leben zu retten. Es stört mich nur einfach, mich auf jemand anderen zu verlassen.

Doch unter den gegebenen Umständen erschien mir dieses reflexartige Verhalten einfach nur dumm und roch nach Nichtwahrhaben-wollen. »Also gut«, erwiderte ich. »Ich werde für persönliches Erscheinen bezahlt. Wir machen halbe-halbe.«

»Einverstanden. Was ist mit den Einzelheiten? Bulletin-Board?«

Wann immer möglich, vor allem wenn es um Reisen oder andere Details geht, mit denen man meinen Aufenthaltsort lokalisieren könnte, ziehe ich es vor, über eine verschlüsselte Internetseite zu kommunizieren. Seit kurzem benutzte ich ein mit FileVault und TOR ausgestattetes iPad – klein, handlich und viel sicherer als die entsprechenden Geräte in Internetcafés, die häufig angezapft sind. »Du kennst mich doch«, antwortete ich.

»Ja, tue ich, und ich habe gelernt, dass ein gewisses Maß an Weisheit hinter dem steckt, was geringere Männer als Paranoia bezeichnen würden.«

Ich sagte, dass ich die nötigen Informationen innerhalb von achtzehn Stunden posten würde, dann legte ich auf und klickte mich durch zu einem Internetkiosk. Auf allen vier täglichen JAL-Flügen nach Honolulu waren noch reichlich Plätze frei. Nicht die direkteste Route, aber wozu auffallen? Ich würde das Ticket am nächsten Tag direkt am Flughafen Narita kaufen und mich nach der Landung um die zweite Etappe nach L. A. kümmern. Und zwar Business-Class, nicht in der Ersten. Eine Vergrößerung der Datenbasis würde nicht ewig verhindern, dass sie herausfanden, unter welcher falschen Identität ich reiste, aber hier reichte eine Verzögerung völlig.

Wahrscheinlich war ich übervorsichtig. Ockhams Prinzip besagte, dass die Sache vermutlich genau das war, wonach sie aussah: Das JSOC suchte einen Subunternehmer für einen besonders heiklen Job, bei dem es nach natürlicher Todesursache aussehen sollte. Aber Ockhams Prinzip hat als Handlungsgrundlage seine Grenzen. Wie fast alle natürlichen Gegebenheiten kann es vom Menschen manipuliert werden.

Kapitel Sieben

Zwei Tage später saß ich allein an einem Ecktisch von *The Blvd*, dem Restaurant des Beverly Wilshire Hotels, umgeben von Hotelgästen in Touristenklamotten und Studiomitarbeitern, die bei Alpha-Frühstücken mit ihren Deals prahlten. Ich amüsierte mich mit einem Müsli und arbeitete mich langsam durch einen Pott Kaffee. Das Hotel gefiel mir und ich hätte gern die Nacht dort verbracht, aber ich wollte nicht in einem Etablissement als Gast gemeldet sein, in dem ich, wenn etwas schiefging, Horton als Leiche zurücklassen musste. Stattdessen hatte ich mich im nahe gelegenen Four Seasons eingemietet und dann einen Spaziergang zum Beverly Wilshire gemacht, um dessen unauffällige, aber umfassende Sicherheitsvorkehrungen zu nutzen, die es Hortons Streitkräften schwer machen würden, das Treffen in einen Hinterhalt zu verwandeln. Es gab mehrere Eingänge von drei verschiedenen Straßen aus und auch das erschwerte die Dinge, falls jemand Ungehöriges plante. Als Sahnehäubchen zu all den taktischen Vorzügen schadete es auch nichts, dass mir das Essen schmeckte.

Kanezaki hatte Informationen über Larison und Treven geliefert. Bei Daniel Larison handelte es sich tatsächlich um einen ehemaligen ISA-Agenten, aber er war tot, in die Luft gesprengt bei dem Anschlag auf die pakistanische Premierministerin Bhutto in Karatschi am 18. Oktober 2007. Entweder ein vorgetäuschter Tod oder ein anderer war in die Schuhe des toten Larison geschlüpft. Treven schien tatsächlich Ben Treven von der ISA zu sein, obwohl auch das nicht hundertprozentig sicher war, denn Kanezaki war es nicht gelungen, Fotos aufzutreiben, nach denen ich die beiden Männer hätte identifizieren können. Aber Namen waren Schall und Rauch. Entscheidend war, dass sie für Horton arbeiteten.

Ich hatte Horton früher am Morgen angerufen und ihn wissen lassen, wo ich zu finden war. Anschließend hatte ich mir sofort einen Tisch mit Blick über das Restaurant und die Straßeneingänge gesichert. Dox saß ein paar Tische weiter mir gegenüber, vor den Eingängen durch eine der riesigen, holzgetäfelten Säulen verborgen.

Wir hatten uns am Abend zuvor beim Essen im *XIV*, einem Restaurant am Sunset Boulevard, getroffen. Nach so langer Zeit gab es viel zu erzählen. Bei einem hervorragenden Menü mit Tomaten-Pfirsich-Salat, Taschenkrebs-Ravioli und weiteren Köstlichkeiten hatte Dox mir anvertraut, dass ihn das kleine Stückchen Paradies, das er sich in Bali aufgebaut hatte, langsam zu langweilen begann.

»Es ist wunderschön, du kennst es ja«, sagte er, während er sich den sandfarbenen Spitzbart strich. »Ich dachte immer, es wäre genau das, was ich wollte, ein Zuhause auf der anderen Seite der Welt. Du weißt schon, weit weg von dem nervenden Trubel und so, aber … ich weiß nicht, vielleicht liegt es nicht an Bali, sondern an mir.«

»Wie das?«

»Ach, Scheiße. Ich kann so viel Arbeit kriegen wie ich will … es gibt derart viele Aufträge von der CIA und vom Pentagon, dass ich von ausländischen Klienten gar nichts mehr annehme. Aber ich hab’s satt, mit den Turbanträgern Hase und Igel zu spielen. Ich meine, was hat es für einen Sinn, auf Feuerwehrmann zu machen, wenn die Leute, für die man arbeitet, das Zündeln nicht lassen können? Eigentlich sollte ich ja froh sein – der große Weltkrieg gegen den bösen Terror verschafft unsereinem ein hübsches Einkommen. Zum Teufel, wahrscheinlich habe ich die Midlife-Crisis. Vielleicht sollte ich mir einen Sportwagen anschaffen.« Er trank einen kräftigen Schluck von seinem Bombay Sapphire Gin, dann meinte er: »Was ist mit dir und Delilah? Wie kommt ihr zurecht?«

Ich nippte an einem 2007er Emilio's Terrace aus dem Napa Valley, den ich ausgerechnet in Bangkok entdeckt hatte. Es war ein Cabernet, noch ziemlich jung, aber bereits von angenehmer Fülle. Mit einem Anflug von Traurigkeit fragte ich mich, wie er wohl schmecken würde, wenn er in etwa zehn Jahren seinen Höhepunkt erreicht hatte. Ich betrachtete die dunkle Flüssigkeit im Glas und sagte: »Gar nicht.«

»Was soll das heißen?«

»Es bedeutet, dass ich sie in Paris zurückgelassen habe. Ich lebe wieder in Tokio.«

»In Tokio?«, fragte er und massierte sich das Genick. »Ich dachte, du bist verliebt in Paris. Verflixt, ich dachte, du liebst Delilah?«

Ich seufzte. »Sie wollte den Mossad nicht verlassen. Ich weiß nicht, wie oft ich ihr gesagt habe, dass es mich wahnsinnig macht, wenn sie weiter in der Branche bleibt, während ich auszusteigen versuche. Am Ende … Ich habe ihr ein Ultimatum gestellt.«

»Nach deinem derzeitigen Wohnort kann ich mir vorstellen, wie das ausgegangen ist.«

Ich trommelte mit den Fingern auf dem Tisch. »Es ist wahrscheinlich am besten so.«

»Also, ich weiß nicht. Dachte, das zwischen euch beiden wäre etwas Besonderes, ehrlich.«

Ich nickte. Wir drei hatten eine Menge zusammen erlebt: Erst als Gegenspieler im Fadenkreuz, dann, als der Mossad mich anheuerte, um einen abtrünnigen israelischen Bombenbauer namens Manheim Lavi auszuschalten, im selben Team. Am Ende hatten wir uns gegenseitig aus Gründen den Rücken gedeckt, die nichts mit nationalen Interessen, aber alles mit persönlicher Freundschaft zu tun gehabt hatten. Ich wusste, dass da zwischen mir und Delilah etwas ebenso Ungewöhnliches wie Kostbares aufgeblüht war.

»Denkst du noch an sie?«, fragte er.

Ich wandte den Blick ab. »Was glaubst du denn?«

»Was hat dich genau daran gestört, dass sie in der Branche geblieben ist, als du aussteigen wolltest? Ich bin auch noch dabei und mich scheinst du zu tolerieren.«

»Mit dir lebe ich nicht zusammen.«

»Ist das wirklich der entscheidende Unterschied?«

»Ja, ist es ... Da drüben in Paris habe ich versucht, zu lernen ... wie man sich entspannt. Verstehst du? Neue Stadt, niemand kennt mich, niemand sucht mich. Ich wollte einfach mal einen Gang herunterschalten, mich nicht ständig so fühlen, als müsste ich über die Schulter schauen. Aber wie soll ich das jemals schaffen, wenn ich mit jemandem zusammen bin, dessen Job uns jederzeit wieder in die ganze Scheiße hineinreiten könnte? Einmal war es ja schon soweit.«

Er runzelte die Stirn. »Jemand hat euch in Paris umzunieten versucht?«

Ich dachte daran zurück und nickte. »Paris ist zum Abgewöhnen.«

Er senkte gravitätisch den Kopf und sah mich an. »Das musst du mir bei Gelegenheit mal erzählen. Aber, Partner, du und entspannen? Das möchte ich sehen. Los, zeig's mir, nur eine Minute lang. Lass uns erst eine Wette drauf abschließen. Ich könnte das Geld gebrauchen.«

Ich gab keine Antwort. Ich konnte es nicht ausstehen, wenn er diese psychologische Scheiße mit mir abzog. Noch mehr hasste ich es, wenn an seinen Beobachtungen etwas dran war.

»Wie dem auch sei«, fuhr er fort, »hier sitzt du und steckst wieder mitten drin, bloß ohne Delilah. Und trotz meiner anregenden Gesellschaft ist das ein schlechter Tausch, wenn du meine Meinung hören willst. Das willst du nicht, ich weiß, aber ich sag sie dir trotzdem.«

»Ich stecke nicht ›wieder mitten drin‹. Jemand hat mich aufgespürt. Ich versuche, die Sache zu bereinigen. Es ist nicht so, dass ich eine große Wahl hätte.«

Ich erwartete, dass er meine Proteste mit einem Lachen abtun würde, was typisch für ihn gewesen wäre. Aber er tat es nicht und das ärgerte mich noch mehr.

»Was denn?«, fragte ich.

Er zog in gespielter Unschuld die Augenbrauen hoch. »Ich sag doch gar nichts.«

»Ich weiß. Das sieht dir gar nicht ähnlich. Sag schon, spuck es aus.«

Er lehnte sich zurück und kratzte sich am Bauch. »Es ist bloß ... Vielleicht hast du dich mehr an dem gestört, was Delilah in ihrem Job tun muss, als an dem Job selbst.«

Ich antwortete nicht. Delilah erledigte eine Menge Aufträge für den Mossad. Aber ganz oben auf der Liste standen langfristige »Sexfallen«-Operationen mit hochrangigen Zielpersonen. Sie war naturblond und sah glänzend aus, war intelligent, selbstbewusst und kultiviert und sie verstand es, das alles einzusetzen. Ich bezweifelte, dass der Mossad je eine erfolgreichere Agentin als sie auf der Lohnliste gehabt hatte, nicht, dass er das zu schätzen gewusst hätte. Im Gegenteil, sie erzählte mir, dass die Art der Missionen, auf die sie geschickt wurde – buchstäblich mit dem Feind zu schlafen –, sie in den Augen ihrer Auftraggeber irgendwie anrüchig, wenn nicht sogar verdächtig machte. Was mit der Grund war, warum es mich so wütend machte, dass sie nicht ausstieg. Was schuldete sie ihnen? Warum war sie so loyal? Sie hatten sie nicht verdient.

»Willst du mir erzählen, es hätte dich nie gestört, dass sie monatelang weg war, ohne dir sagen zu dürfen, wo oder mit wem? Willst du mir erzählen, dass du nie mitten in der Nacht in eurem großen Bett aufgewacht bist und dich gefragt hast, ob sie vielleicht im selben Moment mit jemandem rumsoßt und …«

»Rumsoßt?«

»Ja, das bedeutet …«

»Vergiss es, ich kann's mir denken.«

»Schon gut, es heißt nur …«

»Ich habe verstanden, was du meinst.«

Er grinste. »Dann habe ich mich nicht zu verquast ausgedrückt?«

»Nein, überhaupt nicht.«

Das Grinsen des alten Scheißefressers wurde breiter, aber es lag auch ein wenig Mitgefühl darin. Ich hätte mich weiter mit ihm streiten können, aber was hätte das gebracht? Sollte er doch denken, was er wollte, ebenso wie Kanezaki.

Im Moment zählte nur, dass er bewaffnet war – mit einer Wilson Combat Supergrade Compact. Ich hatte ihn gefragt, wie er es geschafft hatte, so kurz nach seiner Ankunft aus Bali eine aufzutreiben, aber er hatte nur gelächelt und gemeint: »Das gute alte Hinterwäldler-Netzwerk.« Es war beruhigend, zu wissen, dass er mir hier im Beverly Wilshire den Rücken deckte, während dezente Musik von der hohen Decke plätscherte und gepflegte Gespräche die Kulisse für das Klimpern von edlem Silberbesteck auf teurem Porzellan bildeten.

Vierzig Minuten nachdem ich mich gesetzt hatte, sah ich einen Schwarzen das Restaurant betreten. Älter als in meiner Erinnerung, natürlich, sein Schädel war inzwischen kahl und er hatte ein paar Kilo zugelegt, aber er wirkte noch sehr fit. Er sprach kurz mit einer Bedienung, die ihm zeigte, wo ich saß und ihn zu meinem Tisch führte. Ich musterte ihn beim Näherkommen und sah, dass er eine Art teuren Kunststoff-Computerkoffer bei sich hatte, seine Hände aber ansonsten leer waren. Das rote, kurzärmlige Hemd, das er in eine Khakihose gestopft trug, bot kaum Möglichkeiten, eine Waffe zu verstecken. Er hatte sich mit Absicht so gekleidet, um mich zu beruhigen, aber ich würde trotzdem noch seine Knöchel kontrollieren, nach irgendwelchen verräterischen Anzeichen im Schnitt seiner Kleidung Ausschau halten und die Eingänge beobachten, ob ihm jemand folgte.

Ich stand auf und schüttelte ihm die Hand. Nachdem die Bedienung wieder verschwunden war, sagte er: »John Rain. Mein Gott, Sie haben sich überhaupt nicht verändert. Was ist Ihr Geheimnis?«

»Hauptsächlich, mich aus Schwierigkeiten herauszuhalten.«

Er lachte. »Soweit ich höre, sind Sie gut im Geschäft.«

»Nein, nicht in letzter Zeit.«

»Nun, ich hoffe, das können wir ändern. Eine Schande, wenn ein Mann wie Sie seine Talente brachliegen lässt.«

Wir setzten uns und er legte den Computerkoffer zwischen uns auf den Tisch. Er sah sich um und sein Blick blieb kurz an Dox hängen. Er hätte so tun können, als würde er ihn nicht erkennen, aber da ich davon ausgehen musste, dass er Zugang zu Militärfotos besaß, würde mich das irritiert haben. Er war clever genug zu sagen: »Ich vermute, er soll mich erschießen, wenn etwas schiefgeht.«

Ich war froh, dass er es selbst ansprach. »Etwas in der Art.«

»Eine verständliche Vorsichtsmaßnahme. Aber ich glaube nicht, dass es so weit kommen wird. Ich habe meine Männer draußen gelassen und ich selbst bin unbewaffnet.« Er schob seinen Stuhl vom Tisch zurück und zog die Hosenbeine hoch. Nichts als Socken, vom Knöchel bis zur kräftigen Wade. »Okay? Ich bin nur zum Reden hier.«

Es war kühn von ihm, ohne Rückendeckung aufzutauchen, besonders, nachdem er zwei Mann in Tokio verloren hatte. Aber vermutlich hatte er sich in mich hineinversetzt und wusste, dass ich nicht riskieren würde, ihn zu töten, bevor ich erfahren hatte, worum es ging.

Ich trug einen Breitband-Wanzendetektor in der Tasche – er spürte alle Sende- und Mobilfunkfrequenzen in anderthalb Meter Umkreis auf. Er vibrierte seit seiner Ankunft.

»Ich möchte, dass Sie Ihr Telefon ausschalten«, sagte ich. »Und nehmen Sie die Batterien heraus.« Er hätte vor seinem Eintreffen jemanden anrufen können, der unser Gespräch jetzt aufzeichnete. Oder er hätte das Handy auf Diktierfunktion schalten können. Und wenn es kein Telefon war, das den Detektor auslöste, musste er einen Sender bei sich tragen.

»Selbstverständlich«, sagte er. Weil er mich nicht darum bat, dasselbe zu tun, und weil mein Telefon abgestellt war, vermutete ich, dass sein eigener Detektor das Handy ausfilterte. Er zog es aus der Tasche, schaltete es ab, nahm den Akku heraus und legte das leere Gerät auf den Tisch. Das Vibrieren in meiner Tasche hörte auf.

Er beugte sich vor, stützte die Ellbogen auf den Tisch und verschränkte die Hände. »Nun, es wird Sie nicht überraschen, dass es um einen Auftrag geht. Einen, der Ihre einzigartigen Talente erfordert. »

»Ich weiß nicht, was Sie meinen.«

»Ich glaube schon, aber okay. Ich werde es Ihnen erklären. Darum sind wir schließlich hier.«

Er bestellte sich ein komplettes Frühstück – ein *Blvd*-Omelett mit Champignons und schwarzen Trüffeln, Orangensaft, eine Kanne Kaffee. Ich fragte mich, wie viel davon Appetit war und was Gelassenheit demonstrieren sollte.

Als die Bedienung sich entfernt hatte, sagte er: »Sagt Ihnen der Name Tim Shorrock etwas?«

Er kam mir bekannt vor, aber ich konnte ihn nicht unterbringen. »Sollte er?«

Er zuckte die Achseln. »Kommt darauf an, wie genau Sie die Dinge verfolgen. Er ist keine besonders bekannte Figur in den

Kreisen der Macht, aber immerhin der Direktor des NCTC, der Nationalen Antiterror-Zentrale.«

Es machte Klick und jetzt wusste ich, warum mir der Name bekannt vorgekommen war. Ich spürte einen leichten Adrenalinstoß, als mir klar wurde, was Horton von mir wollte. Ich schüttelte den Kopf: »Nein.«

Eine Pause entstand. Er fragte: »Nein? Sie wollen den Job nicht?«

»Niemand wird ihn haben wollen. Er ist zu schwierig und zu gefährlich.«

Ein eigenständiger Teil meines Verstandes konstatierte, dass ich aus Gründen der Durchführbarkeit ablehnte, nicht aus Prinzip. Ich wusste es besser, aber man hätte vermuten können, dass meine Antwort weniger Ablehnung bedeutete, als eine Verhandlungstaktik.

»Hören Sie, wir haben beide einen langen Weg hinter uns. Wenn Sie nicht zu sehr in Eile sind, warum lassen Sie mich nicht erst einmal ausreden?«

Der Vorschlag klang absolut vernünftig. Und doch spürte ich Gefahr dahinter lauern. Warum?

Weil du interessiert bist. Gib es zu. Andernfalls wärst du gar nicht gekommen.

Nein. Ich bin hier, um herauszufinden, was hinter der Sache steckt. Weil gewarnt sein bedeutet, gewappnet zu sein. Solide Taktik, sonst nichts.

Der Einwand klang dünn. Ich hörte Kanezaki und Dox leise in sich hineinlachen, wie immer, wenn ich sagte, dass ich aussteigen wollte. Hatten sie recht? Kannten sie mich besser, als ich mich selbst?

Der Kellner brachte Hortons Getränke und verschwand wieder. Horton rührte etwas Sahne in seinen Kaffee und sagte: »Das Nationale Antiterror-Zentrum befasst sich in erster Linie mit Analyse und Koordination, aber Shorrock hat auch die Kapazität für eigene Operationen entwickelt. Sehen Sie, vor 9/11 war Al Qaida nicht in der Lage, muslimische Amerikaner zu rekrutieren, doch heute ist das anders.«

»Sie meinen das Blutbad von Fort Hood?«

»Und die versuchten Bombenanschläge auf die Northwest Airlines und den Times Square, die geplanten Bombenanschläge auf die Metro in Washington, der Portland-Anschlag … allesamt das Werk amerikanischer Moslems.«

Ich lachte. »Sie meinen, nach einem Jahrzehnt mit zwei offenen und einem Dutzend verdeckten Kriegen, Drohnen-Attacken, Folter, Bombenrhetorik gegen den Iran, Massenhysterie wegen Moscheen … da werden die amerikanischen Moslems plötzlich anfällig für den Schrei nach Rache? Wie schockierend!«

Er nippte an seinem Kaffee und stellte die Tasse ab. »Ich wollte, ich hätte Ihren Humor. Aber das Problem verschlimmert sich.«

»Was hat das mit Shorrock zu tun?«

»Seine Männer haben verschiedene Zellen im Land infiltriert. Theoretisch sollte Shorrock nur tief genug in eine Zelle eindringen, um ausreichendes Belastungsmaterial für eine Anklage zu sammeln. Tatsächlich leitet er diese Zellen inzwischen komplett. Können Sie mir folgen?«

»Shorrock ist ein heimlicher Radikaler?«

»Shorrock plant eine Serie von Anschlägen unter falscher Flagge. Innerhalb Amerikas.«

Die Richtung, in der sich das hier entwickelte, gefiel mir nicht. »Warum?«

Er sah mich an. »Um die emotionale und politische Grundlage für eine Außerkraftsetzung der Verfassung zu schaffen.«

»Sie meinen einen Militärputsch«, sagte ich zweifelnd. »In Amerika?«

»Ein Staatsstreich gegen die Verfassung, ja. Sie glauben, das könnte hier nicht passieren? Ich bitte Sie! Selbst wenn Sie den Job nicht annehmen wollen, tun Sie sich den Gefallen und googeln Sie COINTELPRO, oder Operation Mockingbird, oder, ach ja, besonders Operation Northwoods. Und wenn Sie schon dabei sind, sehen Sie auch unter Operation Ajax nach, Operation Gladio, dem ›kubanischen Projekt‹ und der sogenannten ›Strategie der Spannung‹. Und das sind nur die Operationen, von denen etwas durchgesickert ist. Es gab noch andere. Vielleicht glauben Sie ja, so etwas wie der Reichstagsbrand, der Überfall auf den Sender Gleiwitz und die angeblichen tschetschenischen Bombenanschläge in Russland könnten heute nicht mehr passieren, und schon gar nicht in Amerika. Aber so naiv kommen Sie mir eigentlich nicht vor.«

»War 9/11 auch ein Insider-Job?«

»Nein, obwohl das angesichts der Art, wie der Anschlag ausgeschlachtet wurde, durchaus plausibel erscheinen könnte. Aber nur, weil nicht alle Massenmorde unter falscher Flagge stattfinden, heißt das nicht, dass es nicht vorkäme.«

Der Kellner brachte das Omelett und Horton machte sich darüber her. Ich fragte mich, wie viel von dem, was er mir erzählte, der Wahrheit entsprach. Und warum ich mich, falls es stimmte, darauf einlassen sollte.

»Möchten Sie nicht auch?«, fragte er kauend und deutete auf das Omelett. »Es schmeckt köstlich.«

»Warum kommen Sie mit der Sache ausgerechnet zu mir?«

Er schluckte hinunter und nickte, als hätte er auf die Frage gewartet. »Hinter dem Plan stecken prominente Individuen aus Politik, Militär, Wirtschaft und Medien. Man kann sie nicht einfach umbringen oder beiseiteschaffen, weil die Fraktionen, die sie repräsentieren, die Bedrohung erkennen und zurückschlagen würden. Ich bin darauf angewiesen, dass ihr Abgang so lange wie möglich nach natürlichen Ursachen aussieht, damit wir der Verschwörung maximalen Schaden zufügen können, bevor es dem Feind gelingt, sich zu formieren.«

Seine vorschnelle Verwendung des Wörtchens *Wir* missfiel

mir. Aber ›natürliche Todesursachen‹ würde erklären, warum er sich für mich interessierte. »Und was noch?«

»Einige der Zielpersonen verfügen über beachtlichen Personenschutz, und das heißt, Sie werden ein Team brauchen. Das ist der Punkt, an dem Ihr Freund Dox ins Spiel kommt, neben meinen Leuten Larison und Treven. Dieser Job könnte eigentlich eine größere Einheit vertragen, aber je höher die Zahl, desto höher das Risiko. Ich denke, zu viert können Sie es schaffen.«

»Das kaufe ich Ihnen nicht ab. Haben Sie in der ISA denn nicht genug Personal?«

»Personal? Reichlich. Aber die nötige Erfahrung? Mein Freund, Sie stellen Ihr Licht unter den Scheffel. Es gibt Leute, die gesehen haben, wie Sie in Tokio einen Mann vor einen fahrenden Zug gestoßen haben, und zwar so, dass ein Dutzend Umstehende nichts davon bemerkten und selbst auf den Überwachungskameras nichts zu erkennen war.«

Ich sah keinen Vorteil darin, ihn zu berichtigen, doch die fragliche Zielperson hatte in Wirklichkeit ohne meine Mitwirkung Selbstmord begangen und ich war ebenso überrascht davon gewesen, wie alle anderen Zeugen auf dem Bahnsteig. Aber mein damaliger Auftraggeber hatte geglaubt, es wäre mein Werk und war in Ehrfurcht erstarrt. Schon komisch, wie Legenden geboren werden.

»Womit haben Sie Treven und Larison in der Hand?«

»Das ist eine Sache zwischen ihnen und mir.«

»Gehören sie überhaupt zur ISA?«

»Ihr Status ist …«

»Ableugbar?«

»So könnte man es vielleicht ausdrücken.«

»Wenn ich ›ableugbar‹ höre, denke ich ›im Regen stehen gelassen‹.«

Er nickte. »Dann lassen Sie es nicht soweit kommen.«

»Und Sie wollen, dass ich die Sache leite«, sagte ich. »Nicht einer Ihrer Jungs.«

»Das ist richtig.«

»Warum?«

»Sie haben die meiste Erfahrung. Sie wissen, was Sie tun, und die anderen Männer werden Sie respektieren. Außerdem sind die daran gewöhnt, Befehle zu befolgen. Sie nicht. Nichts für ungut.«

Ich blickte ihn nachdenklich an. Er dachte wirklich, ich würde den Auftrag übernehmen.

»Außerdem«, fügte er hinzu, »ist Larison zwar ein guter Soldat, aber er benötigt Führung.«

Hinter dem schlichten Satz spürte ich eine tiefere Bedeutung. »Was für eine Art von Führung?«

»Disziplin. Er ist wie eine geladene Waffe – man muss dafür sorgen, dass sie nicht in die falsche Richtung losgeht.«

»Ich kann Ihnen nicht ganz folgen.«

»Sagen wir mal … er ist ein Mann, der zu viel zu verbergen hat. Ein zerrissener Mann.«

Erst bedeutete Larison mir, dass es zwischen ihm und Horton Meinungsverschiedenheiten gab. Und jetzt tat Horton das Gleiche. Ich hätte einen Kommentar dazu abgeben können, wollte aber dem einen den möglichen Schachzug des anderen nicht verraten.

»Warum erzählen Sie mir das alles?«, fragte ich.

»Andernfalls würden Sie den Job nicht übernehmen.«

»Ich übernehme ihn sowieso nicht.«

Ich dachte, er würde sagen: *Warum hören Sie mir dann überhaupt zu?* Aber das tat er nicht. Er wusste, dass ich mir die Frage selbst stellen und mir eine überzeugendere Antwort geben würde, als er es gekonnt hätte.

»Ich möchte Sie etwas fragen«, meinte er. »Was ist den amerikanischen Bürgern seit 9/11 und nach jedem weiteren Anschlag oder versuchten Anschlag unablässig eingehämmert worden?«

Ich warf einen Blick zum Restauranteingang. »Ich weiß nicht. Ihre Freiheit zu hassen, würde ich sagen.«

»Nah dran. Dass wir unsere Freiheiten aufgeben müssen. Nach jedem neuen Anschlag behauptet die Regierung, dass sie, um Amerika sicherer zu machen, noch mehr Macht braucht und die Bürger noch mehr Freiheiten opfern müssen. Verdammt, wenn die Terroristen uns tatsächlich wegen unserer Freiheit hassen würden, inzwischen hätten sie kaum noch Grund dazu. Aber so ist es nicht. Sie hassen uns nur noch mehr. Und gleichzeitig wird den Amerikanern eingeimpft, dass ihr Land nur deshalb weiter unter Beschuss steht, weil sie noch nicht genügend Freiheiten geopfert haben und deshalb noch ein bisschen mehr davon aufgeben müssen. Einige wenige, entschlossene Individuen haben erkannt, dass die Zeit reif ist, aus dieser Situation Profit zu schlagen, und sie stehen unmittelbar davor, Taten folgen zu lassen.«

Wir saßen ein paar Minuten lang schweigend da, während er sein Omelett verzehrte. Dox hielt ein wachsames Auge auf uns gerichtet. Seine linke Hand lag auf dem Tisch, die rechte war unsichtbar.

Als das Geschirr abgeräumt war und nur noch der Kaffee dastand, meinte ich: »Ich will Ihnen sagen, wo das Problem liegt. Gehen wir davon aus, dass alles, was Sie mir erzählt haben, der Wahrheit entspricht. Sie könnten mir trotzdem nicht genug bezahlen, um den Direktor der Nationalen Antiterror-Zentrale umzubringen.«

Ich fragte mich, warum ich immer noch so tat, als würden wir verhandeln, statt ihm rundheraus zu sagen, dass ich unter keinen Umständen interessiert war. Zog ich die Sache ernsthaft in Betracht? Wieder fragte ich mich, ob Dox und Kanezaki vielleicht recht hatten mit ihren ständigen Einwänden, dass ich nicht wirklich aufhören wollte. Aber hätte ich dann Delilah so sehr zum Aussteigen gedrängt?

Horton betrachtete mich – ein wenig kritisch, wollte mir scheinen. »Ihnen ist das egal?«, fragte er.

Ich zuckte die Achseln. »Es geht mich nichts an.«

»Geht Sie nichts an? Welches ist Ihr Heimatland?«

»Sprechen Sie von meinem Pass?«

»Ich spreche von Ihren Loyalitäten.«

»Ich bringe niemandem Loyalität entgegen, der sie nicht erwidert.«

»Dann lassen Sie mich Ihnen eine Frage stellen. Wie viele Menschen haben Sie getötet?«

»So viele, dass ich mich nicht mehr genau erinnere.«

»Was bedeutet dann einer mehr?«

Ich sah ihn an. »Wenn er mich bedroht? Nichts.«

Er nickte. »Ich verstehe. Mir geht es ähnlich. Ich habe vielen Menschen das Leben genommen, direkt und indirekt, und einige Male unter ziemlich fragwürdigen Umständen, wie ich zugeben muss. Eines Tages werde ich meinem Schöpfer gegenübertreten und mich dafür rechtfertigen müssen. Glauben Sie das auch?«

Ich gab keine Antwort. Irgendwo in meinem Hinterkopf schlüpfte ein Bild durch die Schutzmauern. Ein Junge in Manila, der sich an das Kleid seiner Mutter klammerte und um den Vater weinte, den ich ihm genommen hatte. Ich erinnerte mich an seine Stimme, kläglich, kindlich. *Mama, Mama.* Eine Stimme, die mich gelegentlich in meinen Träumen verfolgte.

»Manchmal frage ich mich«, fuhr Horton fort, »ob es mir, wenn es soweit ist, helfen würde, wenn ich sagen kann: ›Ja, ich habe viele Leben genommen. Aber sieh, wie viele Leben ich gerettet habe.‹ Stellen Sie sich auch ab und zu diese Frage? Fragen Sie sich, ob es etwas gibt, das die Schuld von Männern unserer Art tilgen könnte?«

Abermals antwortete ich nicht. Das eine Bild, das aus meinem Gedächtnis entkommen war, ermunterte weitere zu Ausbruchsversuchen. Noch ein Junge, ungefähr in meinem Alter damals, der ausgestreckt im dampfenden Gras des frühen Morgens an einem Flussufer lag und etwas in einer Sprache flüsterte, die ich nicht verstehen konnte, während Tränen über seine Wangen rollten und sein Leben aus einer Brustwunde in die durchweichte Erde unter ihm versickerte. Einer Wunde, die ich ihm zugefügt hatte.

Genug. Genug.

»Es geht um Folgendes«, sagte Horton. »Wenn wir dem kein Ende setzen, werden Sie in ein paar Wochen CNN einschalten und Fernsehbilder des furchtbarsten Massakers unter Zivilisten sehen, das Sie sich vorstellen können. Serien von Massenanschlägen mitten in der Heimat, die dazu bestimmt sind, größtmögliches Leiden und größtmögliche Medienwirksamkeit zu erzielen. Sie werden die Qual der Überlebenden sehen und das Wehklagen der Familien der Toten hören. Und Sie werden wissen, dass es dazu gekommen ist, weil Sie versagt haben. Weil Sie etwas dagegen hätten unternehmen können, aber einfach keine Lust hatten. Und wenn Sie dann vor Ihrem Schöpfer stehen, und der Tag wird kommen, so sicher, wie das Amen in der Kirche, werden Sie ihm erklären müssen, ihm und den Seelen der Tausenden von hingeschlachteten Menschen, warum Sie es nicht verhindert haben. Wollen Sie das auf Ihr Gewissen laden? Ihre Seele damit belasten?«

Es war ein eindrucksvoller Vortrag, voll Leidenschaft, und ich fragte mich, was seine Inbrunst nährte. Die schlaflosen Nächte vielleicht. Die falschen Entscheidungen, die er getroffen hatte, als er zu schnell auf den Abzug drückte und einen Unschuldigen erschoss, oder zu lange wartete und einen Freund verlor. Eine Mission, deren Ziel nicht erreicht wurde. Ein falscher Befehl, den er erteilt hatte. Die Menschen, deren Tod er verursacht hatte, während er Leben zu retten versuchte.

Ein Teil von mir war beeindruckt, wie gut er seinen Standpunkt vertrat. Er hatte mindestens drei wirkungsvolle Argumente gehabt und sie auch eingesetzt. Als die ersten beiden – grob gesagt Patriotismus und »Auf einen mehr kommt es nicht an« – ihren Zweck verfehlt hatten, war er mit einem eleganten Schlenker direkt zum Fegefeuer übergegangen. Mein entschlossenes Schweigen gegenüber diesem dritten Argument hatte ihm alles gesagt, was er wissen musste. Nicht im Detail – die Überbleibsel meiner katholischen Erziehung, die wachsende Last des Lebens, das ich geführt, und der Leben, die ich genommen hatte, meine nebulösen Hoffnungen auf irgendeine Art der Wiedergutmachung, vielleicht sogar Erlösung –, aber in groben Zügen. Er musste deutlich spüren, dass er einen Nerv getroffen hatte.

Ich seufzte und warf einen Blick auf den Computerkoffer. »Was ist da drin?«

»Die Einzelheiten für Shorrock. Ach ja, und die Fünfzigtausend, von denen wir gesprochen haben. Sie gehören Ihnen, ganz gleich, wie Sie sich entscheiden.«

Vernünftig. Es geschieht nur selten, dass ich bei finanziellen Arrangements das Nachsehen habe. Niemand macht sich ohne Not jemanden wie mich zum Feind.

»Was bieten Sie mir an für diese Selbstmordmission?«

»Es gibt keinen Grund, es als Selbstmordmission zu bezeichnen. Aber ich biete eine Million Dollar, so oder so.«

Ich erwiderte nichts. Ich musste zugeben, die Ziffer klang nicht uninteressant.

»Teilen Sie die Summe unter Ihrem Team auf, wie es Ihnen angemessen erscheint«, sagte er. »Und erzählen Sie mir nicht, es wäre nicht genug. Ich kenne mich aus in dem Spiel, und wir wissen beide, dass Sie für einen einzelnen Job niemals mehr als ein Viertel davon bekommen haben. Der nächste wird noch besser bezahlt sein, aber der hier bringt eine Million, nicht mehr.«

Ich überlegte, ihm noch Spesen abzuknöpfen, entschied mich aber dagegen. Er hatte recht, eine Viertelmillion für ein Attentat war eine große Prämie, selbst wenn man in die Gleichung mit einbezog, wie schwer die Zielperson zu erledigen war.

»Wie sollen wir an jemanden wie Shorrock herankommen?«

»Ich würde das kommende Wochenende empfehlen, bei der GovSec Expo in Las Vegas, der Sicherheitskonferenz.«

»GovSec?«

»Government Security Expo and Conference. Alle Heimatschutz- und Strafvollzugsbehörden und privaten Sicherheitsfirmen in Amerika treffen sich unter dem Dach des Wynn-Kongresszentrums, um einen noch größeren Schluck aus den Dollars spendenden Titten von Tante Sam zu ergattern.«

»Was macht Shorrock dort?«

»Offiziell ist er da, um am Samstagmorgen die Eröffnungsrede zu halten. In Wirklichkeit aber, um sich von den Aufsichtsräten von einem halben Dutzend Sicherheitsfirmen in den Arsch kriechen zu lassen, die ihn mit siebenstellig dotierten Beraterjobs von der Regierung wegzulocken versuchen. Verbindungen von der Art, wie Shorrock sie hat, sind für diese Leute mehr wert als ein Dutzend Lobbyisten. Er wird das ganze Wochenende wie ein König behandelt werden.«

»Ist Ihnen eigentlich klar, wie schwierig es ist, in einem Kasino nahe und ungestört genug an ihn heranzukommen, dass es nach natürlichen Todesursachen aussieht?«

»Dafür bekommen Sie ein paar Spezialwerkzeuge. Nur zu, machen Sie den Koffer auf.«

Ich klappte ihn auf. Es befanden sich zwei *Primatene Asthmainhalatoren* darin, befestigt mit Klettbändern.

»Was ist das?«, fragte ich.

»Der mit der roten Kappe enthält ein Blausäure-Aerosol, dreitausend ppm.«

Ich stieß einen leisen Pfiff aus. Dreitausend ppm, also Teile pro Million, entspricht der Konzentration in einer Gaskammer.

»Genau. Wenn Sie das einem Mann in den Mund sprühen, oder auch nur ins Gesicht, ist er in weniger als dreißig Sekunden tot. Aber es verteilt sich extrem schnell und ist ...«

»Schwer nachzuweisen, ja.«

»Besonders, wenn man nicht speziell danach sucht. Sie halten besser die Luft an, wenn sie es anwenden, und ich würde Ihnen auch empfehlen, nicht in der Nähe zu bleiben.«

»Trotzdem, dreitausend ppm ist ...«

»Ja, das Zeug ist gefährlich, zugegeben. Aber sehen Sie die Dose mit der blauen Kappe? Das ist das Gegengift, falls Sie versehentlich selbst etwas davon abbekommen.«

»Hydroxocobalamin? Natriumthiosulfat?«

»Sie kennen sich aus in Chemie. Beides – in Kombination wirken sie am besten. Da drin sind auch ein paar Ampullen Hydroxocobalamin, etikettiert als Adrenalin gegen Bienenstiche, falls jemand neugierig sein sollte, außerdem Spritzen. Wenn Sie sich für die Zyanid-Schiene entscheiden sollten, und das liegt natürlich ganz bei Ihnen, würde ich Ihnen empfehlen, dass Sie sich alle vorbeugend eine Spritze verabreichen.«

»Und was ist sonst noch drin?«, fragte ich. Ich fühlte mich gegen meinen Willen fasziniert und wunderte mich, warum ich mich nicht mehr dagegen sträubte.

»Alles, was Sie nach menschlichem Ermessen benötigen könnten. Verschlüsselte Telefone, miniaturisierte Audio- und Video-Rekorder, alles. Wenn Sie mit mir arbeiten, müssen Sie sich nicht in einem Laden für ausgemusterte Militärbestände eindecken. Das ist das modernste verfügbare Equipment.«

Schon möglich. Es würde trotzdem alles nach Peilsendern abgesucht werden müssen.

Ich sah mich im Speisesaal um. Kellner huschten leichtfüßig mit Tabletts voller Gebäck und frisch gepresstem Saft und Omeletts von Tisch zu Tisch. Die Touristen futterten ihre pochierten Eier ›Benedict‹ und diskutierten aufgeregt, wann die Boutiquen am Rodeo Drive öffneten. Die Filmtypen lächelten ihr leeres Lächeln, während sie neue Deals aushandelten und gebleichte

Zähne aus der Sonnenstudiobräune blitzten. Dox saß wachsam da, reglos wie eine Buddhastatue.

Ich musste das Spray testen, bevor wir Ernst machten. Ich hätte es an Ort und Stelle an Horton ausprobieren und dabei gleich sehen können, wie gut das Gegengift wirkte, aber das hätte zu viel Wirbel verursacht. Nun ja, ich würde mir etwas einfallen lassen. Was den Inhalt einer Spritze anging, die mir Horton oder sonst jemand andrehen wollte, stand die Chance absolut gleich Null, dass ich sie verwenden würde. Es gab entsprechende Ausrüstungen im Handel.

Ich musste mir eingestehen, dass ich auch mir selbst gegenüber nur noch praktische Einwände erhob. Und sie geschickt entkräftete.

Was machte ich hier eigentlich? Ich hatte Delilah verlassen, weil sie in der Branche geblieben war. Aber wie sich jetzt herausstellte, bestand mein Problem nicht darin, dass ich aussteigen wollte. Im Gegenteil, es drängte mich zu sehr, selbst dabeizubleiben. Ich war wie ein trockener Alkoholiker und das Zusammensein mit Delilah führte mich ständig in Versuchung.

Und was war das Erste, das ich tat, nachdem ich sie verlassen hatte? In eine Bar zu gehen, anscheinend.

Ich warf einen Blick zu Dox. Es bedurfte nur eines vereinbarten Zeichens und er würde Horton eine Kugel in den Kopf schießen und mir durch den Seitenausgang nach draußen folgen.

Das Problem war, ich wusste nicht, ob das das Ende meiner Schwierigkeiten bedeuten würde oder vielmehr nur den Anfang.

Vielleicht rationalisierte ich auch nur. Ich wusste es nicht. Vielleicht hatten Dox und Kanezaki recht, was mich betraf.

Ich holte tief Atem und stieß die Luft langsam wieder aus. »Ich hatte exakt zwei Klienten, bei denen ich herausfand, dass sie mich angelogen hatten«, sagte ich. »Wissen Sie, was aus ihnen geworden ist?«

»Ich kann es mir vorstellen«, meinte er trocken.

»Wenn ich einen Auftrag annehme, haftet der Klient mit seinem Leben. Sind Sie damit einverstanden?«

»Ich habe nichts anderes erwartet.«

»Keine Frauen oder Kinder. Keine Nebenfiguren. Keine B-Teams.«

»Verstanden.«

»Haben Sie Treven und Larison gesagt, wie viel Sie mir bezahlen?«

»Nein, das habe ich nicht.«

Er dachte wahrscheinlich, ich wollte sie übers Ohr hauen. »Dann sorgen Sie dafür, dass sie es wissen«, sagte ich. »Jeder bekommt ein Viertel des Kuchens und ich möchte keinerlei Zweifel an seiner Größe lassen.«

Er nippte an seinem Kaffee. »Ich bewundere einen ehrlichen Mann.«

»Wo sind sie jetzt?«

Er lächelte ganz schwach. »Sie warten auf Sie. In Las Vegas.«

Kapitel Acht

Ich saß auf einem von zwei Doppelbetten im Embassy-Suites-Hotel abseits des Sunset Strip, Dox zu meiner Linken, Larison und Treven auf dem Bett gegenüber. Wir würden später am Tag im Wynn einchecken, aber waren wir erst einmal dort, sollte man uns so wenig wie möglich zusammen sehen. Jetzt bot sich die beste Gelegenheit, die Shorrock-Sache von Angesicht zu Angesicht durchzusprechen.

Es war ein seltsames Gefühl, die Operation zu leiten. Normalerweise kommandiere ich lieber nur mich selbst herum und auch wenn man die Zusammenarbeit mit Dox und manchmal mit Delilah als eine Art Vorübung bezeichnen konnte, stellte es eine Herausforderung dar, Larison und Treven an der kurzen Leine zu halten. Keiner von beiden kam mir wie der geborene Teamspieler vor und ich vermutete, dass sie lange Phasen allein im Feld verbracht hatten und es gewohnt waren, die Dinge auf ihre eigene Art zu regeln. Außerdem wusste ich, dass Horton etwas gegen sie in der Hand hatte, aber leider nicht, was. Das bedeutete, zusätzlich zu irgendwelchen Alpha-Männchen-Sturheiten, mit denen ich mich bei Übernahme des Kommandos vielleicht herumschlagen musste, durfte ich nicht vergessen, dass für sie mehr auf dem Spiel stand als nur das Honorar für die Operation.

Doch Horton hatte recht – ich brauchte mindestens vier

Leute und selbst dann würde es nicht leicht sein. Wir wussten, dass Shorrock im Wynn absteigen wollte, aber das war schon so ziemlich alles. Wir kannten seine Zimmernummer nicht und, abgesehen von der Eröffnungsrede, auch nicht seinen Terminplan. Angesichts der Größe des Hotels mussten wir schon sehr viel Glück haben, um ihn ohne zusätzliche Informationen aufzuspüren und abzuservieren, mal ganz abgesehen von einem Hinscheiden aus »natürlichen Ursachen«. Trotzdem hatte ich schon eine Idee, wie wir uns an seine Fersen heften konnten, und ich hätte sie einfach so vortragen können. Doch ich besaß keine unmittelbare Autorität über diese Leute und beschloss daher, sie erst nach ihrer Ansicht zu fragen. Ich spürte, dass die Dinge glatter laufen würden, wenn ich ihnen sanft auf die Sprünge half, statt ihnen einfach meine Schlussfolgerungen vorzusetzen. Also bat ich Treven und Larison um ihre Meinung.

»Die Eröffnungsrede«, erwiderte Treven sofort. »Alle Ausgänge sichern, ihm folgen, wenn er fertig ist, rotierende Beschattung, bis sich eine Chance ergibt.«

Es war die Antwort, die ich von Treven erwartet hatte. Er kam mir etwas ehrgeiziger und weniger gerissen vor als Larison, und das gefiel mir nicht. »Die Eröffnungsrede ist verlockend, weil es unser einziger Fixpunkt ist«, sagte ich. »Aber das ist auch das Problem. Höchstwahrscheinlich wird er vorher und nachher von Leuten umlagert sein. Und schlimmer noch, weil es sein einziger öffentlicher Auftritt ist, sind seine Leibwächter sicher besonders wachsam und bleiben dicht bei ihm. Ein Versuch kann nicht schaden, besonders wenn wir keine andere Möglichkeit finden, uns an ihn dranzuhängen, aber erste Wahl ist es nicht, finde ich.«

»Was dann?«, fragte Treven.

Ich rieb mir das Kinn, als würde ich nachdenken. »In seiner Akte steht, dass er ein Fitnessfreak ist«, sagte ich. »Möglicherweise könnten wir das irgendwie ausnützen.«

»Sie denken an den Fitnessraum?«, fragte Treven.

Ich nickte langsam, als begänne ich, mich für die Idee zu erwärmen. »Vielleicht. Ja, schon möglich.« Ich wandte mich zu Dox. »Was meinst du?«

Draußen kläffte ein Hund mit sich überschlagender Stimme, wahrscheinlich ein kleiner und, wie es sich anhörte, außergewöhnlich neurotischer Köter. Seit unserer Ankunft hatte er immer wieder losgebellt und das Geräusch war wie Fingernägel, die über eine Schiefertafel kratzten, man konnte es nur schwer ausblenden. Dox stand auf, zog die Vorhänge einen Spalt weit auseinander und sah hinunter. »Wünschte, der Köter würde sich mal abregen«, sagte er. »Sieht aus, als hätte ihn jemand neben dem Pool angebunden. Ist doch überhaupt keiner in der Nähe, was kläfft er denn so? Der hat Glück, dass ich mein Gewehr nicht dabei habe.«

Wenn Dox ein Ziel hatte – eines, das er durch sein Zielfernrohr betrachtete –, war seine Konzentration geradezu übernatürlich. Aber wenn er nicht ganz bei der Sache war, stand er häufig voll daneben. »Was meinst du?«, wiederholte ich mit der Geduld, die Teil unserer Partnerschaft war.

Dox ließ die Vorhänge wieder zufallen und setzte sich zurück aufs Bett. »Verflixt, Partner, du weißt, ich arbeite am besten unter freiem Himmel. Bei so was muss ich mich ganz auf dich verlassen. Hauptsache ist, denke ich, wir erwischen ihn irgendwo allein und ohne Kameras. Könnte klappen im Fitnessraum. Oder auf dem Klo. Wahrscheinlich trinkt er literweise Kaffee, oder grünen Tee, wenn er so ein Gesundheitsfanatiker ist, und dann muss er ja irgendwann zum Pinkeln. Wir folgen ihm, sprühen ihm das Zeug ins Gesicht, fahren zurück nach L.A. und gönnen uns ein Bierchen.«

»Wir müssen das Zyanid erst testen«, sagte Larison. »Und falls es funktioniert wie beschrieben, ein Gegengift kaufen. Wer weiß, was Hort in sein ›Antidot‹ gefüllt hat.«

Irgendwann, wenn sich ein günstiger Zeitpunkt ergab, würde ich ihn fragen, was der Grund der Feindschaft zwischen ihm und Horton war. Aber nicht jetzt. »Wie sehen Sie es?«, fragte ich und sah ihn an. »Eröffnungsrede oder Fitnessraum?«

Larison grinste und ich fragte mich, ob er merkte, was ich da veranstaltete. »Ich denke, mit dem Fitnessraum lässt sich was anfangen«, meinte er.

»Das bestreite ich nicht«, warf Treven rasch ein. »Aber es gehört ein bisschen Glück dazu. In der Akte steht, dass er auf CrossFit steht. Okay, CrossFit WODs mache ich auch, und es ließe sich nur schwer vorhersagen, ob ich an einem beliebigen Tag ins Fitnessstudio gehe oder auf der Straße bin. Shorrock könnte genauso gut sagen: Scheiß auf den Fitnessraum, heute gehe ich Joggen und sehe mir die Stadt an.«

»Wotz?«, fragte ich, ohne zu erkennen zu geben, dass ich mich insgeheim über seinen Einwand freute.

»WODs. Workout Of the Day. Übung des Tages », erwiderten Dox und Larison unisono.

Ich verwandelte vor meinem geistigen Auge Wotz in WODs. »Bin ich hier der einzige, der das CrossFit-Zeugs nicht macht?«

»Du tust es bereits«, erwiderte Dox. »Du weißt bloß nicht, wie es heißt.«

»Na gut«, sagte ich, »was immer Shorrock unternimmt, wir werden die möglichen Hindernisse eins nach dem anderen ausräumen und sehen, ob die Info über sein Training uns etwas nützt. Erstmal, wie wahrscheinlich ist es, dass er Joggen geht?«

Dox zupfte an seinem Spitzbart. »Bei fast vierzig Grad Hitze und Horden von herumwimmelnden Touristen? Der Fitnessraum im Wynn ist garantiert außergewöhnlich gut ausgestattet und außerdem werden dort Mädels in Elastananzügen sein. Wer würde sich das entgehen lassen? Also tippe ich gegen Joggen.«

Wie so oft hätte ich es anders ausgedrückt als Dox, aber an seiner Logik war nichts auszusetzen.

»Also gut«, sagte Treven und hob die Hand in einer *Ja, aber …*-Geste. »Nehmen wir an, er geht irgendwann in den Fitnessraum. Das Zeitfenster ist dennoch sehr groß. Als echter CrossFit-Anhänger könnte er extrem früh aufstehen, um vor einem Tag voller Konferenzen noch ein WOD unterzubringen. Oder er lässt das Mittagessen dafür ausfallen, vielleicht wartet er aber auch bis zur Bettzeit.«

Der Hund kläffte wieder. Dox sagte: »Allmächtiger. Der Krach ist ja nicht auszuhalten. Das klingt, als verabreicht jemand dem armen Biest einen elektrifizierten Einlauf.«

Ich versuchte, es mir nicht so genau vorzustellen. Was es natürlich noch schlimmer machte.

»Sie haben recht«, sagte ich mit Blick auf Treven. »Trotzdem, wenn es einen Weg gäbe, ihn im Fitnessraum abzupassen, wären wir im Geschäft. In seinem Terminkalender steht nichts davon, also ist es aus der Perspektive seiner Leibwächter kein besonderer Gefahrenpunkt. Wenn es einem von uns gelänge, bei seinem Eintreffen bereits dort zu sein, würde er wahrscheinlich übersehen werden. Er hat zwei Leibwächter vom Secret Service, richtig? Das ist wenig. Wäre er der Präsident, hätten sie ein komplettes Team, das jeden Raum vorab sichert, egal, ob er unangekündigt hingeht oder nicht. Aber mit nur zwei Leuten werden sie mehr darauf achten, ob jemand Shorrock folgt, als auf Leute, die sich schon an Ort und Stelle aufhalten, wenn er zufällig auftaucht.«

Einen Augenblick lang blieb es still. Treven sagte: »Wir könnten versuchen, uns im Fitnessraum abzuwechseln. Wir sind alle gut in Form, also würde es niemandem auffallen, weder anderen Gästen noch dem Personal, wenn jeder anderthalb Stunden trainiert. Und wir könnten vermutlich noch eine ganze Menge mehr Zeit totschlagen, wenn wir davor und danach in die Sauna gehen oder was immer sie da haben. Wenn jeweils nur einer von uns für zwei Stunden da ist, decken wir bereits ein Acht-Stunden-

Fenster ab. Immer noch nur fifty-fifty an einem Sechzehnstundentag, aber auch nicht schlecht.«

Ich nickte zufrieden. Ich hatte natürlich denselben Gedanken gehabt, aber indem ich ihn als vagen Wunsch formulierte, hatte ich ihn durch Treven in einen Plan verwandeln lassen, den er jetzt als seinen eigenen betrachten konnte.

»Ein interessanter Vorschlag«, meinte ich. »Und jetzt, wo Sie es sagen, denke ich, wir könnten ihn noch zusätzlich perfektionieren. Wir brauchen keine hundertprozentige Abdeckung, oder? Gehen wir davon aus, dass Shorrock mindestens eine Stunde trainieren wird. Wenn er noch nicht da ist, wenn der Erste von uns fertig ist, könnte der nächste, sagen wir: dreißig Minuten später kommen und die Überlappung mit Shorrocks Aufenthalt wäre immer noch groß genug. Damit sind wir schon bei fast zehn Stunden. Und ich würde darauf wetten, dass er eher früh als spät kommt. Der Teil seines Tagesablaufs, auf den er am meisten Einfluss hat, ist der vor den Konferenzen. Außerdem ist er hauptsächlich hier, um sich bewirten und umwerben zu lassen. Das wird am Abend stattfinden. Wenn wir unsere Karten richtig ausspielen, stehen die Chancen also tatsächlich wesentlich besser als fifty-fifty.«

Dox trommelte sich mit den Fingern auf den Bauch. »Keine schlechte Gewinnerwartung für Vegas. Und es könnte noch eine andere Möglichkeit geben, obwohl das in der Stadt der Sünde eher ein Schuss ins Blaue wäre. In der Akte steht, dass er ein regelmäßiger Kirchgänger ist. Jeden Sonntag.«

»Woran denkst du?«, fragte ich.

Er zuckte die Achseln. »Na ja, planmäßig reist er am Sonntag ab. Ein frommer Mann würde vielleicht auf dem Rückweg im Haus Gottes Station machen. Wenn sein Flug an der Ostküste ankommt, ist es dort durch den dreistündigen Zeitunterschied zu spät dafür.«

Ich nickte. »Einverstanden, ein Schuss ins Blaue. Und schwer vorauszuberechnen, wo er hingehen würde.«

»Ja, du hast wahrscheinlich recht. Andererseits, wie viele Kirchen kann es in Las Vegas schon geben?«

»Hunderte«, erwiderte ich. »Wenn man mit Hospitälern Geld verdienen will, geht man dahin, wo die Leute krank sind.«

Larison sagte: »Das mit dem Fitnessraum gefällt mir. Wir können uns abwechseln, wie Treven sagte, mit dreißigminütigen Pausen dazwischen, um die zeitliche Abdeckung zu erweitern. Wenn einer von uns ihn drinnen sieht, alarmiert er die anderen. Es gibt hier einen großen Wellnessbereich und wenn er irgendetwas davon benutzt – Toilette, Dusche, Dampfbad, Spa, Sauna –, müssen wir ihn nur eine Sekunde lang allein erwischen. Die Sauna oder die Toilette wären ideal. Im einen Fall könnte man es leicht als Herzanfall hinstellen, im anderen als Embolie.«

Ich nickte nachdenklich, als ob ich mich von Argumenten überzeugen ließe, die ich selbst noch nicht voll durchdacht hatte.

»Einen Mann im Dampfbad zu erledigen«, meinte Dox. »So ausgedrückt klingt es schmutzig.«

Ich machte mir nicht die Mühe, darauf hinzuweisen, dass niemand es so ausgedrückt *hatte*.

Treven sagte: »Der Fitnessraum leuchtet ein.«

Der Hund bellte wieder. Dox zuckte zusammen und sagte: »Autoalarmanlagen, Leute, die in aller Öffentlichkeit in ihre Handys brüllen, und Leute, die ihre kläffenden Köter nicht zum Schweigen bringen. Und solche, die im Flugzeug die Lehne ganz zurückkippen, wenn wir schon dabei sind. Bei Gott, es gibt einfach keine Höflichkeit mehr auf der Welt! Hört mal, ich hol mir ein Mineralwasser aus dem Automaten. Möchte sonst jemand?«

Die anderen schüttelten den Kopf. Dox ging hinaus.

Wir sprachen noch eine Weile darüber, wie man am besten an Shorrock herankam und wie wir vorgehen würden, wenn er den Fitnessraum benutzte, und wie, wenn nicht. Ich bemerkte, dass Dox' Abwesenheit sich ein wenig länger hinzog, als ein Gang zum Getränkeautomaten erforderte, und fragte mich, ob er, was ungewöhnlich gewesen wäre, ein wenig allein sein wollte und sich in einen der Aufenthaltsräume in der Lobby zurückgezogen hatte.

»Wie steht es mit der Aufklärung?«, fragte Treven. »Wir müssen uns mit den Gegebenheiten des Hotels und seinen Besonderheiten vertraut machen, aber wenn wir alleine durchs Kasino spazieren, fallen wir auf. Einzelgänger sind hier ungewöhnlich und das Personal, das die Monitore überwacht, könnte Verdacht schöpfen.«

Niemand antwortete und in der folgenden Stille merkte ich, dass der Hund endlich zu kläffen aufgehört hatte. Es war eine Wohltat.

»Ein wichtiger Einwand«, sagte ich. »In einer solchen Situation besorge ich mir normalerweise eine Begleiterin über einen Escortservice. Denen ist es egal, was man macht oder was man sagt, so lange sie bezahlt werden, und wenn ihnen etwas Ungewöhnliches auffällt, zum Beispiel, dass man ständig über die Schulter schaut oder taktische Maßnahmen trifft, schreiben sie es normalerweise der Tatsache zu, dass man verheiratet ist und Angst hat, mit ihnen gesehen zu werden.«

»Ja, das funktioniert«, sagte Treven. »Ich habe es auch schon so gemacht.«

Larison nickte. »Gute Idee.«

Das Geräusch einer Schlüsselkarte, die ins Schloss geschoben wurde, ertönte und einen Augenblick später kam Dox herein. Er grinste.

»Okay, das Zyanid funktioniert«, sagte er und hielt die Dose in die Höhe.

Einen Moment lang begriff ich nicht, was er damit sagen wollte. Dann ging mir ein Licht auf. »Nicht doch«, sagte ich. »Das glaube ich jetzt nicht.«

Dox nickte. »Doch. Wenn ich das Vieh noch eine Sekunde länger hätte ertragen müssen, wäre ich durchgedreht, ich schwör's. So haben wir zwei Fliegen mit einer Klappe geschlagen. Das Zyanid funktioniert und wir dürfen den Klang der Stille genießen.«

Ich schüttelte den Kopf und seufzte. Ich hätte es kommen sehen müssen.

»Was denn?«, sagte Dox. »Erzähl mir nicht, du hättest nicht selber daran gedacht.«

Treven meinte: »Ich wollte, ich wäre zuerst draufgekommen.«

Das brachte uns alle zum Lachen und vielleicht war das gut so. Nichts schweißt ein Team besser zusammen als gemeinsame Heiterkeit – außer gemeinsames Kämpfen vielleicht, aber Kneipenschlägereien waren etwas für junge Männer und überhaupt konnten wir uns kein Aufsehen leisten. Doch die momentane Kameradschaft würde vermutlich nur eine Momentaufnahme bleiben. Eine kurze Atempause, die vorübergehend unsere Differenzen übertünchte. Schon bald konnten wir uns auf ganz verschiedenen Seiten eines Spielbretts wiederfinden, dessen Konturen ich erahnen, aber nicht sehen konnte.

Kapitel Neun

Treven praktizierte an einer Hantelstation im geräumigen Fitnesszentrum des Wynn Bankdrücken mit neunzig Kilo. Er ließ sich Zeit, strengte sich nicht weiter an. Er hätte noch weitere fünfzig auflegen können, aber so viel Gewicht wäre auffällig gewesen, und außerdem war er nur für den Fall hier, dass Shorrock auftauchte, nicht um ernsthaft zu trainieren. Shorrock wurde heute erwartet, die Eröffnungsrede sollte morgen stattfinden, und obwohl man eigentlich erst ab fünfzehn Uhr einchecken konnte, war nicht auszuschließen, dass er früher eintraf. Also hatte Treven mittags im Fitnessraum angefangen und außer der Trainingsdauer unterschied ihn nichts von den anderen Gästen, die kamen und gingen. Er war jetzt bereits fast zwei Stunden hier und von Shorrock keine Spur. Es wurde langsam Zeit, dass er sich von Dox ablösen ließ, der auf der Terrasse wartete. Natürlich war es dumm, aber er hatte gehofft, derjenige zu sein, der Shorrock als Erster sah. Er war es nicht gewohnt, sich wie das Juniormitglied eines Teams zu fühlen, und obwohl er es sich ungern eingestand, wünschte er sich eine Chance, sich beweisen zu können.

Seit drei Tagen waren sie jetzt hier und kannten den öffentlichen Bereich des Hotels mittlerweile so gut wie die Angestellten. Sie hatten jeden Zentimeter der Anlage unter die Lupe genommen – jede Bar, jedes Restaurant, jeden Club, jeden Laden, jede

Herrentoilette. Die Parkhäuser, die Schwimmbäder, die Außenanlagen. Alles. Sie waren so gut vorbereitet, wie in der kurzen Zeit überhaupt möglich. Alles, was sie jetzt noch brauchten, war ein kleiner Riss in der Fassade, an dem sie den Hebel ansetzen konnten.

Treven legte die Stange zurück in den Ständer und ging zu den Matten, um Dehnübungen zu machen. Er hoffte, das Richtige zu tun, wenn er Shorrock eliminierte. Es hatte ihn nie gestört zu wissen, dass das Militär ihn verleugnen würde, wenn er je eine Operation vermasselte, aber das Bewusstsein, dass alles ordnungsgemäß innerhalb der Befehlskette abgesegnet wurde, war doch angenehm gewesen. Diesmal lag die Sache anders. Sicher, der Präsident hatte seine eigene Todesliste – deren Existenz sogar kürzlich an die Öffentlichkeit durchgesickert war, ebenso wie die Tatsache, dass amerikanische Staatsbürger darauf standen. Innerhalb der ISA war das natürlich nichts Neues. Aber in diesem Fall war es ja nicht so, dass der Präsident ihn persönlich angefordert hätte. Treven wusste nicht, von wem Hort seine Befehle empfing, oder ob es überhaupt welche gegeben hatte. Die Art von Drecksjobs, für die das Militär ihn einsetzte, war so geheim, dass er sich nicht erinnern konnte, wann er das letzte Mal einen schriftlichen Befehl erhalten hatte. Wenn er jetzt einen von Hort verlangt hätte, hätte der ihn wahrscheinlich zur psychologischen Abteilung geschickt.

Er verdrehte den Hals, dass die Wirbel knackten, und begann mit ein paar Yoga-Dehnübungen. Es war eine schwierige Situation. Einerseits hatte sich Hort schon oft als Manipulator oder Schlimmeres erwiesen. Andererseits, wenn es stimmte, was er über Shorrock sagte, und dieser in den USA Anschläge mit zahllosen Opfern plante, dann konnte es Tausenden von Amerikanern das Leben retten, den Mann auszuschalten.

Aber war er wirklich aus diesem Grund hier? Er war sich über seine Motivation noch nie so unsicher gewesen … Verdammt, bisher hatte es nie den geringsten Zweifel gegeben. Der Auftrag war immer klar und einfach gewesen: ein Foto beschaffen, eine Akte, Informationen über wen, was, wo. Das ›Wie‹ lag immer ganz bei ihm. Wie war nie ein Problem gewesen. Aber diesmal lief alles anders. Vielleicht handelte es sich um einen ganz natürlichen Vorgang. Früher war er lediglich ein Werkzeug gewesen, wenn auch ein sehr scharfes, aber jetzt spielte er plötzlich in einer Liga mit den echten Profis. Ja, vielleicht. So hatte Hort es jedenfalls ausgedrückt – dass er zu verstehen begann, wie es in der Welt wirklich zuging, dass er auf dem besten Weg sei, sich unter die Hauptakteure einzureihen.

Die Überwachungsvideos machten ihm Sorgen, das musste er zugeben. Hort hatte es so dargestellt, dass die CIA die Bänder besaß – der stellvertretende Direktor, genau gesagt, ein Typ namens Stephen Clements –, den Hort angeblich unter Druck setzte, damit die Videos unter Verschluss blieben. Aber Treven hatte seine Zweifel. Würde ein raffinierter Bursche wie Hort nicht genau auf die Art den Hebel ansetzen? *Jemand möchte dich erpressen und ich bin dein bester Freund, der ihn daran hindert.* Wie konnte er sich jemals sicher sein? Falls er sich querstellte, konnte es passieren, dass er verhaftet und des Mordes angeklagt wurde. Egal, wie die Wahrheit aussah, Hort würde einfach sagen, dass es ihm leid tue und er sein Möglichstes getan hätte.

So konnte es nicht ewig weitergehen. Irgendwann musste er sich Clements vornehmen, und wahrscheinlich auch Hort. Oder er riskierte es und sagte ihnen einfach, sie könnten ihn am Arsch lecken. Er fragte sich, ob er Horts Befehle eigentlich nur aus dem Grund befolgte, um diesen Tag der Wahrheit hinauszuschieben.

Oder lag es an etwas anderem? Multiple Nahtoderlebnisse hatten ihn gelehrt, dass die noble Für-König-und-Vaterland-Rhetorik Bockmist war und nur dazu diente, die Naiven zu narren und die Korrupten an die Macht zu bringen. War es unter den Umständen wirklich denkbar, dass er sich immer noch so danach sehnte, zum inneren Kreis zu gehören, dass er so tat, als wüsste er es nicht besser? Es war jämmerlich, aber der Gedanke, das Militär zu verlassen – die ISA zu verlassen –, machte ihm Angst. Allein die Vorstellung trieb ihn an den Rand der Panik. Was sollte er tun? Wer würde er sein?

Er stieß langsam die Luft aus und stemmte sich in der Kobrastellung mit beiden Handflächen hoch, das Becken auf den Boden gepresst, den Rücken durchgebogen. Er mochte Yoga. Er hatte festgestellt, dass er sich nicht mehr so schnell regenerierte wie in seiner Football- und Ringerzeit, und die esoterischen Dehnübungen schienen ihm gut zu tun.

Eine der Hotelangestellten kam auf ihn zu, eine attraktive Brünette, auf deren Namensschild *Alisa* stand. Treven hatte schon bemerkt, dass sie ihm Seitenblicke zuwarf, und sich gefragt, ob sie sich für ihn interessierte. Anscheinend lautete die Antwort: Ja.

»Ich hätte gar nicht erwartet, dass Sie Yogaexperte sind«, sagte sie.

»Experte wäre übertrieben«, meinte Treven und stand auf. »Aber die Dehnübungen tun mir gut.«

»Ja, bestimmt. Eine Menge der Jungs, die Gewichte drücken, tun viel zu wenig für ihre Beweglichkeit.«

»Unterrichten Sie auch Yoga?«

»Bin Ausbilderin. Aber ich glaube nicht, dass Sie es nötig haben. Sie scheinen zu wissen, was Sie tun.«

Sie war hübsch und bei jeder anderen Gelegenheit hätte er gerne den Dingen ihren Lauf gelassen. Aber nicht heute.

»Tja, ich mache besser Schluss«, meinte er. »Zu viel Yoga ist auch nicht gut.«

Sie lächelte und in ihrem Blick lag ein leises *Schade*, während sie ihm in die Augen sah. »Kann ich noch etwas für Sie tun? Ihnen ein Handtuch bringen, Wasser …?«

»Nein, ich habe alles, was ich brauche. Danke der Nachfrage.«

»Na denn.« Sie hielt seinen Blick noch einen Augenblick lang fest, bevor sie sich abwandte und in den Eingangsbereich zurückkehrte. Treven wäre ihr fast gefolgt, aber da sah er einen muskulösen Kerl mit Bürstenhaarschnitt im dunklen Anzug hereinkommen. Er identifizierte ihn augenblicklich als Leibwächter – Körperbau und Wachsamkeit ließen keinen anderen Schluss zu, außerdem kam der Bursche sicher nicht im Anzug zum Trainieren.

»Ach, eines noch«, rief Treven Alisa nach und sie drehte sich zu ihm um. »Im Wellnessbereich gibt es doch ein Dampfbad, oder?«

Er spielte auf Zeit, wollte sehen, was der Leibwächter unternahm und wer ihm folgte. Es musste nicht unbedingt Shorrock sein. Im Wynn stiegen eine Menge VIPs ab. In jedem Fall würde Treven weniger auffallen, wenn er mit einer der Hotelangestellten plauderte.

»Ja«, bestätigte Alisa. »Der Dampf wird mit Eukalyptusöl angereichert, das reinigt die Poren und macht die Nase frei.«

»Dann muss ich es wohl mal ausprobieren. Ein Eukalyptusdampfbad hatte ich noch nie.«

Sie lächelte. »Es wird Ihnen gefallen. Ich gehe selbst jeden Tag hin.«

Treven verfolgte den Leibwächter aus dem Augenwinkel. Der Mann musterte den Raum, aber nicht allzu gründlich. Treven hatte den Eindruck, dass er sich lediglich vergewisserte, ob es noch andere Ein- oder Ausgänge gab. Warum sollte er auch sorgfältiger vorgehen? Shorrock war ein wichtiger Mann, ja, aber er war nicht der Präsident. Und wie Rain gesagt hatte, wenn Shorrock etwas außerhalb der Reihe unternahm, würden seine Leibwächter sich eher um eventuelle Verfolger kümmern als um Leute, die sich bereits an Ort und Stelle befanden.

»Täglich?«, wiederholte Treven. »Sie müssen die saubersten

Poren in ganz Vegas haben.«

Alisa lachte. »Das weiß ich nicht, aber es ist definitiv gut für die Haut.«

Der Leibwächter ging zurück zu den Glastüren, hielt eine davon auf und – *Bingo!* – herein kam Shorrock. Treven spürte, wie sein Puls sich beschleunigte. Sie hatten den Hundesohn.

»Wissen Sie«, sagte Treven, während er Shorrock in seinem peripheren Blickfeld behielt, »ich habe Leute immer beneidet, die ihren Lebensunterhalt als Trainer verdienen können.«

»Sie sehen nicht aus, als kämen Sie zu kurz«, meinte Alisa mit einem Blick auf seine Muskeln. »Was haben Sie denn in der Stadt vor?«

Der Bodyguard war draußen geblieben. Shorrock machte sich auf den Weg zu den freien Gewichten im Hintergrund des Raums.

»Ein Wiedersehen mit alten Freunden«, antwortete Treven. Sie hatte ihm mit diesem Blick und der Frage nach seinen Plänen Avancen gemacht. Wenn er darauf einging, würde die Lage außer Kontrolle geraten. »Ein bisschen Pokern, vielleicht die Cirque de Soleil-Show sehen.«

Sie nickte. Es war ihr nicht entgangen, dass er zum zweiten Mal eine Steilvorlage nicht angenommen hatte. »Viel Spaß«, meinte sie. Aber sie wollte die Tür nicht ganz zuschlagen: »Und sagen Sie Bescheid, wie Ihnen das Dampfbad gefallen hat.«

Er lächelte. »Das mache ich gerne.«

Er wusste, wenn er noch viel länger blieb, würde es verdächtig aussehen, aber ein paar Minuten glaubte er noch riskieren zu können, vielleicht erfuhr er etwas, das für den Auftrag wichtig war.

Er ging zum Wasserspender und füllte sich einen Becher, dann schlenderte er zum Eingangsbereich, um sich ein Handtuch zu holen. Durch die Glastür konnte er den Leibwächter langsam im Vorraum hin und her gehen sehen, zwischen den Aufzügen und den Eingängen zum Fitnessraum und dem Badebereich. Ja, der Typ machte sich keine Gedanken um Leute, die bereits hier waren, aber ein Neuankömmling konnte seinen Verdacht erregen. Treven überlegte, dass Dox sich besser zurückhielt und es Zeit war, Rain vorzuschicken. Er war der Einzige von ihnen, dessen Größe ihn nicht von vornherein verdächtig machte, außerdem war er Asiate, oder sah wenigstens asiatisch aus, was ihn wahrscheinlich außerhalb des Persönlichkeitsprofils platzierte, nach dem Shorrocks Leibwächter Ausschau hielten. Rain hatte etwas an sich, das ihn fast unsichtbar machte. Eine Art Stille, die man auf den ersten Blick mit Farblosigkeit verwechseln konnte oder sogar mit Zaghaftigkeit. Das war der Fehler, den die freien Mitarbeiter begangen hatten, und Treven würde nie vergessen, wie der durchschnittlich große, schwächlich wirkende Japaner, für den er Rain gehalten hatte, sich plötzlich demaskiert und die beiden wesentlich größeren Männer mit bloßen Händen gekillt hatte, bevor sie wussten, wie ihnen geschah.

Sie hatten sich darauf geeinigt, dass Rain den Mordanschlag durchführen sollte. Er besaß Erfahrung in esoterischen Kampftechniken – alle anderen waren sie reine Schusswaffenexperten. Tatsächlich konnte Treven sich nicht erinnern, einen der vielen Männer, die er erledigt hatte – so viele, dass er die genaue Anzahl nicht mehr wusste –, im Krieg, bei Attentaten oder in Selbstverteidigung, mit etwas anderem als einer Schusswaffe getötet zu haben. Es war natürlich nicht besonders schwierig, jemandem Zyanid ins Gesicht zu spritzen, aber das Zeug war gefährlich und bei so einer Operation konnte eine Menge schiefgehen. Die sicherste und wirksamste Methode war, der Zielperson die Dosis direkt in den offenen Mund zu sprühen, und wenn es jemanden gab, der dazu nahe genug an sie herankommen konnte, dann war das seiner Ansicht nach Rain.

Treven schlenderte zurück in die Gewichteabteilung. Shorrock vollführte mit knappen, effizienten Bewegungen Liegestütze. Er war ein drahtiger Mann von ungefähr fünfzig Jahren, trug *Under Armour*-Shorts und ein T-Shirt. Um den Arm hatte er einen iPod Shuffle geschnallt. Treven bemerkte, dass am Fuß der Hantelstation eine Aluminiumflasche auf dem Teppichboden stand, vermutlich mit einem Sportgetränk. Der Typ sah aus, als wäre er im Fitnessraum zuhause. Treven wollte sich bereits abwenden, als er neben der Flasche noch etwas anderes entdeckte. Gottverfluchte Scheiße, es war eine Schlüsselkarte mit dem feuerroten Logo des Hotels.

Trevens Gedanken rasten. Sie hatten erwartet, dass Shorrock einen Spind im Badebereich nehmen würde. Das war ein Irrtum gewesen – vielleicht hatte er zu wenig Zeit oder er mochte einfach keine Eukalyptus-Dampfbäder. Er war unmittelbar von seinem Zimmer in den Fitnessraum gekommen und würde vermutlich auch direkt dahin zurückgehen.

Gab es eine Möglichkeit, sich seine Zimmernummer zu beschaffen? Am Empfangstisch lag eine Liste, in die man sich eintragen musste, um den Fitnessraum nutzen zu können. Das Personal überprüfte dann im Computer, ob man tatsächlich Hotelgast war. Wahrscheinlich hatte auch Shorrock das Formular ausgefüllt. Möglicherweise hatten die Leibwächter ihm davon abgeraten, aber Treven bezweifelte das. Ihr Gefahrenbewusstsein schien ziemlich unterentwickelt zu sein. Sie befanden sich in einem Kasino in Las Vegas – was sollte da schon groß passieren?

Er stellte sich hinter die massive Säule im Zentrum des Saals, damit der Leibwächter ihn nicht sehen konnte, falls er von draußen herein sah, und prüfte, ob sich jemand in Hörweite befand. Der Fitnessraum war riesig und die nächsten Leute auf den Laufbändern und Ergometern waren mehr als fünf Meter weit entfernt. Von seinem Standort aus konnte man das Surren der Geräte gerade noch hören.

Er zog das Handy aus der Tasche und rief Rain an. »Er ist hier«, sagte er leise.

Nach kurzer Pause antwortete Rain: »Okay. Ich weiß, dass Sie nicht viel länger bleiben können, ohne Verdacht zu erregen. Tauschen Sie die Position mit meinem Partner und ich erwarte unseren Mann im Wellnessbereich.«

»Nein, der Wellnessbereich scheidet aus. Ich bin ziemlich sicher, dass er ihn nicht betreten wird. Seine Schlüsselkarte liegt hier auf dem Boden. Ich bezweifle, dass er einen Spind genommen hat.«

»Seine Schlüsselkarte?«

Treven schob sich zur anderen Seite des Pfeilers, um sicherzugehen, dass niemand nähergekommen war. »Ja, wir denken in denselben Bahnen. Ich werde in der Liste am Empfang nachsehen, ob ich seine Zimmernummer herausfinde. Schicken Sie Ihren Partner in den Badebereich herunter – er soll sagen, dass er nur mal sehen will, ob es die vierzig Kröten wert ist. Draußen steht ein Leibwächter, aber ich glaube nicht, dass er Ihren Partner beachten wird, wenn er nur zum Wellnessbereich geht, nicht in den Fitnessraum. Ich werde meine Schlüsselkarte gegen die unseres Freundes austauschen ...«

»Vergessen Sie nicht, dass das Wynn die Namen der Gäste auf die Karten druckt. Es sind nicht nur Schlüsselkarten, sondern sie dienen innerhalb der Anlage als Kreditkarten.«

»Dazu müsste er schon sehr genau hinsehen – es ist einfach eine rote Plastikkarte an genau dem Ort, wo er sie hingelegt hat, den goldenen Namenszug am unteren Rand wird er nicht bemerken.«

»Sie haben recht. Und weiter?«

»Dann gehe ich zum Wellnessbereich, als müsste ich auf die Toilette, und übergebe Ihrem Partner die Schlüsselkarte. Er lässt Sie ins Zimmer unseres Freundes, kommt unter irgendeinem Vorwand noch einmal zurück, gibt mir die Karte und ich tausche sie ein zweites Mal aus. Sie kümmern sich auf dem Zimmer in aller Ruhe um die Angelegenheit und die Sache ist erledigt.«

»Im Zimmer zu warten ist zu riskant. Die Leibwächter könnten es routinemäßig überprüfen, bevor unser Freund reingeht.«

»Scheiße, das stimmt.«

»Außerdem sind das Chipkarten. Möglicherweise sind sie so programmiert, dass sie die Zeiten speichern, zu denen sie benutzt werden. Keine Ahnung, ob das hier der Fall ist, aber wenn ja, wäre es verdächtig, wenn die Karte als Zugang zu seinem Zimmer benutzt wurde, während er den Fitnessraum nutzte.«

»Warum nehmen wir ihm nicht die Schlüsselkarte ab, wenn der Job erledigt ist, und lassen sie verschwinden? Das passiert ständig, kein Mensch kümmert sich darum. Keine Karte, kein Beweis.«

Ein Moment Stille. Dann sagte Rain: »Das stimmt. Trotzdem, wenn ich im Zimmer bin, während der Leibwächter es durchsucht, ist die Sache aufgeflogen. Die Schlüsselkarte könnte dennoch nützlich sein. Machen Sie es, wie vorgeschlagen. Sagen Sie mir Bescheid, wenn Sie die Zimmernummer herausfinden können. Dann rufe ich von einem Hotelapparat aus dort an. Wenn niemand rangeht, werde ich es riskieren, hineinzugehen und eine der Funkvideokameras anzubringen. Dann verschwinde ich wieder.«

»Damit wir wissen, wann er kommt und geht und ihm bei den Aufzügen auflauern können.«

»Genau. Vielleicht erfahren wir auch mehr über seinen Zeitplan. Besser, ihn zu antizipieren, als ihm hinterher zu rennen. Ich verständige die anderen.«

»Gut. Mal sehen, was ich hier ausrichten kann. Ich melde mich.«

Er unterbrach die Verbindung und steckte das Telefon ein. Shorrock war inzwischen zu Sit-ups übergegangen, wobei er am Scheitelpunkt den Oberkörper abwechselnd nach links und rechts verdrehte. Es sah aus wie eine Aufwärmroutine für Gewichthebeübungen. Treven zog seine Zimmerkarte heraus und löste den Verschluss seiner *Traser*-Uhr. Dann ging er zum Hantelregal, hockte sich auf die Fersen, als suchte er nach dem richtigen Gewicht, und ließ die Uhr zu Boden gleiten. Als Shorrock wieder zu einem Sit-up hochkam und sich dabei von Treven wegdrehte, griff Treven mit der rechten Hand nach einer Hantel und tauschte geschickt die Schlüsselkarten mit der linken aus. Er ging ein paar Schritte zur Seite, machte ein paar Trizeps-Dehnübungen, setzte die Hantel dann wieder ab und ging hinaus.

Der Leibwächter tigerte immer noch im Vorraum auf und ab und schenkte Treven keine Beachtung. Warum auch? Er kam aus dem Fitnessraum. Der Bodyguard hatte ihn als harmlos eingestuft. Ein Fehler.

Am Empfangstisch blieb Treven stehen. Inzwischen saß eine andere hübsche Frau dahinter, auf deren Namensschild Victoria stand, nicht die, bei der er sich vor zwei Stunden eingetragen hatte. »Hi«, sagte er. »Ich gehe jetzt in den Wellnessbereich. Muss ich noch einmal zahlen, wenn ich später wiederkomme?«

»Aber nein, Sir«, antwortete Victoria. »Der Zugang gilt für den ganzen Tag, an dem Sie den Eintritt gelöst haben, es sei denn, er wäre in Ihrem Paket ohnehin enthalten. In beiden Fällen: kein Problem.«

»Großartig«, sagte Treven. Er warf einen Blick auf das Anmeldeblatt. Als letzter Eintrag stand da: *Shorrock*. Und als Zimmernummer: *5818*. »Muss ich mich dann noch einmal eintragen?«

»Nein, Sir, das ist nicht nötig. Genießen Sie einfach Ihren Aufenthalt. Joshua zeigt Ihnen alles.«

Treven dankte ihr und ging hinein. Der Wellnessbereich war riesig und auf perverse Art luxuriös – halb Umkleideraum, halb englischer Club, überall Leder und Granit und Fliesenmosaike – er konnte nicht einmal annähernd schätzen, was das alles gekostet hatte. Ein Angestellter – Joshua stand auf dem Namensschild – kam auf ihn zu und fragte, ob er irgendetwas brauche, eine Führung, Anleitungen, Empfehlungen. Treven erwiderte, dass er versorgt sei, und der Mann entfernte sich diskret.

Treven zückte das Handy, setzte sich in einen der übermäßig aufgepolsterten Ledersessel und rief Rain an. »Habe den Schlüssel«, sagte er leise. »Zimmer 5818. Wiederhole: 5818. Ich bin im Wellnessbereich.«

»Gut. Mein Partner kommt gleich.«

Treven trennte die Verbindung und versuchte so auszusehen, als würde er sich entspannen. Drei Minuten später kam Dox herein. »Ist ja heiß wie die Hölle«, stieß er hervor und sein Hinterwäldler-Akzent war auffallender denn je. »Mann, hat man so was schon erlebt? Ich liebe Las Vegas, ich schwör's!«

Treven zuckte innerlich zusammen. Es hatte seine Vorzüge, sich in voller Sicht zu verstecken, aber Dox übertrieb es wirklich.

Joshua trat zu Dox. »Darf ich Ihnen die Räumlichkeiten zeigen, Sir?«

»Danke für das Angebot, mein Sohn«, meinte Dox, »aber ich bin bereits überzeugt. Hatte mich gefragt, ob ein aufgemotzter Umkleideraum wirklich vierzig Doller wert sein kann, aber jetzt bin ich beruhigt. Ich sehe mich nur noch ein wenig um, damit ich weiß, was mich nachher erwartet.«

»Ganz wie Sie wollen«, meinte Joshua. »Wenn Sie irgendetwas brauchen, rufen Sie mich einfach.«

»Also«, sagte Dox, »jetzt, wo Sie es sagen, gibt's hier was zu trinken?«

»Einen Gurkenaufguss? Oder Zitronenaufguss?«

»Aaah, Gurkenaufguss. Das klingt lecker. Den probier ich, wenn's recht ist.«

Joshua begab sich zu einem kristallenen Wasserspender mit Wasser, Eis und Gurkenscheiben darin, und füllte ein Glas. Treven stand auf, ging an Dox vorbei und übergab ihm die Schlüsselkarte mit verdeckter Hand, ohne ihn anzusehen. Er betrat eine der Toilettenkabinen und hörte noch, wie Dox mit theatralischer Zufriedenheit sagte: »Wirklich köstlich erfrischend, ich schwör's. Sie sind ein guter Mann, Mister Joshua, und ich komme bestimmt bald wieder. Das werden die besten vierzig Dollar, die ich je investiert habe.«

Treven benutzte die Toilette, besorgte sich dann selbst einen Gurkenaufguss und kehrte zu seinem Ledersessel zurück, um in einem Magazin zu blättern. Ein schwammig aussehender Typ in einem plüschigen Hotelbademantel bog um die Ecke. Sein Gesicht war rot angelaufen und er triefte von Schweiß, vermutlich kam er aus dem Eukalyptusdampfbad. Er setzte sich in der Nähe hin. Pech. Nun ja, sie hatten nicht erwarten können, den ganzen Bereich für sich zu haben. Bis jetzt hatten sie ziemlich Glück gehabt.

Weniger als zehn Minuten später kehrte Dox zurück. Er wollte auf Treven zusteuern, bemerkte dann aber den Typen im Bademantel. Er blieb stehen und rief: »Mister Joshua, eine Frage noch. Brauche ich eine Badehose für den Whirlpool? Oder ist in dieser Anlage auch der Naturzustand gestattet?«

Joshua kam hinter der nächsten Ecke hervor. »Äh, was immer ihnen angenehmer ist, Sir«, stammelte er.

»Also ich geniere mich nicht so schnell. Aber ich möchte nicht, dass es den anderen peinlich ist. Manche Leute sehen die heiklen Partien nicht so gern.« Er lächelte zu dem Typen im Bademantel hin, als wäre er ein Musterexemplar dieser Gattung.

Trotz seiner Anspannung, oder vielleicht eher deswegen, musste Treven ein Lachen unterdrücken. Joshua erwiderte: »Wirklich, Sir, das bleibt ganz Ihnen überlassen.«

Dox strahlte. »Nochmals danke, Mister Joshua. Dann nehme ich mir noch einen Gurkenaufguss und mach mich auf die Socken. Verzeihen Sie, dass ich Sie von Ihren Pflichten abgehalten habe.«

»Aber überhaupt nicht, Sir«, sagte Joshua. »Wenn Sie noch etwas brauchen, sagen Sie einfach Bescheid.«

Er verschwand. Dox griff nach einem der Magazine. »Der Robb-Bericht«, meinte er beim Durchblättern. »Lifestyle für die Reichen und Schönen. Schauen Sie mal, ein neuer Veyron Super Sport für zwei Komma vier Millionen Dollar. Ja, das alte Modell genügt mir nicht mehr. Vielleicht bestelle ich mir einen, wenn heute Abend beim Black Jack alles gut läuft.« Er legte das Magazin zurück und ging davon.

Der Typ im Bademantel machte Anstalten, aufzustehen. »Was, es gibt einen neuen Veyron?« fragte er.

Treven schoss so schnell aus dem Sessel hoch, als wäre er selbst ein Veyron. »Mann, das muss ich sehen«, sagte er und schnappte sich das Magazin. Er legte es auf die Handfläche, und es öffnete sich automatisch auf der Seite, wo Dox Shorrocks Zimmerschlüssel hineingesteckt hatte.

»Jesses«, sagte der Typ im Bademantel. »Sie haben es aber eilig, einen neuen zu kaufen.«

Treven verbarg den Schlüssel in der Handfläche und machte ein reumütiges Gesicht. »Entschuldigen Sie«, sagte er. »Ich wollte nicht unhöflich sein.« Er hielt ihm das Magazin hin.

»Nein, ist schon gut«, meinte der Typ. »Ich kann warten.«

Treven sah auf sein Handgelenk. »Oh, verdammt, ich habe meine Uhr im Fitnessraum liegen lassen. Nein, nehmen Sie nur. Ich hätte mir das Magazin nicht einfach so schnappen dürfen und ich muss meine Uhr holen.« Er reichte dem Mann das Heft und machte sich auf den Rückweg in den Fitnessraum. Langsam beschlich ihn der Verdacht, dass Dox keineswegs so beschränkt war, wie er immer tat.

Als er an dem Leibwächter vorbei den Fitnessraum betrat, warf der ihm einen desinteressierten Blick zu. Alisa sah ihn kommen und fragte: »Haben Sie etwas vergessen?«

»Ja, allerdings. Meine Uhr. Hat sie jemand abgegeben?«

»Äh, nein, ich glaube nicht. Wo haben Sie sie vergessen?«

»Bei den Hanteln. Ich sehe mal nach.«

Er machte einen Schritt in die Richtung und erstarrte. Shorrock war verschwunden. Ebenso die Wasserflasche. Und die Schlüsselkarte.

Scheiße, Scheiße, Scheiße …

Er vergaß sich einen Moment lang und blickte gehetzt um sich. Dann sah er Shorrock auf einem Crosstrainer. Einer der Pfeiler hatte ihn verborgen. Okay, okay. Die Wasserflasche und die Schlüsselkarte befanden sich auf dem Boden neben ihm – er hatte anscheinend die Angewohnheit, seine Sachen immer mitzunehmen, wenn er sich von einer Station zur nächsten begab. Und offenbar war ihm nicht aufgefallen, dass die Schlüsselkarte nicht seine war. Leider lag sie jetzt auf dem Boden neben ihm und die Glaswand ihm gegenüber reflektierte wie ein Spiegel, weil der Korridor draußen nicht so hell erleuchtet war wie der Trainingsbereich. Und im Unterschied zu vorhin, als er den Kopf bei seinen Sit-ups von einer Seite zur anderen gedreht hatte, blickte er auf dem Crosstrainer unverwandt in das spiegelnde Glas.

Treven musste die Schlüsselkarten wieder umtauschen. Wenn Shorrock mit der falschen zu seinem Zimmer zurückkam, würde ihm sofort klar sein, was passiert war. Im Moment wirkten seine Leibwächter ziemlich nachlässig, aber so etwas musste roten Alarm auslösen. Danach würden sie Shorrock keine Minute mehr aus den Augen lassen, ganz abgesehen von der Aufmerksamkeit, die sie dem Typen angedeihen lassen würden, dessen Schlüsselkarte bei Shorrock gelandet war.

Er erinnerte sich wieder, warum er angeblich hier war, und ging weiter zur Hantelbank. Alisa folgte ihm. »Links oder rechts?«, fragte sie.

Scheiße, das wurde ja immer komplizierter. »Links«, antwortete er.

Sie kniete sich hin. Er hatte eine Idee. Er kauerte sich neben ihr hin und zog den Schnürsenkel an einem seiner Turnschuhe auf.

»Da ist sie ja«, sagte sie. »Glück gehabt.« Sie zog die Uhr hervor, stand auf und gab sie Treven.

Er lächelte. »Ein bisschen Glück kann in Vegas nicht schaden.«

Auf dem Rückweg zum Eingang kamen sie an den Crosstrainern vorbei. Alisa sagte: »Wollen Sie …«

Treven stolperte. Er ließ die Uhr davonfliegen und fing seinen Sturz mit der Hand direkt neben Shorrocks Schlüsselkarte ab. Alisa streckte sich nach der Uhr. Sie verfehlte sie, aber ihre Aufmerksamkeit war lange genug abgelenkt, dass Treven den Tausch vornehmen konnte. Er rechnete damit, dass Shorrocks Blick eher ihrer schnellen Bewegung gefolgt war als seinem Abtauchen, doch selbst wenn Shorrock nach unten sah, würde er seine Schlüsselkarte und die Wasserflasche noch genau am selben Platz stehen sehen.

»Verdammt«, meinte Treven und richtete sich auf. »Wie peinlich.«

Alisa hob die Uhr auf, warf einen Blick darauf und gab sie ihm zurück. »Scheint nichts passiert zu sein.«

Treven sah sie sich an und nickte. »Das sind gute Uhren.«

Alisa senkte den Blick zu seinen Füßen und lächelte. »Sie sollten sich besser den Schnürsenkel zubinden.«

Er bückte sich und erledigte das, dann gingen sie zusammen zurück in den Eingangsbereich. »Okay«, sagte er, »jetzt probiere ich mal das Dampfbad aus. Barfuß kann mir ja nichts passieren.«

»Sagen Sie mir Bescheid, wie es Ihnen gefallen hat«, erwiderte sie und schenkte ihm ein Lächeln.

Er ging zurück in den Wellnessbereich und rief Rain an. »Alles klar. Die Karten sind zurückgetauscht. Unser Freund ist noch beim Training. Wahrscheinlich bleibt er noch etwa eine Stunde dabei. Vielleicht sollten Sie herunterkommen, falls er die Toilette benutzen will. Aber ansonsten denke ich nicht, dass er in den Wellnessbereich geht.«

»Das macht nichts«, sagte Rain. »Die Kamera ist angebracht. Das wird uns eine große Hilfe sein. Wenn wir ihn im Wellnessbereich nicht erwischen, finden wir eine andere Möglichkeit.«

Treven hoffte, dass er sich da nicht täuschte. Die zwei Dinge, die gerade beinahe schiefgegangen wären – erst die Sache mit dem Magazin und dann Shorrocks Schlüsselkarte –, machten ihn nervös. Beide Male hatte ihn nur der Zufall gerettet. Es war schwer vorstellbar, dass sie noch ein drittes Mal so viel Glück haben würden.

Kapitel Zehn

Die Kamera in Shorrocks Zimmer anbringen zu können, war ein Glücksfall für uns gewesen. Die Chancen standen nicht schlecht, daraus Kapital zu schlagen. Wir hatten ihn auf Band, wie er seine Pläne für den Abend besprach: Essen um sieben im Michelin-Stern-dekorierten französischen Restaurant *Alex*; Getränke um zehn im Nachtclub *Tryst*; davor und danach die Kasinoetage zum Zocken, oder zum »Spielen«, wie die Marketingleute der Kasinoindustrie es verniedlichten. Ich fand, es bestand eine gute Chance, die Sache heute Nacht abzuschließen.

Larison und mir gelang es, jeweils in Begleitung einer austauschbaren Platinblonden vom Escortservice, Tische im *Alex* zu ergattern, und was noch besser war, Larison hatte direkte Sichtverbindung zu dem privaten Speisesaal, in dem Shorrock bewirtet wurde. Nach der Hälfte des langen Menüs fühlte ich das Handy in meiner Tasche vibrieren – Larison signalisierte mir, dass Shorrock auf dem Weg zur Toilette war. Ich entschuldigte mich rasch und kam vor ihm dort an, genau wie geplant. Der Raum war leer und selbst die Kabinentüren standen alle ein Stück offen. Mein Puls schaltete einen Gang höher. Das war es.

Ich stellte mich an das Urinal ganz rechts, als würde ich gemütlich pinkeln, und wartete ab. Einen Moment später hörte ich, wie die Tür hinter mir aufging. Ich konzentrierte mich ganz auf mein Gehör und widerstand der Versuchung, mich umzusehen. Schritte kamen näher. Und plötzlich war er da und ging zu dem Urinal ganz links, gemäß der unausgesprochenen Etikette in der Herrentoilette, dass man so viel Platz zwischen sich und den anderen lässt, wie aufgrund der Anordnung möglich ist.

Larison würde inzwischen Dox, der unmittelbar vor dem Restaurant wartete, ein Signal gegeben haben, damit ich die Zyaniddose an ihn loswerden und verschwinden konnte, sobald es vollbracht war. Es bestand kaum ein Risiko, dass jemand aus dem Restaurant so schnell unter Verdacht geraten würde, aber falls doch, wollte ich nicht mit der Mordwaffe in der Hand dastehen.

Ich warf Shorrock einen Seitenblick zu und sah, dass er leise schwankte und sein Gesicht vom Alkohol gerötet war. Das Handy in meiner Tasche vibrierte – wieder Larison, das Signal, das noch jemand auf dem Weg war. Aber verflixt, ich brauchte nur eine Sekunde. Ich schob die Hand in die Hosentasche, schloss sie um die Zyaniddose. Ich hatte sie schon fast herausgezogen, aber einen Sekundenbruchteil, bevor ich auf Shorrock zugehen wollte, hörte ich die Tür wieder aufgehen. Ich erstarrte und ließ die Dose zurückgleiten. Schritte, dann stellte sich ein weiterer Gast zwischen mich und Shorrock und zog den Reißverschluss herunter.

»Hey, Tim«, sagte der Typ. »Na, schmeckt das Essen?«

»Einfach überirdisch«, erwiderte Shorrock. »Ich kann gar nicht glauben, dass noch drei Gänge kommen. Ich bin schon jetzt pappsatt.«

»Glauben Sie mir, Sie müssen unbedingt noch Platz lassen für die pochierten Apfel-Windbeutel. Dafür könnte man sterben.«

Ich ignorierte die darin liegende Ironie, starrte unverwandt die Marmorwand vor mir an und gab mich der unrealistischen Hoffnung hin, Shorrock könnte sich so mit Wein abgefüllt haben, dass er länger pissen musste als der andere Typ. Aber es sollte nicht sein. Shorrock schüttelte ab, zog den Reißverschluss hoch und ging zu den Waschbecken. Einen Moment lang hörte ich Wasser rauschen, dann sagte er: »Bis gleich.« Dann war er verschwunden und mit ihm die Gelegenheit.

Ich gab die Hoffnung nicht auf. Garantiert hatten die Manager, die Shorrock umgarnen wollten, ihm nicht nur das Chéf-Menü spendiert, sondern auch die zugehörige Weinkollektion – was zu weiteren Besuchen auf der Toilette führen würde. Und so kam es dann auch – einmal im *Alex* und später noch zwei Mal im Nachtclub, dem *Tryst.* Aber beide Male befanden wir uns nicht allein auf der Toilette, im *Alex* war ein weiterer Gast dabei und im *Tryst* hatten sie einen Toilettenaufseher.

Nach dem *Tryst* improvisierten wir und beschatteten Shorrock und seine Gesellschaft im Kasino des Hotels. Dox positionierte sich an einem Spielautomaten, von dem aus er Shorrock am Black-Jack-Tisch im Blick hatte und mir signalisieren konnte, wenn er Anstalten traf, zur Toilette zu gehen. Alles lief glatt, sogar besser als ich es mir hätte vorstellen können – bis auf die Tatsache, dass ich ihn wieder nicht allein erwischte.

Doppelt frustrierend war, dass wir, obwohl wir seine Zimmernummer kannten, dort nicht an ihn herankamen. Die beiden Typen vom Secret Service hatten sich ziemlich zurückgehalten, vielleicht, weil Shorrock nicht in derselben Liga spielte wie beispielsweise der Verteidigungsminister, vielleicht auch, weil sie sich auf das umfassende Sicherheitsnetz des Hotels verließen. Möglicherweise verlangte Shorrock von seinen Bodyguards auch, dass sie ihm ein bisschen Raum zum Atmen ließen. Aber einer von ihnen stand immer vor Shorrocks Zimmer Wache, wenn er drinnen war, wie ich bei einem diskreten Ausflug in den 58sten Stock mithilfe eines Zahnspiegels herausgefunden hatte. Wir wussten, wann er auf dem Zimmer war, konnten ihn dort aber nicht erledigen. Es musste anderswo passieren.

Der nächste Tag verlief genauso. Shorrock ging am Morgen ins Fitnessstudio, aber nicht in den Wellnessbereich, nicht einmal, um auszutreten. Die Eröffnungsrede am Mittag kam für uns nicht infrage wegen der Sicherheitsvorkehrungen. Dann folgte Schanghai-Küche zum Abendessen im *Wing Lei*, ein ohrenbetäubender Mix von einem DJ namens Pizzo im *XS*-Nachtclub und dann wieder Black Jack, diesmal mit Treven als Beobachter am Spielautomaten. Insgesamt fünf Besuche auf der Toilette, von denen keiner eine ungestörte Möglichkeit eröffnete.

Knapp vor ein Uhr morgens rief Treven an und sagte mir, dass Shorrocks Party sich auflöste. Er war unterwegs zu seinem Zimmer, flankiert von den Bodyguards, und damit war die Sache für diese Nacht gestorben, seiner letzten auf dem Kongress. Dox würde ihn mit der Kamera, die ich angebracht hatte, beobachten, bis er eingeschlafen war, und wenn sich nichts Neues ergab, würden wir es am nächsten Morgen im Fitnessraum ein letztes Mal versuchen. Wenn das nicht funktionierte und keine neuen Infos über seine zukünftigen Pläne vorlagen, einen Zwischenstopp in einer Kirche zum Beispiel, wie Dox gemeint hatte, waren wir erledigt.

Ich kehrte auf mein Zimmer zurück, zog die Vorhänge auf und setzte mich in den funkelnden Lichtern des Strips still hin.

Es war entmutigend. Ich hatte bisher noch jeden Auftrag erfüllt und die Möglichkeit, diesen hier zu vermasseln, beunruhigte mich. Zugegeben, es ging dabei nicht um hehre Grundsätze. Einfach nur um die gute alte Besessenheit, das zu beenden, was ich als Meister meines Fachs begonnen hatte. Keine besonders sympathische Motivation, klar, aber wenigstens war ich ehrlich zu mir.

Ich spulte ein zunehmend wilderes Sammelsurium von Szenarien vor meinem geistigen Auge ab, weil ich mich versucht fühlte, auch riskante Optionen in Betracht zu ziehen. Aber das war Las Vegas, das mir einflüstern wollte, meine Verluste durch immer waghalsigere Einsätze wieder wettzumachen. Und ich hatte nicht so lange überlebt, weil ich mich auf unüberlegte Dinge einließ. Jetzt war ein schlechter Zeitpunkt, damit anzufangen.

Lange Zeit wälzte ich trübsinnige Gedanken und wartete darauf, dass das Jagdfieber sich legte, der scharfe Adrenalinstoß abebbte. Ich war müde, wusste aber, dass ich nicht schlafen konnte. Ich hatte gerade beschlossen, die Anspannung in der voluminösen Badewanne aus mir herauszukochen, als mein Handy summte – Dox. Ich riss es ans Ohr und sagte: »Sag mir, dass er morgen früh in die Kirche geht und ich kauf dir eine Flasche Bombay Sapphire Gin.«

»Ach, er müsste dringend mal zur Beichte gehen, aber ich bezweifle, dass er das tut.«

»Was redest du da?«

»Tja, Partner. Ich beobachte gerade unseren Freund, dessen tägliches Training ihm offenbar zu einem Stehvermögen verholfen hat, von dem unsereiner nur träumen kann. Während wir hier sprechen, vögelt er gerade einem Callgirl die Seele aus dem Leib.«

»Du verarscht mich.«

»Nein, Sir. Sie ist vor zehn Minuten eingetroffen, aber ich habe dich nicht angerufen, weil ich sie zwar an die Tür klopfen hörte, aber nicht sehen konnte, was vor sich ging – sie müssen im Gang oder im zweiten Badezimmer geblieben sein und die Kamera zeigt ja nur das Hauptzimmer der Suite. Aber jetzt ist er mit ihr auf der Couch zugange und, oh ja, sieh dir das an, jetzt dreht er sie um und besorgt's ihr ein bisschen von hinten. Hey, der Mann hat wirklich interessante Vorlieben! Sag mal, Partner, woran liegt das bloß, dass es immer zum Brüllen komisch ist, anderen Leuten beim Rammeln zuzusehen?«

Ich antwortete nicht. Meine Gedanken rasten. Es musste eine Möglichkeit geben, das auszunützen. Musste.

»Heilige Scheiße, schau dir das an! Ich bin stolz, ehrlich stolz darauf, dass unsere große Nation von Männern mit so außergewöhnlicher Ausdauer und Leidenschaft geleitet wird. Von Standfestigkeit ganz zu schweigen.«

Standfestigkeit. Das war es.

»Jetzt haben wir ihn«, sagte ich. »Das ist unsere Chance.«

»Ich weiß nicht, was du meinst. Weniger un-allein als im Moment könnte unser Mann gar nicht sein.«

»Nein, aber bald wird er allein sein. Ich will, dass du ihn weiter beobachtest …«

»Ja, Sir! Ich liebe diese Arbeit!«

»… und sobald sie geht, piepst du mich an. Dann treffen wir uns auf der Kasinoetage. Es gibt da eine Reihe Telefonzellen gleich rechts vom Eingang zum *Blush*-Nachtclub, wenn man davor steht. Sobald sie weg ist, verstanden?«

»Verstanden«, sagte er plötzlich ganz geschäftsmäßig.

Ich legte auf und holte drei Mal tief und langsam Luft, zwang mich zur Ruhe, um die Sache aus allen Blickwinkeln zu betrachten. Wenn mir nur eine einzige Variable entging, würde ich alles vermasseln. Aber die Chance war da. Dox hatte über Shorrocks ›Standfestigkeit‹ gewitzelt und genau diese, oder besser gesagt: ihre Anwendung am falschen Ort, war genau das, was wir uns jetzt zunutze machen konnten. Was für eine Schande musste es für diesen anständigen, verheirateten, gottesfürchtigen Geheimdienstmann mit höchster Sicherheitsfreigabe bedeuten, wenn seine derzeitige Aktivität – ein hübscher kleiner Promiporno, wenn man Dox glauben durfte – publik wurde. Ich überlegte, dass von allen Gefühlen die Schande sich am meisten nach Einsamkeit sehnt, und genau Shorrocks Einsamkeit war es, die wir jetzt brauchten.

Ich dachte über die Annäherung nach und erkannte schnell, dass ich mit ein bisschen Glück nicht einmal das Zyanid brauchen würde. Ich beschloss, es auf die altmodische Tour zu versuchen – schwieriger, aber auch sicherer. Ich schloss die Augen und begann, jeden einzelnen Schritt zu visualisieren, jede Variable, jede Wenn-Dann-Entscheidung.

Als ich damit fertig war, nahm ich eine Rolle Sporttape aus meiner Kulturtasche und umwickelte mir die Unterarme und

Handgelenke bis hinunter zum ersten Daumengelenk. Dann streifte ich ein langärmliges weißes T-Shirt über, zog ein blaues Oxford-Hemd an und darüber einen marineblauen Blazer, dessen Ärmel einen Tick zu lang waren. Getapte Handgelenke und lange Ärmel erwecken am Kartentisch vielleicht Verdacht, aber ich wollte ja nicht zocken, jedenfalls nicht in dem Sinn, den man in Vegas darunter verstand.

Vierzig Minuten später vibrierte mein Handy – Shorrock musste das Mädchen für eine Stunde gebucht haben und es gibt wenige Freiberufler, die so pünktlich sind wie ein Callgirl aus Vegas. Ich stopfte ein Paar Hirschlederhandschuhe in eine der Taschen des Blazers und das Sporttape in die andere, dann ging ich nach unten.

Dox erwartete mich schon und ich bemerkte mit Befriedigung, dass auf der Kasinoetage immer noch viel los war und es jede Menge Deckung gab. »Gehen wir spazieren«, schlug ich vor und bei einem Rundgang um das ganze Hotelgelände erklärte ich ihm den Plan und die Rolle, die er darin spielen sollte.

Danach kehrten wir zurück zu der Reihe von Telefonkabinen neben dem Eingang zum *Blush*. Ich stellte mich dicht neben Dox, während er Shorrocks Zimmer anwählte, und er hielt das Telefon so, dass ich mithören konnte. Es klingelte zwei Mal, dann ein leicht nervöses: »Ja?«. Ich fragte mich, ob Shorrock befürchtete, dass das Mädchen oder ihr Zuhälter noch einmal anrief, oder ob er unter postkoitalen Schuldgefühlen litt.

»Mister Shorrock«, sagte Dox in seinem gedehntesten Südstaatenakzent.

»Ja?«

»Ich will gleich zur Sache kommen. Meine Partnerin hat soeben Ihr Zimmer verlassen. Während sie dort war, hat sie eine Kamera unter dem Fernsehgerät im Wohnraum platziert. Wir haben mit dieser Kamera ein Video von Ihren Eskapaden auf der Couch aufgenommen.«

»Was?«

»Dürfte ich Ihnen empfehlen, einfach zum dem fraglichen Fernsehgerät zu gehen und seine Unterkante abzutasten? Sie werden die Kamera finden und dann erkläre ich Ihnen, wie wir die Angelegenheit regeln können, ohne dass jemand unser kleines Video zu sehen bekommt.«

»Das … das ist lächerlich. Ich weiß nicht, wovon Sie reden.«

»Sir, wenn Sie bitte einfach die Kamera holen würden? Ach, übrigens, von hinten ist auch eine meiner Lieblingsstellungen. Gute Arbeit, Sir, wirklich gute Arbeit.«

Eine hübsche Variante, dachte ich, die nicht in meinem Drehbuch gestanden hatte. Der Trick war, der Zielperson häppchenweise entscheidende Informationen zu servieren und sie so zu der Überzeugung zu bringen, dass man noch viel mehr in der Hand hatte. Das und die wachsende Panik würde ihn daran hindern, klar zu denken und Fragen zu stellen, die die Show schlagartig beenden konnten, etwa: *Ach ja. Und wie hieß das Mädchen gleich wieder?* Was Dox natürlich wissen müsste, wäre er wirklich ihr Zuhälter.

Eine sekundenlange Stille entstand, vermutlich während Shorrock das Fernsehgerät nach der Kamera abtastete. Dann sagte er: »Was … was soll das?«

»Sir, es geht darum, dass Sie mich dafür entschädigen, Ihnen den USB-Stick auszuhändigen, auf dem Ihr heißes Intermezzo mit einer Prostituierten in Las Vegas in bester Bildqualität aufgezeichnet ist.«

»Das ist ein Bluff. Wer sind Sie?«

Es lag keine Überzeugung in seiner Stimme und ich kam zu dem Schluss, dass er einfach nur vorsichtig war, was er sagte. Natürlich hatte er Angst, dass das Gespräch aufgezeichnet wurde.

»Im Augenblick bin ich der einzige Mensch, der Sie vor persönlicher und beruflicher Demütigung und Demontage schützen kann, Sir. Und ich wünsche mir ernsthaft, dass Sie mich dabei unterstützen.«

»Wie unterstützen?«

»Einfach, indem Sie mir tausend Dollar in bar überreichen. Was, wie Sie mir unter den gegebenen Umständen zustimmen werden, ein echter Schnäppchenpreis ist.«

In seiner Branche hatte Shorrock natürlich Erfahrung mit Erpressung und seine nächste Frage bewies das. »Nur einmal rein theoretisch, falls Sie irgendeine Art Bandaufzeichnung hätten, was nicht der Fall ist, weil ja nichts Unrechtes geschehen ist, aber nur einmal angenommen, dann würden Sie eine Kopie ziehen und ihre erpresserischen Forderungen in ein festes Einkommen ummünzen wollen. Warum sollte da irgendjemand mitspielen?«

»Sir, Ihre Besorgnis ist berechtigt und ich kann Ihnen nur versichern, dass ich dieses Spiel, wie Sie es nennen, schon lange spiele, und meine Diskretion ist der Grund dafür, warum ich dazu ohne viel Aufhebens in der Lage war. Ist Ihnen schon einmal zu Ohren gekommen, dass jemand im Wynn aufgeflogen wäre? Natürlich nicht, und ich sage Ihnen auch, warum. Es liegt daran, dass ich jedes Mal prompt für die inkriminierende Aufzeichnung bezahlt werde, und damit ist die Angelegenheit erledigt. Aber wenn Sie der Erste sein wollen, der pampig wird und auf stur schaltet, das liegt ganz bei Ihnen. Ich persönlich würde Ihnen empfehlen, es so zu halten, wie alle anderen: die Tausend zu berappen, sie unter Erfahrung zu verbuchen und die Sache zu vergessen.«

Es entstand eine Pause, während der Shorrock wohl seine Chancen kalkulierte. Seine Stimme klang gepresst, aber er brachte heraus: »Na schön, nur weil ich sowieso gerade nicht schlafen kann und die Sache mich amüsiert: Selbst wenn ich Sie bezahlen wollte, hätte ich keine Tausend in bar bei mir.«

Ein Einwand gegen den Betrag, nicht das Prinzip. Das und die Tatsache, dass er noch nicht aufgelegt hatte, bestärkten mich in der Überzeugung, dass die Sache funktionieren würde.

»Selbstverständlich, Sir, das ist nach einem Abend im Kasino nichts Ungewöhnliches. Aus diesem Grund stehe ich gerade direkt neben einem Geldautomaten. Ich mache Ihnen einen Vorschlag. Sie kommen herunter und heben das Geld ab. Ich beobachte sie von einem Punkt der Kasinoebene aus. Wenn Sie fertig sind, werde ich an Ihnen vorbeischlendern. Ich gebe Ihnen den USB-Stick und Sie überreichen mir das Geld. Ein äußerst diskreter Austausch und angesichts des Schadens, der damit verhindert wird, würde ich sagen, es handelt sich um die beste Investition Ihres Lebens. Wenn Sie aber nicht in fünf Minuten hier sind, muss ich annehmen, dass Sie nicht interessiert sind – dann können Sie einen Trailer des Videos auf ausgewählten Internetseiten betrachten. Und wer weiß? Vielleicht sogar in den Abendnachrichten.«

Ich wusste, dass wir ihn am Haken hatten, noch bevor er sagte: »Wo sind Sie?«

»Nicht weit vom *Blush*-Nachtclub. Gleich rechts vom Eingang, wenn man davor steht, befindet sich ein Geldautomat. Den meine ich. Ach, und so ungern ich Sie unter den Umständen darum bitte, würden Sie sich die Mühe machen, mir die Kamera mitzubringen? Sie war teuer.«

»Das glaube ich jetzt nicht.«

»Ich verstehe vollkommen, Sir, und ich weiß, wie unangenehm das für Sie sein muss, aber wenn Sie sich einfach an den Plan halten, ist die Angelegenheit in fünf Minuten vom Tisch. Und falls Sie sich dann besser fühlen: Sie sind ja nicht der Erste. Vegas, Sie wissen, was ich meine?«

Dox legte auf und wir gingen an getrennte Spielautomaten mit Blick auf den Bankautomaten. Ich konnte mir vorstellen, was in Shorrock jetzt vorging: Er versuchte, seine Panik unter Kontrolle zu bringen und überlegte, wie die Chancen standen, für seine tausend Dollar tatsächlich das zu bekommen, was er haben wollte. Außerdem musste er sich eine Story für den Leibwächter vor der Tür ausdenken, warum er zurückbleiben sollte, statt sich an das Sicherheitsprotokoll zu halten und ihn zu begleiten. Ihm blieben nur ein paar Minuten für das alles und der Zeitdruck würde ihn daran hindern, sich etwas einfallen zu lassen, das wir nicht vorausgesehen hatten. Abgesehen davon, sich einfach an die Anweisungen zu halten, wäre der nächstliegende Zug gewesen, seine beiden Bodyguards in gebührendem Abstand folgen zu lassen, damit sie sich Dox schnappten, sobald er sich zu erkennen gab. Ich glaubte nicht, dass er das tun würde – damit konnte er nicht viel gewinnen, aber sehr viel verlieren –, aber wenn doch, würden wir uns nicht zu erkennen geben und von vorne anfangen, sobald er auf sein Zimmer zurückkehrte.

Wir hätten uns keine Gedanken machen müssen: Shorrock kam allein. Ich sah, wie er den Blick durchs Kasino schweifen ließ, aber es waren zu viele Spieler an den Automaten, als dass er Dox und mich hätte ausmachen können. Als er vorbei war, stand ich auf und machte mich auf den Weg zur Herrentoilette. Ich spürte einen leichten Adrenalinstoß im ganzen Körper und atmete bewusst tief und langsam, um ihn unter Kontrolle zu halten.

Die Toilette war geformt wie ein L, wobei die Waschbecken sich an der waagrechten Linie, die Urinale und Kabinen an der senkrechten befanden. Alles schien leer zu sein. Ich streifte meine Hirschlederhandschuhe über und überprüfte rasch die Kabinen, ob nicht doch jemand drin war. Dox würde inzwischen Shorrocks Geld kassieren und ihm erklären, dass er den USB-Stick nicht bei sich trug – sondern ihn hinten an den faltbaren Windeltisch in der hintersten Kabine geklebt hatte, der großen, behindertengerechten. Die ich jetzt leise betrat. Ich verriegelte die Tür hinter mir.

Die Kabine war absolut blickgeschützt: Hohe, weiße Marmorwände, die auf Stützen gerade mal zwei Zentimeter über dem Fliesenboden ruhten, gut schließende, holzgetäfelte Türen, keine Ritzen oder Spalten, durch die man von draußen hätte hineinspähen können. Ich schloss die Augen, holte tief Luft, hielt kurz den Atem an und stieß ihn dann langsam wieder aus. Ich brauchte nur ein paar Sekunden allein mit ihm. Es war albern, dass ich die bis jetzt nicht gefunden hatte, aber nun schien es endlich so weit zu sein.

Ich ließ die Augen geschlossen und konzentrierte mich auf mein Gehör. Ein Augenblick verging, dann hörte ich die Schritte eines einzelnen Mannes hinter dem Knick des L. Wenn es nicht Shorrock war, blieb er wahrscheinlich bei den Waschbecken oder den Urinalen stehen. Aber die Schritte klangen schnell, zielstrebig. Und sie gingen weiter, vorbei an den leeren Kabinen, kamen näher, immer näher.

Drei Sekunden, dachte ich. *Danach spielt es keine Rolle mehr, ob jemand hereinkommt. Nur drei Sekunden.*

Die Schritte hielten vor der Tür an. Jemand zog am Griff, der Riegel klapperte.

»Hey«, rief eine Stimme. »Ist jemand da drin?«

Shorrock war Geheimdienstprofi. Selbst verwirrt und am Rande einer Panik konnte ihn etwas alarmieren, das deplatziert wirkte. Ich musste alles so lange wie möglich normal erscheinen lassen.

»Ja, hier ist jemand drin«, sagte ich. »Ist das etwa die einzige Kabine?«

»Beeilen Sie sich bitte, ja? Das ist ein Notfall.«

Wenn er klar hätte denken können, würde er behauptet haben, behindert zu sein, damit er dem vermutlich nicht behinderten Insassen der Kabine Schuldgefühle einflößte und dieser sich beeilte. Aber anscheinend stand er ausreichend unter Stress, dass er nicht überlegt handeln konnte. Was bedeutete, dass er auch andere Dinge übersehen oder erst dann bemerken würde, wenn es zu spät war.

Ich drückte den Spülknopf und das Wasser rauschte. Ich

machte mir keine Sorgen, dass er mich von einem der Restaurants oder anderen Schauplätze erkennen würde, wo ich ihm nahe gekommen war – die Leute nehmen mich normalerweise nicht wahr, es sei denn, ich sorge dafür. Aber selbst wenn er mich erkannte und sich wunderte, würde seine momentane Verwirrung und Abgelenktheit mir in die Hände spielen.

Ich entriegelte die Tür und öffnete sie, wobei ich die linke Hand leicht hinter dem Rücken verborgen herabhängen ließ und die andere dicht am Körper hielt, während ich die Tür nach rechts außen aufstieß. Handschuhe konnten an diesem Ort so fremdartig wirken, dass sie eine sofortige Reaktion auslösten, und ich wollte verhindern, dass er sie bemerkte, bevor es zu spät war.

»Okay«, sagte ich. »Die Kabine gehört Ihnen.«

»Danke«, erwiderte Shorrock und schob sich an mir vorbei. Währenddessen wirbelte ich im Gegenuhrzeigersinn herum und verpasste ihm einen Stoß mit der Handwurzel gegen den Hinterkopf. Nicht hart genug, um sein Genick zu verletzen oder ihn gegen die marmorne Rückwand der Kabine zu schleudern, wo er sich die Nase brechen oder einen Zahn hätte verlieren können. Aber so hart, dass seine Schaltkreise mindestens eine Sekunde lang aussetzten. Länger brauchte ich nicht, um hinter ihm einzutreten und die Tür zu verriegeln.

Mein Stoß mit der Handwurzel hatte ihn stolpern lassen, aber er fiel nicht, und als er sich zu mir umdrehen wollte, legte ich ihm den linken Arm um den Hals, sodass seine Luftröhre in meiner Ellenbogenbeuge zu liegen kam, packte meinen rechten Bizeps und presste ihm die rechte Hand fest gegen den Hinterkopf. Der *Hadaka-Jime*-Griff, so vielseitig wie wirksam. Ich spannte die Muskeln und klemmte ihm die Halsschlagadern mit diesem Nussknackergriff von Bizeps und Unterarm ab, zog den Kopf ein und vergrub ihn in seinem Rücken. Ich spürte die Panik durch seinen Körper schießen und er versuchte, sich loszureißen, erst nach der einen, dann der anderen Seite, beide Male vergeblich. Ich ließ mich gegen eine der Marmorwände abdrängen und konzentrierte mich darauf, meinen Klammergriff mit dem richtigen Druck aufrechtzuerhalten. Im Unterschied zu dem absichtlich brutal und einschneidend angesetzten Würgegriff, den ich damals bei dem riesigen Söldner in Tokio verwendet hatte, war dieser hier fein abgestimmt. Eng genug, um die Halsschlagadern zu verschließen, aber nicht so massiv, dass er Quetschungen hinterließ. Wie jeder Judoka bestätigen kann, ist ein effektiver Würgegriff nicht zwangsläufig schmerzhaft und muss nicht einmal die Atmung behindern. Wenn man auf der Matte von einem Experten gewürgt wird, kann man fast ohne Atemnot das Bewusstsein verlieren.

Ich spürte, wie er das Bein hob, um mir auf den Spann zu treten, was von einiger Erfahrung zeugte, aber ich wich dem Tritt ohne Probleme aus. Er krallte nach meinen Augen, konnte sie jedoch nicht erreichen. Sein Herumgefuchtel und Gezappel wurde hektischer. Er versuchte, seine Fingernägel in meine Arme und Hände zu graben, aber sie scharrten harmlos über das Tape und die multiplen Lagen Stoff. Dann, ganz plötzlich, fühlte ich, wie alle Kraft aus seinem Oberkörper wich. Seine Arme sackten schlaff herunter und er fiel gegen mich. Ich lehnte mich an die Wand, atmete langsam und konzentrierte mich darauf, den Druck gleichmäßig aufrechtzuerhalten. Ich hörte Schritte, als jemand den Raum betrat, aber er blieb am Knick des L stehen, wahrscheinlich an einem der Urinale. Es spielte keine Rolle mehr – die Zeit hatte sich endlich auf meine Seite geschlagen. Nach einer Weile hörte ich die Spülung, es rauschte Wasser ins Handwaschbecken, Papierhandtücher raschelten und wurden weggeworfen, dann entfernten sich die Schritte.

Als ich sicher war, dass Shorrock nicht wieder zu sich kommen konnte, legte ich ihn flach auf den Boden und durchsuchte rasch seine Taschen. Alles, was er bei sich trug, waren sein

Zimmerschlüssel und die Kamera, die ich in seinem Zimmer versteckt hatte. Er hatte sich wohl geweigert, sie Dox zu übergeben, als der ihm sagte, dass er den USB-Stick in der Toilette abholen müsse. Wahrscheinlich, um eine Art Druckmittel in der Hand zu behalten. Es spielte keine Rolle. Hauptsache, wir hatten sie wieder und mussten uns keine Sorgen machen, dass jemand sie in seinem Zimmer entdeckte und misstrauisch wurde. Shorrocks Schlüsselkarte zu besitzen war auch nützlich, falls die Zeiten seines Kommens und Gehens darauf gespeichert waren. Ich erwartete nicht, dass jemand in diese Richtung ermitteln würde, aber je weniger Spuren man hinterließ, desto besser. Ich zog tausend Dollar hervor und schob sie Shorrock in die Tasche. Vermutlich merkte keiner, dass er unmittelbar vor seinem Tod am Bankautomaten gewesen war, aber falls doch, würde es komisch aussehen, wenn er das Geld nicht mehr bei sich hatte.

Ich untersuchte seine Fingerspitzen, ob während des Kampfes Haut oder Haare von mir unter seine Fingernägel geraten waren – ich hatte nichts gespürt, aber Adrenalin unterdrückt den Schmerz, und es war nicht ausgeschlossen, dass er mich an der Kopfhaut gekratzt oder mir ein paar Haare ausgerissen hatte. Ich fand nichts. Ich holte das Sporttape aus der Tasche meines Blazers und wickelte es mir mit der klebrigen Seite nach außen um beide Hände, dann klopfte ich den Boden unter und um Shorrock herum damit ab. Das Reinigungspersonal des Wynn musste aus Vollprofis bestehen, denn es blieben nur ein paar Fussel und Schamhaare daran hängen. Ich konnte nicht wissen, ob irgendetwas davon von mir stammte, aber ich ging auf Nummer sicher. Ich drehte Shorrock um und klopfte seinen Rücken auf dieselbe Art an der Stelle ab, wo ich mein Gesicht dagegen gedrückt hatte. Noch ein paar Haare, vermutlich von ihm. Aber das war jetzt nur noch eine akademische Frage. Ich wickelte das Tape vorsichtig über der Toilette ab, knüllte es zusammen und steckte es ein. Dann ließ ich die Spülung laufen und schwemmte alle unsichtbaren Teilchen weg, die vielleicht hineingefallen waren.

Damit war ich beinahe fertig. Ich legte eine kurze Pause ein, um nachzudenken und meine mentale Checkliste abzuhaken. Alles in Ordnung. Blieb nur noch eines zu tun.

Ich öffnete Shorrocks Gürtel, zog ihm Hose und Unterhose bis auf die Knöchel herunter und zerrte ihn in sitzende Position auf die Toilette. Dann trat ich zurück und hielt ihn mit ausgestrecktem Arm so lange wie möglich aufrecht. Als ich den Arm wegzog, sackte Shorrock nach rechts vorne und landete mit dem Gesicht nach unten neben der Toilette. Ich wusste, dass ich weder auf seinem Gesicht noch sonst wo irgendwelche Verletzungen hinterlassen hatte, aber selbst wenn, hätte der Sturz von der Toilette die passende Erklärung dazu geliefert. Was die Todesursache selbst anging, es würde nach einem Herzleiden aussehen – verkalkte Rohre oder eine elektrische Fehlzündung. Möglicherweise kam es zu einer Autopsie: Dafür war er prominent genug und es war schon eine seltsame Ironie, wenn ein derart fitnessbesessener Mann plötzlich an einem Herzanfall starb. Aber nachdem sie an der Leiche nichts finden konnten, würden die Doktores sich weise übers Kinn streichen und über das Brugada-Syndrom oder Long-QT-Syndrom spekulieren, vielleicht mögliche Anomalien in den Natrium- und Kaliumkanälen und letale Arrhythmien ins Spiel bringen, die mit der Zerstörungskraft und Unberechenbarkeit von Tsunamis zuschlugen. Und das alles in jenem getragenen Tonfall, der einmal die Domäne der Mönche gewesen war, wenn sie das Mysterium des göttlichen Willens erörterten.

Ich fasste die Oberkante der marmornen Trennwand zwischen den Kabinen und lauschte einen Moment lang angespannt. Nichts. Ich zog mich hoch, schwang mich hinüber und ließ mich in der angrenzenden Kabine herunter. Ich hörte jemanden hereinkommen, daher schob ich den Riegel vor, wartete und nutzte den Aufschub, um meine mentale Checkliste ein letztes Mal durchzugehen und sicherzustellen, dass ich nichts übersehen hatte. Als der andere Gast hinausging, folgte ich ihm und steckte unterwegs die Handschuhe ein.

Ich sah Dox an einem Spielautomaten sitzen, von dem aus er die Tür zur Toilette im Auge hatte, und neigte den Kopf, um ihm zu signalisieren, dass die Sache erledigt war. Larison und Treven würden wir erst unterwegs informieren, um einen Vorsprung zu haben. Aber keiner von den beiden musste erfahren, dass ich das Zyanid nicht gebraucht hatte. Ebenso wenig wie Horton. Mir ist es lieber, die Leute wissen nicht so genau, was ich mit bloßen Händen anrichten kann. Das macht es leichter, ihnen dasselbe anzutun, sollte es nötig sein.

Wir hatten bei diesem Job ziemlich viel Pech gehabt. Knapp daneben ist eben auch daneben. Aber am Ende hatte doch alles funktioniert. Ein perfekter, natürlich aussehender Tod für Shorrock, eine saubere Flucht, ein außergewöhnlicher Zahltag. Und ausnahmsweise würde es vielleicht sogar dem Allgemeinwohl dienen. Insgesamt konnte man sich nicht beschweren.

Schon das allein hätte mir sagen sollen, dass hier etwas ganz und gar nicht stimmte.

Kapitel Elf

Larison und Treven fuhren auf der Interstate 15 durch die Wüste, während hinter ihnen die Sonne aufging. Larison hatte vor zwei Stunden von Rain und Dox erfahren, dass der Job erledigt war und sie sich auf dem Rückweg nach Los Angeles befanden.

Rain hatte nur vage Andeutungen gemacht, wie und wann er Shorrock erledigt hatte, und Larison wurde das Gefühl nicht los, dass seine Zurückhaltung nicht nur an Sicherheitsbedenken wegen der Telefonverbindung lag. Rain hatte auch verschleiern wollen, dass er damit gewartet hatte, Larison und Treven zu informieren, damit er und Dox beim Verlassen der Stadt einen Vorsprung hatten. Das verstand Larison. Er hätte es genauso gemacht. Rain konnte nicht ausschließen, dass Larison und Treven den Auftrag hatten, lose Enden abzuschneiden und Rain und Dox zu eliminieren, nachdem Shorrock tot war. Dem war zwar nicht so, aber Larisons eigene Pläne lagen gar nicht so weit entfernt von dem, was Rain wahrscheinlich vermutete. Egal, es war ganz normal, dass Rain sich vorsah. Bei einem so hochsensiblen Job war es praktisch Standardprozedur, die Meuchelmörder zu meucheln.

Larison hatte Hort unterwegs von einem sicheren Telefon aus angerufen und Bericht erstattet. Hort wollte, dass er sich wieder meldete, wenn er mehr wusste, hatte aber nicht gefragt, wo er und Treven sich mit Rain und Dox treffen würden. Hort wusste natürlich, dass Larison ihm gegenüber dieselben Vorbehalte hegte, wie Rain gegenüber Larison.

Der Wagen war ein grauer Ford Taurus, den sie am Flughafen von Los Angeles gemietet hatten, ohne Navi oder Mautzahlungssystem, über das man sie hätte verfolgen können. Treven fuhr unauffällig und gleichmäßig, keinen Kilometer über dem Tempolimit, einfach zwei weiße Jungs, die nach ein paar Tagen Zocken in Vegas auf dem Rückweg nach Kalifornien waren. Larison betrachtete durchs Fenster die vorbeiziehenden braunen Hügel, die staubbedeckten Kreosotbüsche und fragte sich, wie viel er Treven anvertrauen sollte. Ziemlich viel, beschloss er. Das war die einzige Möglichkeit, ihn richtig zu motivieren. Aber er musste es geschickt anstellen und ein paar entscheidende Punkte auslassen. Trevens Instinkte waren vielleicht von einem Übermaß an infantilem Patriotismus beeinträchtigt, aber dumm war er nicht.

Larison wandte den Kopf und sah Treven an. »Also, was hat er gegen Sie in der Hand?«

Treven warf ihm einen kurzen Seitenblick zu, bevor er die Augen wieder auf die Straße richtete. »Wer?«

»Sie wissen schon. Hort.«

Eine Pause entstand. »Warum glauben Sie, er hätte etwas gegen mich in der Hand?«

»Weil er so arbeitet. Immer.«

Treven antwortete nicht. Larison sagte: »Wissen Sie, was er gegen mich in der Hand hat?«

Treven nickte.

Larison meinte: »Dann wissen Sie auch, was er mir angedroht hat, falls ich diese Foltervideos je veröffentliche?«

Treven nickte wieder. »Ihr Freund wird sterben.«

Larison war seltsam dankbar, dass Treven sich so vage ausdrückte. Der Mann wusste ganz genau, was Nico für Larison bedeutete. Eine Sekunde lang stellte er sich vor, wie es wäre, jemandem sein Geheimnis anvertrauen zu können, und dann, in einem Furcht einflößenden, schwindelerregenden Rausch, wie es wäre, es überhaupt nicht geheim halten zu müssen.

Er schüttelte die Anwandlung ab und meinte: »Er sagte mir, sie würden Söldner schicken, um Nicos Nichten und Neffen zu vergewaltigen und seine Eltern und Schwestern und Schwäger zu verstümmeln. Den Zorn Gottes auf seine gesamte erweiterte Familie herniederbringen, jeden Einzelnen von ihnen. Und dann würde er Nico den Grund dafür nennen, dass alles meine Schuld sei.«

Wieder entstand eine Pause. Treven antwortete: »Dann geben Sie die Videos eben nicht frei. »

»Ach ja? Und was sollen *Sie* nicht tun? Wer kriegt bei Ihnen den Zorn Gottes zu spüren, damit Sie nicht aus der Reihe tanzen?«

Treven schwieg.

Larison glaubte, ein wenig mehr Nachdruck könne nicht schaden, und sagte: »Muss ich wirklich betonen, dass wir beide vor ganz ähnlichen Problemen stehen? Für die es auch ähnliche Lösungen geben könnte, wenn wir gemeinsam daran arbeiteten?«

»Das heißt?«

»Wie soll ich das beantworten, wenn Sie mir nicht sagen, was er gegen Sie in der Hand hat?«

Schweigend fuhren sie weiter. Erst eine Enthüllung durch Larison, um Vertrauen aufzubauen. Das Angebot einer möglichen Zusammenarbeit, um Hoffnung zu wecken. Dann Schweigen, um Treven aus der Reserve zu locken. Wenn der Mann sich jemals öffnen würde, dann jetzt.

Komm schon, dachte Larison. *Rede. Wenn du einmal angefangen hast, wirst du nicht mehr aufhören.*

Er fürchtete schon, er hätte sich verrechnet, als Treven sagte: »Sie erinnern sich an den ehemaligen Stabschef des Vizepräsidenten, von dem Sie mir erzählt haben? Der in seinem Büro zu

Tode gefoltert wurde?«

Larison lächelte. »Ulrich.«

»Genau, David Ulrich.«

Larisons Lächeln vertiefte sich. »Ich vermutete, Sie wären vielleicht derjenige, der ihn erledigt hat.«

»Nein. Aber ich war in seinem Büro, kurz bevor es passierte, und ich bin ihn ziemlich hart angegangen. Hort behauptet, die CIA wäre im Besitz von Überwachungsbändern, die mich zum Zeitpunkt seines Todes dort zeigen.«

»Sie glauben ihm?«

»Woher hätte er sonst wissen sollen, dass ich dort war?«

»Tja, dann würde ich sagen, Sie haben ein echtes Problem. Es sei denn, Sie möchten gerne für den Rest Ihres Lebens Horts Fußabstreifer spielen.«

»Es ist die CIA, die die Bänder hat.«

»Sagt Hort?«

Treven erwiderte nichts.

»Denn genau das würde er logischerweise behaupten. Das ist Ihnen doch klar, oder?«

Wieder keine Antwort.

»Hören Sie«, sagte Larison. »Jede Wette, dass Hort die Bänder selbst hat. Das kann er Ihnen natürlich nicht erzählen, sonst wüssten Sie ja, dass er derjenige ist, der Sie an den Eiern hat. Stattdessen stellt er sich als den netten Kerl dar, der versucht, Sie aus der Schusslinie zu nehmen. So macht man das.«

»Ja. Ich verstehe.«

»Und selbst wenn es stimmen sollte, dass die CIA die Bänder hat, denen sind Sie scheißegal, solange Sie ihnen nicht in die Quere kommen. Jagen Sie Hort zum Teufel, dann müssen Sie keine Angst haben, dass jemals eines dieser Bänder gegen Sie verwendet wird, egal, wer sie hat.«

»Ihn zum Teufel jagen?«

»Kommen Sie. Erzählen Sie mir nicht, dass Sie noch nie daran gedacht haben! Für wie blöd halten Sie mich?«

Treven schüttelte den Kopf. »Dazu brauchen Sie mich nicht. Sie können Hort auf eigene Faust abservieren.«

»Aber ich will noch etwas anderes.«

Kurze Stille. Treven sagte: »Die Diamanten.«

»Korrekt. Und das ist kein Ein-Mann-Job. Dazu muss man mindestens zu zweit sein.«

»Aber Sie denken, vier wären besser.«

Larison lächelte. Nein, dumm war Treven bestimmt nicht.

»Wir sprechen hier von einhundert Millionen Dollar«, sagte Larison. »Rain und Dox könnten ein Viertel davon haben. Sie auch. Und wenn die Diamanten erst einmal in unserem Besitz sind, kümmere ich mich als Dreingabe um Hort.«

Treven gab keine Antwort und Larison wusste nicht, was er dachte. Aber Vermutungen konnte er anstellen. Fünfundzwanzig Millionen und die Beseitigung des Mannes, der ihn erpresste? Wer würde sich nicht auf so eine Gelegenheit stürzen?

»Also?« fragte Larison. »Sind Sie dabei?«

Eine lange Pause entstand. Larison wartete und ließ die Stille ihr Werk tun.

Endlich sagte Treven: »Sie müssten mir erst Ihren Plan erläutern.«

Larison lächelte. Treven war dabei. Jetzt musste er nur noch Rain und Dox die Diamanten vor der Nase baumeln lassen.

Kapitel Zwölf

Ich rief Horton an, während Dox fuhr und wir gerade Pasadena passierten. Manche Leute würden mich als paranoid bezeichnen, jedenfalls wenn sie noch am Leben wären, aber ich wollte vermeiden, dass jemand unseren Standort triangulieren konnte, während wir uns auf einer einsamen Strecke der Route 15 ohne Alternativen oder Versteckmöglichkeiten befanden.

»Es ist erledigt«, sagte ich.

»Habe ich gehört«, gab Horton zurück und sein voller Bariton klang erfreut.

Das war ja schnell gegangen – Dox und ich hatten Las Vegas erst vor weniger als vier Stunden verlassen. Normalerweise liegt eine Leiche ziemlich lange in einer verschlossenen Toilettenkabine, bevor jemand etwas merkt. Meistens wird sie vom Reinigungspersonal entdeckt. Vielleicht hatte eine sehr frühe Morgenschicht Shorrock gefunden. Wahrscheinlicher aber war, dass die Leibwächter nach ihm gesucht hatten, als er von seiner mysteriösen Solotour nicht zurückkam. Ich hätte daran denken sollen, dass sie ihn früher als üblich entdecken würden. Aber eigentlich spielte es keine Rolle.

»Irgendwelche Probleme?«, fragte ich.

»Überhaupt keine. Freut mich zu sehen, dass Ihr Ruf gerechtfertigt ist.«

»Wir hatten Glück.«

»Das bezweifle ich. Sie haben benutzt, was ich Ihnen mitgegeben habe?«

»Ja.«

»Gut. Und um Ihnen die nächstliegende Frage zu ersparen, Ihre Vergütung ist bereits entsprechend Ihren Instruktionen verteilt worden. Sie können den Eingang verifizieren.«

Dieses Gespräch klang so altbekannt, dass ich fast glaubte, ein *Déjà-vu* zu haben. Es war schrecklich, wie selbstverständlich es sich anfühlte, wieder an diesem Punkt angelangt zu sein. So … normal. Als ob ich die ganzen letzten Jahre nur meine schwächere Hand hätte benutzen können und jetzt endlich wieder die stärkere.

»Ich sage den anderen Bescheid.«

»Gut. Und falls Sie auf dem Rückweg in die Gegend sind, wo wir uns zuletzt getroffen haben, würde ich Sie gerne wiedersehen.«

Alarmglocken schrillten in meinem Kopf. »Warum?«

»Um Ihnen den nächsten Auftrag zu erklären.«

»Warum müssen wir uns dazu sehen?«

»Weil ich die Details nicht niederschreiben oder per Telefon übermitteln kann. Hören Sie, unter den gegebenen Umständen kann ich Ihr Zögern vollkommen verstehen. Es erübrigt sich also zu sagen, dass wir uns an jedem Ort und auf jede Art Ihrer Wahl treffen können.«

Das gefiel mir nicht. Normalerweise ist die Opposition, mit der ich rechnen muss, quantitativ und qualitativ nur so ausgestattet, dass zufriedenstellende Sicherheitsmaßnahmen kein Problem darstellen. Aber wenn Horton wollte, konnte er schwere Kaliber auffahren. Ich dachte dabei an ein SWAT-Team, das auf der Suche nach Shorrocks bewaffnetem und gefährlichem Killer ein Restaurant umstellte, in dem ich gerade saß.

»Es reicht noch nicht aus, dass soeben eine wichtige Figur aus dem Projekt ausgestiegen ist?«, fragte ich, um Zeit zu gewinnen.

»Nicht ganz. Es sind noch zwei personelle Veränderungen nötig, um sicherzustellen, dass das Projekt scheitert. Wenn das passiert, wird es die Firma eine Menge Geld kosten. Sie haben gezeigt, dass Sie der geeignete Mann dafür sind. Führen Sie den Job zu Ende, und es erwartet Sie ein gewaltiger Bonus.«

Ich wusste nicht, ob ich das wollte. Aber was wollte ich eigentlich?

»Wo sind Sie jetzt?«, improvisierte ich.

»In der Stadt.«

»In der Gegend, wo wir uns das letzte Mal getroffen haben?«

»Ich könnte in zwanzig Minuten dort sein.«

»Gehen Sie ins selbe Hotel. Ich rufe in weniger als einer Stunde an.«

»Gut.«

Ich legte auf.

»Er hat noch mehr Arbeit für uns?«, fragte Dox.

»Noch zwei Jobs. Und einen großen Bonus bei Vollzug. Wie klingt das?«

Er lächelte. »Es klingt nach Geld, Partner.«

»Vielleicht. Was hältst du von einem persönlichen Treffen?«

»Du machst dir Sorgen, dass er den Jack Ruby für uns als Lee Harvey Oswald gibt?«

»Etwas in der Art.«

Er griff unter den Sitz und brachte die Wilson Combat zum Vorschein. »Der gute alte Oswald hatte keine von denen bei sich.«

Ich dachte kurz nach und kam zu dem Schluss, dass es machbar war. »Fahr nach West Hollywood«, sagte ich.

Als wir den Highway verlassen und auf dem Santa Monica Boulevard ein paar Kilometer in westlicher Richtung hinter uns hatten, rief ich Horton wieder an. An diesem Punkt konnte niemand, der uns abhörte, schnell genug ein Team hinter uns herschicken, daher spielte der Bruch der Kommunikationssicherheit, den ich gleich begehen würde, keine Rolle. »*Urth Caffé*«, sagte ich. Ich kannte das Restaurant von früheren Besuchen in L. A. und obwohl ich den Kaffee dort mochte, würden wir ihn heute nicht genießen können. »Ecke Melrose Avenue und Westmount Drive.«

»Ich bin in weniger als zehn Minuten da.«

Ich legte auf. Horton war ein präziser Mann und mir wurde klar, dass er sich in der Stadt ziemlich gut auskennen musste, um aus dem Stegreif seine Ankunftszeit so gut einzuschätzen. Ich war mir nicht sicher, was das zu bedeuten hatte, falls es überhaupt wichtig war, aber ich speicherte die Information für später ab.

Wir parkten am Westmount Drive, knapp südlich der Melrose, und stiegen aus. Im Vergleich zu der Glutofenhitze von Las Vegas fühlte die Luft sich frisch an und der spätvormittägliche Himmel über den verschiedenen Palmen und Laubbäumen war von einem klaren, harten Blau. Im *Urth* steuerten wir die Toilette an und zwängten uns zwischen den achtlos plaudernden ›Angelenos‹ durch, die dicht gedrängt an Metalltischen im Schatten von grünen Sonnenschirmen vor dem Café und im Patio saßen. Der Kaffee roch himmlisch, aber wir hatten keine Zeit, und ich stand wegen des Treffens mit Horton unter Strom. Später vielleicht.

Wir gingen zum Wagen zurück. Diesmal nahm Dox auf dem Rücksitz Platz, während ich mich ans Steuer setzte. Ich fuhr um den Block, immer wieder rechts herum, vorbei an Einfamilienbungalows, Apartmenthäusern ohne Fahrstuhl, kleinen, niedrigen Geschäftsgebäuden wie dem *Boshi Tree Bookstore* und der *Peace Gallery*, und dann das Ganze wieder von vorne. Grüppchen von Einkaufsbummlern schoben sich über die sonnendurchglühten Gehsteige, aber keine Spur von Horton. Doch auch keine Anzeichen für einen Hinterhalt – etwa schwarze Chevy Suburbans mit getönten Scheiben, hart wirkende Männer in Limousinen, die im Leerlauf am Straßenrand warteten, oder ein Trupp mit Sonnenbrillen und nicht zur Jahreszeit passenden Jacketts, der einen Kordon um das Restaurant zog und sich langsam darauf zubewegte.

Mein Telefon summte – Horton. Ich nahm den Anruf an und sagte: »Ja.«

»Ich bin hier, aber ich sehe Sie nicht.«

»Verlassen Sie das Restaurant, biegen Sie links auf die Melrose und gleich wieder links auf den Westmount Drive ab. Wir sind in einer Minute da.«

»Immer noch vorsichtig, wie ich sehe.«

»Es ist sicher überflüssig.«

Er gluckste. »Ich verstehe vollkommen.«

Ich trennte die Verbindung und reichte mein Telefon nach hinten zu Dox. »Handys abschalten«, sagte ich. »Und nimm die Akkus heraus.« Horton kannte jetzt die Nummer und konnte uns im Auto anpeilen. Wahrscheinlich eine übertriebene Vorsichtsmaßnahme, aber wenn man für das eine Prozent der Zeit, in der man ihn wirklich braucht, einen Rettungsschirm haben will, muss man ihn auch für die restlichen neunundneunzig Prozent aufspannen.

Dox lachte. »Weil Handys im Auto im wunderbaren Staate Kalifornien illegal sind?«

»Nein«, sagte ich, sah in den Rückspiegel und versuchte, meinen Frust zu verbergen. Dox' Handygewohnheiten hätten uns in Bangkok einmal fast das Leben gekostet. »Es geht um …«

Er lachte wieder. »Ich weiß, ich weiß, wir wollen ja nicht, dass jemand unseren Standort trianguliert. War bloß Verarsche, Partner. Obwohl ich nicht weiß, warum ich mir eigentlich die Mühe mache. Du fällst immer wieder drauf rein.«

Ich seufzte. Daran würde ich mich wahrscheinlich nie gewöhnen. Ich werde vor einem Einsatz immer ganz still, aber Dox muss Witze reißen, und zwar meistens auf meine Kosten.

Ich schaltete den Wanzendetektor ein und fuhr noch einmal um den Block, rechts auf den Westbourne Drive, rechts auf die Sherwood, rechts auf die Westmount. Ungefähr auf halbem Weg zur nächsten Ecke sah ich, wie Horton uns auf dem Gehsteig entgegenkam. Er war genauso gekleidet wie beim letzten Mal – kurzärmliges Hemd, in den Hosenbund gestopft, nirgendwo Platz für eine Waffe, höchstens in einem Knöchelhalfter. Oder vielleicht auch hinten im Hosenbund, was wir von hier aus nicht sehen konnten. Aber Dox hatte das Fenster heruntergefahren und hielt die Wilson Combat dicht unter der Kante. Wenn Horton seine Hände irgendwo hinwandern ließ, wo wir sie nicht sehen konnten, musste er schon schneller ziehen, als Dox den Abzug drücken konnte, und das war nur eine andere Art zu sagen, dass er auf der Stelle tot sein würde.

Wir hielten neben ihm an und ich bedeutete ihm, auf dem Beifahrersitz einzusteigen. Er nickte, aber erst zog er höflicherweise die Hosenbeine über die Knöchel hoch und drehte sich einmal um die eigene Achse, damit wir uns vergewissern konnten, dass er auch hinten im Hosenbund keine Waffe stecken hatte. Er stieg ein und ich wendete rasch, das erste von verschiedenen Manövern, mit denen ich sicherstellen würde, dass wir nicht verfolgt wurden. Der Wanzendetektor blieb stumm.

»Ich weiß es zu schätzen, dass Sie beide sich die Zeit genommen haben«, meinte Horton. »Und lassen Sie mich sagen: Gute Arbeit in Las Vegas. Wir werden nie erfahren, wie viele Leben Sie gerettet, wie viele schwere Verletzungen Sie verhindert haben, aber bei dem, was Shorrock geplant hatte, dürfte die Zahl in die Tausende gehen.«

»Bedanken Sie sich nicht bei mir«, erwiderte Dox. »Ich bin bloß hier, um Sie zu erschießen, wenn etwas schiefgeht.«

Horton war klug genug, Dox' liebenswürdigen Ton nicht mit einem Mangel an Entschlossenheit zu verwechseln. Er sagte: »Nun, dann lassen Sie uns dafür sorgen, dass nichts schiefgeht.«

Ich fuhr erst in südlicher Richtung auf den La Cienega Boulevard, dann hielt ich mich an Nebenstraßen durch Wohnviertel, um den Verkehr auszufiltern. Es schien mir unwahrscheinlich, dass Horton riskieren würde, uns verfolgen zu lassen – er musste gewusst haben, dass er als unser Passagier buchstäblich die Mündung einer Waffe am Kopf haben würde. Trotzdem hielt ich ein paar Mal an, um sicherzugehen, dass niemand hinter uns war, und legte auch ein paar strategische, schnelle Wendemanöver hin. Angesichts von Hortons hoher Position ließ sich eine Satellitenüberwachung nicht ausschließen, aber das stellte keine unmittelbare Bedrohung dar. Mit dieser Möglichkeit würden Dox und ich uns später befassen. Natürlich konnte sich Horton die Nummernschilder eingeprägt haben, als wir neben ihm anhielten, aber ich hatte den Wagen unter einer Identität angemietet, die nicht zu mir zurückzuverfolgen war. Solange wir vorsichtig blieben, war alles in Ordnung.

Als ich mich vergewissert hatte, dass uns niemand zu folgen versuchte, sagte ich: »Wenn wir bereits so viele Leben gerettet haben, warum müssen Sie dann noch die beiden anderen Verschwörer ausschalten?«

Horton nickte, als hätte er die Frage erwartet. »Shorrock war die Speerspitze, deshalb musste er so schnell wie möglich eliminiert werden. Aber solange der Speer noch existiert, kann die Spitze relativ leicht ersetzt werden. Es gibt zwei weitere Schlüsselfiguren, deren Ausscheiden jede Chance zunichte machen wird, mittels Anschlägen unter falscher Flagge nach der Macht zu greifen.«

»Wer?«

»Sind Sie interessiert?«

»Das kann ich nicht beantworten, solange ich nicht weiß, um wen es sich handelt.«

Er schwieg kurz, dann fragte er: »Haben Sie schon einmal den Namen Jack Finch gehört?«

»Nein.«

»Er ist ziemlich unsichtbar für einen Mann in einer so mächtigen Position.«

»Und die wäre?«

»Er ist der Berater des Präsidenten für Terrorismusbekämpfung.«

Dox lachte. »Sie suchen sich aber ziemlich harte Ziele aus. Ich wage gar nicht zu fragen, wer der Dritte sein könnte.«

Horton meinte: »Eines nach dem anderen.«

»Was spielt Finch bei dem Plan für eine Rolle?«, fragte ich.

»Finch«, antwortete Horton, »ist eine Art Informationsmakler.«

»Und das heißt?«

»Das bedeutet, er ist die moderne Inkarnation des illustren J. Edgar Hoover, der, wie Sie vielleicht wissen, seine Position als Chef des FBI ein halbes Jahrhundert lang dadurch sicherte, dass er belastende Akten über alle wichtigen Figuren in Washington anlegte, einschließlich jedes Präsidenten, unter dem er diente.«

Dox lachte wieder. »Klingt wie der alte Murdoch und Fox News.«

»In gewissem Sinne«, sagte Horton. »Aber viel fokussierter. Und umfassender.«

»Was hat das alles mit dem Putsch zu tun?«, fragte ich.

»Die erste Stufe lautete Provokation und das fiel in Shorrocks Zuständigkeit. Aber nach der Provokation müssen die Verschwörer dafür sorgen – falls sie auf Widerstand stoßen –, dass Schlüsselfiguren in der Regierung, der Präsident, hochrangige Personen in Militär, Exekutive und Justiz eine Notstandsermächtigung für den Präsidenten als Reaktion auf die Krise unterstützen. Das ist ein entscheidender Punkt. Amerika ist ein großes, zersplittertes Land. Eine Anzahl von Leuten möchte, dass die Dinge ›effizienter‹ laufen, wie sie es vielleicht ausdrücken würden. Aber sie sind nicht genug, um einen Erfolg gegen die Opposition zu garantieren.«

»Er kennt also die schmutzigen kleinen Geheimnisse des Präsidenten?«, fragte Dox.

Horton lachte in sich hinein. »Er kennt Jedermanns schmutziges Geheimnis. Eben wie Hoover. Aber Hoover hatte nur abgehörte Telefonate und Überwachungsfotos in der Hand. Finch verfügt über gespeicherte E-Mails, Internetbrowser-Chroniken, Kopien von Überwachungskameras, Auszüge von gehackten Bankkonten an Offshore-Finanzplätzen – alles, was man sich im Zeitalter der globalen Digitalisierung nur vorstellen kann. Wir sprechen hier von Dossiers, die Korruption und sexuelle Perversionen so detailliert dokumentieren, dass Hoover vor Neid grün anlaufen würde.«

»Das kaufe ich Ihnen nicht ab«, sagte ich. »Egal, wie viele Leute Finch in der Hand hat. Der Präsident kann nicht einfach die Verfassung außer Kraft setzen und damit durchkommen.«

»Ah«, sagte Horton, »aber er wird sie nicht außer Kraft setzen. Er wird lediglich um bestimmte Ausnahmevollmachten bis zur Bewältigung der Krise bitten und er wird sie nur für neunzig Tage fordern, wonach sie automatisch erlöschen, es sei denn, sie würden vom Kongress erneuert. Sehr ehrenwerte und ernst zu nehmende Leute werden sich über die nie da gewesene Art der Bedrohung auslassen und darüber, dass die Verfassung kein Selbstmordpakt sei und so weiter. Sie werden demonstrieren, wie unabhängig und besonnen sie sind, indem sie dem Präsidenten nur dreißig Tage zugestehen, zwar verlängerbar, aber auf keinen Fall neunzig.«

»Na schön«, sagte ich. »Nehmen wir mal an, Sie hätten recht. Sagen wir, es wäre machbar. Was sollte der Sinn davon sein?«

»Wie meinen Sie?«

»Der Sinn der Übung. Diese Leute … haben sie denn noch nicht genug? Macht, Geld … sie schmeißen sowieso schon den ganzen Laden. Warum den Karren mit den Äpfeln umwerfen, wenn einem die Äpfel gehören?«

»Den Leuten, die hinter der Sache stecken, geht es nicht um Äpfel. Sie tun das, weil ihnen auf falsch verstandene Art etwas an ihrem Land liegt.«

»Sie wollen es zerstören, um es zu retten?«

»Sie sehen das nicht als Zerstörung. In ihren Augen leidet Amerikas Demokratie an einer tödlichen Krankheit. Gesetzgeberischer Stillstand, Lobbyisten, die die Regierungspolitik bestimmen, eine Kriegsmaschinerie, die sich für die Wirtschaft zu einem außer Kontrolle geratenen Parasiten entwickelt hat.«

»Stimmt das etwa nicht?«

»Natürlich stimmt das, aber ihre Methoden sind falsch. Ihr Plan ist, die Zügel der Macht zu ergreifen, die nötigen Korrekturen vorzunehmen und dann die Macht an das Volk zurückzugeben.«

Dox lachte. »Ja, das funktioniert immer ganz prächtig.«

»Sie erachten ihre Chancen nicht für besonders gut. Sie glauben nur, dass der gegenwärtige Kurs keinerlei Zukunft hat. Sie sehen ihre Aktion als Notoperation für einen Patienten an, der, wenn keine heroischen Anstrengungen unternommen werden, dem Tod geweiht ist.«

»Klingt ziemlich verrückt«, meinte ich.

»Es ist verrückt. Zum nicht unwesentlichen Teil auch deshalb, weil sie das Leben von Tausenden von Menschen nicht in die Rechnung einbeziehen, die terrorisiert, verbrannt, verstümmelt, verkrüppelt und ermordet werden müssen, um ihrem Plan den Boden zu bereiten. Und aus diesem Grund müssen wir sie aufhalten.«

Mir war klar, dass ich aussteigen sollte. Wir hatten Shorrock erledigt. Das reichte.

Aber dann fiel mir etwas auf. Etwas, das ich schon viel früher hätte bemerken sollen.

»Woher wissen Sie so viel darüber?«, fragte ich.

Stille trat ein, dann sagte er: »Weil ich dazugehöre.«

Ich warf ihm einen Seitenblick zu, dann sah ich wieder auf die Straße. »Inwiefern?«

»Egal. Ich wurde an Bord geholt, ich spielte mit, ich will es stoppen.«

»Ohne entlarvt zu werden.«

»Wenn der dritte und letzte der Hauptakteure an ›natürlichen Ursachen‹ verstorben ist, könnten sie mir auf die Schliche kommen. In diesem Fall muss ich die Suppe auslöffeln, was höchstwahrscheinlich mit dem Trauermarsch endet. Aber ja, bis dahin habe ich die Chance, diesen Plan mit Stumpf und Stiel auszurotten. Dazu brauche ich eine unauffindbare Einheit von Außenseitern, schnelles Handeln und keinerlei Hinweise auf Fremdeinwirkung.«

Wir fuhren eine Weile schweigend weiter. Horton drehte sich zu Dox um.

»Könnten Sie diese Pistole lange genug aus meinem Rücken nehmen, um mir zu sagen, was Sie von der Sache halten?«

Ich warf einen Blick in den Rückspiegel und sah Dox grinsen. Er antwortete: »Wie hoch ist der Tagessatz?«

Kapitel Dreizehn

Treven hörte sich Rains Bericht vor dem Hintergrundgeräusch des dahinsausenden U-Bahnwaggons in L. A. an, gleichermaßen beeindruckt und besorgt. Beeindruckt, weil Rain die Schwachstelle in Shorrocks Verteidigung ausgemacht, sie augenblicklich ausgenutzt und den Mann wie geplant mit dem Zyanid abserviert hatte. Besorgt, dass Rain und Dox sich seitdem mit Hort getroffen hatten und jetzt den Informationsfluss in beide Richtungen zu kontrollieren schienen. Er war es nicht gewohnt, einen Puffer zwischen sich und Hort zu haben. Erst war er nur beleidigt darüber gewesen, an den Rand des Geschehens gedrängt zu werden, aber ihm war auch klar, dass er mit Rain und Dox als Mittelsmännern tatsächlich einen deutlichen operativen Nachteil hatte.

Am späten Vormittag war die U-Bahn weitgehend leer, nur ein paar vereinzelte, gelangweilte Passagiere saßen herum. Die vier Männer standen in der Mitte des Waggons und schwankten bei der rasenden Fahrt leicht hin und her. Rains Stimme war gerade noch hörbar, obwohl ihre Gesichter nur Zentimeter voneinander entfernt waren. Er hatte das Treffen arrangiert und Treven vermutete, dass er die U-Bahn gewählt hatte, um eine mögliche Satellitenüberwachung durch Hort zu vereiteln. Natürlich gab es Videokameras in den Bahnhöfen, aber selbst wenn Hort sie anzapfen konnte, musste er schon sehr genau wissen, wo er zu suchen hatte, und sich dann noch durch etliche Lagen Bürokratie vor Ort durchkämpfen, um ihre Position zu fixieren. Und bis dahin wären sie schon längst wieder fort.

Larison fragte: »Meinen Sie, die Finch-Geschichte ist echt?«

Rain überlegte kurz, bevor er antwortete. »Ich wusste auch nicht, ob Shorrock echt ist. Aber das Geld ist eingegangen.«

»Für Finch bietet er dreihundert Mille pro Nase«, sagte Dox. »Und für den dritten weitere fünfhundert, wer immer es sein mag. Das wäre für jeden von uns am Ende über eine Million. Ich weiß ja nicht, wie Sie das sehen, aber da, wo ich herkomme, sind das eine Menge Scheine.«

»Was glauben Sie, woher Hort das Geld nimmt, mit dem er um sich wirft?«, fragte Larison und Treven horchte auf, überlegte, worauf er hinauswollte.

»Keine Ahnung«, erwiderte Rain. »Wissen Sie's?«

Larison blickte sich beiläufig um, dann sagte er: »Was, wenn ich Ihnen sage, dass wir, anstatt für etwas mehr als eine Million unser Leben aufs Spiel zu setzen, mit fünfundzwanzig Millionen in den Ruhestand gehen können?«

»Fünfundzwanzig Millionen ... Dollar?«, fragte Dox.

Larison nickte. »Pro Nase.«

Dox lachte. »Sie verarschen uns. Was sollen wir dafür tun, den Präsidenten umbringen?«

Larison schüttelte den Kopf. »Tötet Hort.«

Dox lachte wieder, aber Treven konnte ihm am Gesicht ablesen, dass der Schachzug sein Interesse geweckt hatte.

Rain fragte: »Was hat er gegen Sie in der Hand?«

Larison lächelte kalt. »Das spielt keine Rolle. Entscheidend ist, dass Hort Rohdiamanten im Wert von hundert Millionen Dollar in seinem Besitz hat. Oder sagen wir neunundneunzig, nachdem er uns bezahlt hat. Leicht transportabel und zu Geld zu machen und absolut unaufspürbar.«

Rain schwieg. Treven fragte sich, ob er die Geschichte glaubte.

»Es gibt viel zu gewinnen«, bemerkte Larison. »Aber was soll ich sagen? Die Diamanten sind eigentlich nur der Bonus. Sie sind nicht die Hauptsache.«

»Wissen Sie«, erwiderte Dox, »ich wollte immer mal an einem Gespräch teilnehmen, wo jemand sagt ›hundert Millionen Dollar sind nicht die Hauptsache‹. Danach und nach den Zwillingsschwestern in der Badewanne im Sukothai in Bangkok kann ich glücklich sterben.«

Larison ließ wieder sein kaltes Lächeln aufblitzen. »Was ich meine, ist, wenn wir nur auf das Geld sehen, klingt das so, als hätten wir eine Wahl. Aber die haben wir nicht.«

»Was meinen Sie damit?«, fragt Rain.

»Ich meine, dass Sie Hort nicht verstehen. Darum möchte ich Ihnen gerne ein paar Dinge erklären. Zum einen schützt er sich grundsätzlich davor, dass irgendetwas auf ihn zurückfallen kann. Deshalb, zum zweiten: Wenn wir für ihn erledigt haben, worum immer es bei Shorrock und den anderen ging, wird er Maßnahmen ergreifen, um uns zum Schweigen zu bringen. Und daher drittens: Einer dieser Hits, vielleicht der nächste, vielleicht erst der letzte, wird eine Falle sein.«

»Aber er hat uns gerade eine glatte Million gezahlt«, wandte Dox ein.

Larison nickte. »Als vertrauensbildende Maßnahme. Um uns glauben zu machen, dass er auch den Rest seiner Zusagen erfüllen wird. Verstehen Sie nicht, warum er es so aufzieht? Damit unsere Gier den gesunden Menschenverstand übertrumpft.«

Dox sah Rain an. Treven interpretierte den Blick als: *Ich verlasse mich in dieser Sache auf dich, Partner.*

Rain sagte nichts. Miene und Tonfall des Mannes schienen sich nie zu verändern. Das machte ihn schwer einschätzbar. Und nachdem er gesehen hatte, was Rain mit den Söldnern angestellt und wie effizient er Shorrock aus dem Spiel genommen hatte, fand Treven seine fast völlige Ausdruckslosigkeit ausgesprochen enervierend.

»Begreifen Sie jetzt?«, fragte Larison. »Nach dem, was wir gerade in Las Vegas getan haben, stellt Hort eine Bedrohung für uns dar, solange er lebt.«

»Das wussten Sie schon, als Sie sich auf die Sache eingelassen haben«, meinte Rain.

»Ich wollte, dass wir alle im selben Boot sitzen und vor derselben Wahl stehen, wenn es das ist, was Sie meinen. Aber ich habe Sie nicht reingelegt. Ich habe Sie nicht in die Irre geführt. Sie haben aus Ihren eigenen Gründen Ihre eigenen Entscheidungen getroffen. Sie hätten mir sowieso nicht zugehört, wenn ich Ihnen gesagt hätte, was ich wirklich denke. Ich bin nicht einmal sicher, ob Sie es jetzt tun.«

Niemand erwiderte etwas.

»Na schön«, sagte Larison. »Nur zu, lassen Sie Hort wie einen Marionettenspieler die Fäden ziehen. Jagen Sie seinen leeren Versprechungen hinterher. Irgendwann werden Sie bei dem Versuch sterben. Oder Sie können der Realität ins Gesicht sehen, der Bedrohung zuvorkommen und alle unbeschadet mit fünfundzwanzig Millionen aus der Sache herauskommen.«

Treven hatte das nagende Gefühl, in einen unbeteiligten Zuschauer verwandelt worden zu sein. Finch töten? Sich gegen Hort wenden? Niemand fragte ihn nach seiner Meinung. Und wenn er ehrlich sein sollte, wusste er selbst nicht genau, was er wollte.

Gegen Larisons Analyse war wenig einzuwenden – schließlich kannte Treven Horts skrupellose Manipulationen aus erster Hand. Und Larisons Argumente, was das Überwachungsvideo betraf, das Treven mit einem Mord in Verbindung brachte, waren ebenfalls überzeugend. So gesehen, war die Wahl ganz einfach: töten oder getötet werden.

Trotzdem ließ ihn der Gedanke, Hort auszuschalten, beinahe schwindeln vor Angst. Konnte er das wirklich seinem eigenen

Befehlshaber antun? Er versuchte, es als Notwehr zu betrachten, so, wie einfache Soldaten in Vietnam manchmal ihre inkompetenten Lieutenants mit Splitterhandgranaten in die Luft gejagt hatten. Aber wenn er versuchte, sich vorzustellen, wie er Hort eine Kugel in die Stirn schoss, das saubere Eintrittsloch, das kurze Hervorquellen der Augen durch die Kavitation im Schädel, das sofortige Verlöschen jeglichen Ausdrucks, das Erschlaffen des Körpers … Etwas in ihm rebellierte dagegen.

Was sollte er danach anfangen? Hort würde natürlich ersetzt werden, aber es war kaum vorstellbar, dass die Dinge je wieder so wurden wie zuvor. Er hatte Angst davor, eine Art Vatermord zu begehen und von seinem Gewissen geplagt zu werden. Seine Kameraden in der Eliteeinheit würden spüren, dass er eine Art urtümliche Sünde auf sich geladen hatte. Er würde das Kainsmal tragen, auf ewig verdächtig, immer ein Außenseiter.

Nein. Er war nicht so wie Larison und Rain, und das wollte er auch gar nicht. Er hatte eine Menge Leute getötet, die meisten davon im Nahkampf, aber wenn es nicht in Notwehr geschehen war, hatte er Befehle ausgeführt. Er gehörte etwas Größerem an, warum sollte er sich das verderben? Und wer war überhaupt dieser Larison? Ein gewiefter Agent, ja, aber gleichzeitig eine tickende Zeitbombe, ein Renegat. Und Rain kam ihm langsam vor wie ein grenzwertiger Soziopath. Dox, der war ein Clown, zu dumm, um es besser zu wissen. Was sie taten, taten sie für Geld, käufliche Söldner. Hatte er tatsächlich ernsthaft in Betracht gezogen, sich gegen Hort zu stellen, gegen seine Einheit, um gemeinsame Sache mit dieser Truppe von Blindgängern zu machen?

Und dann erkannte er plötzlich einen Ausweg. Eine Möglichkeit, sich selbst zu schützen, Teil der Gruppe zu bleiben und sich von Rain, Larison und Dox zu lösen. Alles zur gleichen Zeit.

»Sie könnten recht haben«, übertönte Rain die Zuggeräusche. »Aber trotzdem möchte ich Finch erledigen. Dafür wurde ich engagiert und es ist nicht meine Angewohnheit, mich gegen einen Auftraggeber zu stellen, bloß weil mir ein anderer einen größeren Zahltag verspricht, selbst in dieser Größenordnung. Wenn Sie und Treven mitmachen wollen, teilen wir das Honorar zu dreihunderttausend pro Nase auf. Ansonsten kommen Dox und ich auch alleine zurecht und wir gehen in aller Freundschaft auseinander.«

Larison sagte: »Sie machen einen Fehler.«

»Sind Sie bei dem Finch-Job dabei?«, fragte Rain.

Larison wandte kurz den Blick ab, als müsste er nachdenken. Dann meinte er: »Was würden Sie tun, wenn Sie sicher wären, dass Hort wegen Shorrock und Finch gelogen hat? Über die ganzen Hintergründe?«

Rain schwieg.

»Ja«, sagte Larison. »Dachte ich mir schon. Na gut, ich mache mit bei dem Finch-Job. Weil Sie über kurz oder lang gegen Hort dabei sein werden.«

Später, nachdem sie sich getrennt hatten, machte Treven einen langen ›Gegenaufklärungsgang‹, um festzustellen, ob man ihm folgte. Als er sicher war, allein zu sein, rief er Hort von einem Münztelefon neben einer Tankstelle an. Hort hob mit seinem typisch unverbindlichen »Ja?« ab.

»Ich bin es«, sagte Treven.

Eine Pause, dann: »Schön, von Ihnen zu hören, mein Sohn. Gute Arbeit in Las Vegas.«

»Damit hatte ich nicht viel zu tun.«

»Hätten Sie es mit weniger Mitspielern über die Bühne bringen können?«

»Wahrscheinlich nicht, nein.«

»Dann wäre es ohne Sie nicht machbar gewesen. Was der Grund ist, warum ich Sie von Anfang an dabei haben wollte.«

Treven antwortete nicht. Es kam ihm so vor, als wäre er an

einer entscheidenden Weggabelung angelangt. Für welche Abzweigung er sich auch entschied, es gab kein Zurück. Niemals.

»Was haben Sie auf dem Herzen, mein Sohn?«, fragte Hort.

Treven holte tief Luft. »Da ist etwas, das Sie wissen müssen«, begann er.

Teil Zwei

Wenn man auf der einen Seite vor hartnäckigen nationalen Problemen steht, und auf der anderen ein dynamisches und kompetentes Militär besitzt, ist es überaus verführerisch, dieses Militär als kosteneffiziente Lösung zu betrachten.

Charles J. Dunlap

Ich beginne zu glauben, dass der Nationalregierung nur ein einziger Weg offensteht, etwas Sinnvolles zu tun, nämlich eine Sicherheitsbedrohung zu erfinden und die Angelegenheit dem Militär zu übergeben.

James Fallows

Die fruchtbarste Umgebung für einen Militärputsch ist eine, in der politische Apathie als dominanter Lebensstil vorherrscht.

Andrew Janos

Kapitel Vierzehn

Wien war ein merkwürdiger Ort, um einen Präsidentenberater für Terrorismusbekämpfung zu töten.

Als Horton Dox und mich in Los Angeles instruiert hatte, dachte ich zunächst an Washington, wo Finch arbeitete, oder vielleicht an irgendein Strandhaus, in dem er mit seiner Familie Sommerurlaub machte. Aber wie sich herausstellte, befand Finch sich zurzeit weder in Washington noch hatte er eine eigene Familie. Allerdings gab es eine Schwester – und die lehrte an der Universität für angewandte Kunst in Wien. Finch besuchte sie regelmäßig, wenn er in offizieller Mission in Europa zu tun hatte. Derzeit hielt er sich gerade in London auf, sicher mit dem Auftrag, die Briten zu beruhigen, dass die »Besondere Freundschaft« immer noch eine besondere war, neben anderen wichtigen Tätigkeiten, die man von einem Präsidentenberater für Terrorismusabwehr erwarten durfte. Unser Problem in London bestand darin, dass alle Leute, die er dort traf, ihren eigenen Personenschutz hatten, und das bedeutete, wenn man ihm nahe kommen wollte, musste man eine unkalkulierbare Menge sich überlappender Schutzwälle durchdringen. Der Besuch in Wien jedoch war privat und nicht Teil von Finchs offizieller Reiseroute. Wenn die Herren und Damen Professoren im ehemaligen Mittelpunkt des Habsburgerreiches nicht über eigene Bodyguards verfügten, mussten wir uns nur um Finchs Personenschutz kümmern, und mit etwas Glück war der nur nachlässig oder nicht existent.

Nach dem Passieren der Sicherheitskontrolle am Flughafen von Los Angeles hatte ich Kanezaki von einem öffentlichen Fernsprecher aus angerufen. Die Reisenden hatten wie Kriminelle mit über den Kopf erhobenen Armen durch die neuen Körperscanner gehen müssen. Ein paar entschieden sich dafür, sich lieber wie Gefängnisinsassen abtasten zu lassen. Niemand schien sich an der neuen Normalität zu stören.

Kanezaki hatte nichts Neues über Horton in Erfahrung gebracht, aber er erwähnte, dass ein gewisser Tim Shorrock, der Direktor der Nationalen Antiterror-Zentrale, in Las Vegas anscheinend an einem Herzanfall verstorben war. »Sie wissen nicht zufällig etwas darüber, oder?«

»Warum sollte ich?«

»Es scheinen einfach sehr viele Zufälligkeiten zu sein. Horton ist ein wichtiges Mitglied in der Gemeinde der Terrorismusbekämpfung …«

»Ist doch nett, dass ihr Jungs jetzt eine Gemeinde habt, mit Mitgliedern und allem. Das klingt so friedlich.«

»… und dass Shorrock zur selben Zeit einen Herzanfall hat, wenn Horton seine Fühler nach Ihnen ausstreckt, macht mich nachdenklich. Besonders, weil Shorrock anscheinend eine Art Fitnessfanatiker war.«

»Schon mal davon gehört, dass Erdbeben auch Kirchen zum Einsturz bringen und die versammelten Gläubigen erschlagen?«, fragte ich. »Kommt vor. Genau wie Fitnessfanatiker schadhafte Herzklappen haben können oder was auch immer. Wenn Sie mich fragen, frönt Gott damit seinem Sinn für Ironie. Oder vielleicht ist es seine Art von Humor.«

»Vielleicht. Haben Sie sich je mit Horton getroffen?«

»Vielleicht.«

»Sie wollten mich auf dem Laufenden halten, erinnern Sie sich?«

Ich erwähnte nicht, dass das im Austausch gegen neue Informationen über Hortons Pläne hatte erfolgen sollen, die er nicht geliefert hatte. Denn wenn ich ihm das sagte, würde er einfach erwidern, dass er sein Bestes versucht und immerhin Informationen über Treven und Larison beschafft hätte. Im besten Fall würden wir uns im Kreis drehen, aber wahrscheinlich ging eher etwas von dem Vertrauen und Wohlwollen verloren, das Kanezaki und ich über Jahre hinweg aufgebaut hatten.

Trotzdem zögerte ich, ihm zu erzählen, was Horton vorhatte, selbst in groben Zügen. Das Prinzip, niemanden mehr wissen zu lassen, als unbedingt nötig, und andere Aspekte der operativen Sicherheit sind bei mir lang eingeschliffene Reflexe. Aber wenn Larison recht hatte, lag es in meinem Interesse, so viel wie möglich über Horton in Erfahrung zu bringen, weil er ebenso Gegner wie Auftraggeber sein konnte. Ein paar eigene Informationen für Daten zu opfern, die mir einen klareren Blick über die Züge der Figuren auf dem Schachbrett und die Spieler verschafften, die hinter ihnen steckten, schien nur vernünftig.

»Es klingt ein bisschen verrückt«, meinte ich.

Er lachte in sich hinein. »Es ist ein verrücktes Geschäft. Meine eigenen Leute haben einmal versucht, mich ausschalten zu lassen, erinnern Sie sich?«

Damals war Kanezaki noch ein unerfahrener CIA-Frischling in Tokio gewesen und hatte sich gefährlich mit dem Leiter der CIA-Dienststelle angelegt, einem gewissen James Biddle, der wiederum mich anzuheuern versuchte, um ihn umzubringen. Stattdessen warnte ich Kanezaki und das war der Beginn einer mittlerweile für beide Teile äußerst nützlichen Beziehung.

»Also gut. Horton sagt, in Amerika wird ein Militärputsch vorbereitet.« Ich lieferte ihm eine ganz grobe Übersicht, dann fragte ich: »Halten Sie das für denkbar?«

Er schwieg lange, dann meinte er: »Ich glaube, die Öffentlichkeit ist … ist dafür präpariert worden. Schon vor 9/11, aber besonders danach. Es ist eine Art Sperrklinkeneffekt, nichts geht mehr zurück und nicht einmal die Tötung Bin Ladens scheint etwas daran zu ändern. Ich kann mir vorstellen, dass es Leute gibt, die daraus ihren Vorteil zu ziehen versuchen, egal, ob sie jetzt ihre Gier als Patriotismus rationalisieren oder was immer. Was will Horton von Ihnen?«

»Ich glaube, das können Sie sich denken.«

»Die Drahtzieher?«

Ich gab keine Antwort.

»Shorrock?«

Wieder antwortete ich nicht.

»Es könnte wahr sein«, sagte er nach einem Moment. »In welchem Fall Ihre Handlungsweise ziemlich heroisch wäre. Aber … wenn die Leute, die im Hintergrund die Fäden ziehen, von Ihrer Einmischung erfahren, dann stehen Sie mächtigen Gegnern gegenüber, wie Sie es noch nicht erlebt haben.«

»Darüber mache ich mir auch Gedanken«, sagte ich und dachte wieder an Larisons Warnung Horton betreffend.

»Sie trauen Horton?«

»Nein«, erwiderte ich.

»Warum tun Sie es dann? Wegen des Geldes?«

Es hatte eine Zeit gegeben, da waren Kanezakis Fragen durchschaubar und unausgegoren gewesen. Das lag lange zurück.

»Nicht nur wegen des Geldes. Ich würde es auch nicht als heroisch bezeichnen wie Sie, aber … hören Sie, vielleicht könnte es nicht schaden, wenn ich zur Abwechslung mal etwas Gutes tue.«

»Falls es etwas Gutes ist. Dafür haben Sie nur Hortons Wort, richtig?«

»Das war der Grund meines Anrufs. Ich hoffte auf Fakten zur Bestätigung, so oder so.«

»Ich wollte, ich hätte etwas finden können. Aber bis jetzt nicht.«

»Lassen Sie mich Ihnen eine Frage stellen. Horton … hat er

irgendwelche angreifbaren Punkte?«

»Mein Freund, das ist eine Grenze, die ich nicht überschreiten werde. Ich kann Sie nicht dabei unterstützen, einen Oberst der amerikanischen Armee auszuschalten.«

»Darum bitte ich Sie auch gar nicht. Aber … wenn sich herausstellt, dass hinter der Sache etwas anderes steckt, als es den Anschein hat, dann könnte Ihr eigener Heroismus eine andere Entscheidung erzwingen. Bitte vergessen Sie das nicht.«

»Die beiden Agenten, denen nachzuforschen Sie mich gebeten haben – Larison und Treven. Sind sie in die Angelegenheit verwickelt?«

Aber ich war weit genug gegangen. Ich sagte ihm, wir würden in Verbindung bleiben – schließlich wollte er wissen, ob Horton recht hatte, und ich brauchte ein Frühwarnsystem, falls man mir eine Falle stellte. Er versicherte, er würde versuchen, mehr herauszufinden, und ich machte mich auf den Weg nach Wien.

Hortons Informationen waren lückenhaft. Von Finchs Rundreise kannte er nur die Flüge zwischen Washington und London und den Terminplan in London. Die Konferenzen endeten zwei Tage vor dem Rückflug und Horton behauptete, zu neunzig Prozent sicher zu sein, dass Finch diese beiden Tage in Wien verbringen würde. Er meinte, dass Finch auf eigene Kosten den Hin- und Rückflug von London aus buchte, bevor er auf Regierungskosten nach Washington zurückkehrte. Aber wir wussten nicht, mit welchem Flug Finch eintreffen oder wo er absteigen würde. Natürlich hätten wir Fluglinien und Hotels in Wien anrufen können, um die Reservierung eines Mr. Jack Finch zu ›bestätigen‹. Aber dabei war die Gefahr zu groß, dass ein Angestellter in den Abendnachrichten vom Hinscheiden des besagten Jack Finch erfuhr, den vorhergehenden Anruf rückblickend sehr eigenartig fand und die Behörden verständigte. Welche dann vielleicht auf die Idee kamen, nachzuprüfen, ob andere Fluglinien und Hotels ähnliche Anrufe erhalten hatten.

Wenn Finch seine Geschäfte wie ein braver, nichts ahnender Zivilist erledigt hätte, wäre es Horton nicht schwergefallen, seine Reisedaten zu ermitteln. Dass er es nicht konnte, deutete auf ein gewisses Sicherheitsbewusstsein bei Finch hin, und auch darauf, dass Hortons Nachforschungsmöglichkeiten beschränkt waren, wenn er Finch nicht alarmieren wollte. Egal wie, das Fazit lautete, dass wir unser Hauptaugenmerk auf die Schwester richten mussten. Wenn wir sie orteten, hatten wir auch Finch. Und danach mussten wir improvisieren.

Emma Capps, verwitwet, aber weiter den Namen ihres Mannes tragend, war relativ leicht zu beschatten. Als Ausgangspunkt verfügten wir, dank Steuerunterlagen, über ihre Wohnadresse und die ihres Arbeitsplatzes. Außerdem besaßen wir reichlich Fotos, gesammelt auf der Website der Universität, Capps' Facebook-Seite und ihrer eigenen Website, wo sie über neue Trends in der Welt der Kunst bloggte und eigene Bilder verkaufte – beachtliche Ölgemälde, erkennbar realistisch, aber gleichzeitig von einer unirdischen, schmelzenden Leuchtkraft. Leider kannte sich keiner von uns besonders gut in Wien aus, wir hatten keine Ahnung von Capps' Gewohnheiten und es blieben uns nur vier Tage Zeit, bis Finch in der Stadt auftauchte.

Aber ein Vier-Mann-Team, das in der Anonymität eines großstädtischen Umfelds operiert, kann normalerweise die tägliche Routine eines Zivilisten innerhalb von wenigen Tagen durchleuchten und so erging es auch Capps. Ihre Wohnung lag im vierten Stock eines Hauses im heruntergekommenen 15. Distrikt, in der Nähe des zentralen Westbahnhofs. Morgens Yoga in der Bikram Yogaschule ein paar Ecken weiter. Dann Frühstück im *Café Westend*, ebenfalls in der Nachbarschaft. Nachmittags die Universität, wo sie, wie wir vermuteten, angesichts des Fehlens von Studenten während der Semesterferien eher malte als lehrte. Sie war eine attraktive Frau um die fünfzig mit lockigen braunen Haaren, aufrechter Haltung und zielstrebigem Schritt – in jedem

Sinn des Wortes angenehm zu beobachten. Sie schien allein zu leben. Ich fragte mich, wie alt sie beim Tod ihres Ehemanns gewesen war und ob sie vielleicht Kinder hatte. Wenn ja, waren sie vermutlich erwachsen und schon lange aus dem Haus. Solche Details fehlten in Hortons Akte, entweder, weil sie unvollständig war oder er wusste, dass nur ein Soziopath sich bei einer Operation übermäßig vertraut mit der menschlichen Seite der Zielperson machen will, selbst peripher. Tatsächlich spürte ich, während wir Capps beschatteten und ihren Alltag ausforschten, die Hoffnung aufkeimen, dass sie irgendwo Kinder hatte oder einen Liebhaber, einfach irgendjemand außer dem Bruder, den wir ihr nehmen würden.

Am vierten Tag der Beschattung, dem Tag, an dem wir Finch erwarteten, hielt sie sich länger als üblich in der Universität auf. Wir hatten sie vom Morgen an observiert, erst in ihrem Viertel und jetzt wechselten wir uns ab, die Universität zu umkreisen. Erst beunruhigte es mich, als sie nicht wie immer gegen fünf auftauchte. Ich hatte erwartet, sie würde Finch am Flughafen abholen oder zumindest am Westbahnhof. Kam er möglicherweise mit einem Nachtflug? Hatte er den Besuch gestrichen oder war Hortons Annahme, er würde nach Wien reisen, von Anfang an falsch gewesen? Aber dann begriff ich, dass es noch eine andere Möglichkeit gab – Finch besuchte seine Schwester hier ja seit vielen Jahren und kannte sich womöglich so gut aus, dass er keine Begleitung brauchte. Vielleicht war die Abweichung von der Routine also sogar ein gutes Zeichen.

Das bewahrheitete sich. Capps verließ die Universität kurz vor sechs. Es waren reichlich Spaziergänger unterwegs, um die Sonne des Spätnachmittags zu genießen, dazu jede Menge Radfahrer, Motorroller und Autos. Es war also kein Problem, ihr unbemerkt zu folgen. Ich beschattete sie aus diskreter Entfernung und sah sie das *Café Prückel* betreten, ein klassisches Wiener Kaffeehaus in einem schönen Gebäude aus dem 19. Jahrhundert. Es war typisch für die Gegend – und aus einem glücklichen Zufall heraus, wie er bei einer Operation gelegentlich vorkommt, machte Dox dort gerade Pause. Ich rief ihn auf dem Handy an.

»Unser Mädchen kommt dich besuchen«, sagte ich, als er abhob. »Hast du …«

»Schon gesehen, Amigo. Ich sitze an einem der Straßentische und lasse mir einen Espresso mit Apfelstrudel und Obers schmecken.«

»Mit was?«

»Obers. Das ist Schlagsahne.«

»Nein, Obers ist Sahne. Ungeschlagen.«

»Hm? Ach, egal, du weißt ja, andere Länder, andere Sitten. Ich verschmelze eben gerne mit meiner Umgebung.«

Einen kurzen Moment lang stellte ich mir den riesigen Dox mit seinem Ziegenbart mitten unter den schlaffen Künstlern und Studenten vor, die das Viertel bevölkerten. Das Bild konnte man kaum als »mit der Umgebung verschmelzen« beschreiben.

»Du bist … bewunderungswürdig«, sagte ich.

»*Küss die Hand,* ich weiß deine Anerkennung zu schätzen. Okay, wie lautet der Plan?«

»Bleib erst einmal da. Einer von uns nimmt einen Tisch auf der gegenüberliegenden Seite des Gebäudes, sodass wir beide Eingänge im Blick haben. Möglicherweise trifft sie sich hier mit ihrem Freund.«

Die verklausulierten Umschreibungen waren wahrscheinlich überflüssig – Horton hatte uns mit verschlüsselten Telefonen versorgt und auf diese Entfernung verbanden sie uns wie Funkgeräte, nicht über einen Sendemast. Aber wozu ein Risiko eingehen?

»Verstanden. Aber beeilt euch, damit ich Druck ablassen kann. Ich habe schon drei Espresso intus und mindestens zwei wollen wieder raus.«

»Halte noch fünf Minuten durch. Ich piepse dich an, sobald

wir jemanden drinnen postiert haben.«

»Geht's nicht in vier? Ich schwör's, ich trage hier gerade einen mörderischen Kampf mit meiner Blase aus und …«

»Hör zu, ich tue mein Bestes«, sagte ich entnervt. Ich trennte die Verbindung und rief Larison und Treven an. Larison machte sich auf den Weg ins Café. Treven, der einen gemieteten Roller fuhr, blieb draußen.

Sobald Larison bestätigt hatte, dass er drin war und Capps im Blick hatte, teilte ich Dox mit, dass er abziehen konnte. Wenn Capps sich tatsächlich hier mit Finch traf, wollte ich vermeiden, dass er mehr von uns zu Gesicht bekam als unbedingt nötig.

Ich wartete auf einer Bank im Schatten einiger Bäume im nahe gelegenen Stadtpark. Ein harmloser japanischer Tourist, der die Bilder und Geräusche und Gerüche in sich aufnahm und das Gefühl des Alleinseins und der Freiheit auskostete, das sich nur bei einsamen Ausflügen in fremde Länder einstellt, wo die alltäglichsten Dinge seltsam, erstaunlich, anders und neu sind. Wo man niemandem gefallen muss, niemanden enttäuschen kann, niemandem Rechenschaft schuldet. An jenem Ort, wo der Reisende sich im leeren Raum zwischen dem Anschein von Bequemlichkeit, die er zurückgelassen hat, und der Verlockung einer imaginären Zukunft befindet, die er spürt, und von er doch weiß, dass sie ihm nie wirklich gehören wird.

So brachte ich beinahe eine Stunde zu, während die Hitze des Tages langsam nachließ, die Schatten der Bäume länger wurden, Rentner und Liebespaare und Gassigänger an mir vorbeitrieben und gelegentlich auf einer benachbarten Parkbank Platz nahmen. Vielleicht waren Hortons Informationen falsch gewesen. Vielleicht tauchte Finch nicht auf. Vielleicht würden mir im nächsten Leben oder im Jenseits für den Versuch Punkte gutgeschrieben werden, weil ich mir wirklich Mühe gegeben hatte, aber letztlich erfolglos geblieben war.

Mein Handy summte. Larisons Nummer. Ich nahm an. »Ja.«

»Wir sind vollzählig«, sagte er mit seinem grollenden Flüstern.

Ich konnte die Hintergrundgeräusche des Cafés hören – Musik, Unterhaltungen, Gelächter. »Gut. Tonqualität okay?«

Unsere Handys waren mit den neuesten Lauschvorrichtungen ausgestattet – integrierte elektronische Verstärker. Das Modernste vom Modernen, wie Horton versprochen hatte. Nicht so mächtig wie ein Parabolmikrofon, aber verteufelt viel kleiner und unauffälliger. Abhängig von der Umgebungsakustik konnte man eine leise Unterhaltung in zehn Metern Entfernung über ein paar handelsübliche Ohrhörer belauschen, wie sie Larison jetzt trug.

»Ausgezeichnet«, antwortete er.

»Gut. Lassen Sie es mich wissen, wenn Sie herausfinden, wo wir zu Abend essen und übernachten werden.«

»Mache ich.«

»Sind wir unter uns? Oder müssen wir mit zusätzlichen Gästen rechnen?«

»Falls die zusätzlichen Gäste sich nicht gerade draußen die Füße vertreten, sind wir anscheinend unter uns.«

Also reiste Finch ohne Personenschutz. Unerwartet, angesichts seiner Position, und umso mehr angesichts der Art von Feinden, die er sich durch sein Hobby ›Informationssammeln‹ gemacht haben musste. Vielleicht glaubte er, genügend Schmutz über andere angehäuft zu haben, um unberührbar zu sein. Vielleicht dachte er auch, seinen kleinen Umweg über Wien so diskret arrangiert zu haben, dass es sicher genug war. Es spielte keine Rolle. Ich würde zur Sicherheit Treven auf seinem Motorroller und Dox zu Fuß vorbeischicken, aber fürs Erste schienen die Dinge sich zu unserem Vorteil zu entwickeln.

»Also gut«, sagte ich. »Wenn Sie etwas Neues erfahren oder etwas brauchen, wir sind in der Nähe.«

»Alles paletti fürs Erste.«

Ich trennte die Verbindung und überlegte. Ich wollte es Larison im Moment nicht sagen, aber meiner Meinung nach war er bereits enttarnt. Selbst wenn Finch entspannt genug war, um ohne Leibwächter zu reisen, deutete die Art, wie er diese Reise geplant hatte, auf ein gewisses Sicherheitsbewusstsein hin – und das reichte bestimmt aus, um Larison und seine gefährliche Ausstrahlung zu registrieren. Dox hatte auf unserer Fahrt von Las Vegas nach Westen auch schon eine Bemerkung darüber gemacht. »Bei diesem *Hombre* würden sich selbst dem Satan die Nackenhaare aufstellen«, hatte er es ausgedrückt. »Er ist ein Nachlader, soviel steht fest.«

»Ein Nachlader?«, hatte ich gefragt.

»Ja. Ich würde ein ganzes Magazin in ihn hineinpumpen und dann nachladen und es noch einmal tun, um ganz sicherzugehen.«

Ich stimmte seiner Einschätzung zu. Wenn Larison einen Schwachpunkt hatte, dann war es die Aura der Gefährlichkeit, die ihn umgab. Die meisten Männer, die sie besitzen, können sie nicht maskieren. Und falls Finch sie bemerkt hatte, würde ihm Larison ganz sicher auffallen, wenn er ihn später am Abend wiedersah.

Zehn Minuten danach rief Larison wieder an. »Gute Nachrichten«, sagte er. »Wir essen in einem Restaurant namens *Expidit*. Jedenfalls klingt es so, ich weiß nicht, wie man es schreibt. Wie ›Expedition‹, nur mit einem ›i‹.«

»Ich werde sehen, was ich online herausfinden kann. Wie steht es mit der Unterkunft?«

»Ein Hotel namens Holman Bell Irgendwas. Ich konnte auch das nicht genau verstehen. Aber zum Recherchieren sollte es reichen.«

»Ankunftszeit?«

»Sie haben ihre Drinks getrunken und den Kellner weggeschickt, als er fragte, ob sie noch etwas haben wollen, also schätze ich: ziemlich bald.«

»Okay, sagen Sie mir Bescheid, wenn sie gehen. Ich versuche, das Restaurant und das Hotel ausfindig zu machen.«

Ich brauchte nur eine Minute, um das *Xpedit-Restaurant* und das Hotel *Hollmann Beletage Design & Boutique* zu identifizieren, beide weniger als einen Kilometer von der Universität entfernt. Finch hatte das Hotel sicher wegen seiner Nähe ausgewählt und Capps das Restaurant vermutlich aus dem gleichen Grund.

Ich dachte einen Moment lang nach, dann rief ich Larison zurück. »Hat unser Freund Gepäck?«, fragte ich.

»Nein.«

Das bedeutete, dass er bereits eingecheckt hatte. Es erhöhte auch die Wahrscheinlichkeit, dass er und seine Schwester den Rest des Abends zu Fuß unterwegs sein würden. Ohne Gepäck wäre es eine Schande, das herrliche Wetter in einem Taxi zu vergeuden.

»Okay«, sagte ich. »Ich gebe den anderen durch, dass wir es hübsch locker angehen lassen. Es hat keinen Sinn, zu eng dranzubleiben, wenn wir sowieso wissen, wo es hingeht. Sie selbst bleiben sitzen. Ich will nicht, dass unser Freund Sie zur selben Zeit aufstehen sieht oder Ihnen später am Abend wiederbegegnet.«

Ich erwartete Widerspruch, denn kein Profi lässt sich gern sagen, dass er aufgeflogen ist. Aber Larison überraschte mich und sagte lediglich: »Einverstanden. Was soll ich tun?«

»Geben Sie ihnen zehn Minuten Vorsprung, dann machen Sie sich auf den Weg zum Hotel. Es ist das Hollmann Beletage in der Köllnerhofgasse, weniger als ein Kilometer nordwestlich von hier. Sehen Sie in den Stadtplan, aber suchen Sie nicht elektronisch danach.«

»Sie wollen nicht, dass multiple Google-Suchen nach dem Restaurant und dem Hotel registriert werden?«

»Ich habe Google nicht benutzt, aber ja. Kein Grund, eine elektronische Spur zu hinterlassen. Nicht, dass jemals jemand danach suchen würde.«

Wieder sagte er: »Einverstanden.«

»Verbringen Sie eine Stunde damit, sich mit der Gegend vertraut zu machen, dann reden wir noch einmal miteinander. Ich mache es genauso.«

Ich trennte die Verbindung und leitete dann Larisons Informationen an Dox und Treven weiter. Ich sagte ihnen, sie sollten das Restaurant locker im Auge behalten und mir Bescheid geben, wenn Finch und Capps auftauchten beziehungsweise wieder gingen. Das Restaurant selbst war eher uninteressant: eine Möglichkeit zwar, aber weniger vielversprechend als das Hotel, wo er alleine anzutreffen war. Diese Einschätzung würde ich vielleicht modifizieren, wenn ich beide Örtlichkeiten und die Wege dazwischen erkundet hatte. In der Toilette des *Xpedit* mochte sich eine Gelegenheit eröffnen. Oder, vorausgesetzt Capps und Finch verabschiedeten sich im Restaurant und sie begleitete ihn nicht zum Hotel zurück, vielleicht in einem finsteren Straßenabschnitt oder einer Gasse dazwischen. Wofür ich mich auch entschied, ich wollte wenn möglich vermeiden, das Zyanid zu verwenden, das uns Horton in einem toten Briefkasten am Fuß der Mozartstatue im Burggarten hinterlassen hatte. Inzwischen hatten wir es wie in einem Spionageroman von John le Carré abgeholt. Ich war mir nicht ganz sicher, warum es mir widerstrebte, die tödliche Chemikalie einzusetzen. Vielleicht lag es daran, dass sie eine ständige Gefahrenquelle darstellte. Vielleicht mochte ich mich auch einfach nicht so sehr nach Horton richten, wie er es erwartete. Oder es war nur ein perverser Stolz auf meine Fähigkeit, den Job in direktem Kontakt zu erledigen, was sonst fast niemand konnte.

Zunächst überprüfte ich das Restaurant und sah sofort, dass es ziemlich ungeeignet war. Es handelte sich um einen großen, offenen, L-förmigen Raum mit riesigen Fenstern, die auf die Straße hinausgingen. An der Tür stand eine Hostess und das hieß, dass ich nicht ungesehen hineinschlüpfen konnte, um mich vor Ort umzusehen, ohne dass sie sich später an mich erinnerte. Eine Hostess war auch ein Indiz dafür, dass man reservieren musste. Sicher akzeptierten sie prinzipiell auch Laufkundschaft, aber jetzt war das Restaurant ziemlich voll. Wenn ein Tisch frei wurde, konnte ich Dox oder Treven drinnen postieren, möglichst so, dass sie Finch und Capps im Blick hatten. Oder ich konnte mich draußen auf die Lauer legen, die beiden durch die großen Fenster beobachten und dann Finch rasch folgen, wenn er auf die Toilette ging. Aber dazu hätte ich wiederum die Hostess bitten müssen, die Toilette benutzen zu dürfen, und das genau zu dem Zeitpunkt, an dem, wie sich später herausstellen würde, einer ihrer Gäste dort zu Tode gekommen war. Und wenn es nicht klappte, weil sich beispielsweise noch ein anderer Gast auf der Toilette aufhielt, würde Finch mich sehen, und das erschwerte es mir, ihm später noch einmal nahe genug zu kommen.

Ich stellte enttäuscht fest, dass es auf dem Weg zum Hotel keinen geeigneten Ort gab, selbst wenn ich Finchs genaue Route gekannt und ihm dort hätte auflauern können. Aber als ich das Hotel selbst erreichte, atmete ich auf. Nennen Sie es von mir aus Feng-Shui: die Schwingungen für ein Attentat waren einfach besser. Der Eingang befand sich in der Mitte eines alten Gebäudes mit Balustraden, das einen ganzen Block einnahm. Es gab keinen Portier, keinen Hotelpagen und keine Zufahrt, lediglich eine dunkle Holztür unter einer orangefarbenen Markise. Rechts davon lagen ein Tabakhändler und eine Eisenwarenhandlung, links ein Bekleidungsgeschäft, die jetzt alle geschlossen hatten. Geparkte Autos säumten die Straße und präsentierten Versteckmöglichkeiten in der Nähe des Hoteleingangs. Ich sah keinen einzigen Passanten und verglichen mit dem Trubel in der Ringstraße war dieser Stadtteil praktisch ausgestorben.

Ich ging einmal um den Block und meine Schritte auf dem

Pflaster waren das einzige Geräusch. Um die Ecke lagen ein Restaurant und zwei Cafés, aber sie waren klein und wurden vermutlich hauptsächlich von Leuten aus der unmittelbaren Nachbarschaft frequentiert. Ansonsten gab es nur Wohnungen und ein paar Läden, die jetzt geschlossen waren. Ich sah nirgends Überwachungskameras und war froh, dass Wien nicht so mit den Dingern zugepflastert war wie Tokio, London und zunehmend auch die größeren amerikanischen Städte.

Ich trat durch die Tür und machte mich gefasst darauf, in stark japanisch akzentuiertem Englisch um die Erlaubnis zu bitten, die Toilette benutzen zu dürfen. Überrascht stellte ich fest, dass ich mich noch gar nicht im eigentlichen Hotel befand. Der Eingang führte anscheinend zu dem gesamten Apartmentkomplex. Rechts von mir befand sich eine weitere dunkle Holztür mit dem charakteristischen Orange des Hotels, vor mir verlief eine lange Flucht breiter Steinstufen in die Höhe, die um einen Treppenabsatz herum weiter nach oben führte. Wie viele Leute kamen hier wohl in der Nacht durch? Eher wenige, vermutlich, und je länger Finch sich beim Abendessen aufhielt, desto größer wurde die Wahrscheinlichkeit, dass wir bei seiner Rückkehr ins Hotel den ungestörten Moment bekommen würden, den ich brauchte.

Neben der Treppe bemerkte ich auf dem Mosaikfußboden ein Sortiment Malerzubehör – eine Abdeckplane, mehrere Kanister, eine Leiter, Overalls – und tatsächlich roch es im Treppenhaus nach frischer Ölfarbe. Da nichts davon sich zu stehlen lohnte, hatten die Arbeiter die Sachen bei Feierabend wohl einfach liegen lassen. Ich ging hin, um mir das Zeug näher anzusehen und entdeckte eine Rolle Plastikfolie, mit der die Maler den Mosaikboden wohl vor Farbspritzern schützten. Ich zog meine Hirschlederhandschuhe an, kniete mich hin und rollte etwa dreißig Zentimeter der Folie ab. Sie war fest und schwer – ungefähr 0,1 Millimeter dick, schätzte ich, vielleicht sogar mehr – aber trotzdem flexibel. Ich packte eine Ecke und versuchte vergeblich, meinen Daumen hindurchzudrücken. Ich trommelte mit den Fingern auf die Rolle und sah mich um. Eine Idee begann, sich in meinem Kopf zu formen.

Auf der Plane neben den Farbeimern lag ein Teppichmesser. Ich schnitt damit einen Meter der Plastikfolie ab und legte sie auf den Boden neben die anderen Utensilien, bevor ich Rolle und Teppichmesser wieder so arrangierte, wie ich sie vorgefunden hatte. Ich ging nach draußen, rief Larison an und sagte ihm, was er zu tun hatte. Dann wählte ich Dox' Nummer, der sich mit Treven noch in der Nähe des Restaurants aufhielt und bestätigte, dass Finch und seine Schwester beim Essen waren.

»Gut«, sagte ich. »Ich möchte, dass du ihnen reichlich Spielraum lässt. Ich muss nur wissen, ob sie sich zusammen auf den Weg zum Hotel machen oder sich vorher verabschieden, und den Zeitpunkt, wenn unser Freund noch eine Minute vom Hotel entfernt ist.«

»Bist du sicher, dass er ins Hotel zurückgeht? Es ist eine hübsche Stadt, das Wetter ist schön und vielleicht will er noch das Nachtleben genießen.«

Ich dachte an Finch, dessen Akte einen kahl werdenden, farblosen Bürokraten um die fünfzig zeigte – tatsächlich vom Erscheinungsbild her gar nicht so verschieden von J. Edgar Hoover, mit dem Horton ihn verglichen hatte. »Du glaubst, unser Kunde zieht durch die Clubs?«, fragte ich.

Eine Pause entstand. »Na ja, vielleicht nicht durch die Clubs. Aber in einigen Stadtteilen kann ein Gentleman von entsprechender Neigung Frauen eines gewissen Berufsstandes finden. Wenn wir heute Abend rechtzeitig fertig sind, beabsichtige ich selbst, ein solches Viertel aufzusuchen.«

»Ich denke, du bringst deine eigenen Vorlieben mit denen unseres Freundes durcheinander.«

»Ich weiß nicht, ob ›Vorlieben‹ das Wort ist, das ich wählen würde, aber gut, ich denke, ich weiß, worauf du hinaus willst.«

»Sieh mal, wenn er noch ausgehen sollte, folgst du ihm einfach. Je später er ins Hotel zurückkommt, desto besser sogar. Ich brauche nur die einminütige Vorwarnung.«

Ich legte auf, dann rief ich Treven an und sagte ihm, er solle sich mit Dox absprechen, um das Restaurant und die Route zum Hotel zu überwachen. Ich hoffte, dass wir den Job noch heute Nacht erledigen konnten. Wenn nicht, mussten wir bis zum Morgen warten und den Hoteleingang die ganze Nacht beobachten. Aber jede Minute, die man so dicht bei einer Zielperson zubringt, erhöht die Wahrscheinlichkeit, dass einen selbst jemand auf's Korn nimmt.

Kapitel Fünfzehn

Eine Stunde später schlenderten Larison und ich durch die engen Straßen in der Umgebung des Hotels, nachdem jeder von uns für sich das Gebiet so gründlich ausgekundschaftet hatte, wie es in der knappen Zeit möglich war. Wir verglichen unsere Notizen über Zugangs- und Ausgangspunkte, vermerkten die Positionen von Geldautomaten, die mit Überwachungskameras ausgestattet sein würden, und einigten uns auf die grundsätzliche Vorgehensweise. Alles, was wir jetzt noch tun konnten, war warten.

»Warum nach Washington fliegen?«, fragte Larison irgendwann. »Vergessen Sie's. Erledigen Sie Hort, bevor er Sie erledigt.«

Horton hatte mir mitgeteilt, dass der dritte Auftrag in Washington stattfinden sollte. Geplant war, dass wir vier uns nach der Sache in Wien dort trafen, um neue Instruktionen zu empfangen.

»Wie denn?«, fragte ich. »Einen JSOC-Oberst? Der genau weiß, dass Sie nichts lieber täten, als ihn auszuschalten und sich die Diamanten zurückzuholen? Haben Sie einen Plan?«

Er sah mich an. »Ich weiß, wie man an ihn herankommt. An ihn persönlich.«

»Wie?«, wiederholte ich neugierig.

Er schüttelte den Kopf. »Nicht jetzt. Wenn Sie bereit sind.

Wenn Sie mir in die Augen sehen und sagen, dass Sie keinen anderen Ausweg mehr wissen.«

»Dann werden wir warten müssen.«

Ich beobachtete ihn. Ich sah, dass er frustriert war und es zu unterdrücken versuchte.

»Wie denkt Ihr Freund Dox darüber?«, fragte er nach einer Weile.

Ich sah keinen Vorteil darin, unsere enge persönliche Bindung zuzugeben. »Ich würde ihn nicht gerade als Freund bezeichnen.«

»Verarschen Sie mich nicht. Er tut so, als interessiere er sich bloß für Geld und Weiber, aber ich sehe genau, dass das eine Maske ist. Wissen Sie, wie er wirkt, wenn wir alle zusammen sind?«

»Wie denn?«

»Wie ein Rottweiler, der auf seinen Herrn und Meister aufpasst. Ich wollte, ich hätte so jemanden, der mir den Rücken deckt.«

»Ich bin nicht sein Herr und Meister.«

»Sie wissen schon, was ich meine. Hinter seiner Südstaaten-Jovialität verbirgt sich Loyalität. Absolute Loyalität. Ihnen merkt man nicht viel an, aber ich habe so das Gefühl, dass Sie sich diese Loyalität verdient haben. Ich spüre, dass Sie gemeinsam in der Scheiße gesteckt haben. Ich weiß nur nicht, welche Scheiße es war.«

Es endete damit, dass ich ihm von Hongkong und Hilger berichtete, als Dox einen Fünf-Millionen-Dollar-Zahltag hatte sausen lassen, um mir das Leben zu retten, und wie ich zwei unschuldige Menschen getötet hatte, nur um Zeit zu gewinnen und Dox seinerseits das Leben retten zu können. Ich fragte mich, ob ich damit nicht einen dummen Fehler machte. Aber etwas drängte mich, es ihm zu erzählen. Ich war nicht sicher, was, aber ich hatte gelernt, auf meinen Instinkt zu vertrauen.

Als ich fertig war, meinte er: »Die haben also Dox benutzt,

um Sie zu erpressen.«

Die Bemerkung war mir unbehaglich. Ich fragte mich, ob ich zu viel verraten hatte. Aber etwas sagte mir, dass es besser wäre, wenn er Bescheid wusste. Ich konnte nicht erklären, warum.

»Das ist richtig«, bestätigte ich.

»Gibt es sonst noch jemanden in der Art? Einen Menschen, an dem Ihnen etwas liegt? Der aber nicht auf sich selbst aufpassen kann? Der … wie sagt man? Eine Geisel der Zukunft ist?«

Sofort blitzte ein Bild meines kleinen Sohnes vor meinem geistigen Auge auf, Koichiro, den ich nur zwei Mal gesehen hatte, als Baby in New York. Seine Mutter hatte ihm inzwischen sicher erzählt, dass sein Vater tot sei. Sie hatte ja, wenn man es genau nahm, genau das zu erreichen versucht.

Ich antwortete nicht. Ich hatte ihm schon genug erzählt. Vielleicht zu viel.

Er nickte und sagte: »Tja, wer immer diese Person sein mag, er oder sie ist jetzt Horts Geisel.«

Ich blieb stehen und versuchte, in der Düsternis in seinem Gesicht zu lesen. »Hat er Sie auf diese Weise in der Hand?«

Er antwortete mir auf die gleiche Art wie ich. Er sagte nichts.

Es war schwer vorstellbar, dass dieser eisenharte Killer so sehr an einem anderen Menschen hing. Aber ich nehme an, dasselbe könnte man über mich sagen.

»Wer?«, fragte ich.

Sein Mund verzog sich zu etwas, das irgendwo zwischen einem Lächeln und einer Grimasse lag. »Die Details spielen eigentlich keine Rolle, nicht wahr?«

Ich dachte wieder an Koichiro und antwortete: »Wahrscheinlich nicht.«

Wir hätten einfach weitergehen können, aber stattdessen zögerten wir, gefangen in dem frustrierenden Niemandsland zwischen dem Wunsch nach Verstehen und der Vergeblichkeit, es mit Worten zu erreichen.

»Woher wollen Sie überhaupt wissen, dass Horton die Diamanten hat?«, fragte ich. Mir war klar, er würde diesen kleinen Ausdruck des Interesses als Schwäche deuten und ich hoffte, ihn damit aus der Reserve zu locken.

So war es. Er sagte: »Weil er sie mir abgenommen hat.«

Er fuhr fort und erzählte mir eine erstaunliche Geschichte über CIA-Videos, auf denen Terrorverdächtige von amerikanischen Verhörspezialisten grausam gefoltert wurden. Die Entstehungsgeschichte der Videos, wer darauf zu sehen war und wer die Sündenböcke sein würden, falls sie je veröffentlicht wurden.

»Ich habe vor ein paar Jahren davon gelesen«, sagte ich. »Ich fragte mich, warum die Firma zugab, diese Videos gedreht und zerstört zu haben.«

»Nun, jetzt wissen Sie es. Sie waren verschwunden, nicht zerstört.«

»Verschwunden, weil Sie sie genommen haben.«

Er nickte. »Die Diamanten waren das Lösegeld für die Rückgabe der Videos. Aber Hort hat sie mir gestohlen.«

Ich hätte fast gefragt, warum er nicht zurückgeschlagen hatte, indem er die Videos der Öffentlichkeit übergab, aber dann begriff ich: die Geisel. Horton hatte anscheinend gewartet, bis er die besseren Karten hatte und dann Larisons Blatt übertrumpft.

»Als ich Sie überprüfen ließ«, sagte ich, »behauptete meine Quelle, Sie wären tot.«

Er lächelte kalt. »Leicht übertrieben.«

»Sie haben es selbst inszeniert?«

Ein junges Pärchen kam Händchen haltend auf uns zu. Die harten deutschen Konsonanten ihrer Unterhaltung hallten von den eng stehenden Häusern wider. Larison verstummte. Vielleicht verstanden sie kein Englisch, aber zumindest würden sie die Sprache erkennen, und warum riskieren, dass sie sich an zwei Amerikaner in der Nähe der Stelle erinnerten, wo bald eine Leiche aufgefunden werden würde?

Als sie außer Hörweite waren, sagte Larison: »Um den Feindseligkeiten zu entgehen, die zu erwarten waren. Aber Hort durchschaute die Sache.«

»Trotzdem, eine unglaubliche Leistung, dass Sie es geschafft haben, sie sich vom Leib zu halten. Die gesamte US-Regierung muss Jagd auf Sie gemacht haben.«

»Es war … interessant. Ich musste in Bewegung bleiben. Eine Menge Busfahrten, ein bisschen Trampen. Selten mehr als eine Nacht in derselben Stadt.«

»Ja, das habe ich auch schon gemacht. Irgendwelche schönen Landstriche gesehen?«

Einen Moment lang antwortete er nicht. Seine Augen wanderten und sein Mund entspannte sich etwas, wie in leisem Staunen, vielleicht sogar Andacht.

»Die ›verlorene Küste‹ hat mir gefallen«, sagte er. »Vielleicht kehre ich eines Tages dahin zurück.«

Irgendetwas war dort geschehen, aber ich bezweifelte, dass er es mir erzählen würde. So, wie ich Larison inzwischen kannte, war es vermutlich ein düsteres Geheimnis. Ich fragte lieber nicht nach.

»Die Videos«, sagte ich. »Sind Sie auch drauf zu sehen?«

Wir gingen weiter, zunächst schweigend. Endlich sagte er: »Ich bin nicht auf alles stolz, was ich getan habe. Und Sie?«

Unwillkürlich begann ich, über die Frage nachzudenken. Ernsthaft nachzudenken.

»Es gibt einige … Dinge«, sagte ich. »Dinge, die mich belasten. Was ein Freund von mir den ›Preis‹ nennen würde, den es zu zahlen gilt. Wissen Sie, was ich meine?«

Er nickte. »Natürlich.«

»Ich weiß nicht, wie es bei Ihnen ist, aber wenn ich zurückblicke und dabei ehrlich zu mir bin, was meistens der Fall ist, dann scheint mir, ich habe in der Welt wesentlich mehr Schlechtes getan als Gutes.«

Ich fragte mich, warum ich ihm das anvertraute. Ich hatte noch nie daran gedacht. Jedenfalls nicht in diesen Worten. Lag es daran, was Horton am Morgen beim Frühstück zu mir gesagt hatte?

Ich dachte, Larison würde es an sich abperlen lassen. Stattdessen sagte er: »Ich habe … Träume. Wirklich schlimme Träume. Sie drehen sich um all die Scheiße, die ich getan habe, die Scheiße, die auf diesen Videos zu sehen ist. Ich weiß gar nicht, wann ich das letzte Mal schlafen konnte, ohne zu fürchten, was mir in meinen Träumen begegnen würde. Oder wann ich das letzte Mal eine Nacht durchschlafen konnte, ohne schweißgebadet aufzuwachen und nach der Waffe auf dem Nachttisch zu greifen. Die Wahrheit ist …«

In der Dunkelheit sah ich seine Zähne in einem Lächeln aufblitzen, das sich zu einer Grimasse verzerrte.

»Die Wahrheit ist«, fuhr er fort, »ich bin ganz schön kaputt. Aber was soll man machen? Ein Hai muss immer weiterschwimmen, sonst stirbt er.«

Ich dachte an Midori, die Mutter meines Sohnes. »Wissen Sie, ich habe einmal dasselbe zu einer Frau gesagt, der ich mich zu erklären versuchte.«

»Ach ja? Hat sie es verstanden?«

Ich erinnerte mich an unsere letzte Begegnung in New York und was sie mir unmittelbar zuvor anzutun versucht hatte.

»Eindeutig nein«, sagte ich und wir mussten beide lachen.

Mein Telefon summte. Dox. Ich nahm ab und fragte: »Wie ist die Lage?«

»Unsere Speisenden haben das Restaurant verlassen. Eine kleine, familiäre Umarmung zum Abschied und unser Mann ist jetzt allein und zu Fuß in deine Richtung unterwegs, geschätzte Ankunftszeit zehn Minuten. Du hattest anscheinend recht, dass er nicht um die Häuser ziehen wird.«

»Gut. Sorg dafür …«

»Schon erledigt. Unser Freund auf dem Roller kreuzt in deiner Nähe auf der Straße herum. Er wird den Speisenden im Auge behalten. Wenn du vom Rollermann angepiepst wirst, ist noch eine Minute Zeit. Und ich werde in der Nähe sein, aber nicht zu nahe, falls du mich brauchst. Viel Glück.«

»Gut, alles klar.« Ich legte auf und sagte zu Larison: »Weniger als zehn Minuten. Gehen wir in Stellung.«

Wir marschierten in Richtung des Hotels. Am Ende der Sonnenfelsgasse, nur noch zwei Blocks davon entfernt, kam vor uns ein uniformierter Polizist um die Ecke gebogen. Ich war nicht übermäßig besorgt – es gab keinen Grund, warum er uns weiter beachten sollte, und Larison und ich hatten uns bereits auf die Tarnung ›angetrunkene Saufkumpane‹ geeinigt, falls wir angehalten werden sollten. Ich verwandelte mich in meine harmlose japanische Persönlichkeit und wollte einfach im Dunkeln an dem Polizisten vorbeigehen.

Aber als er nur noch ein paar Meter entfernt war, rief er: »He!« Larison und seine verdammte, gefährliche Ausstrahlung. Der Polizist musste sie bewusst oder unbewusst empfangen haben.

Ich winkte schwach und leicht torkelnd und wollte um ihn herumgehen, aber er gebot uns mit erhobener Hand, stehen zu bleiben. Scheiße.

Der Polizist sagte auf Deutsch: *»Wo wollen Sie so spät noch hin?«* Ich schüttelte den Kopf. Selbst, wenn ich seine Worte verstanden hätte, was nicht der Fall war, hätte ich mich verstellt. Je kleiner die Kommunikationsbasis, desto eher würde er frustriert aufgeben oder das Interesse verlieren und weitergehen.

»Sprechen Sie Deutsch?«, fragte er und das verstand ich.

Larison antwortete schleppend auf Spanisch: *»Solamente Español, y un poco de Inglés.«* Nur Spanisch und ein bisschen Englisch – es war dem Portugiesisch, das ich aus meiner Zeit in Brasilien sprach, ähnlich genug, dass ich es verstand.

Der Polizist sah mich an. Ich fragte: *»Mit Schlag?«*

Ich hoffte, er würde das komisch finden und sich verziehen, aber das tat er nicht. Jetzt sagte er auf Englisch: *»You are at hotel? Here?«* Sie sind in Hotel? Hier?

Die Sache ging rapide den Bach runter. Unsere Tarnung war bombenfest und wir hatten nichts Verbotenes getan, aber ich wollte nicht, dass ein Polizist uns genauer unter die Lupe nahm. Und wenn er uns noch länger aufhielt, kamen wir zu spät, um Finch im Hotel aufzulauern.

»Hotel?«, sagte er wieder. »Hier?«

Ich schüttelte den Kopf und erwiderte auf Englisch mit japanischem Akzent: »Sacher Vien.« Es handelte sich dabei um ein berühmtes Hotel in der Stadtmitte, wo allerdings keiner von uns abgestiegen war.

Larison sagte: *»Voy a vomitar.«* Ich muss mich übergeben.

Ich warf ihm einen schnellen Blick zu. Er presste eine Hand vor den Mund, als wollte er den Brechreiz zurückdrängen.

Nein, dachte ich. *Nicht den Polizisten ausschalten. Wenn wir das tun, können wir Finch vergessen …*

Larison stöhnte hinter vorgehaltener Hand. Der Polizist sagte: »Was denn?«

Larison krümmte sich zusammen, sein Kopf schoss nach vorne, sein Hintern ruckte zurück. Erbrochenes sprühte aus seinem Mund und über seine Schuhe.

Der Polizist sprang zurück und schrie: »Verdammt noch mal!«

Larison richtete sich keuchend wieder auf, blies die Backen auf und massierte sich den Bauch. Die perfekte Pantomime eines Betrunkenen, der sich gleich noch einmal übergeben wird.

»Hotel!« sagte der Polizist und deutete in die Richtung, in die wir gegangen waren. »*Go to Hotel.* Jetzt! *Now!*«

»Ja«, sagte ich und dachte: *Gott sei Dank.* »Hotel.«

Larison würgte wieder. Der Polizist wich zur Seite und gestikulierte wütend, dass wir weitergehen sollten. Ich nahm Larison beim Arm und zog ihn fort. Von hinten hörte ich den Polizisten angewidert etwas murmeln. Vermutlich in die Richtung: *Der Arsch kann von Glück sagen, dass er mir nicht die Schuhe vollgekotzt hat.*

»Saubere Arbeit«, sagte ich, als wir um die Ecke verschwunden waren. »Wie haben Sie das gemacht, sich den Finger in den Hals gesteckt?«

»Ja. Als ich mir die Hand vor den Mund hielt.« Er hustete und spuckte aus.

»Eine Sekunde lang dachte ich, Sie wollten ihn umlegen. Was ein Fehler gewesen wäre.«

»Nein, ich dachte nur, mit vollgekotzten Schuhen würde er mich nicht in seinen Streifenwagen verfrachten. Ich wollte ihm klarmachen, dass er Wichtigeres zu tun hat.«

»Wo haben Sie Spanisch gelernt?«

»Im Einsatz. Lateinamerika.« Er drückte sich so vage aus, dass mir klar war, er wollte nicht darüber reden. Nicht, dass wir die Zeit dazu gehabt hätten.

»Uns bleiben nur noch ein paar Minuten«, sagte ich. »Schnell, wischen Sie sich die Kotze von den Schuhen. Wir wollen nichts davon ins Hotel mitschleppen.«

Er stieß die Schuhe ein paar Mal gegen eine Hauswand, dann stampfte er auf und wischte die Sohlen am Boden ab. Das und die zweihundert Meter, die wir noch zu gehen hatten, sollte eigentlich reichen.

Treven ließ mein Handy im selben Moment piepsen, als wir vor dem Hoteleingang ankamen. Eine Minute bis zur Ankunft. Knapp, aber machbar. Larison blieb draußen und duckte sich ein paar Meter von der Tür entfernt zwischen zwei geparkte Autos, während ich meine Handschuhe anzog und eintrat. Der Korridor war immer noch erfreulich leer. Ich schlüpfte rasch in einen der Overalls, die auf der Abdeckplane lagen. Er war ein bisschen zu groß, aber nicht sehr. Ich griff nach einer Farbdose, einem Pinsel und der Plastikfolie, die ich abgeschnitten hatte, stellte die

Dose neben dem inneren Hoteleingang auf den Boden und fing an, mit dem Pinsel über die Wand zu streichen wie ein Maler bei einer Mitternachtsschicht. Die Szene steckte so voller Ungereimtheiten, dass Finch eine Weile brauchen würde, um sie zu interpretieren, und wenn er endlich herausgefunden hatte, was an dem Bild nicht stimmte, würde es bereits zu spät sein.

Einen Moment später hörte ich die äußere Tür aufgehen. Ich blickte nach rechts und sah Finch eintreten, dann wandte ich mich wieder der Arbeit zu, mit der ich vorgeblich beschäftigt war, da ich ihn nicht durch ungebührliches Interesse alarmieren wollte. Aus dem Augenwinkel sah ich ihn näherkommen. Fünf Meter. Vier. Drei.

Er verlangsamte den Schritt, vielleicht irritiert davon, was ein einsamer Handwerker hier zu nachtschlafender Zeit zu suchen hatte. Aber dann öffnete sich hinter ihm die Außentür wieder. Ich warf erneut einen Seitenblick nach rechts und sah Larison hereinkommen, furchterregend, zielstrebig, tödlich. Finch drehte sich nach ihm um und ich wusste, dass er die nächste halbe Sekunde voll damit beschäftigt sein würde, Larisons Gesicht unterzubringen und zu begreifen, dass er ihn aus dem *Café Prückel* kannte. Dann die Überlegung, ob das ein Zufall sein konnte oder er sich Sorgen machen müsste. Endlich die Erkenntnis, dass der Mann, dem er hier zum zweiten Mal begegnete, für einen Zufall einfach zu gefährlich aussah. Und diese Schlussfolgerung, kombiniert mit der deplatzierten Anwesenheit eines ›Handwerkers‹ hinter ihm …

Ich legte den Pinsel weg und schlich mich an, wobei ich die beiden Enden der Plastikfolie mit gegenläufig verdrehten Armen und den Daumen nach außen packte. Ich drehte die Hände um, überkreuzte die Arme und erzeugte so ein gleichschenkliges Dreieck mit meinen Armen als Schenkel und der Folie als Grundlinie. Finch musste mich kommen gehört haben, denn er fing an, sich umzudrehen, aber es war zu spät. Ich warf ihm die Folie über den Kopf und stemmte die Unterarme als Hebel gegen seinen Hinterkopf, um die Folie über seinem Gesicht zu straffen, und riss ihn nach hinten. Er verlor die Balance und krallte nach dem Zeug, das ihm Augen, Nase und Mund verschloss, aber seine Finger konnten die dicke Plastikfolie nicht durchdringen. Er stieß einen einzelnen, gedämpften Schrei aus, bekam aber keine Luft mehr für einen zweiten. Er versuchte, sich umzudrehen, und ich ließ ihn gewähren, blieb aber hinter ihm und steuerte ihn auf die Dunkelheit der Treppe zu, sodass er desorientiert blieb und sein Gleichgewicht nicht wiederfand. Er griff nach mir und ich stemmte ihm das Knie ins Kreuz, bog ihn nach hinten durch und hielt mein Gesicht außer Reichweite seiner herumfuchtelnden Arme. Er versuchte, mir die Hände und Unterarme zu zerkratzen, wurde aber durch die Handschuhe und das Tape um die Handgelenke, das ich schon in Las Vegas verwendet hatte, daran gehindert.

Ich wusste, dass ihm der Sauerstoff ausging und es nur eine Frage von Sekunden war, bevor sein Gehirn anfing, sich abzuschalten. Ich blickte auf und sah, dass Larison, der ebenfalls Handschuhe trug und die Außentür zuhielt, falls wider alle Wahrscheinlichkeit ein später Hotelgast oder Hausbewohner herein wollte, uns über die Schulter beobachtete. Gleich würde Finch erschlaffen und wenn dann jemand aus dem Hotel kommend das Treppenhaus betrat, würde er sich höchstwahrscheinlich der Außentür und Larison zuwenden und das stumme Tableau in der Dunkelheit hinter sich gar nicht bemerken. Und falls einer die Treppe herunterkam, würde ich auf Samaritermodus umschalten und auf Finchs Leiche einreden, als wäre er ein betrunkener Bekannter. Unschön, wenn sich jemand daran erinnerte, vor allem nach unserem früheren Zusammentreffen mit dem Polizisten, aber nicht unbedingt verhängnisvoll.

Finchs Beine knickten ein, er sackte in die Knie und seine Brust zuckte stoßweise, während er verzweifelt nach Luft rang.

Seine Hände krallten sich wieder, schwächlich jetzt, in die Folie, die sein Gesicht bedeckte. Und dann, im Todeskampf, musste ein tief liegender, rationaler Teil seines Gehirns das Kommando ergriffen haben, denn seine rechte Hand hörte auf, nach der Folie zu grapschen und glitt zur Hosentasche. *Messer!* schoss mir durch den Kopf und ich rammte ihm das Knie gegen den Ellenbogen, um ihn aus dem Konzept zu bringen – dann ein zweites Mal. Aber der Winkel war ungünstig, der Stoß verpuffte und er schaffte es, die Hand in die Tasche zu stecken. Ich wollte gerade den Griff wechseln, um ihm mit der linken Hand die Folie über Mund und Nase zu spannen, während ich mit der rechten seine Messerhand packte, aber Larison hatte gesehen, was vor sich ging und stürzte von der Außentür herbei. Er bekam Finchs Hand zu fassen, gerade als die Klinge seines Springmessers herausklappte. Larison wollte Finch das Handgelenk verdrehen, damit er das Messer fallen ließ, aber ich flüsterte drängend: »Nein! Keine Verletzung!« Finchs Arm zitterte vor Anspannung, während er versuchte, das Messer herumzudrehen, um Larison die Hand zu zerschneiden, aber Larisons Griff saß zu fest und Finch hatte seine letzten Reserven bei dem Versuch aufgebraucht, das Messer zu ziehen. Er erschlaffte, das Messer klapperte zu Boden und er sackte rückwärts gegen mich.

»Zurück zur Tür«, fauchte ich. »Schnell.« Das Risiko war verschwindend gering, dass gerade in diesem Augenblick jemand hereinkam, aber Murphys Gesetz hatte es so an sich, minimale Risiken in unvermeidliche Ereignisse zu verwandeln, und dies war der einzige Moment, wo wir keinerlei Chance hatten, so zu tun, als würde gerade etwas anderes als ein Mord passieren. Larison sprang zurück zur Tür, während ich Finch zur Treppe schleifte. »Zwei Minuten«, sagte ich, damit Larison wusste, wie lange ich die Folie noch um Finchs Kopf gewickelt lassen wollte, um ihn mit Sicherheit zu erledigen.

Ich zählte die Zeit herunter und als ich fertig war, löste ich die

Plastikfolie und legte Finch am Fuß der Treppe hin. Ich untersuchte sein Gesicht nach Verletzungen, fand aber keine. Dann nahm ich die Farbdose und den Pinsel und stellte sie wieder dahin, wo ich sie gefunden hatte. Anschließend suchte ich die Bodenfliesen ab, ob Finchs Absätze irgendwelche Schleifspuren hinterlassen hatten. Ja, es gab tatsächlich welche, zwei Streifen von etwa einem Meter Länge, als ich ihn nach hinten gezerrt hatte. Ich schnappte mir einen Lappen aus dem Haufen mit Malerzubehör und wischte sie weg. Larison warf mir über die Schulter einen Blick zu, begriff aber offenbar, denn er sagte nichts.

Ich las das Messer auf und steckte es Finch wieder in die Tasche. Kaum vorstellbar, dass jemand sein Fehlen bemerken würde, aber es ist immer besser, an einem Tatort so wenig wie möglich zu verfälschen. Nur die Overalls würde ich mitnehmen. Es konnte viele Erklärungen für ihr Verschwinden geben und ich wollte nicht riskieren, etwas zurückzulassen, das mit meinen Haaren oder Kleiderfasern verunreinigt war. Aus demselben Grund behielt ich das Tuch, das ich gerade benutzt hatte. Eine Untersuchung konnte ergeben, dass es Material von Finchs Absätzen enthielt.

Ich ließ einen schnellen Blick durchs Treppenhaus huschen und bemerkte nichts, was deplatziert wirkte. Gut, außer Finchs Leiche auf der Treppe natürlich, aber die sah genauso aus, wie sie wirken sollte: Ein Mann wird von einem plötzlichen Anfall überwältigt, Atemnot oder eine Herzattacke, er stolpert, setzt sich auf die Stufen, bricht zusammen. Seine wahre Todesart mochte ein paar kleinere Petechien – geplatzte Blutgefäße – in Augen und Gesicht hinterlassen haben, aber sie waren sicher zu unbedeutend und unter den gegebenen Umständen kaum von forensischer Bedeutung. Ein ausgesprochen misstrauischer Verstand mochte sich darüber wundern, dass es direkt vor dem Hotel passiert war, wo er reserviert hatte und daher in einen Hinterhalt laufen konnte. Aber es war wie bei Autounfällen, die sich einfach deshalb in der Umgebung des Wohnorts des Fahrers häufen, weil er dort am meisten unterwegs ist. So war auch der Schauplatz von Finchs Zusammenbruch naheliegend und konnte leicht als irrelevant abgetan werden.

Ich nickte Larison zu und wir machten uns davon. Draußen trennten wir uns. Larison bog rechts ab, ich überquerte die Straße und marschierte durch eine kleine Einkaufspassage, die jetzt dunkel und geschlossen war. Ich wäre lieber links abgebogen, um mich so schnell wie möglich von Larison zu entfernen, aber das war die Richtung, wo wir dem Polizisten begegnet waren, und dem wollte ich nicht wieder in die Arme laufen.

Die Sache mit dem Messer machte mir Sorgen. Es war gerade noch einmal gut gegangen. Finch hatte einfach nicht nach einem Messer-Mann ausgesehe und das hatte mich zur Nachlässigkeit verleitet. Wie zum Teufel war es ihm überhaupt gelungen, das Ding in den Flughäfen an den Sicherheitskontrollen vorbei zu schmuggeln? Vielleicht war es nicht im Handgepäck gewesen. Oder es gab einen speziellen Dispens für Regierungsbeamte. Wie so oft.

Zwanzig Minuten später, nachdem ich Overalls und Plastikfolie in verschiedenen Müllcontainern entsorgt hatte, rief ich Dox an. Larison würde dasselbe bei Treven tun. »Erledigt«, teilte ich ihm mit.

»Keine Probleme?«

»Kaum«, sagte ich und dachte an den Polizisten. »Nichts, womit wir nicht fertig geworden wären.«

»Gut zu hören. Alles in Ordnung bei dir?«

»Bestens.«

»Wollen wir uns treffen und besprechen?«

»Lieber auf der anderen Seite des großen Teichs. Ohne guten Grund sollten wir uns nicht zusammen sehen lassen.«

»Abgesehen von meiner anregenden Gesellschaft. Aber keine Sorge, ist schon okay.«

Ich fragte mich einen Moment lang, ob ich seine Gefühle verletzt hatte. Wollte er wirklich einfach mit mir … zusammensitzen? Feiern, oder was?

Aber sein Auflachen belehrte mich eines Besseren. »War nur Spaß. Offen gesagt, da um die Uhrzeit keine Züge mehr fahren, denke ich darüber nach, mir eine Gefährtin zu suchen, die meinen ›Neigungen‹ eher entspricht, wie du es gerne ausdrückst.«

»Sicher, lass dich verwöhnen. Aber achte diesmal auf den Adamsapfel, ja?«

Einmal, in Bangkok, hatte Dox mit einem wunderschönen Transvestiten angebandelt, bis mich im letzten Moment das Mitleid übermannte und ich ihn warnte. Doch ihn vor einem peinlichen Missgeschick zu bewahren und ihn sich ausleben zu lassen, waren zwei ganz verschiedene Dinge.

Er lachte. »Ja, Sir, ich habe meine Lektion gelernt. Na, dann werde ich mal die Stadt unsicher machen. War ja ein hübscher Zahltag. Obwohl ich das Gefühl habe, die Schwerarbeit ist an dir hängen geblieben.«

»Ich hätte mich sehr unwohl gefühlt, wenn du mir nicht den Rücken frei gehalten hättest.«

Kurze Pause, dann sagte er: »War mir eine Ehre, Mann. Danke.«

Ich dachte daran zurück, wie er mich in Hongkong über seine gewaltige Schulter gehievt hatte, als ich am Verbluten war, und an die Transfusion, mit der er mir später das Leben gerettet hatte. »Ist nichts als die Wahrheit.«

»Du wirst mir doch jetzt nicht sentimental, oder?«

Ich lächelte. »Nicht doch.«

»Na, ist wahrscheinlich besser, wenn wir uns heute Nacht nicht mehr sehen. Ich könnte dir um den Hals fallen und du würdest dich völlig unmöglich machen, indem du mich in den Arm nimmst.«

»Danke für die Rücksichtnahme. Ich weiß es zu schätzen.«

Er lachte. »Na schön. Ich mach jetzt Party wie ein Rockstar. Bis die Tage!«

Ich legte auf und spazierte alleine durch Wien.

Ich dachte darüber nach, was Larison heute gesagt hatte. Ich redete mir ein: *Einer geht noch.*

Das Mantra des Alkoholikers.

Larison kehrte langsam zum Hotel zurück. Er hielt sich in den Schatten und versuchte, Zivilisten zu meiden. Seine Gedanken rasten, seine Emotionen tobten und er wusste, wenn er sich so fühlte, konnten die Leute in seiner Umgebung es spüren wie eine Störung in einem großstädtischen Kraftfeld. Eine Prostituierte, die am Rand eines Parks ihre Angel ausgeworfen hatte, lächelte ihn mit geübter Professionalität an, aber das Lächeln erlosch schnell. Ein Schatten glitt über ihr Gesicht und sie trat einen Schritt zurück, wandte sich halb ab, als wollte sie davonrennen. In einer abergläubischeren Kultur hätte sie sich wahrscheinlich bekreuzigt.

Larison ging weiter und blickte sich nach links und rechts um, registrierte Gefahrenpunkte und checkte die Umgebung. Wie konnte Rain nur so ein Idiot sein und nicht begreifen, dass der Gegner Hort hieß? Bei Treven war es psychologisch nachvollziehbar – Bindung an die Einheit, die Kommandostruktur, Autoritätsgläubigkeit. Aber Rain? Der brauchte diese Art von Krücken nicht, er lebte schon lange ohne sie. Warum zögerte er also? Wenn es ihm nur ums Geld ging, mussten die Diamanten ihn reizen. Wollte er wirklich etwas Gutes tun? Der Gedanke klang vage verführerisch. Aber Larisons große Hoffnung war, die Bedrohung zu eliminieren, die Diamanten zurückzuholen und den Rest seiner Tage irgendwo zusammen mit Nico am Strand zu verleben, an einem Ort, wo die Brandung rauschte und die bösen Träume vielleicht irgendwann nachließen und ganz aufhörten. Was danach kam, zählte nicht. Wenn der Tod wirklich das Ende bedeutete, dann würden Larisons Taten und alle Qualen mit ihm sterben. Wenn es eine Hölle gab, dann war das seine neue Adresse. Es kam darauf an, was er mit der Zeit anfing, die ihm noch blieb, alles andere waren kindische Hirngespinste.

Eigentlich war es ein wenig traurig. Er respektierte Rain. Fühlte sich dem Mann sogar irgendwie seelenverwandt – ein unabhängiger, tödlicher Einzelgänger, professionell paranoid, persönlich distanziert.

Aber was für einen Unterschied machte es schon? In seiner Lage stellten Gefühle eine Schwäche dar und in dieser Branche waren Schwächen tödlich.

Trotzdem überraschte es ihn, ein ungewohntes Gefühl des Bedauerns bei dem Gedanken zu spüren, Rain und die anderen eliminieren zu müssen. Vielleicht wurde er alt oder es war das letzte Aufzucken eines Restes von Gewissen, das er schon lange für abgestorben gehalten hatte. Und wenn? Er hatte auf der Highschool Thoreau gelesen. Wie ging das gleich wieder? Ungefähr so: *Was ist der Sinn eines Gewissens, wenn man nicht darauf hört?*

Aber Thoreau war nie Soldat gewesen. Und wenn Larison eines von Hort gelernt hatte, dann war es, dass die Mission mehr zählte als der Mensch. Die Mission. Und die konnte im Moment nicht klarer definiert sein: Hort eliminieren und die Diamanten wiederbeschaffen. Nico schützen. Sich selbst schützen.

Was den Rest anging … Nun, es gab nur selten eine Mission ohne Kollateralschäden. Es machte keinen Spaß, aber man drückte sich auch nicht davor. Letzten Endes, dachte er, tut ein Mann, was ein Mann tun muss.

Entscheidend war, hinterher damit zu leben. Aber darin hatte er viel Übung.

Kapitel Sechzehn

Ich traf mit einem Amtrak-Zug aus New York in Washington ein, nachdem ich vorher von München zum Flughafen JFK geflogen war. Ich ziehe es vor, direkte oder vorhersehbare Routen zu vermeiden. Dox, Larison und Treven waren etwas weniger umständlich gereist und daher vor mir angekommen, aber das war ihr Risiko, nicht meines.

Unser Treffen war im Capital Hilton in der Innenstadt angesetzt, einem von Dox empfohlenen, großen und angemessen anonymen Konferenzhotel, wo er Zimmer reserviert hatte. Ich ließ mich vom Taxi lieber am Hay Adams gegenüber dem Weißen Haus absetzen und ging die paar Ecken zum Hilton zu Fuß, statt dem Fahrer meinen echten Zielort zu nennen. Aber ich ging nicht direkt zu unserem Meeting, sondern gab dem seltsamen Wunsch nach, mich von der Masse der Touristen treiben zu lassen, die an dem hohen Eisenzaun um die ausgedehnte Rasenfläche vor dem Weißen Haus entlangströmten.

Während ich so dahinschlenderte, öffneten sich meine Poren unter der nachmittäglichen Schwüle. Der Himmel war bedeckt, aber irgendwie verschärfte das Fehlen der Sonne die Hitze noch. Es fühlte sich an, als würde sie von überallher strahlen, nicht nur aus einer einzelnen, identifizierbaren Quelle. Selbst die Eichhörnchen am Lafayette Square wirkten lustlos, lethargisch, so apathisch wie die Menschen, die in der Nähe auf Parkbänken lümmelten und mit hochgerollten Hemdsärmeln und gelockerten Krawatten unter dem nutzlosen Laubwerk vor sich hin trieften.

Als ich den Park verließ, traf es mich wie ein Schlag, wie schwer gesichert die ganze Gegend war. Die Pennsylvania Avenue war für den Verkehr gesperrt, vermutlich aus Angst vor Autobomben. Es gab stählerne Schleusen, durch die sich Lieferfahrzeuge durchschlängeln und eine Inspektion über sich ergehen lassen mussten. Multiple Wachtposten. Ganze Schwärme von uniformierten Polizisten und Militärpersonal patrouillierten zu Fuß, auf Fahrrädern und in Autos. Die Fenster des weit entfernten Weißen Hauses selbst starrten blicklos durch die dicken Eisenstangen, die die Anlage von den Bürgern trennten, so ausdruckslos und undurchdringlich wie die taktischen Sonnenbrillen der Männer, die sie bewachten. Was einmal Residenz und Amtssitz gewesen war, hatte sich mittlerweile in einen reinen Bunker verwandelt.

Ich ging Richtung Südwesten weiter und begab mich auf eine große Schleife, die mir reichlich Möglichkeiten verschaffte, mich zu überzeugen, dass mir niemand zum Hilton folgte. Außerhalb des militärisch gesicherten Bereichs um das Weiße Haus war die Stadt unauffällig, wenn nicht langweilig. Breite, gerade Straßen, einfallslose Architektur, keinerlei Flair. Ich stellte fest, dass Washington mit London und New York eine der wenigen verbliebenen Städte war, wo die Männer selbst im Sommer fest entschlossen schienen, Krawatte und Jackett nie abzulegen. Der einzige Unterschied bestand darin, dass sie in London und New York wussten, wie man sich anzieht. Aber was den Büroangestellten in Washington an Stil fehlte, ersetzten sie durch ein gewisses Federn im Gang. Ich fragte mich, was ihrer Chuzpe zugrunde lag, und entschied, dass es die Nähe zur Macht sein musste. Schließlich wedelt der Hund auch dann mit dem Schwanz, wenn er um Essensreste *bettelt*, nicht nur, wenn er sie bekommt.

Noch vom Flughafen aus hatte ich Horton von den Ereignissen in Wien berichtet. Wie bei Shorrock wusste er bereits Bescheid. Er teilte mir mit, dass das Geld überwiesen sei und schlug vor, dass wir uns zusammensetzten, um den nächsten Auftrag zu besprechen. Aber ich sah in einem persönlichen Treffen nur Nachteile. Wir verfügten noch immer über die Kommunikationsgeräte, die er mir in Los Angeles gegeben hatte. Das Zyanid hatte ich beseitigt und glaubte nicht, einen Ersatz zu brauchen. Also lehnte ich ab und sagte ihm, er solle stattdessen das Bulletin-Board auf der sicheren Website verwenden, die ich eingerichtet hatte.

In einem Park machte ich Pause, fischte das iPad aus der Schultertasche und suchte ein öffentliches WiFi-Netzwerk. Ich überprüfte mein Bankkonto und verifizierte den Eingang der dreihunderttausend. Dann ging ich auf das Bulletin-Board, um zu sehen, ob Horton die Datei über die Zielperson hochgeladen hatte.

Hatte er. Ich öffnete sie und sah den Namen. Ich hätte ihn selbst dann erkannt, wenn ihm nicht der Titel gefolgt wäre:

Diane Schmalz, Richterin am Obersten Gerichtshof der USA.

Nein, dachte ich und schüttelte den Kopf. *Kommt überhaupt nicht infrage.*

Horton ignorierte meine eiserne Regel bezüglich Frauen und Kindern. Vielleicht dachte er, Geld wäre alles. Wenn ja, hatte er sich getäuscht. Ich hatte sehr lange nach dieser Regel gelebt und selbst die einzige Abweichung war nicht wirklich eine Ausnahme gewesen, weil ich es aus persönlichen Gründen getan hatte, nicht als Teil des Auftrags. Daran würde sich jetzt nichts ändern.

Aber was, wenn ihr Tod Tausende von Leben rettet?

Nein. Das war mir egal. Wenn es eines gibt, von dem ich genauso viel verstehe wie vom Töten, dann ist es die Anstiftung dazu. Ein winziger Schritt nach dem anderen. Die Kunst, jemanden dazu zu bringen, eine Grenze zu überschreiten, die er gar nicht erkennt, bis er zurückblickt und sieht, dass sie schon unabsehbar weit hinter ihm liegt.

Ich blätterte die Akte durch. Fotos. Privatadressen in Washington und von einem Wochenendhaus im westlichen Maryland. Terminkalender. Kein erkennbares Sicherheitsbewusstsein und kein Schutz, weil kein Richter am Obersten Gerichtshof je einem Attentat zum Opfer gefallen war.

Es ergab keinen Sinn. Ich hatte mich nie besonders für das interessiert, was in Amerika als Rechtssystem gilt, doch ich kannte Schmalz' Namen und ihren Ruf als eine der letzten Hüterinnen der Bürgerrechte am Gerichtshof. Man konnte sich nur schwer vorstellen, dass sie Teil eines Komplotts sein sollte, die bürgerlichen Freiheiten abzuschaffen. Wenn überhaupt, hätte ich sie auf der anderen Seite erwartet.

Ich scrollte herunter und sah, dass Horton meine Einwände vorausgeahnt haben musste. Er schrieb:

Wenn der Präsident seine Notstandsermächtigung erklärt, wird er verklagt werden. Es gibt vier autoritäre Richter, die ihn stützen werden. Vier andere könnten schwanken. Schmalz wäre hundertprozentig gegen ihn und könnte zu einer Fünf-zu-Vier-Abstimmungsniederlage führen. Das wäre nicht unbedingt tödlich für die Pläne der Putschisten, aber mit Sicherheit würde es einen schweren Schlag für ihre Öffentlichkeitsarbeit bedeuten, neben der Zustimmung des Kongresses nicht auch den Segen des Obersten Gerichtshofs zu haben.

Schmalz' Sohn ist Rechtsanwalt, verheiratet, drei kleine Kinder. Er ist insgeheim homosexuell und die Verschwörer sind im Besitz von Fotos und Videobeweisen für seine Untreue. Er hat bereits zwei Mal mit Selbstmord gedroht und befand sich in Therapie und medizinischer Behandlung. Schmalz ist klar, dass die Enthüllung der Homosexualität ihres Sohnes seine Familie und Karriere zerstören würde, ein schrecklicher Schlag für ihre Enkel wäre und wahrscheinlich diesen labilen Mann dazu bringen würde, sich das Leben zu nehmen. Um das zu verhindern, wird sie alles tun, was man von ihr verlangt.

Aber nicht, wenn sie vorher verstirbt.

Ich las die entscheidenden Absätze noch einmal und spürte, wie ein kaum gekannter Zorn von mir Besitz ergriff. Es war immer eine meiner Regeln gewesen, nur gegen Drahtzieher selbst tätig zu werden, was vor allem bedeutete, dass keine Nebenfiguren sterben mussten. Aber allein der Gedanke, ein Problem mit Person A zu lösen, indem man Person B tötete, hatte mich immer angewidert. Schmalz umbringen? Wenn ich wirklich etwas Gutes tun wollte, dachte ich, sollte ich eher die Kerle erledigen, die drohten, ihren Sohn und ihre Enkelkinder zu ruinieren, nur um sich ihre Stimme zu sichern.

Ich fragte mich, warum Horton nicht etwas weniger Extremes unternahm. Etwa einen Weg fand, den Sohn vorbeugend zu outen und damit die Erpressungsbombe zu entschärfen. Vielleicht meinte er, das würde ihn den Putschisten eher verdächtig machen als das friedliche Ableben einer netten Großmutter im Schlaf.

Aber das war mir egal. Die Sache stank und mir gefiel nicht, wohin sie mich führte. Sollten die anderen machen, was sie wollten. Ich stieg aus.

Ich verließ die Website und löschte die Browserchronik. Dann suchte ich mir ein Münztelefon, rief das Hilton an und fragte nach James Hendricks. Unter diesem Namen hatte Dox eingecheckt. »Alles klar?«, fragte ich.

»Die Truppe ist eingetroffen, Partner. Zwölf-Vierunddreißig.«

Das hieß, sie waren in Zimmer 901. Gewohnheitsmäßig verwendete ich mit Dox einen einfachen Code, wenn es um exakte Daten, Zeiten, Zimmernummern oder ähnliches ging. Wir addierten einfach drei zu jeder Ziffer. Es war nichts Großartiges und nicht schwer zu knacken, aber je mehr Sicherheitslevels man einbaute, desto besser.

»Ich bin in zehn Minuten da«, sagte ich, hängte auf und wischte unauffällig den Hörer mit dem Taschentuch ab. Mitten im Schlund der Bestie zu sein, machte mich kribbelig.

Ich ging rüber zum Hilton. In der Lobby wimmelte es nur so von Menschen, anscheinend wegen des Kongresses einer gewissen »Gesellschaft für die amerikanische Verfassung«. Ich konnte mich eines leisen Lächelns nicht erwehren. *Wenn die wüssten.*

Ich nahm den Aufzug zum zehnten Stock und ging dann über die Treppe zurück in den neunten. Ich kam in der Mitte eines schmalen Korridors von etwa hundert Metern Länge heraus. Blickte nach links und sah am hinteren Ende zwei Männer mit Anzug und Sonnenbrille, die aussahen wie Leibwächter vor einem VIP-Zimmer. Nichts Ungewöhnliches, leicht erklärbar durch den Empfang, den gerade eine der ausländischen Botschaften veranstaltete. Aber ich war nicht allzu enttäuscht, dass Nummer 901 im rechten Flügel lag. Ich ging bis zum Ende des Gangs, bog links ab und fand das Zimmer. Nach meinem Klopfen ging die Tür sofort auf – Treven. Er musste mich durch den Spion beobachtet haben. Ich nickte grüßend und trat ein. Dox und Larison saßen sich auf den beiden Einzelbetten des Zimmers gegenüber und aßen Sandwiches. Ich hörte, wie Treven die Tür hinter mir verriegelte.

»Hunger?«, fragte Dox und hielt eine *Au Bon Pain*-Tüte in die Höhe. »Thunfisch, Truthahn oder Roastbeef.«

Auf den Betten neben ihnen lagen zwei Pistolen. Eine Wilson Combat, die Dox gehören musste. Eine Glock, vermutlich von Larison. Ich fragte mich, ob Treven auch bewaffnet war. Der Anblick der Pistolen weckte gemischte Gefühle. Im Allgemeinen ist es zwar besser, bewaffnet zu sein, aber ich kannte Larison und Treven nicht gut genug, dass es mich kalt gelassen hätte, wenn sie in meiner Gegenwart Feuerwaffen trugen.

»Wo habt ihr die Knarren her?«, fragte ich. »Wieder mal das geheimnisvolle Hinterwäldler-Netzwerk?«

Dox grinste. »Diesmal bloß eine Waffenmesse in Chantilly. Weißt du, besser, man hat's und braucht's nicht, als umgekehrt. Ich hab auch für dich eine Wilson besorgt. Die *Hombres* hier stehen auf Glocks, aber du kennst mich ja.«

Er reichte mir eine Tactical Supergrade Compact und zwei Reservemagazine. Die Magazine brachte ich in den Hosentaschen unter, dann überprüfte ich die Waffe und steckte sie in den Hosenbund. Es fühlte sich gut an. Wenn Larison und Treven bewaffnet waren, war ich das lieber auch.

»Sandwich?«, fragte Dox.

»Nein, ich bin satt«, sagte ich. »Ihr esst, ich rede.«

Ich setzte mich neben Dox. Treven nahm zögernd mir gegenüber neben Larison Platz. Ich berichtete ihnen, was in Wien geschehen war. Dann setzte ich sie über unsere nächste Zielperson ins Bild. Und sagte ihnen, warum ich ausstieg.

»Kapier ich nicht«, sagte Dox, als ich zum Ende kam. »Ich meine, wen kümmert's, ob ihr Sohn schwul ist? Ich meine, wir leben im 21. Jahrhundert. Verflucht, ich liebe Schwuchteln. Wenn sie sich gegenseitig lieb haben, bleiben mehr Damen für mich übrig.«

»Es geht nicht darum, dass er schwul ist«, sagte ich. »Sondern dass er es verheimlicht. Das ist der Ansatzpunkt. Eine Schande, dass so etwas noch möglich ist.«

Larison und Treven hatten noch kein Wort gesagt. Ich wunderte mich über ihr Schweigen.

»Egal«, sagte Dox, »ich bin nicht gerade begeistert davon, eine kleine alte Dame zu euthanasieren. Aber, verdammt noch mal … auch noch eine Richterin am Obersten Gerichtshof? Ich meine, wir haben schon mit unseren bisherigen Zielpersonen sozusagen Geschichte geschrieben. Aber die Ersten zu sein, die eine Oberste Richterin abservieren? Langsam habe ich das Gefühl, dass uns Zielscheiben auf dem Rücken wachsen, und das gefällt mir nicht.«

»Mir ist das völlig egal«, sagte Larison. »Sie wissen ja, warum ich dabei bin. Und wenn Sie das Gefühl haben, dass uns Zielscheiben auf dem Rücken wachsen, wachen Sie offenbar langsam auf.«

Ich sah Treven an. »Wollen Sie das?«, fragte ich. »Es selbst erledigen und zwei Millionen Dollar kassieren?«

»Seien Sie nicht blöd«, sagte Larison mit Blick auf Treven. »Es ist eine Falle. Die ganze Scheißgeschichte ist eine Falle. Probieren Sie's nur auf eigene Faust. Dann werden Sie als Erster ausgelöscht.«

Ein langer Augenblick verstrich. Treven meinte: »Ob Sie wegen des Geldes dabei sind oder um eine Menge Leben zu retten, die Rechnung ist die gleiche. Ein Terroranschlag unter falscher Flagge ist und bleibt ein Terroranschlag. In jedem Fall sterben Unschuldige. Wenn sich das dadurch verhindern lässt, eine weitere Hauptfigur aus dem Spiel zu nehmen, dann mache ich es, ob mit oder ohne Sie.«

»Eine Hauptfigur?«, sagte Dox. »Haben Sie Fotos von dieser Frau gesehen? Sie könnte meine Oma sein. Ich werde ihr kein verdammtes Kissen aufs Gesicht drücken, nein, Sir! Davon hätte ich Albträume für den Rest meines Lebens.«

Trevens Antwort gefiel mir nicht. Sie erschien mir draufgängerisch, schlecht durchdacht. Ich fragte mich, warum er so empfindlich reagierte. Fühlte er sich außen vor gelassen? War er eifersüchtig, weil er bei Shorrock und Finch nicht im Mittelpunkt gestanden hatte? Er war ein fähiger und erfahrener Mann, und dieses pubertäre Verhalten wirkte seltsam. Wenn man auch dann voll bezahlt wurde, wenn man nur am Rande beteiligt war, sollte man froh sein.

Aber das konnte mir gleichgültig sein. »Hier«, sagte ich, schaltete das iPad ein und ging auf die sichere Seite. Ich gab mein Passwort ein und sah eine Nachricht von Kanezaki: *Rufen Sie mich schnellstmöglich an.*

Ich löschte sie und reichte Treven das iPad. »Einen Moment noch«, meinte ich. »Sieht so aus, als hätten wir neue Informationen über Horton.« Ich schob den Akku in mein Handy, schaltete es ein und rief Kanezaki an.

Er nahm sofort ab. »Haben Sie Jack Finch erledigt?«, fragte er.

Ich war bestürzt, zeigte es aber nicht. »Wovon reden Sie?« Ich fühlte die Blicke der anderen auf mich gerichtet.

»Hören Sie auf mit den Spielchen. Der Präsident wird in Kürze seinen Nachfolger ernennen. Colonel Horton.«

Mein Magen machte einen Satz. »Finchs Nachfolger ist … Horton?« fragte ich. Larison nickte, als wäre ihm das nichts Neues.

»Das ist noch nicht alles. Shorrock, der Typ, der nach Ihren Angaben in Las Vegas durch eine ironische Wendung des Schicksals starb. Er wollte eine geheime Aussage vor dem Kongress über Missstände in der Nationalen Antiterror-Zentrale machen. Er war nur ein ziviler Angestellter, der eine Geheimaktion nicht einmal erkennen würde, wenn sie ihn in den Arsch beißt. Er wäre der Letzte gewesen, der einen Anschlag unter falscher Flagge organisieren würde oder konnte. Aber wissen Sie, wer ihn ersetzen wird?«

Mir wurde schlecht. »Nein.«

»Die dortige Nummer Zwei, Dan Gillmor. Und Gillmor kommt nicht aus dem Zivilbereich. Er ist Ex-JSOC, einer von Hortons Jungs. Er war sein ganzes Leben lang Teil des militärisch-geheimdienstlichen, wirtschaftlich-sicherheitstechnischen Komplexes. Und er ist ein Fanatiker. Malteserritter wie James Jesus Angleton und William Casey, zwei Ex-CIA-Chefs, wie du weißt, Kreuzfahrer-Erkennungsmarke …«

»Kreuzfahrer-Erkennungsmarke?«

»Einige dieser Kerle, wie Erik Prince zum Beispiel, glauben, was sie im Nahen Osten anrichten wäre ein Heiliger Krieg, ein neuer Kreuzzug. Es ist ein Netzwerk von Eiferern. Und einer von ihnen ist jetzt in der idealen Position, um genau die Gruppen zu führen, von denen Horton Ihnen weisgemacht hat, sie würden für diese unmittelbar bevorstehenden Anschläge unter falscher Flagge eingesetzt. Sein Boss, der etwas dagegen hatte, ist aus dem Weg. Jetzt ist er die Nummer Eins. Er kann machen, was er will, ohne dass ihm ein bescheuerter Zivilist dazwischenfunkt.«

Ich erwiderte nichts. Die Fülle an neuen Informationen überwältigte mich.

Dox, Larison und Treven starrten mich an, ihre Sandwiches waren vergessen. Ich sprach kaum, aber meine Miene und Haltung mussten ihnen genug gesagt haben.

»Waren Sie das?«, fragte Kanezaki. »Shorrock? Finch? Haben Sie das getan?«

Ich antwortete nicht.

»Mein Gott, John. Sie verhindern keinen Militärputsch. Sie haben gerade einen vorbereitet.«

Immer noch antwortete ich nicht. Ich kämpfte darum, die einzelnen Punkte miteinander in Verbindung zu bringen. Larison hatte recht gehabt. Ich war ein Idiot. Ein Vollidiot.

»Verstehen Sie?«, fragte Kanezaki. »Horton will die Sache nicht stoppen. Er ist einer der Putschisten. Er hat genügend Wahrheit unter seine Lügen gemischt, um …«

»Still«, sagte ich. »Lassen Sie mich nachdenken.«

Dox fragte: »Was ist los?«

Ich hob abwehrend die Hand und sagte zu Kanezaki: »Hortons neue Position. Wann soll sie verkündet werden?«

»Ich weiß nicht. Bald, wie es heißt.«

»Und Gillmor? Wann wird das bekannt gegeben?«

»Desgleichen.«

Ich legte den Daumen über das Mikrofon des Handys und sah die anderen an. Meine Gedanken rasten, aber ich sprach mit gelassener Stimme. »Schmalz ist eine Falle. Wir müssen hier weg. Macht euch fertig. Ich versuche, noch etwas mehr herauszufinden, dann sage ich euch Bescheid und wir überlegen, wie wir aus der Sache rauskommen.«

Die drei standen auf. Eine elektrische Spannung baute sich auf, die mir gar nicht gefallen wollte.

Ich zog den Daumen weg und sagte zu Kanezaki: »Sonst noch etwas?«

»Ja. Warum fragen Sie nach dem Zeitpunkt? Dem Zeitpunkt der Ernennung von Horton und Gillmor?«

»Wenn die Ernennungen in Kürze erfolgen, war es Horton egal, ob ich davon höre, bevor ich das dritte Ziel erledige. Das heißt, das dritte Ziel ist eine Falle.«

»Das dritte Ziel … noch eines? Wer?«

»Diane Schmalz.«

»Die Richterin am Obersten Gerichtshof? Sind Sie jetzt völlig übergeschnappt?«

»Entspannen Sie sich. Ich hatte bereits beschlossen, abzulehnen. Aber er hat überhaupt nicht damit gerechnet, dass ich es versuchen würde. Er wollte mich nur nach Washington locken.«

»Scheiße. Sie sind in Washington?«

»Ja.«

»Sie müssen raus aus der Stadt. Washington ist der letzte Ort, wo Sie sein sollten, wenn Horton hinter Ihnen her ist. Er verfügt über die nötigen Ressourcen, die Stadt dichter abzuriegeln als eine Toilettentür.«

»Danke für die Information«, sagte ich. »Ich rufe wieder an, wenn ich an einem sicheren Ort bin.« Ich wollte auflegen.

»Warten Sie«, sagte er. »Moment. Da kommt gerade etwas rein. Es ist … ach du Scheiße.«

»Was?«

»Terrorwarnung. An alle Geheimdienst- und Strafverfolgungsbehörden. CIA, FBI, Bezirkspolizei, Staatspolizei, alle. Hier heißt es … Moment, okay, Shorrock und Finch sind keines natürlichen Todes gestorben, sondern wurden ermordet. Laut Toxikologie mit Zyanid. Und Sie sollen darin verwickelt sein. Sie, die beiden ISA-Agenten, nach denen Sie gefragt haben, und

Dox. Alle bewaffnet, ausgebildet in Geheimoperationen, derzeit in der Umgebung von Washington vermutet, wo sie einen weiteren Terroranschlag planen.«

Das konnte nur Horton gewesen sein. Niemand sonst wusste von dem Zyanid. Und Horton hatte keine Ahnung, dass ich es nicht verwendet hatte.

»Sie können da jetzt nicht mehr weg«, sagte Kanezaki. »An allen Flughäfen, Zug- und Busbahnhöfen wird es von Sicherheitsbeamten nur so wimmeln. Jede Überwachungskamera in der Stadt wird nach Ihnen Ausschau halten.«

»Haben sie Fotos?«

»Ziemlich körnig in der Terrorwarnung. Wie Vergrößerungen von Überwachungskameras.«

Las Vegas, schätzte ich. Am besten, wir nahmen Taxis, wenigstens am Anfang. Je weiter wir uns vom Stadtzentrum entfernten, desto verstreuter würde der Gegner sein. Aber wir mussten schnell reagieren.

»Okay, wenigstens sind sie körnig«, sagte ich. »Ich bezweifle, dass der durchschnittliche Bulle …«

»Sie kapieren nicht. Niemand wird Sie verhaften. Der Präsident führt eine Todesliste, wissen Sie das denn nicht? Es gibt einen NOFORN-Anhang zu der Terrorwarnung und auf dieser Liste stehen Sie. Alle vier. Sie werden ohne Vorwarnung erschossen. Und sollte man Sie doch verhaften, enden Sie in Guantanamo, Bagram, Camp No oder in der Salzgrube … und das sind nur die, von denen man weiß. Es gibt andere Gefängnisse, von denen das Rote Kreuz noch nicht einmal gehört hat, verstanden? Sie werden nur noch eine Nummer sein. Niemand wird Ihren Namen kennen. John, einige dieser Lager, da könnten Sie sich ebenso auf einem fremden Planeten befinden, in einer anderen Dimension. Wenn Sie erst mal dort sind, dann …«

»Ich muss mich auf die Socken machen. Ich melde mich.«

»Warten Sie. Lassen Sie mich helfen.«

»Warum sollten Sie das tun?«

»Weil Sie die Einzigen sind, die die ganze Sache jetzt noch verhindern können.«

»Blödsinn. Lassen Sie es an die Medien durchsickern. Haben Sie nicht einen Kontakt bei der New York Times?«

Er lachte. »Glauben Sie ernsthaft, die Times würde etwas daraus machen, selbst wenn ich Beweise hätte? Die haben Bushs illegales Inland-Überwachungsprogramm unter Verschluss gehalten, bis seine Wiederwahl hundertprozentig feststand. Um Himmels willen, der Chefredakteur bittet das Weiße Haus um Erlaubnis zur Veröffentlichung und er ist auch noch stolz darauf.«

»Dann einer der Nachrichtensender. ABC, CNN, egal.«

Er lachte abermals. »Kennen Sie Jeremy Scahills Bericht über die CIA-Geheimgefängnisse in Somalia? Die Chefetage flippte aus, weil er so detailliert war. Sie haben Barbara Starr und Luis Martinez eingesetzt, um ihn zu diskreditieren. Ja, ja, ABC und CNN, unsere standfesten Wächter der Pressefreiheit.«

»Dann rufen Sie Scahill an.«

»Die Leute, mit denen wir es hier zu tun haben, werden den Agenturen einfach befehlen, ihn zu ignorieren oder ihn diskreditieren. Wir haben die Nachrichtenagenturen in der Tasche, John. Was, wie ich zugeben muss, meistens nützlich ist, und ich habe oft genug selbst davon profitiert. Aber im Moment arbeitet der Status quo gegen uns.«

»Dann eben Wikileaks.«

»Jetzt werden Sie langsam vernünftig. Aber ich habe keine Beweise. Beschaffen Sie mir welche.«

»Nein, ich will nicht noch tiefer in die Sache verwickelt werden. Ich will aussteigen.«

»Wollen Sie damit sagen, dass Sie Horton nicht dafür bezahlen lassen werden, dass er Sie zum Narren gehalten hat?«

Ich antwortete nicht.

»Glauben Sie, er würde Sie in Ruhe lassen? Sie wissen genauso gut wie ich, dass er jetzt mehr denn je vorhat, Sie zu erledigen.«

Wieder sagte ich nichts.

»Verdammt noch mal, John, lassen Sie mich helfen.«

Ich steckte in der Klemme und sah keinen Ausweg. »Verdammt noch mal. Wie?«

»Ich komme zu Ihnen. Stecke Sie in meinen Kofferraum und bringe Sie aus der Stadt.«

»Kofferraum? Wir sind zu viert. Was für einen Wagen fahren Sie denn?«

»Honda.«

»Welches Modell?«

Er schwieg eine Weile. »Civic.«

Ich betrachtete das versammelte Körpervolumen von Larison, Treven und Dox. »Unmöglich«, sagte ich.

»Du wärst überrascht, was man mit ein bisschen Gleitmittel alles in enge Öffnungen zwängen kann«, meinte Dox, der anscheinend intuitiv erspürt hatte, worum es ging.

»Haben Sie eine bessere Idee?«

»Wir sprechen hier von vier-, fünfhundert Kilogramm Körpergewicht. Nicht einmal mit einer Kettensäge und einem Mixer würden Sie uns da reinkriegen. Und selbst wenn, würde das Heck des Wagens verdächtig tief liegen.«

»Ich borge mir den Minivan meiner Schwester aus. Sie können sich alle hineinducken. Solange mich niemand aufhält, sind Sie unsichtbar. Es ist ein Siebensitzer, er wird kaum in die Federn sacken.«

Das klang vielversprechend. »Wann können Sie hier sein?«

»Wo sind Sie?«

Bei jedem anderen als Kanezaki hätte ich eine Falle vermutet. Aber ich traute ihm wie keinem außer Dox. Außerdem hatte ich keine Wahl.

»Capital Hilton«, sagte ich.

»Meine Schwester wohnt in Chevy Chase. Es ist nicht weit, aber jetzt beginnt der Berufsverkehr.«

»Können Sie sich irgendwo in der Mitte mit ihr treffen und die Autos tauschen?«

»Gute Idee. Ich werde in einer Stunde da sein. Vielleicht auch schneller. Wenn es Probleme gibt, weil ich sie nicht erreichen kann oder sie mit den Kindern unterwegs ist, rufe ich Sie an.«

»Hinterlassen Sie eine Nachricht auf der sicheren Website. Mein Telefon wird nicht mehr in Betrieb sein.«

»Gut, abgemacht.«

»Wir treffen uns auf der untersten Etage der Parkgarage. So weit weg wie möglich von den Aufzügen.«

»Verstanden. Bis dann.«

Ich trennte die Verbindung, nahm den Akku aus dem Handy und steckte es ein. Larison, Treven und Dox waren aufgestanden und auseinandergetreten. Jeder ließ die Arme mit geöffneten Händen locker herabhängen. Sie sahen aus wie Revolverhelden in einem Western, eine halbe Sekunde vor dem großen Showdown.

»Was zum Teufel geht hier vor?«, fragte Treven.

Sein anklagender Tonfall gefiel mir nicht und mahnte mich, mit größter Besonnenheit zu antworten. Vier bewaffnete, gefährliche und plötzlich misstrauische Männer in einem engen Raum … wenn diese Sache aus dem Ruder lief, dann richtig.

»Sie hatten recht«, sagte ich zu Larison. »Horton hat uns getäuscht. Shorrock wurde durch einen von Hortons Männern ersetzt und Horton selbst wird an Finchs Stelle treten. Die Regierung hat eine Art roten Terroralarm herausgegeben, dass wir vier die beiden mit Zyanid ermordet hätten. Wir wurden soeben auf die Todesliste des Präsidenten gesetzt. Und sie wissen, dass wir hier in Washington sind.«

»Horton und sein verdammtes Zyanid«, meinte Dox. »Das sollte uns also belasten und gleichzeitig der Öffentlichkeit Angst einjagen?«

Ich nickte. »Ja. Und der Witz dabei ist, dass ich es gar nicht eingesetzt habe. Und niemand sonst …«

Ich verstummte, weil mir klar wurde, dass ich etwas auf der Hand liegendes übersehen hatte. Gefährlich offensichtlich.

Trevens Augen verengten sich. »Was denn?«

Ich antwortete nicht. Mir wurde klar, dass es neben Horton genau zwei Menschen gab, die glaubten, ich hätte das Zyanid bei Shorrock verwendet: Larison und Treven. Jeder Einzelne von ihnen oder beide konnten Horton irrtümlich berichtet haben, dass ich das Zyanid eingesetzt hätte. So informiert hätte er zuversichtlich gefälschte Toxikologieberichte in Auftrag geben können. Weil er glaubte, dass sich der Zyanideinsatz nachweisen ließ, wenn sich jemand die Leichen gründlicher ansah.

»Wie haben Sie dann Shorrock erledigt?«, fragte Larison. »Ebenso wie Finch?«

Ich war beeindruckt, dass er trotz der Spannung im Raum so umsichtig und professionell neugierig bleiben konnte.

»Spielt keine Rolle«, sagte ich. Aber wenn Larison und Treven für Horton arbeiteten, wären sie in der Terrorwarnung nicht erwähnt worden, oder? Es sei denn, es sollte so aussehen, als säßen wir alle im gleichen Boot, während tatsächlich …

Treven spannte sich. Aus dem Augenwinkel sah ich, dass Dox es auch bemerkt hatte.

Es gab einen tumultartigen Moment hektischer Bewegung und dann hielten wir alle unsere Waffen in der Hand. Treven und ich hatten uns gegenseitig aufs Korn genommen. Dox zielte auf Treven. Die Mündung von Larisons Waffe war auf den Boden gerichtet, aber seine Blicke glitten zwischen Treven, Dox und mir hin und her.

»Sie glauben, ich hätte etwas damit zu tun?«, fragte Treven. »Ich bin genauso angeschissen wie Sie.«

Ich sah, dass seine Hand so wenig zitterte wie meine. »Stecken

Sie die Waffe weg, wenn sie ent-angeschissen sein wollen«, sagte ich.

Treven reagierte nicht.

Larisons Kopf ruckte hin und her. Er sah aus wie eine Klapperschlange, die sich nicht entscheiden kann, in welcher Richtung sie zuschlagen soll.

Ich schätzte, dass uns etwa zwei Sekunden blieben, bis die Spannung den Siedepunkt erreichte. Mir fiel nichts ein, wie man es verhindern konnte.

Plötzlich richtete Dox die Mündung seiner Wilson Combat auf sein eigenes Kinn. »Weg damit«, knurrte er. »Ich schwör euch, ich verteil das Gehirn dieses Niggers über die Dächer von Rock Ridge.«

Ich zwinkerte und fragte mich, *Hä?*

»Haltet ein«, sagte er. »Wenn sich einer von euch bewegt, wird der Nigger abgeknallt.«

Er sah mit gespieltem Wahnsinn und weit aufgerissenen Augen von einem zum anderen.

Larison musste erst grinsen, dann lachte er schallend. »Also schön«, sagte er. »Sie haben gewonnen. Sie haben gewonnen.« Er schob seine Pistole hinten unter den Hosenbund und hob die Hände.

Treven sah Larison an, dann glitt sein Blick zurück zu Dox. Seine Pistole blieb auf mich gerichtet. »Was zum Teufel reden Sie da?«, fragte er.

»Oh Gottchen, oh Gott«, rief Dox, jetzt in Falsettostimme. »Er ist zu allem fähig. Tut doch, was er sagt! Tut doch, was er sagt!«

»Sie sind ja verrückt«, sagte Treven, aber er senkte seine Waffe um ein paar Zentimeter. Ich folgte seinem Beispiel.

»Was denn«, sagte Dox, »habt ihr denn nie *Is' was, Sheriff* gesehen? Cleavon Little? Ich habe mich immer gefragt, ob es in echt auch funktioniert.«

Treven ließ die Pistole noch ein wenig weiter sinken. »Sie sind verrückt«, wiederholte er.

Dox hielt seine Waffe weiter auf den eigenen Hals gerichtet. »Das ist ein Film, wissen Sie? Ein sehr guter Film, in dem …«

»Ich kenne den Film«, sagte Treven.

Dox nahm die Pistole vom Hals weg und steckte sie hinten in den Hosenbund. »Ja, aber vielleicht ist Ihnen entgangen, und möglicherweise liegt es ja an der Subtilität meiner Darbietung, dass wir hier vor zwei Sekunden am Rand eines guten alten Massenselbstmords standen. Abgesehen davon, Euer Wohlgeboren wieder zu Verstand zu bringen, wollte ich genau das demonstrieren. Verstehen Sie, mir die eigene Waffe an den Hals zu halten, war eine Metapher, und …«

»Wir haben's verstanden«, sagte ich und senkte langsam die Waffe. Treven tat es mir nach.

»Will sich denn niemand bei mir bedanken, dass ich nicht auch noch die Lagerfeuerszene zum Besten gebe?«, fragte Dox.

Larison grinste immer noch und ich stellte mir vor, dass er langsam zu schätzen verstand, wie cool Dox bleiben konnte, wenn die Kacke am Dampfen war. Und wie viel Methode hinter seinem Hillbilly-Schwachsinn steckte. »Oh Bart, mein Junge, du bist ja soo talentiert«, säuselte Larison und es klang verrückt genug, dass ich dachte, es müsse ein weiteres Zitat aus dem Film sein.

»Und die sind ja so dumm«, antwortete Dox und bestätigte damit meinen Verdacht. Sie lachten laut und ich dachte, dass sie von nun an besser miteinander auskommen würden. Man kam Dox besser nicht in die Quere, doch wenn man über seine Witze lachte, hatte man einen Freund fürs Leben gewonnen.

Blieb nur noch die Frage, wie Treven reagieren würde. Ich schob die Waffe in den Hosenbund. Er zögerte, folgte aber meinem Beispiel.

»Versuchen wir lieber, cool zu bleiben«, sagte ich. »Es gibt genügend Leute, die uns umlegen wollen. Wir müssen ihnen ja nicht die Arbeit abnehmen.« Dox und Larison lachten immer noch, also richtete sich die Botschaft hauptsächlich an Treven. Und vermutlich an mich selbst.

Danach setzte ich sie über mein Gespräch mit Kanezaki ins Bild. Wir kamen überein, dass es alles in allem am sichersten wäre, wenn wir uns nicht blicken ließen, bis wir uns mit ihm in der Garage trafen.

»Ich hätte wissen müssen, dass die Sache und die Zielpersonen zu groß waren, um uns hinterher am Leben zu lassen«, meinte Dox. »Ich hab mir von dem verdammten Geld das Hirn vernebeln lassen.«

Niemand erwiderte etwas darauf. Dox sah Larison an. »Ich denke, Sie haben jetzt das Recht zu sagen: ›Hab ich's euch nicht gesagt?‹«

Larison schüttelte den Kopf. »Die Frage ist, was machen wir jetzt?«

»Genau«, sagte Treven. »Ihr Mann kann uns vielleicht fürs Erste aus dem Fadenkreuz schaffen, aber was dann?«

Ich wandte mich zu Larison. »Sie sagten, Sie wüssten einen Weg, wie man an Horton herankommt.«

Er nickte. »Wenn Sie endlich bereit sind, zuzuhören.«

Ich sah ihn an. »Das bin ich.«

»Also gut. Wir werden den Wagen Ihres Freundes brauchen. Nicht nur, um uns von hier zu verdrücken. Sondern auch, um wieder nach Los Angeles zu kommen.«

Kapitel Siebzehn

Larison weihte uns in den Schwachpunkt ein, den er entdeckt hatte. Es war Hortons Tochter.

»Sie ist Filmstudentin an der UCLA«, erklärte er. »Ihr Name ist Mimi Kei. Die Eltern sind geschieden und sie verwendet den Mädchennamen ihrer Mutter. Die Mutter ist Japanerin.«

»Aber ich habe ihn auf Wikipedia überprüft«, wandte ich ein. »Schon damals, als Sie seinen Namen in Tokio zum ersten Mal erwähnten. Außer ein paar Highlights seiner militärischen Karriere stand wenig drin, aber es hieß, er sei geschieden und hätte keine Kinder.«

»Er will nicht, dass jemand von ihr erfährt«, erwiderte Larison. »Er hat eine Menge Feinde. Darum verwendet sie vermutlich auch den Namen ihrer Mutter. So ist es viel schwieriger, eine Verbindung herzustellen.«

»Und wie ist es Ihnen gelungen?«, fragte Dox.

Larison lächelte. »Mir war immer klar, wenn mich je einer enttarnte und hinter mir her war, dann Hort, und ich wollte eine Versicherung gegen diese Möglichkeit abschließen. Nachdem ich also untergetaucht war, und noch vor der Sache mit den Foltervideos, habe ich ihn ausgekundschaftet. Ich hatte Glück und beobachtete ihn eines Tages mit einer hübschen jungen Frau beim Mittagessen in Washington. Ich folgte ihr bis zurück an die Georgetown University. Dann sah ich mich ein wenig in Facebook um und fand sie. Ihre Seite war geschützt, aber es ließ sich problemlos herausfinden, dass sie an der UCLA studierte und der Name Kei auf Horts gescheiterte Ehe zurückging. Danach bedurfte es nur noch einiger sozialer Manipulationen, um sie dazu zu bringen, eine Freundschaftsanfrage von einem Facebook-Profil zu akzeptieren, das ich selbst geschaffen hatte. Ihre Fotogalerie zeigt, dass sie enge Kontakte zu beiden Elternteilen pflegt. Und was noch wichtiger ist, Hort ist völlig vernarrt in sie. Sie sollten sein Gesicht auf den gemeinsamen Fotos sehen. Ich garantiere Ihnen, wenn wir sie als Geisel haben, tut Hort alles, was wir von ihm verlangen.«

Ich wusste, mit welcher Abscheu ich noch vor einer Stunde darauf reagiert hatte, dass die Putschisten die Familie einer Zielperson bedrohten. Und jetzt saß ich hier und dachte in denselben Bahnen. Ich hatte zwei Möglichkeiten, das zu rationalisieren: erstens, dass Horton sich, im Unterschied zu Richterin Schmalz, selbst in diese Lage gebracht hatte. Zweitens, dass unsere Drohungen gegen Mimi Kei anders als die der Putschisten nur ein Bluff sein würden.

Ich musterte Larison und begriff, dass wir, was den zweiten Punkt betraf, wohl unterschiedlicher Meinung waren. Ich musste ihn im Auge behalten, und zwar scharf.

»Und sie ist an der UCLA?«, fragte ich.

Larison nickte. »Im zweiten Jahr. Sie hat sogar jetzt während der Semesterferien Kurse belegt.«

»Daher kennt Horton sich in L. A. so gut aus«, meinte ich. »Das hat mich beide Male gewundert, als wir uns trafen. Er hat L. A. sogar selbst vorgeschlagen. Ich dachte, weil es ungefähr auf halbem Weg zwischen Washington und Tokio liegt, aber nein. Er suchte nach einem Vorwand, seine Tochter zu besuchen.«

Larison grinste wieder. »Sein kleines Mädchen.«

»Na gut«, sagte Treven, »aber wie gehen wir vor? Wir wissen nicht, wo sie wohnt, kennen ihre Gewohnheiten nicht und ich vermute, keiner von uns kennt sich an der UCLA aus. Wo schnappen wir sie uns? Wo halten wir sie fest? Ohne das richtige Handwerkszeug weiß ich nicht, wie wir, ohne brutal zu sein, sicherstellen können, dass sie ruhig und kooperativ bleibt. Hören Sie, wir werden tun, was notwendig ist, aber man weiß nicht, wie Hort reagiert. Wir müssen sie natürlich bedrohen, aber sobald wir anfangen, unsere Drohungen in die Tat umzusetzen, verlieren wir unser Druckmittel.«

»Da wäre ich mir nicht so sicher«, sagte Larison. »Im Gegenteil, ich möchte behaupten, wenn wir ihr wehtun und dann noch viel Schlimmeres ankündigen, ist das die perfekte Methode, sicherzustellen, dass Horton ganz brav und kooperativ ist. Aber ich bin zuversichtlich, dass er so oder so tun wird, was wir wollen.«

»Okay«, sagte Treven. »Nehmen wir an, wir entführen sie. Halten sie irgendwo fest, drohen ihr wehzutun, wenn Hort nicht kooperiert. Aber wie kooperieren? Selbst wenn er seine Bluthunde zurückpfeift – sobald seine Tochter in Sicherheit ist, hetzt er sie wieder auf uns. Haben Sie vor, sie für immer gefangen zu halten?«

»Nicht für immer«, erwiderte Larison. »Nur lange genug, um die Diamanten wiederzubeschaffen.«

»Sie denken immer noch an die Diamanten?«, fragte Dox. »Scheiße, mir würde es schon reichen, den Präsidenten dazu zu bringen, meinen Arsch von seiner persönlichen Todesliste zu streichen und mich nicht für den Rest meines Lebens in eines seiner Geheimgefängnisse zu stecken.«

»Das läuft auf's Gleiche hinaus«, meinte Larison. »Haben Sie schon mal überlegt, wie viel Sicherheit man sich für fünfundzwanzig Millionen Dollar kaufen kann?«

»Ich weiß, dass Sie die Diamanten zurückhaben wollen«, sagte ich. »Aber ich glaube nicht, dass wir damit allein unsere Probleme lösen können. Wir müssen unsere Lage mit klarem Blick analysieren und entsprechend handeln.«

Larison rieb sich die Hände. »Also, was machen wir?«

»Ich weiß noch nicht genau. Ich stimme Ihnen zu, dass wir uns auf die eine oder andere Weise der Tochter bedienen müssen. Wir müssen uns etwas einfallen lassen, das als … nun, wenn schon nicht als Garantie für unsere Sicherheit, dann doch zumindest als Hemmschuh für Hortons Möglichkeiten dient, seine Truppen auf uns zu hetzen. Aber das müssen wir nicht sofort klären. Wir haben auf der Fahrt noch Zeit genug dazu.«

Dox sagte: »Wow, eine Autoreise!«

Ich überprüfte die sichere Website. Kanezaki bestätigte, dass er uns planmäßig abholen würde.

»Mein Kontakt sollte in ein paar Minuten hier sein«, sagte ich. »An die Arbeit.«

Wir wischten alle Flächen ab, die wir möglicherweise berührt hatten, und lasen die Sandwichfolien und sonstigen sichtbaren Beweise unserer Anwesenheit auf. Nicht, dass jemand danach suchen würde. Trotz aller Anstrengungen hinterließen wir vermutlich einige Haare und DNA-Spuren, aber besser weniger als mehr davon.

Wir gingen zur Tür. Ich spähte durch den Spion – die Luft war rein. Ich wollte schon auf die Klinke drücken, als mir wieder die zwei Leibwächter am anderen Ende des langen Gangs einfielen. Ich zögerte.

Larison fragte: »Was ist?«

Ich drehte mich um. »Als Sie gekommen sind, standen da auf dieser Etage zwei Bodyguards am anderen Ende des Gangs herum?«

Sie schüttelten den Kopf.

Das war seltsam. Keiner von ihnen war der Typ Mensch, der so etwas übersehen hätte.

»Warum fragen Sie?«, wollte Larison wissen.

»Weil sie bei meiner Ankunft da waren. Zwei Leibwächter,

die ihre Position eingenommen haben müssen, nachdem Sie alle schon hier waren, aber vor meinem Eintreffen.«

Niemand sagte etwas, also fuhr ich fort: »Könnte natürlich Zufall sein. Einfach ein VIP, der nach euch und vor mir ankam. Aber trotzdem.«

Ich verstummte und dachte nach. Wie immer ging ich von der schlimmsten Annahme aus und das bedeutete in diesem Fall, dass Horton uns irgendwie zuvorgekommen oder den anderen gefolgt war und bereits seine Leute im Hotel postiert hatte.

Versetze dich in ihre Lage. Sie würden erwarten, dass ihr die Treppe nehmt, nicht den Aufzug. Was von ihrem Standpunkt aus perfekt wäre. Waffen mit Schalldämpfer, keine Zeugen, alle losen Enden schnell, lautlos und sauber abgeschnitten.

»Wir machen es folgendermaßen«, sagte ich. »Treven und ich treten als Erste in den Korridor. Wenn die zwei Typen, die ich gesehen habe, nur der Personenschutz irgendeines Diplomaten sind, okay, dann halten wir den Aufzug für Dox und Larison zurück und fahren alle gemeinsam runter. Wenn sie aber keine Leibwächter sind und wir ein Problem haben …«

Ich überlegte kurz. Ich wollte Treven neben mir haben, nicht hinter mir, das passte also. Aber …

Ich sah Dox und Larison an. »Wenn wir ein Problem haben, lassen Treven und ich uns fallen, um euch beiden freies Schussfeld zu verschaffen. Was immer geschieht, wir werden den Aufzug benutzen. Im Moment gefällt mir der Gedanke an die Treppe nicht. Alle einverstanden?«

Sie nickten. Ich sah noch einmal durch den Spion, dann drückte ich die Klinke mit dem Jackettärmel herunter und öffnete die Tür. Die drei anderen traten vor mir hinaus, und ich schloss die Tür so leise wie möglich hinter mir. Anschließend übernahm ich wieder die Spitze.

Ich sah Treven an. »Nicht so streng«, sagte ich leise.

Er runzelte die Stirn. »Was meinen Sie?«

»Ich meine, dass sie angespannt wirken. Selbst wenn die Typen echt sind, halten sie nach Schwierigkeiten Ausschau. Ich will nichts tun, was sie an uns erinnern könnte. Und wenn sie nicht legitim sind, sollten wir auf jeden Fall den Eindruck vermeiden, dass wir ihnen auf die Schliche gekommen sind. Solange, bis wir blank ziehen und ihnen die Schädel voll Blei pumpen. Okay?«

Sein Stirnrunzeln vertiefte sich.

»Verdammt noch mal«, sagte ich, »das ist doch keine Kritik. Entspannen Sie sich einfach und folgen Sie meinem Beispiel, ja? Entspannen.«

Wir bogen um die Ecke auf den Hauptkorridor ein. Ich sah die beiden Leibwächter an derselben Stelle stehen wie zuvor. Meine Pulsrate schaltete einen Gang höher.

»Ich hab's ihm gesagt«, meinte ich in Erinnerung an eine banale Sportunterhaltung, die ich einmal belauscht hatte. »Ich sagte: ›Was zum Teufel haben sie sich dabei gedacht, gegen Kentucky Raumdeckung zu spielen?‹ Ich meine, wer spielt denn Raumdeckung gegen Kentucky?« Tatsächlich hatte ich keine Ahnung, was das bedeuten sollte.

Eins musste man Treven lassen, er griff das Stichwort sofort auf und spielte mit. Er lachte und sagte: »Ganz meine Meinung. Jedenfalls wenn man vermeiden will, dass sie einem den Arsch versohlen, sage ich immer.«

Die beiden Leibwächter lösten sich von der Wand und kamen auf uns zu. Oder vielmehr die beiden Nicht-Leibwächter. Mein Herz hämmerte schneller.

»Und wissen Sie das Allerschönste?«, sagte ich. »Diese Ärsche schlossen Wetten ab. Gegen jemanden, der Raumdeckung gegen Kentucky spielte! Kentucky! Können Sie sich das vorstellen?«

Die Hände der beiden Nicht-Leibwächter waren leer. Aber sie trugen Anzüge, unter denen man eine Menge Metall verstecken konnte.

»Wissen Sie was?«, meinte Treven. »Solche Typen sind mir

am liebsten. Leute, die wetten, ohne nachzudenken. Glauben immer, sie wissen alles besser. Das bedeutet mehr Geld für unsereinen.«

Wir erreichten die Aufzüge. Die Nicht-Leibwächter waren noch zehn Meter entfernt. »Verzeihen Sie«, sagte der linke, dessen Augen hinter der Sonnenbrille nicht zu erkennen waren. »Würden Sie uns bitte Ihre Ausweise zeigen?«

»Ausweise?«, sagte ich in einem Ton, der besagte, dass ich noch nie etwas Dümmeres gehört hatte. Ich drückte mit dem Fingerknöchel den Aufzugknopf.

Ich bemerkte eine Bewegung am hinteren Ende des Korridors. Zwei weitere Kerle in Anzügen und Sonnenbrillen bogen um die Ecke. Diese beiden hielten Waffen in der Hand.

»Kein Problem«, sagte Treven. Er tat so, als würde er nach seiner Brieftasche greifen, aber seine Hand kam stattdessen mit einer Glock wieder zum Vorschein, und er schoss den beiden so schnell in die Stirn, dass der Erste noch nicht einmal angefangen hatte, umzufallen, als der Zweite schon sauber durchlöchert war. Das *Bäng! Bäng!* der beiden Schüsse hallte wie Donner in dem langen Gang. Ich zog die Supergrade und ließ mich so schnell zu Boden fallen, dass ich tatsächlich noch vor den zwei toten Kerlen dort ankam. Treven war dicht neben mir und feuerte ebenso wie ich bereits auf die beiden neu aufgetauchten Typen. Von hinter uns erklangen noch mehr Schüsse und die zwei Neuen zuckten plötzlich wie Marionetten unter multiplen Treffern.

Dann verklangen die Schüsse und im Korridor trat wieder Stille ein. Die Luft roch beißend nach Schießpulver. Ich warf einen Blick zurück und sah Larison und Dox geschmeidig auf uns zukommen, beide die Waffe mit einem Zweihandgriff in Augenhöhe haltend. Ich sah zu den beiden Jungs weiter hinten im Korridor. Sie lagen mit den Gesichtern nach oben auf dem Teppichboden, die Beine unter sich verdreht. Ich ließ die Supergrade auf sie gerichtet und kam dicht an der Wand auf die Füße.

Treven rappelte sich in kniende Stellung auf. Das zweite Paar, das wir eliminiert hatten, lag zu weit entfernt, um sicher zu sein, dass sie tot waren, und wir würden kein Risiko eingehen.

»War das entspannt genug?«, fragte Treven milde, ohne seine Augen und die Mündung der Glock vom Ziel zu lösen.

»Sehr entspannt«, antwortete ich.

Die Aufzugklingel ertönte – die Türen ganz links. »Scheiße«, sagte ich und unterdrückte den Impuls, mich mit gezückter Supergrade zu nähern. Falls noch mehr Gegner eintrafen, wollte ich bereit sein. Aber wenn es eine Gruppe von Zivilisten war, hätten wir ein größeres Zeugenproblem.

Andererseits, woher hätten die Typen wissen sollen, wann wir das Zimmer verlassen würden? Die Aufzüge waren zu unzuverlässig, um sie taktisch einzusetzen. Wenn es noch mehr Gegner gab, würden sie aus dem Treppenhaus kommen. Vorausgesetzt, sie lauerten uns dort nicht auf.

Ich stopfte die Supergrade wieder unter meinem Jackett in den Hosenbund, gerade als die Türen aufglitten. Ich sah in den Aufzug. Zwei Inder, jugendlich frisch, mit marineblauen Anzughosen und gestärkten weißen Hemden. Sie trugen Bänder mit Plaketten der Gesellschaft für die amerikanische Verfassung um den Hals und standen ganz hinten, von wo aus sie das Gemetzel im Gang nicht sehen konnten.

»Hi«, grüßte ich sie mit einem freundlichen Winken. Ich wollte Treven, Dox und Larison signalisieren, dass sich Zivilisten im Aufzug befanden und sie die Schießeisen so schnell wie möglich wegstecken sollten, damit wir uns verdrücken konnten.

»Nach unten?«, fragte mich einer von ihnen mit dem charakteristischen, sonnigen Akzent.

»Ja«, erwiderte ich und streckte die Hand aus, um die Türen zu blockieren. »Könnten Sie noch eine Sekunde warten?« Ich drehte mich zu Dox und Larison um und rief: »Schnell, der Aufzug hält nicht ewig.«

Wir hatten Glück, dass bis jetzt noch niemand die Nase aus seiner Tür gesteckt hatte, um zu sehen, was im Korridor los war. Vermutlich stand zu dieser Tageszeit die Hälfte der Zimmer leer, aber trotzdem mussten wir uns beeilen.

Der zweite Inder schnupperte. »Riecht es hier irgendwie komisch? Rauch, glaube ich. Als ob etwas brennt.«

»Ja«, sagte ich. »Ein Mann vom Wartungsdienst kam gerade vorbei. Er sagte, es gäbe ein Problem mit dem Lüftungssystem, kein Grund zur Beunruhigung.«

Dox, Larison und Treven drängten in den Aufzug und ich folgte ihnen. Die zwei Inder wirkten plötzlich winzig. Sie pressten sich gegen die Rückwand, aber es war trotzdem eng. Ich drückte mit dem Knöchel auf den Knopf zur Tiefgarage und die Türen schlossen sich.

»Danke«, sagte Dox mit einem Lächeln, das nach meinen Begriffen komplett irre wirkte. »Hätte nur sehr ungern auf den nächsten gewartet.«

Eine Weile sagte niemand etwas. Lediglich der unpassende Klang von Aufzugmusik wurde durch unsichtbare Lautsprecher hereingepumpt.

»Sind die Herrschaften … auch auf dem Kongress?«, fragte der erste Inder. Er sah Larison an. Offensichtlich schrie ein tief liegender Teil seines Mittelhirns: *Gefahr!* Aber er war ein durch und durch moderner Mensch und außerdem in einem Aufzug eingesperrt, also versuchte er, mit einem offensichtlichen Raubtier Konversation zu machen, statt Fersengeld zu geben, wie seine wesentlich vernünftigeren Vorfahren es getan hätten.

»Nicht direkt«, erwiderte Larison.

Der Aufzug hielt im vierten Stock. Die Spannung wurde explosiv, während wir darauf warteten, dass die Türen sich öffneten. Die Inder mussten es einfach bemerken und ich fragte mich, was sie wohl dachten.

Die Türen gingen auf. Zwei hübsche Frauen in Röcken und

Stilettos, beide mit den Schildchen der Gesellschaft für die amerikanische Verfassung um den Hals, musterten unsere Versammlung. »Schon gut«, meinte die eine. »Wir warten auf den nächsten.«

Ich wusste, dass mir vielleicht noch eine Sekunde blieb, bevor Dox die zwei Inder gegen die Rückwand quetschte, um Platz für die Damen zu schaffen. »Danke«, sagte ich und drückte den Schließen-Knopf. Die Türen glitten zu und wir setzten uns glücklicherweise wieder in Bewegung.

»Selbstverständlich sind wir Unterstützer der Verfassung«, sagte Dox. »Es ist ein erhabenes Dokument, aller Bewunderung wert. Aber tragischerweise sind wir nicht lange genug in der Stadt, um am Kongress selbst teilzunehmen. Wie steht es mit Ihnen? Es scheint, als hätten sie eine weite Reise unternommen, um dabei sein zu können.«

Ich hätte ihn am liebsten erwürgt. Wollte er denn *unbedingt*, dass die Zwei sich an uns erinnerten?

»In der Tat, wir kommen aus Neu Delhi«, sagte der zweite Typ. »Wir studieren gangbare Wege, unsere eigene Verfassung in Indien zu verbessern. Und wir machen oft Witze darüber, dass ihr Amerikaner uns doch eure borgen könntet, weil ihr ja keine Verwendung mehr dafür zu haben scheint.«

Die Aufzugklingel ertönte und wir hielten auf der Lobbyebene. Treven und ich traten hinaus, während Larison und Dox sich gegen die Seitenwände drückten, damit die Inder aussteigen konnten.

»Also, auf Wiedersehen«, sagte der erste.

»Und einen schönen Tag noch«, fügte der zweite hinzu.

»Desgleichen«, erwiderte Dox. »Ich danke Ihnen für Ihre Hochachtung vor unserer Verfassung. Schön zu wissen, dass wenigstens irgendjemandem noch etwas daran liegt.«

Die Türen schlossen sich. »Meine Güte«, sagte ich. »Warum hast du ihnen nicht gleich unsere Visitenkarten gegeben? Oder unsere Telefonnummern?«

Er sah verletzt drein. »Ich versuche nur, ein guter Botschafter unseres Landes zu sein, Mann. Die beiden sind einen weiten Weg gekommen und zu einem sehr ehrenwerten Zweck.«

»Ja, und in ungefähr einer halben Stunde, wenn sie der Hotel-Sicherheitsdienst, die Metro Police und der JSOC nach irgendwelchen Scheiß-Attentätern befragen, werden sie sich sehr deutlich an vier Männer erinnern, die im neunten Stock zugestiegen sind, dem Stockwerk, wo vier von Schüssen durchsiebte Leichen gefunden wurden und wo es nach Schießpulver stank.«

Eine lange Sekunde verstrich. Dox sagte: »Tja, so ausgedrückt kann ich dir irgendwie folgen.«

Die Aufzugklingel ertönte wieder. Tiefgarage. Wir griffen alle nach hinten an den Hosenbund und drückten uns an die Seitenwände.

Die Türen glitten auf. Wir vergewisserten uns links und rechts, ob die Luft rein war. Alles ruhig, alles klar. Wir stiegen aus und hielten ausreichend Abstand voneinander, um einen möglichen Hinterhalt zu erschweren. Wir waren alle hyperwachsam. Ständig fragte ich mich: *Wie zum Teufel konnten sie uns hier aufspüren?* Aber ich schob den Gedanken beiseite. Das Problem war erst einmal, heil davonzukommen. Über den Rest konnten wir uns später den Kopf zerbrechen.

Die Garage war vollgeparkt, wahrscheinlich wegen des Kongresses, und ein Angriff wäre aus jeder Richtung möglich gewesen. Überall konnten Gefahren lauern – hinter jedem geparkten Wagen, jeder Stützsäule. Als wir das rückwärtige Ende erreichten, fühlte sich die Betonwand in meinem Rücken so erfrischend an wie ein kaltes Glas Wasser nach einem Treck durch die Wüste.

Larison blickte sich um. »Ihr Kontaktmann ist nicht da.«

Ich sah auf die Uhr. »Geben wir ihm noch ein paar Minuten. Könnte ein Stau sein, könnte alles sein.«

»Mir gefällt das nicht«, sagte Treven. »Wenn das wieder eine

Falle ist, sitzen wir fest. Suchen wir uns einen Wagen, schließen ihn kurz und machen, dass wir von hier wegkommen.«

»Wenn es sein muss«, gab ich zurück. »Aber wenn wir nicht die Schranke durchbrechen wollen, brauchen wir ein Auto, in dem der Parkschein liegt. Außerdem müssten wir eines finden, das alt genug ist, um es kurzzuschließen, und das schränkt die Auswahl ziemlich ein. Und ja, natürlich könnten wir behaupten, wir hätten den Parkschein verloren, aber diesen Dialog würde ich uns gerne ersparen, wenn er sich vermeiden lässt. Warten wir noch ein paar Minuten.«

Wie auf's Stichwort quietschten Reifen auf dem glatten Beton am anderen Ende der Garage. Ein silberner Minivan. Getönte Scheiben. *Komm schon*, dachte ich. *Kanezaki.*

Der Van näherte sich. Kanezaki? Die Leuchtstoffröhren spiegelten sich auf der Windschutzscheibe, ich konnte nichts erkennen.

Ich spürte, wie die Luft vor Anspannung knisterte, während der Van näherkam. Wir hatten sicher alle dasselbe Bild vor Augen: Wie die Schiebetür aufglitt und wir von Maschinengewehrfeuer durchsiebt wurden.

Der Van schwenkte herum und kam direkt vor uns zum Stehen. Man konnte durch die getönten Fenster nicht das Geringste erkennen. Keiner von uns hatte bis jetzt seine Waffe gezogen, aber wir waren bereit …

Das Fenster der Beifahrertür glitt herunter und eine attraktive, junge, asiatische Frau mit schulterfreiem Top, Shorts und Pferdeschwanz beugte sich herüber. »Ich bin Toms Schwester«, sagte sie. »Wie ist das Wetter?«

Ich war so verblüfft, dass es mir fast die Sprache verschlagen hätte. Sie hatte ihre Vertrauenswürdigkeit bewiesen und wollte sich jetzt meiner versichern. War sie eine Agentin? Hatte Kanezaki sie ausgebildet? Und warum war sie an seiner Stelle gekommen?

»Äh, regnerisch …«, meinte ich. »Rain.« Ich hoffte, das war die Antwort, die sie erwartete.

Sie nickte. »Steigen Sie ein.«

Die Schiebetür glitt auf. Zwei kleine Mädchen in Kindersitzen saßen in der mittleren Reihe. Sie waren von einer sehr anziehenden asiatisch-kaukasischen Mischung und beäugten uns neugierig.

»Sind Sie … wo ist Tom?«, fragte ich.

»Er wurde aufgehalten. Hören Sie, ich bin ein bisschen in Eile, okay? Muss die Mädels hier bis sechs zum Training bringen und ich hatte nicht erwartet, einen Umweg über die Innenstadt zu fahren.«

»Gut.« Ich warf den anderen einen Blick zu. Ihren Gesichtern war anzusehen, dass sie die Szene genauso surreal empfanden wie ich.

Larison brach das Schweigen. »Kommen Sie«, sagte er zu Treven. »Wir gehen nach hinten.«

Irgendwie gelang es ihnen, sich in die letzte Sitzreihe zu zwängen. Dox nahm den Mittelsitz in der zweiten Reihe, zwischen den beiden Mädchen. Ich stieg vorne ein.

Kanezakis Schwester fuhr zum Ausgang. Es gab automatische Schranken, an denen sie eine Kreditkarte hätte verwenden können, aber entweder war sie zu schlau dafür oder Kanezaki hatte sie entsprechend instruiert. Vielleicht war es auch einfach Glück. Wie auch immer, sie nahm die Spur mit einem Zahlhäuschen, in dem eine gelangweilte Latina saß.

»Ich glaub's einfach nicht«, sagte sie zu der Latina, »aber ich bin in die falsche Garage abgebogen.«

Ich blickte stur geradeaus, aber aus dem Augenwinkel sah ich, wie sie der Angestellten ihr Ticket gab. Wir warteten.

»Okay, kein Problem«, sagte die Latina. Die Schranke hob sich.

»Danke«, erwiderte Toms Schwester und wir fuhren hinaus in die Saunahitze.

»Wie soll ich Sie nennen?«, fragte ich.

Sie setzte eine Sonnenbrille auf und bog rechts auf die L-Street ab. »Ich heiße Yuki-e. Die meisten Leute nennen mich Yuki.«

Ich bemerkte eine Tätowierung an ihrer rechten Schulter. Zwei *Kanji*-Zeichen: eines für Liebe, das andere für Krieg. Liebe zum Krieg? Militanz? Es war kein richtiges Wort, eher so ein Neologismus, wie er von *Otaku* – Computerfreaks – und *Bosozoku* – Motorradgangs – bevorzugt wurde, daher war ich nicht sicher, was es bedeutete.

»Okay, Yuki. Vielen Dank.«

»Keine Ursache.«

»Wo ist Ihr Bruder?«

»Hoffentlich unterwegs zur White Flint Mall in Maryland. Dort soll ich Sie hinbringen und wenn er noch nicht da ist, setze ich Sie einfach ab. Tut mir leid, aber ich bin sowieso schon spät dran.«

Sie bog wieder rechts ab, diesmal auf die 15. Straße. Sie setzte lange vorher den Blinker. Entweder war sie eine sehr vorausschauende Fahrerin oder sie wollte keinem Cop auch nur den geringsten Grund liefern, den Van anzuhalten. Oder beides.

»Sie haben … vorhin sehr kompetent gewirkt«, sagte ich. »Wenn ich das so sagen darf.«

Sie warf mir einen Seitenblick zu, dann sah sie wieder auf die Straße. »Hören Sie, ich bin nicht blöd, ja? Wenn Tom im Außenministerium arbeitet, seid ihr vier das schwedische Eiskunstlaufteam. Er ist mein Bruder und ich schulde ihm eine Menge. Belassen wir es dabei.«

Sie blinkte wieder und wir bogen rechts auf die K-Street ab.

Das kleine Mädchen auf der Beifahrerseite fragte: »Wie heißen Sie, Mister?«

Ich drehte mich um, aber sie meinte Dox.

»Meine Freunde nennen mich Dox, meine Süße. Kurz für unorthodox. Du darfst mich auch so nennen, aber nur wenn wir Freunde werden.«

»Das können wir«, kicherte sie.

»Abgemacht«, sagte er. Er schüttelte ihr mit gespielter Förmlichkeit die Hand. »Und wie darf ich dich nennen?«, fragte er.

»Ich bin Rina.«

»Rina. Was für ein hübscher Name. Freut mich, dich kennenzulernen, Rina.«

Das Mädchen auf der anderen Seite sagte: »Und ich bin Rika.«

Dox drehte sich zu ihr um und reichte auch ihr die Hand. »Ich glaube nicht, dass ich schon einmal zwei so hübschen Mädchen begegnet bin. Seid ihr Zwillinge?«

Rika sagte: »Ja!«

Rina widersprach: »Sind wir nicht! Ich bin sechs und sie ist vier!«

Rika fragte: »Warum können wir nicht Zwillinge sein?«

Rina sagte: »Sag's ihr, Dox. Es ist, weil Zwillinge gleichzeitig auf die Welt kommen müssen.«

Und so ging es weiter.

Sie waren unglaublich süß. Ich dachte an meinen Sohn, Koichiro. Er war jetzt in ihrem Alter. Die beiden hatten nie jemandem etwas getan. Unschuldigere Wesen konnte man sich kaum vorstellen. Und ich hatte sie in Gefahr gebracht.

»Tom ist ein guter Mensch«, sagte ich zu Yuki, als wir rechts auf die Connecticut Avenue abbogen und nordwestlich auf die Grenze zu Maryland zuhielten.

»Sie nickte. »Er ist ein guter Bruder.«

»Aber ich glaube … ich glaube nicht, dass ihm klar war, in was Sie da hineingeraten könnten. Es gab ein … ein Problem im Hotel. Sie werden es wahrscheinlich heute Abend in den Nachrichten sehen.«

»Ehrlich. Ich will nichts davon wissen.«

»Was ich sagen will: Wenn es in der Garage Überwachungskameras gab, die Ihre Nummernschilder aufgezeichnet haben, stecken Sie in Schwierigkeiten. Die Leute, die hinter uns her sind, werden wissen wollen, was Sie dort zu suchen hatten.«

»Dann war es eine gute Idee, die Nummernschilder auszutauschen.«

»Was haben Sie?«

»Hören Sie, ich war nicht immer die eingefleischte Berufsmutti, die Sie jetzt vor sich sehen, ja? Ich sagte doch, ich bin nicht blöd. Ich habe mir einen Satz auf einer hübschen, begrünten Nebenstraße ohne Kameras ausgeborgt. Und mit ein bisschen Glück bringe ich sie zurück, bevor sie jemand vermisst. Wenn ich Sie abgesetzt habe, wird es also so sein, als wären wir uns nie begegnet.«

Ich konnte mich eines Lächelns nicht erwehren. »Nun, ich freue mich dennoch, Sie kennengelernt zu haben.«

Sie warf mir einen amüsierten Seitenblick zu. »Nicht flirten, ja? Vergessen Sie nicht, ich bin eine Berufsmutti aus der Vorstadt.«

Ein Telefon klingelte. Ich senkte den Blick und sah ein Gerät im Dosenhalter blinken. Sie griff danach, warf einen Blick darauf und gab es an mich weiter. »Für Sie«, sagte sie. »Es ist Tom.«

Ich klappte es auf. »Hey.«

»Dann sind Sie jetzt bei meiner Schwester.«

»Ja.«

»Ich bin unterwegs zu dem Ort, wo sie Sie hinbringt. Der Verkehr ist mörderisch, aber ich sollte nicht länger als eine halbe Stunde brauchen. Dann können wir reden.«

»Wir brauchen ein Fahrzeug. Und ein Civic tut es nicht.«

»Schon arrangiert. Bis dann.«

Er unterbrach die Verbindung. Ich stellte das Telefon wieder in den Dosenhalter. »Klingt, als wären wir im Zeitplan«, meinte ich.

»Gut.«

Die Fahrt zum Einkaufszentrum dauerte etwa vierzig Minuten. Dox unterhielt die Kinder mit Geschichten von Fallschirmabsprüngen und was passierte, wenn der Schirm sich nicht öffnete, bestand darauf, dass sie Geduld haben und warten mussten, bis sie älter waren, bevor sie es selbst versuchten, und gab ihnen den Rat, ihre Mutter um Erlaubnis zu fragen, bevor sie mit ihm durchbrannten. Ich beneidete ihn. Ich hatte nie gut mit Kindern umgehen können. Ich glaube, es liegt daran, dass sie Dinge spüren, die Erwachsene zu unterdrücken gelernt haben.

Yuki bog rechts auf den Parkplatz ab und umrundete ihn gegen den Uhrzeigersinn zu einem Ausweichparkplatz. Er lag am weitesten vom Einkaufszentrum entfernt und war fast leer. Ich nahm an, dass die wenigen Autos den Angestellten gehörten, weil Kunden der lange Weg über das brütend heiße Pflaster zu lästig war. Eines der Fahrzeuge war ein großer *U-Haul*-Umzugslaster. Es kam mir ein wenig komisch vor, dass er vor einem Einkaufszentrum parkte, noch dazu so weit vom Gebäude entfernt, und ich fragte mich, ob Kanezaki das mit »schon arrangiert« gemeint hatte.

So war es tatsächlich. Als wir näherkamen, schwang die Fahrertür auf und Kanezaki stieg aus. Er sah aus wie jede durchschnittliche Arbeitsdrohne aus Washington auf dem Nachhauseweg vom Büro – ohne Jackett, Krawatte gelockert, die Haut ein wenig ölig vom wiederholten Wechsel zwischen klimatisierten Gebäuden und dem Brutkasten außerhalb. Er trug immer noch die Nickelbrille, war aber etwas dünner, als ich ihn in Erinnerung hatte, und in seinen Augen und Gesichtszügen lag eine neue Reife. Immer noch derselbe Mann, dem ich vor vielen Jahren in Tokio zum ersten Mal begegnet war, aber nicht mehr der jugendlich frische, idealistische Knabe. Er hatte sich seitdem mit der realen Welt herumgeschlagen und das hinterließ Spuren.

Yuki hielt neben dem Lastwagen an. Ich stieg aus und schüttelte Kanezaki die Hand. »Schlüssel stecken«, sagte er, wortkarg wie immer. »Ihr solltet fahren.«

»Haben Sie etwas Neues für mich?«

Er winkte Yuki zu. »Reicht der Laster nicht?«

»Sie wissen schon, was ich meine.«

»Nein. Keine neuen Infos. Wenn ich etwas erfahre, lade ich es auf das Bulletin-Board.«

»Was machen wir mit dem Lastwagen? Wann muss er zurück?«

»Ich habe ihn für einen Monat gemietet. Dann ist der Druck hoffentlich weg und wir können uns etwas damit überlegen. Der Vertrag liegt im Handschuhfach.«

Die Schiebetür des Vans glitt auf und Rina und Rika riefen: »Onkel Tomo!«

Kanezaki winkte ihnen zu.

Ich sagte: »Onkel Tomo?«

Er zuckte die Achseln. »Eine Abkürzung für Tomohisa, Sie wissen schon. Onkel Tom würde irgendwie komisch klingen.«

Dox zwängte sich aus dem Van und schüttelte Kanezaki die Hand. »Schön, Sie zu sehen, Mann«, meinte er. »Anscheinend helfen Sie uns immer wieder aus der Patsche.«

»Und immer für eine Gegenleistung«, fügte ich hinzu.

Larison und Treven stiegen ebenfalls aus. Rina rief: »Onkel Tomo, was machst du hier?«

»Eure Mom holt mich ab, meine Süße! Ist eine lange Geschichte. Ich erzähle sie euch unterwegs.«

Er wandte sich zu uns um. »Ich weiß nicht, wohin Sie wollen, und das ist auch besser so. Sehen Sie nur zu, dass Sie möglichst schnell Land gewinnen. Man wird in der Stadt jeden Stein nach Ihnen umdrehen.«

Larison beäugte den Lastwagen. »Ich mag Ihren Geschmack, was Fahrzeuge betrifft.«

Kanezaki nickte. »Niemand bemerkt einen Umzugslaster. Der da hat Nummernschilder aus Wyoming und würde selbst hier in

Maryland nicht auffallen. Außerdem können sich zwei oder sogar drei von Ihnen während der Fahrt im Laderaum verstecken. Es wird nach vier Männern gesucht, man sollte Sie also besser nicht zusammen sehen. Und da wir gerade davon sprechen – Sie müssen los.«

»Meine Herren«, sagte Dox. »Das wird da hinten wie in der Sauna. Jemand was dagegen, wenn ich fahre?«

Niemand erhob Einwände. Dox stieg vorne ein, Treven und Larison hinten im Laderaum.

»Ich hatte keine Zeit, Wasser oder sonst etwas zu besorgen«, sagte Kanezaki. »Der Tank ist voll und ich habe ein paar Kisten und Rollen mit Luftpolsterfolie gekauft, damit ihr hinten etwas zum Sitzen habt, aber das ist alles. Wenn es dunkel wird und ihr weit genug von der Stadt entfernt seid, könnt ihr einkaufen, was ihr sonst noch braucht. Ich melde mich, sobald ich neue Informationen habe.«

»Es gab ein Problem im Hotel«, sagte ich.

Er sah mich angespannt an. »Was meinen Sie?«

»Vier Leute. Sie müssen zu Hortons Truppe gehört haben. Irgendwie ist es ihnen gelungen, uns zu folgen, oder sie haben uns bereits erwartet. Sie haben den Kürzeren gezogen. Sie werden sicher bald mehr davon hören.«

Er sagte nichts. Aber sein Blick glitt zum Van. Zu seinen Nichten.

»Ihre Schwester scheint ziemlich clever zu sein«, sagte ich. »Sie hat mir erzählt, dass sie sich die Nummernschilder eines anderen Autos aus einem Vorort ausgeborgt hat. Es muss Zehntausende derartiger Vans in der Umgebung von Washington geben. Sie ist in Sicherheit. Man kann sie nicht aufspüren.«

Er wischte sich den Schweiß von der Stirn und strich sich mit den Fingern durchs Haar. »Mein Gott. Ich wusste nicht … mein Gott.«

Er ging zum Van und schob die Seitentür zu, dann stieg er auf der Beifahrerseite ein. Ich trat zu ihm und er fuhr die Scheibe herunter.

»Danke«, sagte ich. »Ihnen beiden.«

Yuki sah mich an und ich hätte schwören mögen, dass sie beinahe lächelte.

»Ich will gar nichts wissen«, meinte sie kopfschüttelnd. Dann zeigte sie auf Kanezaki und sagte: »Wir sind quitt, Mr. Außenministerium.«

Er nickte grimmig. »Kann man sagen.«

Ich fragte mich, was zum Teufel er für sie getan hatte. Was es auch war, er hatte seinen Schuldschein eingefordert und sie hatte bezahlt.

Hoffentlich nicht zu einem höheren Zinssatz, als sie erwartet hatte.

Kapitel Achtzehn

Auf dem Weg aus Maryland hinaus mieden wir die Interstates und überquerten an der Point-of-Rocks-Brücke den Potomac in nordwestlicher Richtung, weitab vom Beltway und der Route 95. Dox fuhr, während ich Beifahrer spielte. Die Sonne stand schon tief am Himmel, aber es würde noch eine ganze Weile hell bleiben. Ich sehnte mich nach der Dunkelheit. Jeden Moment erwartete ich, eine ganze Phalanx von Polizeiwagen hinter uns einschwenken zu sehen, mit funkelndem Blaulicht und heulenden Sirenen. Das war natürlich eine absurde Vorstellung, aber das waren die vier Typen im Hilton auch gewesen. Nur über eines war ich mir klar, je weiter wir uns von der Stadt entfernten, desto sicherer würde ich mich fühlen.

Wir ließen das Radio eingeschaltet, um zu hören, ob es etwas Neues über die Schießerei im Hotel gab. Die Berichte waren wirr und unvollständig. Zeugen behaupteten, Schüsse gehört zu haben. Die Polizei hatte das Hotel abgeriegelt und die Cops sagten wenig mehr, als dass sie eine mögliche Schießerei untersuchten. Vielleicht war das Routine, aber es konnte auch sein, dass Horton hinter den Kulissen die Fäden zog und die Leute vor Ort im Namen der »nationalen Sicherheit« unter Druck setzte, um Identität und Auftraggeber der Toten zu verschleiern.

Wir sprachen über die Ereignisse im Hotel und die offensichtliche Lücke in unseren Sicherheitsvorkehrungen. Solange wir sie nicht identifiziert hatten, mussten wir davon ausgehen, dass das Problem weiter bestand. Das unterschwellige Gefühl einer Verwundbarkeit, die uns jederzeit wieder treffen konnte, war schwer erträglich.

»Und du bist sicher, dass euch niemand verfolgt hat?«, fragte ich, während wir dahinfuhren.

»Verdammt, ja«, erwiderte Dox. Wir haben vom Flughafen aus einen gründlichen Gegenaufklärungsgang gemacht. Mehrfacher Taxiwechsel, U-Bahn-Fahrt, du kennst ja die Routine. Niemand hätte uns unbemerkt folgen können.«

Ich unterdrückte das Verlangen, ihm zu sagen, dass er den Flughafen grundsätzlich hätte meiden sollen. Aber ich erkannte darin einen Anfall unproduktiver Besserwisserei. Außerdem, wenn ihnen niemand gefolgt war, war ihnen niemand gefolgt.

»Du hast gesagt, ihr wart auf einer Waffenmesse«, meinte ich. »Wie ist es damit?«

»Danach haben wir dieselbe Abschüttelungsroutine durchgeführt. Ausführlicher GAG. Hundert Prozent sauber.«

»Und was ist mit …«

»Dem Hotel, ja? Ich habe es von einer Tankstelle aus gebucht, in Merryfield in Virginia. Nachdem ich bereits verdammt sicher war, dass wir sauber sind.«

»Also gut, aber was ist mit …«

»Unsere Handys waren die ganze Zeit ausgeschaltet. Larison hat es doppelt kontrolliert. Der Junge ist genauso paranoid wie du.«

Ich überlegte. »Meinst du, er oder Treven könnte Horton den Tipp gegeben haben?«

»Schwer zu sagen. Vielleicht sollten die Killer im Hotel ja nur uns beide umlegen, nicht die zwei anderen. Aber falls ja, hat der Informationsfluss nicht funktioniert, denn Larison und Treven haben sie in Stücke geschossen. Du warst ja dabei.«

Ich nickte frustriert und wütend. Aufgespürt zu werden, wenn man meint, alle Spuren verwischt zu haben, ist eines der schlimmsten Gefühle überhaupt.

»Weißt du, was ich glaube?«, fragte Dox.

»Sag's mir.«

»Ich glaube, wir treten in ein Zeitalter ein, wo Freischaffende wie du und ich ernsthaft über die Vorzüge des Ruhestands nachdenken sollten. Ich meine, es gibt mittlerweile einfach zu viele Methoden, wie der Feind uns aufspüren kann. Videoüberwachung überall, Spionagedrohnen über amerikanischen Städten, die NSA späht die eigenen Bürger aus. Regierung, Internet- und Telekommunikationsgesellschaften arbeiten Hand in Hand, Satelliten und Supercomputer verarbeiten die Daten … Ich denke, wir leben in einer Welt, wo der Große Bruder einen findet, wenn er einen finden will. Und das heißt, man arbeitet entweder für den großen Bruder oder überhaupt nicht.«

Ich antwortete nicht. Vielleicht hatte er recht. Vielleicht hatte die Entwicklung einen Punkt erreicht, wo es keinen Platz mehr für Männer wie uns gab. Vielleicht waren wir Relikte, Anachronismen, Zahnrädchen einer großen Maschinerie, die keine Verwendung mehr für uns hatte und uns ausspuckte, um noch sinnloser und unerbittlicher denn je funktionieren zu können.

Kurz vor Culpeper dämmerte es endlich und wir hielten zum Tanken an und um auf die Toilette zu gehen. Treven und Larison waren schweißgebadet, aber sie erklärten sich bereit, noch eine Weile hinten zu verbringen, weil sie schon daran gewöhnt waren. Ich fasste die Radionachrichten für sie zusammen, aber viel gab es da nicht zu erzählen. Wir diskutierten kurz, wer einkaufen sollte. Treven hatte grüne Augen, Larison strahlte diese Aura von Gefahr aus und ich war Asiate. Außerdem wirkten Treven und Larison, als kämen sie geradewegs aus dem Dampfbad. Damit blieb Dox als der Unauffälligste von uns Vieren übrig. Er kaufte einen Straßenatlas, einen Haufen Wasserflaschen und ein paar Müsliriegel und dann rollten wir wieder los in die langsam kühler werdende Nacht.

Wir fuhren eine Weile nach Süden, ohne dass im Radio etwas anderes kam als Lokalnachrichten und Verkehrsmeldungen. Dann wurde die gelangweilte Stimme des Ansagers plötzlich eindringlich.

»Soeben erreicht uns eine Eilmeldung«, sagte er. »Es gibt Berichte über einen Anschlag auf das Weiße Haus. Ein Selbstmordattentat.«

»Allmächtiger Gott«, meinte Dox und drehte die Lautstärke hoch.

Der Sprecher sagte: »Polizei und Rettungskräfte treffen nach und nach am Schauplatz ein. Es gibt Berichte über Schwerverletzte. Nach unseren Informationen hat bisher niemand die Verantwortung für den Anschlag übernommen. Es ist unklar, ob sich der Präsident gegenwärtig im Weißen Haus aufhält oder nicht.«

»Was zum Teufel redet der da?«, fragte ich. »Das Weiße Haus ist eine Festung. Ein Selbstmordanschlag? Das ergibt überhaupt keinen Sinn.«

»Vielleicht wieder ein Flugzeug?«

»Das hätten sie gesagt.«

Er warf mir mit grimmiger Miene einen Seitenblick zu, dann sah er wieder auf die Straße. »Egal, was es ist: sieht so aus, als hätten wir den Weg dafür bereitet. Verdammt. Gottverdammt noch mal. Sollen wir anhalten und Larison und Treven Bescheid sagen?«

»Nein, fahr weiter. Das Ereignis hätte stattfinden sollen, während wir noch in der Stadt waren, begreifst du? Jetzt ist sie vollständig abgeriegelt. Ich möchte wetten, dass bereits Einheiten der Nationalgarde den Verkehr auf dem Beltway und überall sonst stoppen. Je weiter wir von dem weg sind, was jetzt in Washington geschieht, desto besser.«

Ich versuchte mir einzureden, dass es nicht unsere Schuld war. Aber Dox' Worte ließen mir keine Ruhe.

Egal, was es ist: sieht so aus, als hätten wir den Weg dafür bereitet.

Wir fuhren weiter und sperrten die Ohren auf. Aber es kam nichts Neues, nur Variationen des bereits Gesagten, in einem Tonfall, der zwischen Hysterie und Ekstase schwankte. Erst ganz allmählich kristallisierten sich die Tatsachen heraus. Es hatte sich nicht um einen Anschlag auf das Weiße Haus direkt gehandelt, sondern auf einen der Wachposten davor. Es gab viele zivile Opfer und ein Stück des eisernen Zauns, der das Gelände schützte, war zerstört worden. Anscheinend ging es dem Präsidenten gut. Er befand sich im Weißen Haus und würde um neun Uhr eine Rede an die Nation halten.

»Hauptsendezeit«, kommentierte Dox angewidert. »Hübscher Zufall.«

In Buckingham, Virginia, verließen wir die Route 15 und bogen nach Westen ab. Kurz, bevor wir Appomattox erreichten, ging der Präsident auf Sendung.

»Wir alle wissen, was heute Abend geschehen ist«, begann er. »Ein feiges Individuum hat sich vor dem Weißen Haus in die Luft gesprengt und dabei zahllose unschuldige Bürger ermordet und verletzt. Niemand im Weißen Haus selbst kam zu Schaden und bis auf geringfügige Beschädigungen am Außenzaun war die Sicherheit des Gebäudes nie gefährdet.

Wir wissen noch nicht genau, wer für diese abscheuliche Tat verantwortlich ist. Aber seien Sie versichert, Militär, Polizei und Geheimdienste unseres Landes werden diese Frage bald beantworten können. Und wenn sie ihre Arbeit getan haben, werden wir die Verantwortlichen der Gerechtigkeit zuführen.«

»So nennen sie heutzutage Militäraktionen«, knurrte Dox. »Gerechtigkeit. Klingt eben besser als Invasion, Bombardierung und Schlächterei.«

»Pst.«

»Und nun möchte ich auf ein Gerücht zu sprechen kommen«, fuhr der Präsident fort. »Bevor der Terrorist sich in die Luft sprengte, soll er ›*Allahu Akbar*‹ geschrien haben, was auf Arabisch ›Gott ist groß‹ bedeutet. Doch dafür gibt es bisher keine Bestätigung und es ist unverantwortlich von den Medien, dieses Gerücht vor seiner Verifizierung zu verbreiten, als würde es sich um eine Tatsache handeln.«

»Gerücht?«, meinte Dox. »Wer hat es denn in die Welt gesetzt? Der Präsident, gerade eben, würde ich sagen!«

»Genau das tut er, entweder bewusst oder weil er dahin gehend beeinflusst wird.«

»Ja, aber wie zum Henker …?«

»Pst. Er spricht weiter.«

»Unsere Aufgabe heute Nacht jedoch«, fuhr der Präsident fort, »ist es, für die Opfer und ihre Familien zu beten. Und den Männern und Frauen unserer bewaffneten Streitkräfte und Geheimdienste zu danken, die während ich hier spreche ihr Leben riskieren, um unsere Heimat und unsere Freiheit zu schützen. Lasst uns auch für sie beten.«

Die Reporter schrien ihre Fragen durcheinander, aber der Sprecher ging wieder auf Sendung und verkündete, dass der Präsident die Pressekonferenz verlassen hätte.

Dox warf mir einen Blick zu, dann sah er wieder geradeaus. »Was zum Henker sollen wir tun?«

»Ich weiß nicht.«

»Es ist mir ernst, John. Ich meine … die Scheiße, in der wir hier stecken, stinkt zum Himmel.«

»Ja.«

»Hör mal, Terroranschläge unter falscher Flagge? Und uns werden sie in die Schuhe geschoben? Verzeih mir, wenn ich wie ein Schwarzseher klinge, aber ich kann nicht klar erkennen, wie wir aus der Sache wieder herauskommen sollen.«

»Du klingst wirklich wie ein Schwarzseher.«

Er lachte leise. »Okay, dann heitere mich auf.«

»Ich arbeite daran.«

»Ganz zu schweigen von …«

»Ich weiß. Wir haben den Weg bereitet.«

Wir hielten erst in Roanoake wieder an. Es war fast Mitternacht und wir fuhren schon seit über acht Stunden. Dox und ich informierten Treven und Larison über den Vorfall vor dem Weißen Haus. Niemand gab einen Kommentar ab, aber ich wusste, dass alle das Gleiche dachten: Wir waren am Arsch.

Wir kauften Fast Food, tankten auf und kamen überein, die Plätze zu tauschen. »Es ist gar nicht so schlimm«, sagte Treven. »Viel kühler als vorhin, und das mit der Luftpolsterfolie war eine gute Idee von Ihrem Freund. Ist ziemlich bequem, wenn man sich drauflegt.«

Dox und ich sprachen über unser Unbehagen, hilflos und blind im Laderaum eingeschlossen zu sein, während Treven und Larison fuhren. Wenn jemand draußen ein Schloss vorhängte, verwandelte der Laster sich in ein Gefängnis. Nicht, dass einer von uns ein Vorhängeschloss dabei oder die Zeit gehabt hätte, eines zu beschaffen, aber dennoch. Letzten Endes spielte es keine Rolle, denn welche Wahl blieb uns schon? Keiner konnte riskieren, mit öffentlichen Verkehrsmitteln zu fahren. Dox hatte es auf den Punkt gebracht: Es war unmöglich, sich vor dem modernen Überwachungsstaat auf Dauer zu verstecken. Und Larison hatte recht damit, dass der Erste von uns, der sich absetzte, auch der Erste war, der geschnappt wurde. Wenn wir aus der Sache mit heiler Haut herauskommen wollten, blieben wir am besten zusammen, bis wir einen Weg fanden, zurückzuschießen.

Treven und Larison war es egal, was sie aßen, deshalb war ich froh, als Dox am Morgen des zweiten Tages darauf bestand, uns in einem Bioladen in den Außenbezirken von Nashville mit ausreichend Verpflegung zu versorgen, um gemütlich bis zum Pazifik zu kommen. Dann fuhren wir zu einem Wal-Mart und beschafften ein paar Futons und Schlafsäcke für den Laderaum. Die Futons halfen, aber Dox hatte recht gehabt: Wenn die Sonne hoch am Himmel stand, war es da hinten wie in einer verdammten Sauna, und es gab keine praktikable Abkühlungsmöglichkeit. Wir überlegten, Säcke voll Eis zu kaufen, entschieden uns aber dagegen. Wir wollten nicht riskieren, dass abfließendes Schmelzwasser die Aufmerksamkeit einer Verkehrsstreife erregte.

Später hielten wir bei einem Starbucks, wo ich mich in das kostenlose WiFi einklinkte, um das sichere Bulletin-Board abzufragen. Halb erwartete ich eine Nachricht von Horton, der das Unerklärbare zu erklären versuchte. Aber inzwischen musste ihm klar geworden sein, wie sinnlos das unter den Umständen war. Er hatte uns benutzt und dann versucht, uns abzusägen wie die losen Enden, die wir jetzt darstellten. Wir wussten, er würde es wieder versuchen, und er wusste, dass wir ihn vorher auslöschen wollten. Der Spielstand war so eindeutig, dass jedes weitere Wort sinnlos gewesen wäre, geradezu absurd.

Kanezaki aber hatte eine Nachricht geschickt. Er beschrieb den Anschlag auf das Weiße Haus, den die Medien nach den ersten, wirren Berichten mehr oder weniger korrekt darstellten. Und er sagte, dass die NSA angeblich Botschaften über weitere Anschläge abgefangen hätte. Es gab Gerüchte, dass der Präsident einen massiven Gegenschlag in Erwägung zog. Kanezaki wollte, dass ich ihn zurückrief, aber ich schrieb, dass das nicht möglich war, erst in ein oder zwei Tagen. Nach dem Hinterhalt im Hotel lief meine Paranoia auf Hochtouren. Vielleicht war es Horton gelungen, genügend Daten von den Überwachungskameras am Flughafen und Satellitenaufnahmen zusammenzutragen, um uns bis zum Hilton zu verfolgen. Schließlich hatte er unsere Ankunft in der Stadt erwartet. Falls ja, und wenn er nach dem Hotel unsere Spur verloren hatte, waren wir trotz aller Technologie der Welt jetzt die sprichwörtliche Stecknadel im Heuhaufen. Deshalb wollte ich nicht das geringste Risiko eingehen, über einen Anruf so weit westlich lokalisiert zu werden, wodurch der Gegner unser Bewegungsmuster vorhersagen könnte. Vielleicht erriet Horton sogar unser endgültiges Ziel und die Absichten, die wir dort hegten.

Am Nachmittag des zweiten Tages saß Treven am Steuer, während ich Beifahrer spielte. Die meisten Straßen waren unheimlich leer, aber gelegentlich wurde die Ruhe durch eine entgegenkommende Militärkolonne durchbrochen, nach deren Verschwinden das Fehlen jeglichen Verkehrs noch gespenstischer war.

Ich stellte Treven dieselben sicherheitstechnischen Fragen wie Dox, gewann aber keine neuen Einsichten. Wenn er etwas zu verbergen hatte, machte er das gut. Er erzählte mir ein wenig von sich. Hatte sich seine Sporen in Mogadischu verdient. War auf der Karriereleiter vom Fallschirmjäger über die Spezialeinsatzkräfte zur ISA aufgestiegen. Zweifellos ein sehr kompetenter Mann, das bewies sein Lebenslauf. Und ich hatte ihn im Hotel ja auch in Aktion erlebt. Trotzdem fühlte ich mich ihm nicht so verbunden wie mittlerweile Larison. Bei Larison spürte ich inneren Aufruhr, aber auch Zielstrebigkeit. Bei Treven hatte ich eher den Eindruck von … Verwirrung. Und Kompensation. Wofür, wusste ich nicht.

Wir hörten gerade einen Sender mit Countrymusik, als wie am Tag zuvor die routinierte Glätte in der Stimme des Moderators von dramatischer Erregung abgelöst wurde.

»Nach dem gestrigen Anschlag auf das Weiße Haus«, sagte er, »erreicht uns soeben eine weitere schreckliche Meldung. Ein Selbstmordanschlag hat die Mall of America in Minneapolis erschüttert. Laut ersten Berichten rammte ein Lastwagen das Gebäude und brachte es teilweise zum Einsturz. Ich weiß, Sie können es nicht sehen, wir sind ja im Radio, aber ich betrachte gerade das Video, und ich muss Ihnen sagen, mein Gott, oh mein Gott, es ist unbeschreiblich. Es ist wie eine Wiederholung der Twin Towers … Leute, es tut mir leid, das sagen zu müssen, aber das gestern war keine Einzeltat. Es muss koordiniert sein. Wir können nur beten, dass die Regierung etwas zu unserem Schutz unternimmt.«

»Heilige Scheiße«, sagte Treven, das war alles, mehr gab es nicht zu sagen. Wir fuhren grimmig weiter, lauschten auf mehr und fürchteten, wir würden es zu hören bekommen.

Kurz vor Memphis war es so weit. Zwei weitere Selbstmordanschläge: Einer auf ein Spiel der Giants im AT&T-Park in San Francisco, der andere auf eine Kirche in Lubbock, Texas. Zahlreiche Tote. Blutrünstige Beschreibungen der Opfer, verbrannt, verschüttet, geblendet. Reporter interviewten benommene Überlebende, hysterische Menschen versuchten ihre Angehörigen zu finden, verzweifelte Eltern hielten die zerfleischten Körper ihrer Söhne und Töchter in den Armen.

»Das wird das Land in den Wahnsinn treiben«, stieß Treven düster hervor.

Ich nickte. »Genau darum geht es. Wenn dieses Land sich von 9/11 plus ein wenig Anthrax hinterher verrückt machen ließ, stellen Sie sich mal vor, was man alles durchsetzen kann, wenn man diese Art von Angst noch verstärkt. Und den Druck aufrechterhält.«

Wir fuhren weiter. Im Radio kam eine Sondersendung nach der anderen. Die Anschläge hatten alles andere aus dem Äther verdrängt. Wenn die Sender genug davon hatten, die ewig gleichen Nachrichten zu wiederholen, gingen sie dazu über, Leute auf der Straße zu interviewen. Die Ergebnisse waren wohl kaum zufällig und vielleicht gab es da draußen ja noch ein paar eingefleischte Pazifisten, die einfach übersehen wurden oder sich nichts zu sagen trauten, aber nach ein paar Stunden Nonstop-Radio hatte ich den Eindruck, dass das Land sich im Banne eines atavistischen Zorns befand. Es wurde dazu aufgerufen, männliche Muslime zu internieren, die Grenzen zu schließen, Atombomben auf Mekka und Medina zu werfen.

»Ich würde genauso reagieren«, sagte Treven. »Wenn ich nicht wüsste, was wirklich vor sich geht.«

»Das spielt doch keine Rolle. Entweder die Reaktion ist taktisch fundiert oder nicht.«

»Ich spreche nicht von Taktik. Ich spreche davon, wie ich mich fühlen würde.«

»Ich verstehe. Das ist das Elegante an dieser Vorgehensweise. Überlegen Sie mal. Vier Anschläge. Das Weiße Haus – ein Schlüsselsymbol der Nation. Das größte Einkaufszentrum des Landes – ein Schlüsselsymbol der Wirtschaft und des Konsums. Eine Kirche – damit die Leute denken, ihr Glaube würde angegriffen. Und ein Anschlag auf den Sport – die säkulare Religion des Landes. Alles, womit sich unsere Kultur identifiziert und was sie heilig hält. Quer über das ganze Land verteilt. Es fehlt nur noch eines, damit die Nation den letzten Rest von Verstand verliert und sich vollständig der Art von Gefühlen überlässt, von denen Sie sprechen.«

»Und das wäre?«, fragte Treven.

»Eine Schule. Eine, vielleicht auch mehr.«

Er warf mir einen Seitenblick zu. »Mein Gott.«

»Ja. Ich schätze, wenn sie jetzt noch nicht bekommen, was sie wollen, werden sie die Daumenschrauben noch eine Umdrehung weiter anziehen. Schulen wären ideal. Denken Sie an Beslan. Oder das Jugendlager in Norwegen.«

»Sie glauben, die würden so weit gehen?«

Wir fuhren weiter zu den hysterischen Kadenzen der unaufhörlich wiederholten Nachrichten. Ich sah das Land vor dem Fenster vorbeiziehen, grüne Hügel und Wälder und Anbauterrassen, Städte mit Namen wie und *Bald Knob* und *Judsonia*. Der Himmel war von einem absurden, leuchtenden Blau. Die Straße flimmerte grau in der Hitze und sah aus, als würde sie sich bis in die Unendlichkeit erstrecken.

Der Äther brodelte von Spekulationen. Al Qaida im Irak. Al Qaida im Jemen. Al Qaida auf der arabischen Halbinsel. Iran. Libyen. Die Muslimbruderschaft. Schläferzellen in Amerika. Wie viele es wohl waren. Warum sie uns hassten. Warum sie den Tod mehr liebten als das Leben. Die Landschaft vor den Fenstern blieb ungerührt und unverändert, aber ich spürte, dass das Land durch das wir fuhren, sich unwiderruflich verändert hatte, seit wir diese Reise begonnen hatten – ein Zeitpunkt, der selbst schon unwirklich, entfernt und surreal wirkte. Ich stellte mir vor, dass wir vier in unserem Laster eine Art Virus waren, das heimlich Amerikas Blutstrom infiziert hatte, gejagt von wild gewordenen T-Zellen, während der unsichtbare politische Körper um uns herum im Fieberdelirium zuckte.

Ich hasste es, Teil des Schrecklichen zu sein, das wir im Radio hörten. Aber was konnten wir jetzt noch tun, außer zu versuchen, uns selbst zu schützen?

Ab und zu hielten wir, um auf die Toilette zu gehen und uns mit Vorräten einzudecken. Überall sahen wir die Spuren von Panikkäufen: Isolierband, Plastikfolie, Konserven, Wasserflaschen gingen zur Neige. Jodtabletten waren überall aus und anscheinend existierte ein florierender Schwarzmarkt für gefälschtes Cipro aus Mexiko, das Medikament gegen Anthrax. Wir sahen Wal-Marts, in denen Wasserentkeimungstabletten und Campingausrüstung ausverkauft waren. Die Waffenverkäufe explodierten und Munition war nicht mehr zu bekommen.

Wir lösten uns weiter beim Fahren ab: Zwei in der Fahrerkabine, damit keiner einschlief, und zwei im Laderaum, um sich zumindest theoretisch auszuruhen. Wir stoppten nur auf Rastplätzen, wo wir weit entfernt von den anderen parken und die zwei, die hinten mitfuhren, ungesehen umsteigen konnten.

Ich war gerade mit Treven hinten und döste vor mich hin, als der Lastwagen ruckartig anhielt. Es sickerte kein Licht in den Laderaum. Es musste Nacht sein.

Es klopfte drei Mal an der Tür – das Entwarnungssignal, das wir vereinbart hatten, um Missverständnisse zu vermeiden. Ich hatte die Supergrade aber bereits gezogen und behielt sie in der Hand.

Die Tür ging auf und ich sah Larison und Dox. Draußen herrschte Zwielicht, es war noch nicht vollständig finster. Ich hörte Grillen im Gras zirpen, aber sonst war der Abend still. Die

Luft fühlte sich wunderbar frisch und kühl an.

»Wo sind wir?«, fragte ich, während ich ausstieg und die Supergrade unter den Hosenbund schob. Ich hatte steife Beine und machte ein paar Kniebeugen, um die Muskulatur zu lockern.

»Lavaca, Arkansas«, erwiderte Larison. »Gleich südlich des Ozark National Forest.«

Dox steckte den Kopf in den Laderaum. »Meine Güte, stinkt das hier. Schätze, ich habe mich dran gewöhnt, als ich an der Reihe war. Meint ihr, wir finden irgendwo ein Plätzchen zum Duschen, wenn wir nach L. A. kommen?«

Ich ließ die Arme kreisen und schüttelte sie aus, um die Durchblutung wieder in Gang zu bekommen. »Wir sind noch nicht mal raus aus Arkansas? Mein Gott, ist das ein großes Land.«

Larison machte auch ein paar Dehnübungen. »Wir sind nur noch ein paar Kilometer von der Grenze nach Oklahoma entfernt. Beinahe Halbzeit.«

Ich sah mich um. Wir befanden uns auf einer Schotterstraße. Links von uns stand eine alte, anscheinend verlassene Scheune, daneben ein kleines Wasserreservoir. Der indigoblaue Himmel über und hinter uns und das zu Pink verblassende Tiefblau im Westen waren klar. Die Mondsichel war bereits aufgegangen und die ersten Sterne blinkten.

»Warum halten wir an?«, fragte ich. »Fahrerwechsel?«

»Muss nicht sein«, meinte Larison. »Aber der Präsident hält wieder eine Ansprache zur Hauptsendezeit. Dachte, Sie wollten es vielleicht auch hören.«

Ich blickte noch einmal um mich. Die Stelle war einsam genug, um eine Pause zu riskieren. Ich sah auf die Uhr. Ein paar Minuten vor acht – fast neun in Washington.

Wir pinkelten am Waldrand, dann fuhren wir die Seitenscheiben des Lasters herunter und stellten uns daneben auf, Dox und Larison auf der Fahrerseite, Treven und ich auf der anderen, und hörten dem Sprecher zu, der überflüssigerweise die Ereignisse des Tages rekapitulierte und über den Inhalt der Rede des Präsidenten spekulierte. Abermals überkam mich das Gefühl, Teil des Geschehens zu sein und doch abseits, isoliert, entfernt.

Um Punkt neun sprach der Präsident. Sein Tonfall war ernst und gemessen.

»Heute war unsere Nation Ziel einer nie da gewesenen Serie feiger und entsetzlicher Anschläge auf zivile Opfer. Uns liegen Beweise vor, dass einige dieser Anschläge von Schläferzellen islamistischer Fanatiker durchgeführt wurden. Andere wurden von Individuen begangen, bei denen wir von Selbstradikalisierung ausgehen.«

»Selbstradikalisierung?«, wiederholte Dox. »Was zum Teufel soll denn das heißen? So ein Typ sitzt rum, kümmert sich um seine eigenen Angelegenheiten und radikalisiert sich dann einfach selbst?«

»Ich habe heute die Führer des Kongresses getroffen«, fuhr der Präsident fort. »Wir diskutierten neue Gesetze, die dafür sorgen, dass ich über das nötige Werkzeug verfüge, um meine Verpflichtung erfüllen zu können, die Nation vor dieser nie da gewesenen Bedrohung zu schützen. Ich war sehr erfreut über die beeindruckend unparteiische Art der Gespräche. Niemand treibt politische Spielchen mit der Sicherheit des amerikanischen Volkes. Wir werden die vereinbarten neuen Maßnahmen in Kürze verkünden. Außerdem wird eine Umbesetzung bestimmter Schlüsselpositionen in meiner Administration erfolgen, um sicherzustellen, dass ein Team von größtmöglicher Flexibilität und Effizienz für die Sicherheit des amerikanischen Volkes sorgt.

In solchen Zeiten kann kein Amerikaner umhin, sich an den schrecklichen Tag zu erinnern, als Fanatiker das World Trade Center und das Pentagon mit Flugzeugen gerammt haben, und in einem Fall, dank der tapferen Passagiere, nur ein Feld in Pennsylvania. Es ist unmöglich, diese entsetzlichen Gräuel zu vergessen. Aber wir erinnern uns auch an den Mut und die

Entschlossenheit und Einigkeit an diesem Tag und in der Zeit danach. Lassen Sie uns die Toten begraben und mit ihren Familien trauern, aber beweisen wir zugleich auch Handlungskraft und Stärke.

Seien Sie sich über eines im Klaren: Dies ist ein direkter Angriff auf unser Heimatland. Und vergessen Sie nicht: Wir werden uns verteidigen. Ich danke Ihnen, und Gott segne Amerika.«

Ein Reporter rief: »Mr. President, gibt es Hinweise auf weitere bevorstehende Anschläge?«

Der Präsident erwiderte: »Darüber kann ich zum jetzigen Zeitpunkt nichts sagen.«

»Zum jetzigen Zeitpunkt«, wiederholte Dox. »Ein sicheres Zeichen dafür, dass ein Politiker dich anpinkelt und gleichzeitig behauptet, es wäre Regen. Dasselbe gilt für ›Seien Sie sich darüber im Klaren‹, wenn ich so drüber nachdenke.«

Ein anderer Reporter schrie: »Mr. President, können Sie uns etwas über die neuen Maßnahmen sagen, die Sie mit den Führern des Kongresses diskutiert haben? Und warum sie noch nicht in Kraft getreten sind?«

Der Präsident antwortete: »Unsere Gesetze dürfen nicht nur von der Notwendigkeit diktiert werden, sondern müssen auch angemessen sein. Es ist von entscheidender Bedeutung, dass wir im Kampf gegen den Terrorismus darauf achten, unsere eigenen Werte nicht auszuhöhlen.«

»Du schmieriger Bastard«, sagte Dox.

Noch ein Reporter rief: »Mr. President, können Sie etwas zu den Gerüchten sagen, dass der Tod von Tim Shorrock und Jack Finch mit diesen Anschlägen in Verbindung steht? Dass ihr Tod unsere Fähigkeit schwächen sollte, angemessen zurückzuschlagen?«

Der Präsident sagte: »Tim und Jack waren Helden Amerikas, die ihr Leben dem Dienst an ihrem Land gewidmet haben. Ich werde keine Gerüchte kommentieren, kann aber sagen, dass ihre

Abteilungen, die sie so fähig geleitet haben, ohne Einschränkungen weiterarbeiten und ich ihre Nachfolger in Kürze ernennen werde.«

Der Präsident verließ das Rednerpult unter einer Kakofonie von Fragen und der Nachrichtensprecher fing an zu wiederholen, was wir bereits gehört hatten. Larison griff durchs Fenster und stellte das Radio ab.

»Tja«, sagte er. »Klingt, als liefe alles nach Plan.«

»Bis auf die Tatsache, dass wir tot sein sollten«, meinte Dox. »Wir sind die gottverdammte Fliege in ihrer Suppe und ich bin verdammt froh darüber.«

Da erkannte ich es. Was ich vorher übersehen hatte.

»Wenn herauskommt, dass Finch ermordet wurde«, sagte ich, »müsste Horton sich dann nicht Sorgen darüber machen, dass die Leute Fragen über den Mann stellen, der sein Nachfolger wird?«

Die anderen sahen mich an.

»Horton spielt schon jetzt ein hochriskantes Spiel, aber irgendwann wird jemand die Frage stellen, ob es ein Insiderjob war, ein Mord. Und auf wen werden die Gerüchte sich einschießen? Auf die Leute, die am offensichtlichsten profitieren. Ich meine, wie groß ist der Sprung von der Frage, ob Finch ermordet wurde, dazu, ob der Typ, der ihn ersetzt hat, seine Hand im Spiel hatte?«

Larison sagte: »Deshalb wollte Hort wohl, dass es nach natürlichen Todesursachen aussieht.«

»Das dachte ich ursprünglich auch«, sagte ich. »Aber dann ließ Horton die Geschichte mit dem Zyanid durchsickern. Klar, das ist eine tolle Methode, den ganzen US-Überwachungsapparat hinter uns her zu hetzen und uns für immer verschwinden zu lassen. Aber es wirft auch ein schiefes Licht auf ihn selbst und sei es nur, weil er nicht von einem Unfall, sondern von einem politischen Mord profitiert hat.«

Larison meinte: »Ich verstehe Ihr Argument. Was, glauben Sie, hat das zu bedeuten?«

Es war frustrierend. Ich kam mir vor, als würde ich die richtigen Fragen stellen, ohne eine Ahnung zu haben, wie ich sie beantworten sollte.

»Ich weiß nicht«, sagte ich. »Es sei denn … Was immer Horton wirklich beabsichtigt, ich glaube, wir sind noch nicht dahinter gekommen.«

Ein paar Kilometer weiter stießen wir auf ein Starbucks, wo ich wieder das Bulletin-Board überprüfte. Eine neue Nachricht von Kanezaki:

Infos und Gerüchte in Geheimdienstkreisen deuten auf islamistische Schläferzellen und weitere Anschläge hin. Ich weiß nicht, wie die Gerüchte verbreitet werden, denn das ist alles Bocksmist, aber sie stammen aus vielfältigen Quellen und langsam verfestigt sich der Eindruck, dass sie stimmen müssen. Außerdem will niemand die Gefahr unterschätzt haben, falls die Kacke wirklich am Dampfen ist. Der tägliche Geheimdienstbericht für den Präsidenten vom 6. August 2001, was die unmittelbar bevorstehenden Anschläge von Al Qaida auf die Vereinigten Staaten betraf, ist wieder in aller Munde. Das ließ Bush sehr schlecht dastehen.

Ein Freund von mir im National Security Council sagt, die engsten Berater des Präsidenten lenken ihn in Richtung der Verhängung eines Ausnahmezustands, was zum Teufel das auch bedeuten soll. Sie empfehlen ihm einen von drei möglichen Kursen: 1. Aussitzen und die Sache dem FBI und den lokalen Strafverfolgungsbehörden zu überlassen; 2. das Kriegsrecht auszurufen und die Verfassung außer Kraft zu setzen; und 3. den »Ausnahmezustand« zu erklären und die Nationalgarde zum Schutz von Schlüsselpositionen in der Regierung und im Zivilbereich einzusetzen. Unübersehbar klingt die dritte Möglichkeit im Vergleich zur politischen Schwäche der ersten und dem Irrsinn der zweiten als Alternative der Vernunft. Außerdem gibt sie dem Präsidenten die Möglichkeit, je nach Lauf der Dinge die Daumenschrauben anzuziehen oder zu lockern.

Es gibt auch Gerüchte über Anschläge auf Schulen. Ich denke, das wird von Insidern aus Regierungskreisen verbreitet. Reporter werden den Präsidenten dann nach dem Wahrheitsgehalt befragen, er wird sagen ›kein Kommentar‹ und die Mainstream-Medien werden die Entsendung der Nationalgarde und den Ausnahmezustand fordern, denn wenn Schulen angegriffen werden, lassen die Leute ihre Kinder zuhause, können nicht zur Arbeit gehen und die Wirtschaft bricht ein.

Wenn sie damit fertig sind, wird die Aussetzung der Verfassung als die einzig konsensfähige, verantwortungsvolle Möglichkeit erscheinen. Das ist krank. Wir müssen es verhindern.

Horton ist der Schlüssel. Aber ich weiß nicht, wo er ist oder wie man an ihn herankommt. Rufen Sie mich so bald wie möglich an.

Ich belauschte ein Gespräch zwischen ein paar Einheimischen. Typisch war einer, der sagte: »Wenn wir sicher wissen, dass hinter diesen Anschlägen Moslems stecken, dann sage ich: Lasst uns ihre verdammten Länder zu Parkplätzen eindampfen. Nix mehr Gutmenschen, nix mehr Reden, nix mehr Verständnis. Ihr wollt Krieg? Gut, ihr sollt ihn haben. Aber als Erstes, sag ich, schaffen wir jeden gottverdammten verräterischen amerikanischen Moslem aus der fünften Kolonne zurück in sein Land, damit er den Atompilz aus nächster Nähe genießen kann, jawoll, Sir! Wenn's sein muss, drücke ich persönlich auf den Scheiß-Knopf. Und ich garantier' euch, ich muss mich hinten anstellen, weil jeder aufrechte Amerikaner genau dasselbe tun will.«

Keiner widersprach ihm. Ich erkannte, dass diese Hysterie etwas war, in dem wir untertauchen konnten, zumindest, was die Bevölkerung betraf, denn wir passten nicht in das Profil, mit dem die öffentliche Meinung manipuliert wurde.

Wir fuhren weiter, überquerten den ›Pfannenstiel‹ von Oklahoma, umgingen aber weiträumig Oklahoma City und auch Amarillo, denn die Trauer und der Zorn des Anschlags von Lubbock lagen bedenklich nahe. Dann folgten die staubigen, flachen Straßen von New Mexico, die Nationalparks von Arizona, Phoenix, und schließlich ging es über den Colorado nach

Kalifornien. Danach blieben wir auf der Interstate 10 und fuhren um den Joshua Tree Nationalpark herum, statt die weniger befahrenen Straßen weiter nördlich zu benutzen, die uns unangenehm dicht an die Marinebasis in Twentynine Palms herangeführt hätten. Endlich, während die Sonne hinter uns aufging, erreichten wir bei Santa Monica den Pazifik. Die ganze Fahrt hatte uns drei Tage und Nächte gekostet, über Nebenstraßen, immer strikt am Tempolimit. Die Zeit verstrich wie im Dämmerzustand eines Gewaltmarsches, teils in der Fahrerkabine, teils in der erstickenden Hitze und Dunkelheit des Laderaums, während Regierungseinheiten uns erbarmungslos jagten. Aber wir hatten es geschafft. Wir waren da.

Jetzt mussten wir nur noch an Mimi Kei herankommen. Und durch sie an Horton.

Teil Drei

Der Unterschied zwischen Propaganda und Nachrichten ist nicht mehr erkennbar.

Jonathan Adelstein,
Kommissar der Medienaufsichtsbehörde der USA

Was aber, wenn die Eliten glauben, dass Reformen unmöglich wären, weil die Probleme zu groß geworden sind, die Opfer zu schwerwiegend, die Öffentlichkeit zu leicht lenkbar? Was, wenn kognitive Dissonanz in unsere Theorien, wie guter Journalismus aussehen sollte, nur unzureichend eingeflossen ist … sodass er häufig nicht funktioniert?

Jay Rosen, Professor für Journalistik an der NYU

Wir Amerikaner sind die letzten Arglosen. Wir wollen verzweifelt daran glauben, dass die Regierung uns zumindest dieses eine Mal die Wahrheit sagt.

Sydney Schanberg

Kapitel Neunzehn

Wir fanden ein geeignetes Hotel namens Rest Haven Motel. Es lag ein Stück abseits vom Pier in einem Mischgebiet, ein eingeschossiges, von der Sonne Santa Monicas ausgebleichtes Gebäude mit einem eigenen Parkplatz nach hinten hinaus und einem zweiten Zimmerkomplex mit eigenem Eingang. Ruhig, aber nah genug am Trubel der verkehrsreichen Kreuzung Pico Boulevard und Lincoln Boulevard, dass wir nicht unnötig auffielen. Dox parkte den Laster rückwärts ein, damit Larison und Treven unbemerkt aus dem Laderaum schlüpfen konnten, und ich zahlte bar für ein Zimmer im abgetrennten Nebenkomplex. Dann trudelten wir einer nach dem anderen hinein. Wir sahen furchtbar aus – ungeduscht, unrasiert, ungepflegt. Wie Leute in Schwierigkeiten. Wie Männer auf der Flucht.

Wir zogen die beiden Matratzen auf den Boden herunter, dann verbrachten wir ein paar herrliche Stunden damit, abwechselnd in dem winzigen Bad zu duschen, uns zu rasieren und ein Nickerchen auf den Matratzen und den Sprungfederrahmen zu machen. Als Nächstes durchsuchten wir das Zimmer nach allem, an dem Larisons Tochter später erkennen konnte, wo sie festgehalten worden war. Wir spürten ein paar Streichholzbriefchen und einen Motelkugelschreiber auf, verschiedene Werbebroschüren über Hotelserviceleistungen und lokale Attraktionen. Außerdem zogen wir den Plastikeinschieber mit Adresse und

Telefonnummer aus dem Zimmertelefon. Das würden wir alles später entsorgen, weit weg vom Motel. Dann machten wir uns an die eigentliche Arbeit.

Als Erstes brauchten wir Kommunikationsmittel. Ich hatte die Mobiltelefone, die Horton uns gegeben hatte, untersucht und keine Peilsender gefunden. Aber irgendwie hatte er uns im Capital Hilton aufgespürt, darum hatten wir uns der Telefone sicherheitshalber im weit entfernten Culpeper entledigt. Somit brauchten wir neue und ich beauftragte Dox, uns unter einer falschen Identität, die seiner Ansicht nach bombensicher war, vier Prepaid-Handys von verschiedenen Händlern zu besorgen. Larison und Treven sollten derweil Mimi Kei beschatten. Wir wussten nicht, wo sie wohnte, daher mussten wir bei der Website der UCLA Filmakademie und der Akademie selbst ansetzen. Mir verordnete ich die tolle Aufgabe, einen Münzwaschsalon aufzutreiben und unsere Kleidung zu reinigen. Wir waren alle bei unserem letzten sauberen Satz angelangt.

Bevor wir uns auf den Weg machten, rief Larison über den kostenlosen WiFi-Zugang des Motels Mimi Keis Facebookseite auf dem iPad auf. Sie war eine Schönheit – halb schwarz, halb Asiatin, Anfang zwanzig, dunkle Haare, die ihr in Ringellocken bis auf die Schultern fielen. Volle Lippen und ein lebhaftes Lächeln. Larison hatte recht gehabt, was die Fotos mit Horton betraf: Seine harte, professionelle Haltung war völlig verschwunden, er war ganz stolzer Vater.

»Interessant, dass ihn die Bildunterschriften nicht identifizieren«, sagte ich. »Nur ›mein Dad‹.«

Larison nickte. »Er hat ihr sicher erklärt, dass sie seine Identität diskret behandeln muss. Er ist zwar nicht der Präsident, hat aber einige gefährliche Feinde. Ich glaube, deshalb ist ihre Seite auch so gut gesichert. Ungewöhnlich für eine Studentin, die es in der Filmwelt zu etwas bringen will.«

Treven sagte: »Wir sollten nicht davon ausgehen, dass sie eine ahnungslose Zivilistin ist. Wenn Hort ihr beigebracht hat, auf Internetsicherheit zu achten, dann war das sicher nicht das Einzige. Es wäre nicht einmal ausgeschlossen, dass er ihr gesagt hat, sie müsse gerade jetzt besonders vorsichtig sein.«

Ich sah ihn an. »Gutes Argument. Da frage ich mich doch ...«

Ich dachte eine Weile nach, dann sagte ich: »Wir wissen, dass Horton sich Sorgen um Kei macht. Welche Vorkehrungen hat er also sonst für ihre Sicherheit getroffen?«

»Niemand weiß von ihr«, sagte Larison.

»Da wäre ich mir nicht so sicher«, erwiderte ich. »Aber ja. Horton beschützt sie hauptsächlich dadurch, dass er sie unsichtbar macht. Dafür gibt es einen Begriff, oder?«

Treven nickte. »Sicherheit durch Verborgenheit.«

»Genau«, sagte ich. »Sicherheit durch Verborgenheit. Das kann eine sinnvolle Ergänzung für andere Maßnahmen sein, aber würde ein Mann wie Horton sich allein darauf verlassen? Wenn es um seine Tochter geht?«

»Ich verstehe, worauf du hinauswillst«, meinte Dox. »Vielleicht würde er sich unter normalen Umständen darauf verlassen, aber jetzt sind ungewöhnliche Zeiten. Er ist in einen geplanten Staatsstreich und Terroranschläge unter falscher Flagge verstrickt, was für sich allein genommen schon irrsinnig genug ist, aber zu allem Überfluss hat er seine Karten aufgedeckt, als er in Washington auf uns losging. Er muss sich jetzt echte Sorgen um seine Tochter machen.«

»Gut«, sagte ich. »Dann versetzt euch in seine Lage. Er sagt sich, dass vermutlich alles in Ordnung ist, eigentlich kann niemand etwas von Kei wissen, aber trotzdem. Was tut er?«

»Er ruft sie an«, meinte Treven. »Sagt ihr, sie muss vorsichtig sein.«

»Hört sie auf ihn?«

Treven schüttelte den Kopf. »Eine weltfremde Filmstudentin? Nein. Nicht ernsthaft. Und selbst wenn, er würde wissen, dass sie nicht über die Fähigkeiten verfügt, sich der Warnung entsprechend zu verhalten.«

»Einverstanden. Was macht er also?«

Larison antwortete: »Er schickt seine Männer. Um sie zu bewachen.«

Ich nickte. »Erzählt er ihr von seinen Männern?«

Treven meinte: »Nein. Er will ihr keine Angst machen.«

»Richtig«, sagte ich. »Sie arbeiten also nicht als Leibwächter für einen eingeweihten Klienten. Sie dürfen sich nicht blicken lassen. Was tun sie dann im Moment?«

Larison sagte: »Sie überlegen sich, wie wir vorgehen würden. Wo wir uns annähern. Wie. Und danach halten sie Ausschau.«

Ich nickte. »Und wir halten jetzt Ausschau nach ihnen.«

Mehr gab es nicht zu sagen. Vielleicht überschätzten wir Horton. Oder unsere Vorsicht war angebracht, aber er verfügte nach der Sache in Washington nicht mehr über genügend Leute. Wie auch immer, wir mussten die Anwesenheit eines Gegners voraussetzen. Und uns dementsprechend vorsichtig an Kei heranmachen.

Treven und Larison machten sich auf den Weg. Sie nahmen einen Zimmerschlüssel mit, ich behielt den anderen. Meine Aufgabe nahm am wenigsten Zeit in Anspruch, also würde ich als Erster zurück sein und Dox hereinlassen.

Ich fand einen Münzwaschsalon auf der Lincoln, nur ein paar hundert Meter vom Hotel entfernt. Eine Frau mit Kopftuch faltete ihre Wäsche neben einem der Trockner zusammen. Die anderen Kunden warfen ihr misstrauische Seitenblicke zu. Mich beachteten sie kaum.

Ich verteilte die Kleidung auf ein paar Maschinen und während ich darauf wartete, dass der Waschzyklus durch war, benutzte ich das WiFi des Salons, um das Bulletin-Board auf der sicheren Website zu checken. Es gab eine Nachricht von Kanezaki:

Die Umgebung von Washington ist abgeriegelt. Alle Sprecher lassen die übliche ›Keine Sorge, wir haben alles unter Kontrolle‹-Routine ablaufen, aber hinter den Kulissen herrscht roter Alarm, Panikstufe. Man geht davon aus, dass Sie sich noch in der Stadt aufhalten, das ist schon mal gut. Ich hoffe, Sie sind inzwischen sehr weit weg.

Es wird jetzt täglich mit einer großen Ansprache des Präsidenten gerechnet. Ich weiß nicht, was er ankündigen wird. Aber ich weiß, wenn es noch ein paar Anschläge mehr gibt, dreht das Land vollständig durch. Es scheint, als wären wir am Kipppunkt angelangt.

Wir brauchen einen Weg, um an Horton heranzukommen. Rufen Sie mich an.

Ich schrieb zurück: *Wir arbeiten daran. Weiß in etwa vierundzwanzig Stunden mehr. Rufe dann an.*

Als die Wäsche fertig war, trug ich sie zum Motel zurück und wartete im Zimmer. Dox kam als Erster wieder. Grinsend wie üblich warf er zwei große Papiertüten mit Einkäufen aufs Bett, griff in eine hinein und brachte vier Handys und Ohrhörer zum Vorschein.

»Mission erfüllt«, sagte er. »Habe sie bei drei verschiedenen Händlern mit zwei Sätzen falscher Papiere gekauft, also sollten sie unaufspürbar bleiben, solange wir sie brauchen. Was von Larison und Treven gehört?«

Ich schüttelte den Kopf. »Noch nichts. Was ist in der anderen Tüte?«

Er fing an, den Inhalt auszubreiten. »Exotischer Fruchtsalat, grüner Salat, verschiedene leckere Wraps, ein paar Proteindrinks, das Übliche. Dazu ein Sixpack Red Bull, ich weiß ja nicht, wie es dir geht, aber ich bin von der Fahrt noch ein bisschen ausgepumpt.«

Ich nahm einen der Fruchtsalate. »Sehr vorausschauend von dir.«

»Tja, nachdem du Waschdienst hattest, war es das mindeste, was ich tun konnte. Hast du meine weißen Hemden gestärkt und die Farbwäsche extra bunt gespült?«

Ich lachte leise. »Ich schätze, du musst es nehmen, wie es kommt, aber wenigstens riecht alles sauber.«

»Lass mich dir eine Frage stellen«, meinte er. »Ein bisschen Off-Topic. Wir schnappen uns also Mimi Kei. Und erzählen dem alten Horton, dass wir sein Töchterchen beschädigen müssen, wenn er nicht die Diamanten rausrückt und mitspielt. Aber was, wenn wir uns täuschen? Was, wenn er nicht nachgibt? Wie weit sind wir bereit zu gehen? Ich meine, schicken wir ihm einen Finger? Ein Ohr? Was tun wir?«

Ich nickte. »Ich weiß. Ich habe auch schon darüber nachgedacht.«

»Ich will jetzt nicht klingen, als würde ich langsam weich, aber ich habe einige Erfahrung damit, wie es ist, als Geisel festgehalten zu werden, wobei ›Geisel‹ in diesem Fall Waterboarding, Elektroschocks an meinen legendären Genitalien und die Drohung bedeutete, besagte Genitalien mit einem scharfen Instrument abzutrennen, falls ein gewisser Jemand nicht auf die Bedingungen meiner Entführer einging. Kommt dir das irgendwie bekannt vor?«

Er sprach von Hilger, der Dox entführt hatte, um damit an mich heranzukommen. Es war nicht nach Hilgers Plänen gelaufen, aber Dox hatte trotzdem gelitten.

»Ja«, sagte ich. »Ich weiß, was du meinst.«

»Ich will nur sagen, ganz unter uns, dass mir der Gedanke nicht gefällt, einem Mädchen wehzutun, das mit der ganzen Sache nichts zu tun hat. Ich meine, mein Daddy hat mir beigebracht, dass es ganz in Ordnung ist, wenn Gentlemen sich gegenseitig abmurksen, vorzugsweise mit Schusswaffen, aber die Ladys muss man respektieren. Mir ist schon klar, wie bescheuert das für euch moderne, gleichberechtigte, selbstverwirklichte Killer klingen muss, aber ich bin eben so aufgewachsen.«

»Sprich weiter.«

»Und ich weiß, dass du auch so eine ›Keine Frauen und Kinder‹-Regel hast.«

»Ja.«

»Dann … bluffen wir also nur?«

Ich nickte. »Aber ich denke, wenn Horton klar wird, dass Larison an der Sache beteiligt ist, wird er nichts riskieren wollen.«

»Tja, aber genau da liegt das Problem. Schau, ich glaube nicht, dass Larison blufft. Ich denke, dieser Mann – ohne respektlos erscheinen zu wollen, denn er ist ein verdammt fähiger Hurensohn –, ich denke, er ist ein bisschen … Nun, wie soll ich es ausdrücken? Weißt du, manche Hunde, große Hunde, sie könnten dich umbringen, aber sie tun's nicht, weil sie gute Hunde sind. Du kannst ihnen vertrauen. Andere Hunde, die sehen dich an, und du hast keine Ahnung, was zum Teufel in ihrem Kopf vorgeht. Oder was sie tun werden. So kommt Larison mir vor. Ich bin nicht einmal sicher, dass er selbst es weiß.«

Ich fand es interessant, dass sie sich gegenseitig in Hundekategorien beschrieben. Aber ich behielt den Gedanken für mich.

»Horton deutete an, dass Larison zu viel zu verbergen hat«, sagte ich. »Dass in ihm Aufruhr herrscht.«

»Na ja, Scheiße, aber jeder hat doch etwas zu verbergen.«

»Du auch?«

Er grinste. »Bloß, dass ich auf Zwerginnen stehe. Aber erzähl's keinem weiter.«

»Du und ich, wir verstehen uns«, sagte ich. »Okay, soll Larison denken, was er will, denn je mehr Angst Horton hat, desto besser. Aber wir werden nicht zulassen, dass er dem Mädchen wehtut. Bevor es soweit kommt, stoppen wir ihn.«

Er nickte. »Danke. Ich war zu demselben Schluss gekommen. Wollte nur sichergehen.«

Wir klaubten unsere eigenen Kleider aus dem Haufen sauberer Wäsche und aßen etwas von den Vorräten, die Dox mitgebracht hatte. Dann machte er ein Nickerchen, während ich mit der Supergrade in der Hand die Tür bewachte. Ich sah zu, wie der Winkel des Sonnenlichts an den Vorhängen immer spitzer wurde, und immer noch keine Spur von Larison oder Treven. Dox wachte auf und jetzt war ich mit Schlafen dran, während er Wache hielt.

Kurz nach sechs weckte mich ein dreimaliges, scharfes Klopfen augenblicklich aus einem leichten Schlaf. Ich bezog auf einer Seite der Tür mit erhobener Supergrade Stellung, während Dox öffnete. Es war Larison.

»Treven ist unterwegs«, sagte er. »Gute Neuigkeiten. Warten wir, bis er hier ist, bevor ich berichte. Ist das etwas zu Futtern? Ich bin am Verhungern.«

Er schnappte sich einen Wrap und schlang ihn hinunter. Treven erschien fünfzehn Minuten später. Während er auch etwas aß, erzählte Larison.

»Wir sind online gegangen«, sagte er, »und fanden heraus, dass es nur vier Ferienkurse an der Filmakademie gibt. Und nur einen über Drehbuchschreiben, was ihr Ding ist. Also haben wir das Gebäude ausgespäht, wo er stattfindet.«

»Jemanden gesehen?«, fragte ich. »Jemand, der aussah, als würde er nach uns Ausschau halten?«

»Verdammt, ja«, antwortete Treven. »Wir haben sie entdeckt – es sind zwei –, genau da, wo wir selbst herumhängen würden, wenn wir hinter uns her wären.«

Larison sagte: »Deshalb haben wir dafür gesorgt, dass wir nicht da waren, wo wir gewesen wären, wenn niemand nach uns suchen würde.«

»Also so was«, sagte Dox. »Ob ihr's glaubt oder nicht, das hab ich alles verstanden.«

»Wir haben uns ein paar Funkgeräte bei Radio Shack besorgt«, meinte Larison. »Keine große Reichweite, aber gut genug für unsere Zwecke. Wir haben viel Abstand gehalten. War ein Risiko, aber es hat sich gelohnt.«

Das klang nicht gut. »Was für ein Risiko?«

»Wir wussten nicht, wie sie zur Uni kommt«, sagte Treven.

»Hätte ein Auto, der Bus oder auch per Fahrrad sein können. Wir sahen, dass Hortons Jungs das Gebäude beobachteten, also konnten wir nicht dasselbe tun. Wir mussten raten. Auto, Bus oder Fahrrad. Wir lagen richtig. Folgten ihr zu einem L. A.-Metro-Bus.«

Es gefiel mir immer noch nicht. »Wie habt ihr das geschafft, ohne bemerkt zu werden?«

»Ich habe Hilgard und Charing Cross überwacht«, sagte Larison. »Das ist die Haltestelle direkt bei der Uni.«

»Und ich wartete an der nächsten«, ergänzte Treven. »Hilgard und Sunset.«

»Reines Glück, dass sie tatsächlich mit dem Bus fährt«, sagte Larison. »Aber hey, manchmal läuft es eben wie geschmiert. Als ich sie herauskommen und an der Haltestelle Charing Cross warten sah, verständigte ich Treven. Er stieg bei der nächsten Haltestelle zu.

»Was ist mit den Jungs von Horton?«, fragte ich.

»Einer von ihnen war mit ihr im Bus«, sagte Larison. »Der andere blieb zurück.«

Ich nickte. »Dann hat sie also definitiv keine Ahnung, dass sie beschützt wird.«

»Richtig«, antwortete Larison. »Wenn sie Bescheid wüsste, wären die beiden näher an ihr drangeblieben. Außerdem trug sie Ohrhörer und hörte Musik und kein Bodyguard der Welt würde so einen Scheiß tolerieren. Tatsächlich gab der Typ, der mit ihr einstieg, sich größte Mühe, Abstand zu halten und nicht aufzufallen. Wie erwartet, versuchen sie nicht, sie direkt zu sichern, sondern die Bedrohung im Vorfeld zu erkennen und zu eliminieren.«

Ich stimmte seiner Einschätzung zu. »Was haben Sie noch herausgefunden?«

Treven knackte eine Dose Red Bull. »Ich sah sie Ecke Sunset und Gordon aussteigen. Horts Typ folgte ihr. Ich blieb im

Bus und sprang bei der nächsten Haltestelle raus – Sunset und Bronson, sonst hätte Horts Mann mich enttarnt. Aber als der Bus wieder losfuhr, sah ich Kei auf einer Straße namens La Baig Avenue nach Norden gehen. Wenn Sie sich die La Baig ansehen – wie wir es in einem Internetshop getan haben –, werden Sie feststellen, dass sie nur zu zwei Straßen führt, Harold Way und Selma Avenue. Die ganze Gegend sieht superruhig aus, ausschließlich Einfamilienhäuser. Kaum Fußgängerverkehr. Unmöglich, ihr zu folgen, selbst wenn ich an ihrer Haltestelle mit ausgestiegen wäre, sogar ohne die Anwesenheit von Horts Mann. Also auch keine Chance, ihre genaue Adresse herauszufinden. Aber …«

»Die exakte Adresse brauchen wir nicht«, sagte ich. »Vorausgesetzt, sie ist mit dem Bus nach Hause und nicht zum Beispiel zu einer Freundin gefahren. Es reicht, ihre Haltestelle zu kennen.«

Treven trank einen tiefen Zug von seinem Red Bull. »Wir kennen nicht nur die Haltestelle, sondern auch den Weg, den sie zu Fuß dorthin nimmt. Wenn Sie sich die Karte ansehen, kann sie nur in einer dieser drei Straßen wohnen – La Baig, Harold oder Selma. Andernfalls wäre sie früher ausgestiegen – Sunset, Ecke Gower.«

Larison grinste. »Aber es kommt noch besser. Wir haben die genaue Adresse doch noch herausbekommen.«

Treven grinste ebenfalls und sah aus wie ein Kind, das gerade jemandem einen tollen Streich gespielt hat. Larison wies auf ihn und sagte: »Erzählen Sie.«

»Ich funkte Larison an«, sagte Treven immer noch lächelnd, »und während ich auf ihn wartete, frustriert, weil ich so nah dran war und doch nicht nahe genug heran konnte, fuhr ein Postauto vorbei. Und ich dachte, verdammt, die stellen gerade die Post zu. Wobei ich die Idee hatte.«

»Pizza-Handzettel«, fiel Larison ein, der anscheinend der Versuchung nicht widerstehen konnte, ihn zu unterbrechen. »Da war ein Typ auf der Sunset und verteilte Handzettel für eine Pizzeria. Ich gab ihm zwanzig Mäuse für seinen Stapel, dann lief Treven hinter dem Postboten her.«

»Sagte ihm, dass ich in der Nachbarschaft Werbung machen wollte«, übernahm Treven wieder. »Gab ihm zweihundert Mäuse, damit er mich die Handzettel zwischen seine Postbündel stecken ließ. Er sagte, das könne er auch selbst tun, aber ich antwortete, he, woher soll ich wissen, dass Sie sie nicht einfach wegschmeißen? Lassen Sie mich das machen, es dauert nur eine Minute.«

»Der Pizzatyp und der Postbote, die haben Sie gesehen?«, fragte ich. »Könnten sich an Sie erinnern? Sie beschreiben?«

Treven schüttelte den Kopf. »Wir trugen Sonnenbrillen. Außerdem, und wenn schon? Der Postbote müsste zugeben, dass er sich hat bestechen lassen, und der Pizzajunge, dass er seine Handzettel lieber verkauft hat, statt sie zu verteilen. Selbst wenn jemand eine Verbindung zwischen den Handzetteln und Keis zeitweisem Verschwinden herstellen sollte, diese zwei würden sich da nicht hineinziehen lassen wollen.«

»Im Übrigen«, meinte Larison, »erfährt niemand außer Hort, dass Kei vermisst wird. Die Polizei wird nicht ins Spiel kommen. Und selbst wenn, hätten sie keine weiteren Anhaltspunkte. Außerdem ist eine Einmischung der Polizei, sogar des FBI, so ziemlich das geringste unserer Probleme.«

Er hatte recht. »Und? Wie lautet ihre Adresse?«

»Es ist ein hübscher kleiner Bungalow in der Selma Avenue«, antwortete Treven. »Wie schon gesagt, vielleicht ist das gar nicht so wichtig, denn ich glaube, an der Bushaltestelle haben wir die besseren Karten. Aber es war gut, dass wir uns vergewissert haben, dass sie heimging und nicht etwa zu einer Freundin unterwegs war. Wir zeigen es Ihnen gleich auf Google-Maps. Es sieht so aus, als hätte sie von der Familie, der das Haus gehört, ein Zimmer gemietet. Aber egal. Die Hauptsache ist, dass wir wissen, wann morgen früh der Unterricht anfängt, wo ihre Bushaltestelle liegt und dass es bis dorthin ein sechsminütiger Spaziergang durch eine hübsche, ruhige Straße ist. Mit etwas Glück setzt sie auch noch ihre Ohrhörer auf.«

Wir waren einen Augenblick lang still. Dox sagte: »Okay, ich habe uns erfolgreich mit Nahrung und Telefonen versorgt und Mister Rain hier hat freundlicherweise unsere stinkende Wäsche gereinigt. Aber ich glaube, der Tagessieg geht an Sie.«

»Ohne uns auf saubere Kleider und etwas zu Essen freuen zu können, hätten wir es nicht geschafft«, sagte Treven und wir lachten alle.

»Das klingt vielversprechend«, meinte ich. »Aber es gibt ein paar Dinge zu bedenken. Und ein paar, die wir noch erledigen müssen.«

Sie sahen mich an.

»Abgesehen von den potenziellen Gegnern«, sagte ich, »das erste Seminar an der UCLA beginnt wann, zehn Uhr? Wie früh genau müssen wir in Stellung sein?«

»Nicht später als acht«, meinte Treven. »Eher früher.«

»Richtig«, sagte ich. »Und wenn wir das denken, denken Hortons Jungs es sich auch. Genau danach werden sie Ausschau halten.«

»Sonnenaufgang«, sagte Larison. »Oder noch eher.«

»Einverstanden«, antwortete ich. »Der Schlüssel wird sein, wesentlich früher vor Ort zu sein, als für eine Entführung Keis vernünftigerweise nötig ist – denn Hortons Jungs erwarten, dass wir hinter Kei her sind, während wir in Wirklichkeit sie jagen.«

»Es ist in jedem Fall sinnvoll«, sagte Dox. »Ich meine, wir wissen wirklich nicht allzu viel über ihren Tagesablauf. Geht sie gerne in der Frühe joggen? Vielleicht trifft sie sich mit einem Freund zum Frühstück auf dem Campus oder sie lernt in der Bibliothek. Wir haben sie für gerade mal vierundzwanzig Stunden unter Beobachtung, alles wäre möglich. Also können wir uns auf eine so exakte Zeitplanung sowieso nicht verlassen. Je früher wir in Stellung sind, desto besser, vorausgesetzt, wir finden gute Verstecke.«

Gesprochen wie ein wahrer Scharfschütze, dachte ich. Seinem Ziel aufzulauern, war Dox zur zweiten Natur geworden. Ich vermutete, ein Teil von ihm genoss es sogar.

»Also gut«, sagte ich, »wir müssen auf unseren Positionen sein, bevor es hell wird. Als Erstes will ich mich persönlich in der Gegend umsehen. Diskret. Vielleicht mit dem Fahrrad. Ich meine, wer wirkt auf einem Fahrrad schon verdächtig?«

Larison sagte: »Was noch?«

»Wir brauchen ein Fahrzeug. Der *U-Haul*-Laster ist ansonsten eine gute Tarnung. Aber wenn jemand Zeuge der Entführung wird, würde er sich an den Umzugslaster erinnern, und das wäre wie eine gigantische Leuchtreklame über unseren Köpfen. Selbst wenn wir gestohlene Kennzeichen anbringen, der Laster an sich ist verräterisch.«

»Gutes Argument«, meinte Treven. »Ein Lieferwagen wäre das Beste. Ich könnte einen von einem Langzeitparkplatz besorgen. Ich glaube nicht, dass man ihn vermissen würde, bevor es zu spät ist.«

»Da gebe ich Ihnen recht«, sagte ich. »Wir parken den Laster an einer hübschen, ruhigen Stelle, benutzen den gestohlenen Lieferwagen für die Entführung und unterbrechen die Kette, indem wir Kei in den Laster umladen. Gehen wir es mal durch.«

Dox zog sich ein Red Bull auf und lächelte. »Vielleicht hätte ich ein paar mehr von den Dingern kaufen sollen.«

Kapitel Zwanzig

Es wurde eine lange, aber produktive Nacht. Ein gestohlener GMC-Lieferwagen, ein gestohlener Ford Fusion, verschiedene Gegenstände aus einem Baumarkt, einem Sportgeschäft und einem Supermarkt. Keis Umgebung ausforschen. Die idealen Punkte für die Entführung und den Wagentausch festlegen. Die Operation planen, die Fahrzeuge in Position bringen. Danach ein paar Stunden Schlaf, bevor wir noch bei Dunkelheit aufstanden, uns verteilten und vor Sonnenaufgang in der Nähe von Keis Haus wieder formierten.

Ein Problem für uns war, dass auf der Selma Avenue und der La Baig, die in sie mündete, absolutes Halteverbot herrschte. Wenn wir den Van also irgendwo in der Nähe des Hauses abstellten, riskierten wir, von einem verärgerten Nachbarn zur Rede gestellt zu werden, wenn er nicht gleich die Polizei rief. Erfreulicherweise gab es ein Motel, ein langes, zweigeschossiges Gebäude in Pink und Blau, das sich von der Ecke Sunset ungefähr siebzig Meter auf der westlichen Seite der La Baig ausdehnte. Dort hatten wir den Van mit der Schnauze nach vorn geparkt, die Ladetüren zur La Baig, an dem Ende, das Keis Haus am nächsten lag. Wenn die Informationen stimmten, die Larison und Treven gesammelt hatten, und Kei sich an den Tagesablauf hielt, den wir vermuteten, waren wir aktionsbereit. Und wenn Hortons Jungs tatsächlich versuchten, Schwierigkeiten schon im

Vorfeld zu eliminieren, würden sie sich zu allererst genau um die Stelle kümmern, wo wir den Van geparkt hatten.

Aus diesem Grund beobachteten ihn jetzt drei von uns: Larison zwischen zwei geparkten Autos in der Einfahrt eines kleinen Mietshauses gegenüber versteckt, Treven im dunklen Treppenhaus in der Mitte des Motels und ich direkt oberhalb des Vans flach ausgestreckt auf dem Balkon. Dox wartete ein paar Kilometer entfernt mit dem gestohlenen Fusion. Das Risiko, dass jemand um diese Tageszeit über einen von uns stolperte, war gering, aber für alle Fälle trugen Treven und Larison brandneue Nikes und Kompressionskleidung von *Under Armour*, einfach ein paar frühmorgendliche Fitness-Fanatiker unter vielen. Ich war weniger sportlich mit Jeans und Sweatshirt bekleidet und würde einen Betrunkenen mimen, der seinen Rausch ausschlief. Eine dünne Tarnung, aber ganz brauchbar unter den Umständen und allemal besser als gar nichts.

Unmittelbar vor Sonnenaufgang, als das erste Grau sich in den Himmel schlich, bog ein dunkler Chevy Suburban auf das andere Ende des Motelparkplatzes ein. Ich beobachtete ihn von meinem erhöhten Aussichtspunkt und spürte, wie eine warme Welle von Adrenalin sich in mir ausbreitete. Es war ungewöhnlich früh am Morgen für einen neuen Gast. Nirgendwo in der Umgebung hatte sich bisher etwas gerührt.

Die Türen öffneten sich, aber die Innenraumbeleuchtung ging nicht an. Zwei große Weiße stiegen aus, beide lässig gekleidet in Jeans und weite Fleecejacken, soweit man das im Zwielicht sagen konnte. Sie sahen sich kurz um, dann schoben sie die Türen mit einem leisen Klicken hinter sich zu.

Die frühe Stunde, die ausgeschaltete Innenbeleuchtung, die verstohlen geschlossenen Türen, die Wachsamkeit … Wenn das nicht Hortons Männer waren, konnten sie nur vorhaben, das Motel auszurauben. Aber Diebe, die so lautlos und professionell waren wie diese beiden, fanden normalerweise bessere Möglichkeiten, ihr Talent zu nutzen, als in Billigmotels einzubrechen. Sie konnten nur unseretwegen hier sein.

Sie bewegten sich stumm an der Reihe geparkter Fahrzeuge entlang, blickten wachsam um sich und leuchteten mit Stiftlampen ins Innere der Autos. Sie ließen den Strahl der Lampen auch über den ersten Stock des Motels gleiten, aber ich sah das Licht rechtzeitig und drückte mich einfach außerhalb des Sichtwinkels flach auf den Boden.

Sie erreichten Trevens Position und überprüften die Treppe, aber er hatte sich bei ihrem Näherkommen zurückgezogen. Sobald sie vorbei waren, würde er wieder aus den Schatten treten.

Als sie den Van erreichten, blieben sie stehen. Ich konnte mir vorstellen, was sie dachten. *Ein geschlossener Lieferwagen. Perfekt für eine Entführung. Und genau da geparkt, wo wir ihn auch abgestellt hätten.*

Sie leuchteten durch die vorderen Fenster hinein, dann versuchten sie die Türen zu öffnen, aber wir hatten abgesperrt.

Nehmt die Hecktür, dachte ich. *Man kann nie wissen.*

Einer von ihnen trat zurück, sah sich um und zog dann ein Notizbuch aus seiner Fleecejacke. Er richtete seine Lampe auf das Kennzeichen und notierte die Nummer. Dann steckte er das Notizbuch wieder weg und ging zur Rückseite des Lieferwagens.

Ich hoffte, sie würden der Tür ihre ungeteilte Aufmerksamkeit widmen, aber dafür waren sie zu gut. Einer rüttelte daran, während der andere zurückblieb und Ausschau hielt. Ich konnte es nicht sehen, aber Larison würde mittlerweile sein Versteck verlassen haben und hinter der Ecke des Mietshauses gleich auf der anderen Straßenseite warten. Aus dieser Entfernung hätten er und Treven sie kinderleicht erschießen können, aber wir besaßen keine Schalldämpfer und durften nicht riskieren, mit den Schüssen die Nachbarn zu wecken. Außerdem waren die Männer mit Sicherheit bewaffnet und wir mussten praktisch auf Tuchfühlung herankommen, sonst ließ sich die Sache nicht lautlos bewerkstelligen.

Einer von ihnen zog die Hecktür auf. Der andere hielt immer noch hinter ihm Wache. Larison und Treven benötigten nur eine Sekunde, aber die würden sie nicht bekommen.

Also improvisierte ich. In gespielter sexueller Ekstase stöhnte ich: »Oh Gott, ja, hör nicht auf, hör bloß nicht auf, fick mich, ja, so ist es gut, hör nicht auf ...«

Sie fuhren augenblicklich zu dem plötzlichen Geräusch herum. Ich wusste, es war so ungereimt, dass es sie wertvolle Nanosekunden an Rechenzeit kosten würde: Sie waren auf eine bestimmte Palette von Problemen eingestellt, einen Hinterhalt, verstohlene Geräusche. Und jetzt hörten sie Laute, die sich nicht schnell genug in die Bedrohungsmatrix einbauen ließen, mit der sie ihre gegenwärtige Umgebung betrachteten.

»Oh, mein Gott, ja!« keuchte ich. »Ja!«

Einen Moment lang waren sie wie paralysiert. Dann griffen sie unter ihre Jacken.

Zu spät. Larison und Treven waren schon heran, packten ihre Waffenarme und rammten ihnen die Mündungen ihrer eigenen Pistolen gegen den Hinterkopf. Ich hörte Larison zischen: »Keine Bewegung, sonst blase ich dir das Hirn durchs Gesicht ins Freie.« Seine Stimme hätte einen Kampfhund zum Stehen gebracht.

Ich schwang mich vom Balkon auf den Parkplatz herunter. Bevor Hortons Männer ihre Überraschung überwinden und taktische Entscheidungen treffen konnten, hatte ich schon unter ihre Jacken gegriffen und zwei schallgedämpfte Glocks aus ihren Schulterhalftern gezogen. Leise, aber zum Pech für Hortons Männer verdammt umständlich zu ziehen.

Ich schob mir eine der Waffen unter den Hosenbund und überprüfte die andere. Eine Patrone in der Kammer, wie erwartet, aber es konnte ja nicht schaden, sich zu vergewissern.

»Vorbeugen«, befahl ich. »Beine auseinander, Knie gerade, Gesicht nach unten, Hände gegen den Wagen. Sonst probieren wir mal aus, wie leise diese Schalldämpfer sind.«

Die Drohung war absichtlich so formuliert. Ich wollte nicht, dass sie auch nur auf die Idee kamen, wir könnten uns über den Lärm von Schüssen Sorgen machen und deshalb zögern.

Sie gehorchten. Ich reichte Larison die andere schallgedämpfte Pistole. Er steckte seine eigene in den Hosenbund und wir hielten die beiden Männer in Schach, während Treven sie abtastete. Er fand zwei Klappmesser, zwei Minitaschenlampen, zwei Handys, zwei Brieftaschen, zwei Notizblöcke und einen Satz Autoschlüssel. Er steckte alles ein, band ihnen die Hände mit Kabelbindern hinter dem Rücken zusammen, öffnete die Hecktür des Vans und stieg hinein. Die Kabelbinder waren kein ernsthaftes Hindernis für jemanden, der sich damit auskannte, aber fürs Erste wollten wir sie nur behindern und verlangsamen. Larison und ich schoben sie hinein, stiegen hinterher und stießen sie mit dem Gesicht nach unten auf den Boden. Dann schlossen wir die Türen hinter uns. Larison hielt sie in Schach, während Treven sich ans Steuer setzte. Wir hatten hinten und an den Seiten Gucklöcher in den Lieferwagen gebohrt. Ich zog das Isolierband ab, mit dem wir sie verklebt hatten, und sah hinaus. Mit Treven vorne und den Gucklöchern hinten hatten wir einen Rundumblick auf die Umgebung des Vans. Bis jetzt schien das kurze Intermezzo keine Aufmerksamkeit erregt zu haben.

Einer von Hortons Männern sagte: »Was haben Sie mit uns vor?«

Larison antwortete: »Dem Nächsten von euch, der spricht, ohne gefragt zu sein, ziehe ich mit der Pistole eins über.«

Danach sagte keiner mehr etwas. Fünf Minuten lang beobachteten wir die Straße. Es wurde langsam heller. Alles blieb ruhig.

Treven überprüfte am Steuer sitzend die Sachen, die er Hortons Männern abgenommen hatte. Ich klebte das Isolierband wieder über die Gucklöcher und schaltete das Deckenlicht ein.

Larison und ich setzten Hortons Leute mit dem Rücken zur Wand auf der Beifahrerseite hin, die Beine vor sich ausgestreckt. Ich hatte ein paar Fragen an sie, aber etwas an Larisons Körpersprache – die Zuversicht, aber auch die Bedrohlichkeit – sagte mir, dass er sich darum kümmern würde. Und wahrscheinlich gut.

»Es läuft folgendermaßen«, meinte er und presste erst dem einen, dann dem anderen die Mündung der schallgedämpften Glock gegen die Stirn. »Ich werde euch ein paar Fragen stellen. Der Erste, der mir brauchbare Informationen liefert, die mit dem übereinstimmen, was ich bereits weiß, lebt. Wer immer das Rennen verliert, bekommt eine Kugel in den Kopf. So geht das Spiel und es gibt nur einen Gewinner. Seid ihr fertig?«

Die beiden Männer sahen sich gegenseitig an, dann wieder ihn. Schweiß trat ihnen auf die Stirn. Im Van stank es plötzlich nach Furcht.

Larison schwenkte den beunruhigend langen Lauf der Glock zwischen ihnen hin und her. »Wer hat euch geschickt? Warum? Wo ist er? Wie finden wir ihn? Was wisst ihr darüber hinaus? Das wäre alles. Auf die Plätze, fertig, los.«

Ihre Augen quollen heraus und sie begannen zu keuchen. Sie starrten Larison an. Sie starrten sich gegenseitig an. Der rechte schüttelte flehentlich oder ungläubig den Kopf. Plötzlich rief der linke: »Colonel Horton! Um seine Tochter zu schützen!«

Der andere Kerl schrie: »Halt deine verdammte Schnauze!« Larison schwenkte augenblicklich die Pistole zu ihm herum. Es gab einen gedämpften Knall, nicht viel lauter als ein Fingerschnipsen und der Kopf des Mannes knallte gegen die Seitenwand. Dann sackte er in sich zusammen und lag plötzlich still, mit einem sauberen Loch dicht über dem linken Auge.

»Gratuliere«, sagte Larison zu dem übrig gebliebenen Typen. »Du hast die erste Runde gewonnen. Aber das Spiel ist noch nicht zu Ende.«

»Jesus Christus!«, stammelte der Mann. »Jesus Christus!«

»Vielleicht hören Sie schlecht«, meinte Larison. »Ich sagte, das Spiel geht weiter.«

Der Typ fing an zu hyperventilieren. »Sie werden mich auch erschießen!«

Larison zuckte die Achseln. »Vielleicht auch nicht. Tu etwas, damit ich dich mag. Sorg dafür, dass ich dir dankbar bin. Ich bin auch nur ein Mensch.«

»Oh mein Gott!«, heulte der Mann.

»Beruhige dich«, sagte Larison. »Ich weiß, es ist stressig. Dies ist der wichtigste Augenblick in deinem Leben und du hast nicht viel Zeit. Denn ich bin nicht besonders geduldig. Ich denke, das weißt du inzwischen.«

»Horton … Horton hat uns geschickt. Was wollen Sie denn sonst noch wissen?«

»Wen hat er noch geschickt?«

»Ich weiß von niemand anderem!«

»Bist du sicher?«

»Ja!«

»Sein Name ist Raymond Trent«, meldete sich Treven von vorne. »Führerschein aus North Carolina. Der Tote hieß Carl Ryan. Virginia.«

»Also, Ray«, sagte Larison. »In welcher Verbindung stehst du zu Horton?«

Ray schluckte. »Wir arbeiten freiberuflich für ihn.«

»Was heißt das?«

»Wir … wir übernehmen Aufträge.«

»Als Subunternehmer?«

»Ja. Nein. Ich meine, wir sind selbstständig. Manchmal bittet uns Horton, unter der Hand etwas für ihn zu tun. Sie wissen schon, schwarz. Nicht über die Bücher.«

»Was habt ihr denn für ihn getan?«

»Ich weiß nicht, alles mögliche Zeug.«

Larison antwortete nicht und nach einer Sekunde sprach Ray hastig weiter. »Illegale Sachen. Lauschangriffe. Überwachung. Manchmal auch Härteres.«

Bis jetzt hatte ihm Larison nichts entlockt, was wir nicht schon vermutet hatten. Ich dachte an die vier Typen, die wir im Capital Hilton erledigt hatten. Das war für Horton eine wichtige Operation gewesen und da wir kein weiches Ziel waren, hatte er sicher seine besten Leute geschickt. Meinem Gefühl nach waren Ray und Carl ein Ersatz, das B-Team. Wenn sie hier für die vier toten Kerle eingesprungen waren, was war dann noch für sie vorgesehen? Was hatte Horton weiter mit ihnen im Sinn?

»Was meinen Sie?«, fragte ich Larison. »Ist Ihnen der Kerl sympathisch? Sind Sie ihm dankbar für das, was er uns erzählt?«

Larison sagte, ohne den Typen aus den Augen zu lassen: »Nein.«

Ray sagte: »Hören Sie, ich will hier nicht sterben, okay? Das ist für mich nur ein Job. Ich versuche nicht, jemanden zu schützen. Fragen Sie mich einfach, was Sie wissen wollen, und ich sage Ihnen alles, was ich weiß.«

»Wie lange sollten Sie Kei bewachen?«, fragte ich.

»Horton meinte, es würde ein paar Tage dauern«, antwortete Ray. »Bis auf weiteres. Er zahlte pro Woche.«

»Wie lange sind Sie schon hier?«, wollte ich wissen.

»Horton hat uns vor vier Tagen angefordert. Wir sind am nächsten Morgen hergeflogen.«

Das passte zu dem Zeitpunkt, an dem wir das Team im Hilton ausgeschaltet hatten. Horton musste paranoid geworden sein – wenn auch nicht ganz ohne Grund –, und diese Typen für den Fall beauftragt haben, dass jemand von uns von seiner Tochter erfuhr und beschloss, sie sich vorzunehmen.

»Hat er noch andere Ziele erwähnt?«, fragte ich. »Andere Aufträge?«

»Nein. Er bat uns nur, uns nicht anderweitig zu verpflichten –

ihm den Vorzug zu geben, falls in den nächsten Wochen jemand an uns herantreten sollte.«

Wenn das stimmte, plante Horton noch etwas anderes oder er wollte zumindest allen Eventualitäten vorbeugen. Aber das war weder besonders überraschend, noch nützte es uns viel.

»Sonst nichts?«, fragte ich.

»Nein.«

Ich riskierte einen Schuss ins Blaue. »Und die Sache mit den Schulen?«

Er schien ehrlich verwirrt. »Schulen?«

Ich war enttäuscht, aber nicht überrascht. Schließlich hätte es Horton nicht ähnlich gesehen, diese zwei Burschen in etwas einzuweihen, was für ihren Auftrag nicht unbedingt nötig war. Aber Kanezaki hatte gesagt, es gebe Gerüchte über mögliche Anschläge auf Schulen. Und Treven und ich hatten über das gleiche Thema spekuliert.

Larison forderte: »Sag mir, wie ich Hort finde.«

»Finden? Ich wüsste selbst nicht, wie ich das machen soll. Aber warten Sie … warten Sie. Vielleicht kann ich Ihnen helfen. Ich meine, er wohnt in der Gegend von Washington, glaube ich. Ich könnte ihn anrufen, unter einem Vorwand, ihm sagen …«

Er plapperte jetzt nur noch. Wie Scheherazade, nur dass er keine Geschichte zu erzählen hatte.

»… dass ich ihn persönlich treffen muss, etwas in der Art. Ihn für Sie herauslocken.«

»Ich glaube nicht, dass er etwas weiß«, sagte ich zu Larison. »Warum auch?«

Larison nickte. »Ich bin derselben Meinung.«

Ray beteuerte: »Hören Sie, ich versuche wirklich, Ihnen zu helfen. Ganz ehrlich.«

Larison sagte: »Das glaube ich dir«, und schoss ihm in die Stirn. Rays Kopf ruckte nach hinten, dann erschlaffte er und sackte über seinem Partner zusammen.

»Vielleicht bringen uns ihre Telefone weiter«, meinte Treven von vorne.

»Das bezweifle ich«, gab ich zurück.

Larison packte Rays Leiche am Kragen und schleppte sie weg von der Hecktür und den seitlichen Schiebtüren. »Wenn wir uns Kei schnappen, ist das sowieso eine akademische Frage«, sagte er. »Aber es ist hübsch, dass Horton mehr und mehr Truppen verliert. Irgendwann werden ihm die Freiwilligen ausgehen.«

Ich zerrte den anderen auch nach vorne, und wir breiteten eine Plane über sie. Wenn nötig, konnten wir Kei mit den Leichen konfrontieren, um sie einzuschüchtern, aber ich hätte es lieber vermieden. Sinnlos, sie ohne Grund zu Tode zu erschrecken.

Es kümmerte mich nicht, dass die beiden tot waren. Wenn Larison mir nicht zuvorgekommen wäre, hätte ich es wahrscheinlich selbst erledigt. Sie würden uns nicht anders behandelt haben. Außerdem, wie Larison gerade bemerkt hatte, je weniger gegnerische Spielfiguren auf dem Brett standen, desto besser.

Aber was Kei betraf, musste ich auf Larison aufpassen. Dox hatte recht gehabt. Hier ging es nicht einfach um Professionalität bis zur Skrupellosigkeit. Das war mehr und ich fragte mich, ob er neben Stolz auf seine Arbeit nicht auch ein bisschen zu viel Vergnügen dabei empfand.

Kapitel Einundzwanzig

Ich beobachtete die La Baig, die jetzt in vollem Tageslicht lag, durch ein seitliches Guckloch im Lieferwagen. Larison war um die Ecke zu einem kleinen Parkplatz am Harold Way verschwunden, wo er leichte Dehn- und Gymnastikübungen machte, als würde er sich zum Joggen aufwärmen, oder vielleicht einen dieser WODs, nach denen er und Dox so verrückt zu sein schienen. Ich schätzte, dass uns von dem Zeitpunkt an, wenn Kei an der Ecke Selma und La Baig auftauchte, mindestens eine volle Minute blieb, bis sie uns erreichte – ausreichend, um Larison zu alarmieren, damit er sich fertig machte. Treven saß immer noch am Steuer des Vans und wartete auf meine Anweisung. Wir hatten Energieriegel, Dosenkaffee und Wasserflaschen mit breitem Hals zum Hineinpinkeln. Jetzt konnten wir nur noch warten.

Kurz nach acht sah ich jemanden auf der östlichen Seite der Straße auf uns zukommen. Es hatte bereits mehrfach falschen Alarm gegeben – ein Jogger, ein Gassigänger, zwei junge Frauen, die vermutlich auf dem Weg zum Bus und zur Arbeit waren –, daher versuchte ich, nicht zu enthusiastisch zu sein. Aber als die Person näherkam und die Sonne schräg auf ihr Gesicht fiel, erkannte ich sie. Meine Pulsrate schaltete hoch. »Sie kommt«, sagte ich, ohne das Auge vom Guckloch zu lösen.

»Verstanden«, erwiderte Treven. »Rufe jetzt Larison.« Einen Moment später hörte ich ihn sagen: »Sie ist unterwegs.«

Treven ließ den Motor an. Ich behielt Kei im Blick. Sie hatte die Haare zu einem Pferdeschwanz zurückgebunden und trug abgeschnittene Shorts und ein weißes T-Shirt unter einer marineblauen Fleecejacke mit Reißverschluss. Sie hatte eine Ledertasche über die linke Schulter geschlungen. Ein schönes Mädchen, sogar noch hübscher als auf den Fotos. Langbeinig, kurvenreich, mit ausgreifenden, selbstsicheren Schritten. Jemand, der ein Ziel hatte und wusste, dass er es erreichen, sich von niemandem daran hindern lassen würde.

Mit uns hatte sie nicht gerechnet. Aber mit ein bisschen Glück würden wir für sie nicht mehr als ein Schlagloch auf dem Weg sein, ein kurzer Ruck, schnell wieder vergessen.

Ich sah, wie sie die Einmündung des Harold Way passierte, den Larison entlanggejoggt kam. Direkt hinter ihr schwenkte er auf die Straße ein.

»Los«, sagte ich zu Treven.

Er legte den Rückwärtsgang ein, kurbelte das Lenkrad nach rechts und stieß bis zum Gehsteig auf der anderen Straßenseite zurück – im Grunde der erste Teil eines Wendemanövers. Nicht zu schnell, nicht zu plötzlich, nur jemand, der aus dem Motelparkplatz kam und auf der La Baig Richtung Süden wollte. Er hielt im selben Moment an, als Larison Kei erreichte. Vielleicht hörte sie ihn kommen, vielleicht spürte ein verkümmerter Teil ihres Gehirns die Gefahr, die er ausstrahlte. Oder beides. Was auch immer der Grund war, sie wollte sich umdrehen. Zu spät.

Larison versetzte ihr mit der Handfläche einen geschickten Schlag gegen die Halsseite. Es war ein K. o.-Schlag, der das Ziel hatte, das Nervengeflecht des Brachialplexus zu betäuben, oder, je nach Trefferlage, den Sinusnerv. In jedem Fall führte er zu einem zeitweisen Verlust der Koordination, zu Bewusstlosigkeit, oder, wenn der Schlag hart und platziert genug war, sogar zum Tod.

Der Lieferwagen kam zum Stehen. Kei taumelte und Larison

schlang den Arm um sie. Ich wandte mich vom Guckloch ab, stieß die Hecktüren auf und packte Kei, als Larison sie hineinschubste. Wir zerrten sie in den Wagen und hatten zwei Sekunden später die Türen hinter uns geschlossen. Treven beschleunigte ohne Eile nach Süden und bog rechts auf den Sunset ab, so gelassen und höflich, dass er nicht einmal vergaß, den Blinker zu setzen.

Kei hatte das Bewusstsein nicht vollständig verloren und war lediglich benommen. Wir nahmen ihr die Umhängetasche ab, banden ihr die Handgelenke mit Kabelbindern hinter dem Rücken zusammen und setzten sie an die Wand auf der Beifahrerseite. Ich kniete mich vor ihr hin und tastete sie rasch ab. Nichts. Alles, was sie bei sich trug, musste in der Ledertasche sein. Larison begann sie zu durchsuchen. Er würde ihr Telefon deaktivieren und sich vergewissern, dass es keinen Peilsender gab. Das war zwar unwahrscheinlich, aber Horton konnte Notfallmaßnahmen getroffen haben.

Ich sah ihr in die Augen. Sie kam langsam wieder zu sich. Wir mussten sie nicht aufwecken.

Einen Augenblick später blinzelte sie heftig. Sie sah sich im Lieferwagen um, dann starrte sie mich an. »Was zum Teufel!«, sagte sie. »Wer sind Sie? Was soll das?«

»Das ist eine Entführung«, antwortete ich und benutzte damit ein Wort, das sie sofort verstehen und auch in ihrer Verwirrung auf die gegenwärtige Situation anwenden konnte. »Kein Scherz. Es geht um Ihren Vater. Colonel Horton. Verstehen Sie mich?«

»Mein Vater … was hat er getan? Was zum Teufel?«

»Es spielt keine Rolle, was er getan hat. Sie müssen lediglich wissen, dass er uns etwas schuldig ist und wir Sie benutzen, um es zu bekommen. Verstehen Sie?«

Sie sah zwischen mir und Larison hin und her und schien plötzlich zu merken, wie verängstigt sie war. Sie antwortete nicht. Es würde nicht nötig sein, ihr die Leichen der Männer zu zeigen, die ihr Vater zu ihrem Schutz geschickt hatte. Sie war auch so schon erschrocken genug.

»Wir werden jetzt ein Foto von Ihnen machen«, sagte ich. »Um es Ihrem Vater zu schicken.«

Larison reichte mir die heutige Ausgabe der Los Angeles Times, die wir am Morgen auf dem Weg zum Hotel aus einer Einfahrt hatten mitgehen lassen. Ich stellte sie ihr in den Schoß. Larison kam näher und machte mit ihrem Handy ein paar Schnappschüsse. Wir würden Horton den Beweis mit ihrem eigenen Telefon schicken. Das würde ihm klarmachen, wie vollständig wir sie unter Kontrolle hatten, und gleichzeitig unsere Handys nicht kompromittieren.

Ich nahm die Zeitung weg und warf sie beiseite. »Wir werden versuchen, das hier glatt über die Bühne gehen zu lassen. Aber es gibt zwei Möglichkeiten, wie Sie zu Schaden kommen könnten. Die eine ist, dass Ihr Vater nicht tut, was wir von ihm verlangen. Die zweite, dass *Sie* nicht tun, was wir verlangen.«

Sie atmete schwer und ich wusste, dass sie gegen die Panik ankämpfte. Und zwar tapfer. Ich empfand Respekt für sie. Und mit dem Respekt kam eine plötzliche, überraschende Dosis Selbstverachtung.

Ich sah ihr in die Augen. »Sie machen sich Sorgen, weil wir Sie unsere Gesichter sehen lassen, nicht wahr?«

Sie nickte. Sie war klug – klug genug um zu wissen, dass ein Kidnapper, wenn er einen sein Gesicht sehen lässt, sich keine Gedanken macht, dass man später gegen ihn aussagen könnte. Was höchstwahrscheinlich bedeutet, dass er nicht vorhat, einen am Leben zu lassen.

»Es spielt keine Rolle, dass Sie uns sehen«, sagte ich. »Ihr Vater weiß ganz genau, wer wir sind. Und wenn die Sache vorbei ist, wird er Ihnen erklären, warum Sie nicht zur Polizei gehen können. Deshalb machen wir uns keine Sorgen darüber, dass Sie unsere Gesichter sehen können. Ergibt das einen Sinn für Sie?«

Sie nickte wieder.

»Gut«, sagte ich. »Ich glaube, Sie sind ein intelligentes Mädchen. Daher haben Sie wahrscheinlich schon von sekundären Tatorten gehört und dass man sich nie an einen solchen bringen lassen sollte, weil man dort dem Verbrecher vollständig ausgeliefert ist. Und das ist richtig. Aber Sie befinden sich bereits am sekundären Tatort. Wir sind allein in diesem Lieferwagen, wir haben totale Kontrolle über die Umgebung und totale Kontrolle über Sie. Wenn wir Ihnen wehtun wollten, würden wir es tun. Aber das wollen wir nicht. Und so soll es auch bleiben. Können Sie mir soweit folgen?«

»Ja«, sagte sie und ich war froh, dass sie sich gut genug in der Hand hatte, um ihrer eigenen Stimme zu trauen.

»In einer Weile«, sagte ich, »werden wir Sie transferieren. Erst in einen anderen Wagen, dann in ein Hotelzimmer. Wir werden Ihre Hände gefesselt lassen und Ihnen die Augen verbinden, aber mehr Unannehmlichkeiten möchten wir Ihnen nicht bereiten. Wir wollen Sie beispielsweise nicht knebeln. Ich weiß nicht, ob Sie schon einmal geknebelt wurden, aber ich kann Ihnen versichern, es ist fürchterlich, auf diese Art ein paar Tage zuzubringen. Viel schlimmer, als Sie es sich vorstellen können. Mimi, werden wir Sie knebeln müssen?«

Sie schüttelte den Kopf. »Nein.«

»Werden Sie versuchen, fortzulaufen? Oder sich widersetzen? Sich in irgendeiner Weise unseren Anordnungen nicht fügen?«

»Nein.«

»Hören Sie, für mich ist die Angelegenheit im Wesentlichen geschäftlich.« Ich wies mit dem Kopf auf Larison. »Aber für meinen Partner hier ist sie extrem persönlich. Sie wollen ihm keinen Vorwand geben, okay? Glauben Sie mir, er wartet nur darauf.«

Sie sah an mir vorbei Larison an und ihr Ausdruck sagte mir, dass sie mir glaubte. Absolut glaubte.

Ich ließ noch einen Augenblick verstreichen, dann sagte ich: »Ich bin sicher, Sie werden alles richtig machen. Und jetzt: Haben Sie irgendwelche Fragen?«

Sie nickte. »Wo bringen Sie mich hin?«

»Das kann ich Ihnen nicht sagen, nur soviel, dass es ein Ort ist, an dem wir Sie unter Kontrolle halten können und wo Sie bis zu Ihrer Freilassung niemand finden wird. Sonst noch etwas?«

»Was hat mein Vater getan?«

»Das werden Sie ihn selbst fragen müssen. Noch etwas?«

»Ja. Warum fragen Sie mich überhaupt, ob ich Fragen habe, wenn sie schon im Voraus wissen, dass Sie sie nicht beantworten werden?«

Ich lächelte und bewunderte sie dafür, wie schnell sie sich in den Griff bekommen hatte. Der Mut, den sie mitten in Schock und Verwirrung bewies, gefiel mir.

»Sie stellen gute Fragen«, sagte ich. »Es tut mir leid, dass ich sie nicht beantworten kann. Aber ich kann Ihnen Folgendes sagen: Wir werden ein paar Mal den Wagen wechseln. In einem werden Sie und ich im Kofferraum mitfahren. Und es wird ein paar Stunden dauern, bevor wir wieder an einem halbwegs komfortablen Ort sind, wo es ein Badezimmer gibt. Wenn Sie es nicht so lange aushalten, müssen wir Sie bitten, eine Windel für Erwachsene anzulegen. Schaffen Sie es?«

»Das kann doch nicht Ihr Ernst sein!«

»Ich versuche, es Ihnen so leicht wie möglich zu machen, Mimi. Aber doch, Sie sollten besser glauben, dass es mir Ernst ist.«

Mimi Kei lehnte die Windel ab, was mich erleichterte. Es war vielleicht unter den Umständen nicht viel wert, aber ich wollte ihr diese Demütigung wirklich ersparen. Es würde so schon schwer genug für sie sein.

Wir verbrachten die nächsten zwei Stunden damit, unter buchstäblich jeder Brücke über den Highway 1 und die Interstate 101 und 110 hindurch und auch verschiedentlich in Tiefgaragen hinein- und wieder hinauszufahren. Ich saß auf dem Beifahrersitz. Larison blieb hinten bei Kei. Als ich zufrieden war, rief ich Dox an. »Bist du bereit?«

»Bereit, Partner.«

»Gut. Wir sind unterwegs.«

Wir bogen vom Venice Boulevard links auf den South Redondo ab. Als wir das Stoppschild an der Bangor Street erreichten, sah ich den Fusion, der schon bereit stand, rechts abzubiegen – Dox. Er fädelte sich vor uns ein und wir folgten ihm südlich bis zur 10. Sobald wir unter der Überführung anlangten, scherte Dox rechts aus und holperte auf den Gehsteig. Die Heckklappe sprang auf. Treven schaltete den Warnblinker ein, riss den Van nach rechts und wirbelte das Steuer gleich wieder nach links herum, sodass der Wagen sich drehte und schliddernd mit der Beifahrerseite direkt hinter der geöffneten Heckklappe des Fusion zum Stillstand kam. Ich sprang nach hinten und ließ die Schiebetür aufgleiten. Larison stand mit Kei schon bereit, immer noch mit gefesselten Händen und jetzt auch verbundenen Augen. Zu zweit hievten wir sie problemlos in den Kofferraum und ich kroch hinter ihr hinein. Larison knallte den Deckel zu, dann fuhr Dox wieder los, beschleunigte voll bis zum Ende des Tunnels und ging dann wieder auf normales Tempo herunter. Treven würde mit dem Lieferwagen dicht hinter ihm sein, im selben Abstand und in derselben Formation, wie wir hineingefahren waren.

Wir spielten mit den Unterführungen und Tiefgaragen eine Art Hütchenspiel. Wir wussten immer noch nicht, wie Horton uns zum Capital Hilton hatte folgen können. Unsere Arbeitshypothese lautete aber, dass er Spionagesatelliten benutzte. Wir mussten davon ausgehen, dass er Zugriff auf Ressourcen des National Reconnaissance Office und der National Geospatial-Intelligence Agency hatte. Wenn das stimmte und er einen Ausgangspunkt für die Überwachung hatte – sagen wir, den Dulles Airport oder das Haus seiner Tochter – dann konnte er möglicherweise sein Ziel von diesem Fixpunkt aus verfolgen, wo immer es sich hinwandte, theoretisch unbegrenzt weit. Wenn unsere Hypothese stimmte, hatten wir in Washington irgendwo Glück gehabt, vielleicht in der Parkgarage des Hotels, vielleicht auch an einem anderen Punkt zwischen Washington und Los Angeles. Aber wir wollten uns nicht noch einmal auf unser Glück verlassen. Immer, wenn wir mit dem Van durch eine Unterführung oder Tiefgarage fuhren, schufen wir eine Möglichkeit, dass Kei in eines von Dutzenden anderer Fahrzeuge verfrachtet worden war, die ungefähr zur selben Zeit wie wir durchkamen oder später die Garage verließen. Wenn man diese Dynamik mit Dutzenden von Unterführungen und Garagen und Dutzenden von Autos potenzierte, von denen viele ihrerseits wieder unter mehreren Unterführungen durch- oder in andere Garagen einfahren würden, erzeugten wir einen Datensatz, der zu umfangreich war, als dass Horton etwas damit anfangen konnte, jedenfalls nicht in der Zeit, die wir ihm lassen würden.

Wir planten, dass Treven und Larison das Hütchenspiel ein paar Stunden lang fortsetzten, dann den Lieferwagen stehen ließen, ihn mit Bleichmittel säuberten und mit Bussen und U-Bahn zurück ins Motel fuhren. Wenn sie fertig waren, würde Horton vor vielen Tausend Möglichkeiten stehen, die alle individuell überprüft werden mussten, vorausgesetzt, das war überhaupt machbar. Dox und ich stiegen noch einmal um, diesmal in den *U-Haul*-Umzugslaster, den wir in der riesigen Tiefgarage eines Einkaufszentrums in Westwood zurückgelassen hatten. Dox fuhr, während ich bei Kei hinten im Laderaum blieb.

Kurz nach Mittag spürte ich, wie der Wagen mehrmals kurz hintereinander abbog, und wusste, dass wir am Hotel angekommen waren. »Wie geht es Ihnen?«, fragte ich Kei.

»Ich muss auf die Toilette. Dringend. Bitte stecken Sie mich nicht in eine Windel.«

Ich sah auf die Uhr. »Halten Sie noch drei Minuten durch?«

Sie funkelte mich an. »Höchstens.«

Der Lastwagen hielt an. »Sehen Sie nach vorne«, befahl ich. Sie gehorchte. Einen Augenblick später gingen die Laderaumtüren auf und Dox kletterte herein. Er hatte einen extragroßen Gepäcksack bei sich, anderthalb Meter mal sechzig Zentimeter im Quadrat. Gerade groß genug für jemanden mit Keis Figur. Er zog die Türen hinter sich zu.

»Also gut, Mimi«, sagte ich. »Einmal noch umsteigen.«

Dox stellte den Sack mit sichtbarem Widerstreben ab und öffnete ihn. Kei zog eine Grimasse, dann stieg sie hinein und rollte sich auf der Seite liegend darin zusammen. »Ich werde Sie nicht knebeln«, sagte ich. »Denken Sie an unsere Abmachung.«

Ich zählte darauf, dass ich es rechtzeitig merkte, wenn sie Widerstand plante, und ihr zuvorkommen konnte. Aber sie würde sich Zeit lassen damit und glauben, dass sie mich so einlullte. Das war gut. Letztlich würde sie unbewusst von etwas zurückgehalten werden, das sie für Hoffnung hielt. Was bedeutete, dass sie sich relativ wohlfühlte. Und vor allem würde es sie kooperativ machen.

Wir zogen den Reißverschluss zu und öffneten die Tür. Dox hob den Gepäcksack an, als enthielte er nur Styroporflocken, schlang ihn sich über die Schulter und trug das Mädchen ins Motel. Ich schloss die Türen des Lasters und folgte ihm.

Im Zimmer setzten wir sie ab, öffneten den Reißverschluss und halfen ihr auf die Füße. Ich öffnete mein Klappmesser und ließ es sie sehen. Dox hielt die Wilson in der Hand – nicht aus eigener Entscheidung, sondern weil ich es verlangt hatte. Ich wollte ihr jeden nur denkbaren psychologischen Vorwand liefern, keinen Widerstand zu leisten, einschließlich unserer offensichtlichen zahlenmäßigen Überlegenheit, unserer Größe – jedenfalls Dox' – und unserer Waffen.

»Ich binde Ihnen jetzt die Handgelenke los«, sagte ich. »Lassen Sie sich Zeit im Bad. Wir werden Sie nicht beobachten, aber die Tür bleibt offen. Wenn Sie etwas tun, das uns missfällt, müssen wir Ihnen die Windel anziehen, Sie fesseln, knebeln, Ihnen eine Kapuze überziehen und sie möglicherweise tagelang in diesem Zustand lassen. Die Entscheidung liegt bei Ihnen.«

Ich trat hinter sie und tastete sie rasch ab. Larison hatte das schon vorher erledigt und es war ohnehin unwahrscheinlich, dass sie bewaffnet war, aber schließlich handelte es sich um Hortons Tochter und auch eine Frau konnte Pfefferspray oder ein *FS-Hideaway*-Messer bei sich tragen. Es wäre leichtsinnig gewesen, sich nicht zu vergewissern. Doch Kei hatte keine Waffe bei sich, nichts, das sich als solche verwenden ließ. Ich nahm ihr Handgelenk und schnitt den Kabelbinder durch.

Sie rannte ins Badezimmer. Es war winzig und fensterlos und bei offener Tür konnte sie sich nirgends verstecken. Und ich hatte es bereits auf alles überprüft, was sich nur im Entferntesten als improvisierte Waffe verwenden ließ. So ziemlich das Einzige, was sie hätte tun können, war, ihre Hand mit einem Handtuch zu umwickeln, den Spiegel einzuschlagen und einen langen Splitter als Waffe zu verwenden. Das hielt ich im Moment für extrem unwahrscheinlich. Aber falls ich mich irren sollte, hätte ich immer noch genügend Zeit, mir einen Stuhl zu schnappen und sie abzuwehren, während Dox von hinten kam.

Ich wandte mich ab und Dox schob eine Kommode vor die Eingangstür. Nichts Unüberwindliches, aber es reichte, um sie von dem Gedanken abzubringen, einen verzweifelten Fluchtversuch zu unternehmen. Ich hörte sie lange Zeit urinieren. Als das Geräusch verstummte, warf ich vorsichtshalber einen Blick über die Schulter, aber es war alles in Ordnung – sie war bereits aufgestanden und hatte schnell ihre Jeans hochgezogen.

Sie kam aus dem Bad und sagte: »Ich habe Hunger.«

Ich nickte. »Wir geben Ihnen gleich etwas zu essen. Aber zuerst möchte ich, dass Sie sich mit dem Gesicht nach unten auf den Boden legen.«

»Warum?«

»Weil Sie dann langsamer sind und es die Versuchung dämpft, etwas zu tun, bei dem Sie verletzt werden könnten. Die Alternative wäre, dass wir Sie wieder fesseln. Ich muss selbst einmal auf die Toilette und ich will nicht, dass Sie von weniger als zwei Personen bewacht werden, solange Sie sich frei bewegen können.«

Sie zögerte, dann tat sie, was ich gesagt hatte. Ich ging aufs Klo, anschließend auch Dox. Als er fertig war, sagte ich Kei, dass sie sich auf eines der Betten setzen konnte. Sie tat es.

Dox nahm das Bett gegenüber und sagte: »Es tut mir leid, dass wir Ihnen Unannehmlichkeiten bereiten müssen, Miss Kei. Wir sitzen leider in einer Klemme, in die uns Ihr Vater hineinmanövriert hat. Wir müssen ihm einen kleinen Anreiz verschaffen, das Richtige zu tun. Was er, glaube ich, auch machen wird. Trotz unserer Unstimmigkeiten in letzter Zeit ist er mir immer als die Art von Mensch erschienen, die auf Anreize anspricht.«

»So nennen Sie das?«, fragte sie. »Mir Unannehmlichkeiten bereiten?«

»Tja«, sagte Dox, »letzten Endes glaube ich nicht, dass es eine große Rolle spielt, wie wir es nennen. Aber ich entschuldige mich trotzdem dafür. Also gut, Sie sagten, Sie seien hungrig. Wir haben leckeres Essen aus einem edlen Supermarkt, wenn Sie etwas wollen. Für mich sehen Sie aus wie ein Salatmädchen, stimmt's?«

»Wenn Sie mit Salat einen Cheeseburger meinen, dann ja.«

»Ein Cheeseburger ist im Moment ein bisschen schwierig«, sagte Dox. »Vielleicht später. Bis dahin haben wir Sandwiches aus der Kühlbox, Reste von gestern. Nicht so frisch, wie Sie es vielleicht gerne haben, aber sie schmecken ganz gut, wenn man hungrig genug ist. Was möchten Sie? Roastbeef, wenn ich raten darf? Mit einem schmackhaften Smoothie zum Hinunterspülen?«

»Egal. Ja.«

Ich setzte mich auf den Stuhl, während Dox sie abfütterte und sein Bestes tat, es ihr unter den gegebenen Bedingungen so angenehm wie möglich zu machen. Frauen waren seine große Schwäche, das wusste ich, und seine Weiberheld-Attitüde war bloß Tarnung für die Tatsache, dass er sie wirklich anbetete. Und seine Südstaaten-Ritterlichkeit war auch nicht gespielt. Er war nicht glücklich darüber, was wir hier taten, und mir wurde bewusst, dass ich ihn, was Kei betraf, aus dem genau entgegengesetzten Grund im Auge behalten musste wie Larison. Wo Larisons offenkundiger Hass auf Horton ihn wahrscheinlich dazu trieb, Kei wehzutun, konnte Dox so anhänglich werden und sich so schuldig fühlen, dass er manipulierbar wurde.

»Warum sagen Sie mir nicht, was mein Dad Ihnen getan hat?«, fragte Kei ihn irgendwann. »Was für einen Unterschied würde das denn bedeuten?«

Dox nippte an dem Smoothie, den er sich aufgemacht hatte. Damit hatte er das Brot mit ihr gebrochen und ich fühlte mich unwohl dabei.

»Für uns würde es keinen Unterschied machen«, sagte er. »Aber ich will Sie nicht weiter in die Angelegenheit hineinziehen, als wir es ohnehin schon getan haben. Ich meine, Sie stehen Ihrem Daddy sehr nahe, oder?«

Ich sah, wie sie das Pro und Kontra gegeneinander abwog, bevor sie sich für die Wahrheit entschied. »Ja«, erwiderte sie. »Wir stehen uns nahe. Was auch der Grund ist, warum ich wissen möchte, was er Ihnen angetan haben soll. Ich kann es mir ehrlich nicht vorstellen.«

Dox lächelte. »Er kann sich glücklich schätzen, eine Tochter wie Sie zu haben. Alles, was ich Ihnen dazu sagen kann, ist, dass es mit der Bürde zu tun hat, die ein Mann tragen muss, wenn er ein Mann ist. Gelegentlich gibt es Dinge zu erledigen, von denen wir den Menschen, die wir lieben, nichts erzählen können.«

»Und warum nicht?«

»Weil es in dieser Welt Sachen gibt, die einfach getan werden müssen, und davon zu sprechen, würde euch zu Komplizinnen machen. Indem wir eure Unschuld bewahren, retten wir euch davor, uns in der Hölle Gesellschaft leisten zu müssen. Das klingt vielleicht trivial, aber es ist der einzige Trost, wenn man harte Entscheidungen treffen muss.«

»Das ist doch lächerlich. Sie tun so, als wären Frauen Kinder. Sie glauben, wir können nicht unsere eigenen Entscheidungen treffen? Das ist absolut erniedrigend.«

»Erniedrigend? Verdammt, ich wünschte, jemand würde für mich so weit gehen.«

»Nein, tun Sie nicht. Sie behalten gerne alles für sich, weil Sie sich dadurch mächtig fühlen.«

Dox wirkte verblüfft. »Das glaube ich nicht.«

»Ich schon. Sie behaupten, mein Dad hätte Ihnen etwas angetan, etwas so Schreckliches, dass es nach Ihren Vorstellungen rechtfertigt, seine Tochter zu kidnappen und zu bedrohen? Sie sind bereit, das alles zu tun, aber nicht, mir zu sagen, worum es eigentlich geht?«

Hübscher Schachzug, dachte ich. Ich war gespannt, wie Dox reagieren würde.

»Wir haben einen Job für Ihren Vater erledigt«, sagte Dox. »Nichts, was ich mit Ihnen diskutieren möchte. Und dann, um die Tatsache zu vertuschen, dass wir diese Arbeit erledigt hatten, heuerte er ein paar Leute an, um uns dasselbe anzutun. Können Sie mir folgen? Wollen Sie wirklich noch mehr wissen?«

»Ja«, sagte sie. »Das will ich. Und Sie müssen keine Angst haben, es mir zu erzählen.«

»Nun, es ist nicht …«

»Es hat nichts mit Angst zu tun«, fiel ich ein. »Wie Dox schon sagte, je weniger Sie wissen, desto besser für Sie. Und für Ihren Vater.«

Sie sah ihn an. »Sie heißen Dox?«

»Ja«, meinte ich. »Und Ihr Vater weiß, wer wir sind. Wir versuchen nicht, unsere Identität vor Ihnen geheim zu halten.«

»Und Ihr Name?«, fragte sie.

Sie war wirklich klug. Sie tat alles, was sie konnte, um uns Informationen zu entlocken, die sich irgendwann als operativ nützlich erweisen konnten. Und gleichzeitig stellte sie eine Verbindung her, die sie selbst menschlicher erscheinen ließ und es uns als ihren Entführern auf emotionaler Ebene erschwerte, ihr etwas anzutun.

»Sie können mich Rain nennen«, sagte ich. »Aber fürs Erste genug der Fragen, ja? Wir sind müde. Wir haben später noch viel Zeit, uns zu unterhalten, wenn Sie wollen.«

Ich hatte das Gefühl, dass Dox gerne protestiert hätte, aber er überlegte es sich anders.

Ich machte mir ein wenig Sorgen wegen Kei. Sie hätte eine ausgezeichnete Vernehmungsbeamtin abgegeben. Sie war ein Naturtalent – klug, liebenswürdig, unbedrohlich und sie versteckte ihre eigennützige Wissbegier unter dem Deckmantel ernsthaften menschlichen Interesses. Dox formulierte seine Antworten vorsichtig, aber ich fragte mich, wie er sich in meiner Abwesenheit benehmen würde. Sei es, um ihr den Aufenthalt angenehmer zu machen, sei es, um seine Schuldgefühle zu betäuben, oder vielleicht, weil sie einfach hinreißend war und er nicht gegen seine Natur ankonnte.

Wir fesselten Kei mit einem Handgelenk an den Bettpfosten und verbrachten ein paar Stunden schweigend. Dox beobachtete sie, während ich auf dem Boden ein Nickerchen hielt. Ein Klopfen weckte mich.

Dox und ich zogen unsere Waffen und traten an die Tür. »Ja?«, sagte ich.

»Wir sind es«, hörte ich Larison sagen.

Ich hatte vorher einen Streifen Isolierband über den Spion

geklebt, damit keiner von draußen durch den Schatten erkennen konnte, ob jemand hindurchsah. Ich schob mein Gesicht ganz nahe heran und entfernte das Isolierband. Larison und Treven, wie angekündigt.

Ich rückte die Kommode beiseite, ließ sie herein und verriegelte die Tür hinter ihnen. »Irgendwelche Schwierigkeiten?«, fragte ich.

Treven schüttelte den Kopf. »Nein. Wir sind die Typen losgeworden, den Van, keine Probleme.

Wenn Kei sich wunderte, was er mit ›die Typen‹ meinte, äußerste sie es zumindest nicht.

»Also gut«, meinte ich. »Wenn alles paletti ist, wird es Zeit, Horton anzurufen.«

Larison sah Kei an und grinste. »Ja, allerdings.«

Kapitel Zweiundzwanzig

Larison ließ sich lange Zeit, bevor er bereit war, Hort anzurufen. Er wusste nicht, wie man sie in Washington aufgespürt hatte – Satelliten, Überwachungskameras, unbemannte Drohnen, was auch immer – und er musste sichergehen, dass es nicht abermals passierte. Also stockte er seine ohnehin strengen Sicherheitsprozeduren auf, indem er Stunden in Bussen, Taxis, Kaufhäusern und in der U-Bahn verbrachte, um damit nicht nur eine mögliche Überwachung zu Fuß oder mit Fahrzeugen auszuschließen, sondern seine Bewegungen auch vor erheblich weiter entfernten potenziellen Spähern abzuschirmen.

Glücklicherweise war es ihm gelungen, die anderen davon zu überzeugen, dass ihre einzige Option darin bestand, Kei als Geisel zu nehmen. Das hatte den Vorteil gehabt, die Wahrheit zu sein, aber seine persönlichen Gründe, Kei als Druckmittel gegen Hort einzusetzen, waren komplexer: Er wusste genau, dass seine Drohung, die Foltervideos zu veröffentlichen, an Wirksamkeit verlor.

Larison hatte schon lange kapiert, dass Amerikas politische Eliten nur deshalb auf einer Terrorabwehr bestanden, die auf spurlosem Verschwinden in Geheimgefängnissen, Folter, Drohnenattacken und Militärinvasionen beruhte, weil genau diese Eliten auf perverse Weise von dem gesteigerten Terror profitierten, den ihre Politik hervorrief. Natürlich war diese Politik keine

Antwort auf eine Bedrohung, sondern vielmehr deren Ursache, und zwar ganz bewusst. Ein verängstigtes Volk war leicht zu kontrollieren. Endlose Kriege und die sich wie Krebsgeschwüre ausbreitenden Sicherheitsprozeduren brachten den Unternehmen, denen diese Politiker dienten, enorme Profite. In diesem Kontext war die mögliche Veröffentlichung von drastischen Videos, in denen amerikanische Soldaten schreiende muslimische Gefangene folterten, aus der Perspektive besagter amerikanischen Eliten eher ein Versprechen als eine Drohung.

Dennoch hätten die Menschen in normalen Zeiten auf derart grausame Foltervideos mit Abscheu und Entsetzen reagiert. Diese emotionale Reaktion würde sich gegen die verantwortlichen Akteure des Establishments gerichtet haben und der Ruf der Männer, die solch barbarische Akte angeordnet hatten, wäre für immer beschädigt gewesen, ihre Karriere ruiniert. Das war eine höchst persönliche Bedrohung gewesen, die das institutionalisierte Interesse der Regierung überwog, nach Wegen zu suchen, um die Gefahr des Terrorismus zu erhöhen – jedenfalls so weit, dass die Regierung zugestimmt hatte, Rohdiamanten im Wert von hundert Millionen Dollar auszuspucken.

Doch jetzt war alles anders. Amerika stand unter Attacke und wen würde es heute noch stören, was auf den Videos zu sehen war? Im Gegenteil – das Volk schrie nach Rache. Niemand würde die für die Folter Verantwortlichen verurteilen. Sie wären Helden.

Das war der Kern von Larisons Problem. Die Umstände hatten seine ursprünglich guten Karten entwertet und zwar so sehr, dass er sich fragte, ob in der Neutralisierung des Erpressungspotenzials der Bänder nicht sogar der Zweck dieser Anschläge lag. Vielleicht nicht der Hauptzweck, aber sicher hatte jemand darüber nachgedacht. Der Effekt war derselbe. Der Wert seiner Aktiva sank ins Bodenlose und er brauchte neue. Horts Tochter gehörte dazu. Die Tochter und das, wozu sie diente.

Irgendwann erreichte er die mit Graffiti übersäten Ladenjalousien, rissigen Porenbetonwände und abblätternden »Zu vermieten«-Schilder des sterbenden Gewerbegebiets. Eine Weile wanderte er zwischen den arbeitslosen, einsamen Männern umher, die sich in dieser Gegend herumtrieben, Opfer einer ausgebluteten Ökonomie. Er tauchte zwischen ihnen unter, weil niemand sie auseinanderhalten konnte oder etwas von ihnen wollte und weil sich die Achtlosigkeit und Gleichgültigkeit der Welt ihnen gegenüber auch auf ihn erstreckte, wenn er sich unter sie mischte.

Mit dem Rücken an die Backsteinwand eines Recyclingcenters gelehnt blieb er stehen und sah sich um. Die Wolkenkratzer der Innenstadt ragten ein, zwei Kilometer entfernt in den ausgeblichenen, blauen Himmel. Abgesehen von diesen entfernten Monolithen befand er sich an einem Ort, der überall hätte sein können. Eine alte Industriestadt, ein sterbender Ort im Rostgürtel. Hier gab es keine Panikeinkäufe. Es gab nichts zu kaufen und kein Geld, um es zu bezahlen. Es war der letzte Ort, für den sich ein Politiker interessieren, die letzte Gegend, zu deren Schutz je Sicherheitskräfte entsandt werden würden. Er fühlte sich anonym. Er fühlte sich sicher.

Erst da zog er Keis Handy aus der Tasche, legte den Akku ein und schaltete es ein. Er besaß eine Nummer von Hort, aber er nahm an, dass dieser eine separate, saubere Leitung ausschließlich für den persönlichen Gebrauch eingerichtet hatte. In Keis Kurzwahleinträgen stieß er sofort auf den Eintrag ›Dad‹. Es war eine andere Nummer als die, die er hatte, also tatsächlich ein Privatanschluss.

Er schickte die Bilder, die er im Lieferwagen aufgenommen hatte, an ›Dad‹, genoss das Gefühl, auf diese Art in Horts Privatleben einzudringen. Er wartete, bis die Fotos hochgeladen waren, dann rief er Hort an.

Ein Klingeln, dann: »Hallo, meine Süße, ich wollte gerade die

Fotos öffnen, die du mir geschickt hast. Wie geht's dir?«

»Ihrem süßen Mädel geht es gut«, erwiderte Larison. »Fürs Erste.«

Es entstand eine lange Pause. Larison weidete sich an Horts Schweigen. Konnte es eine makellosere Art geben, den unvermittelten Schock, die Verletzung, die Hilflosigkeit zu genießen? Die Verwirrung, den hilflosen Zorn und sehr bald die Verzweiflung?

»Ich schwöre beim Allmächtigen …«

Larison schnitt ihm das Wort ab. »Sehen Sie sich die Fotos an. Sie lebt. Noch. Die Typen, die Sie zu ihrem Schutz geschickt haben, allerdings nicht mehr so ganz.«

Wieder gab es eine Pause, während der Hort, wie Larison annahm, die Fotos prüfte. Dann sagte Hort: »Lassen Sie sie gehen. Lassen Sie sie einfach gehen. Sie hat Ihnen nichts getan …«

»*Sie haben* mir etwas getan.«

»Ja. Und das ist eine Sache zwischen Ihnen und mir, niemandem sonst.«

»Es muss Sie doch innerlich auffressen, Hort. Zu wissen, dass Sie es waren, der mich gelehrt hat, die verwundbarste Stelle einer Zielperson zu identifizieren. Und sie dort anzugreifen. Sie haben mir gezeigt, wie es geht, erinnern Sie sich? Sie haben mich durch Nico erpresst.«

»Richtig, das habe ich. Sie wissen, was mit ihm geschehen wird, wenn meiner Tochter irgendetwas zustößt?«

Larison lachte. »Sie haben ihm bereits die Pistole an die Stirn gesetzt, Hort. Womit wollen Sie noch drohen? Seine Nichten zu vergewaltigen und seine Neffen ermorden zu lassen und die ganze sonstige Scheiße, wie schon einmal?«

»Es spielt keine Rolle. Wenn meiner Tochter etwas zustößt, werde ich niemals, niemals Ruhe geben, bis ich Sie gefunden habe. Und ja, ich werde mit Ihrem Mann Nico anfangen und mir jedes gottverdammte Mitglied seiner großen Familie vornehmen, eins nach dem anderen, und Nico werde ich mir bis zuletzt aufsparen, damit er weiß, worum es geht und wer Schuld am Tod aller Menschen ist, die er geliebt hat, an der Zerstörung seines ganzen Lebens. Ich werde persönlich dafür sorgen.«

»Sie übersehen da etwas wirklich Wichtiges, Hort. Und wissen Sie, was? Es. Ist. Mir. Egal. Also machen Sie nur. Legen Sie auf. Machen Sie sich sofort hinter Nico her. Nur zu.«

Schweigen. Dann: »Sagen Sie mir, was Sie wollen.«

»Ich will meine Diamanten.«

»Was noch?«

»Eine Garantie, dass Sie die Hunde zurückpfeifen, die Sie auf uns gehetzt haben.«

»Und dann lassen Sie meine Tochter laufen?«

»Ja.«

»Unverletzt?«

»Ja.«

»Also gut.«

»Wie?«

»Ich bringe Ihnen die Diamanten persönlich. Und ich gebe morgen eine Verlautbarung heraus, die Sie in der anderen Angelegenheit beruhigen wird.«

»Was für eine Verlautbarung?«

»Das kann ich Ihnen jetzt nicht sagen. Sehen Sie es sich im Fernsehen an. Nach der Bekanntmachung fliege ich sofort nach L. A. Ich kann Sie schon morgen Abend treffen, wenn Sie wollen.«

Die Hingabe des Mannes ließ Larison trotz allem nicht ganz unberührt. Er musste wissen, dass er dem Tod ins Auge sah.

Doch dann fragte er sich, ob er Horts Emotionalität nicht überschätzte. Er war ein gerissener Hund und hatte Larison schon früher ausmanövriert. Es galt, vorsichtig zu sein. Kein Detail außer Acht zu lassen. Die Angelegenheit aus Horts Blickwinkel zu betrachten und herauszufinden, ob es irgendeinen

Schwachpunkt in der eigenen Strategie gab.

»Wir wissen, dass Sie uns eventuell aufspüren können«, sagte Larison. »Trotz aller Vorsicht haben Sie uns im Hilton entdeckt, also finden Sie vielleicht auch jetzt wieder eine Möglichkeit. Der Unterschied ist, dass ich diesmal bei Ihrer Tochter sein werde. Wenn Sie die Tür aufbrechen, sollten Sie besser sichergehen, dass Sie mir innerhalb von einer Sekunde eine Kugel ins Gehirn jagen. Denn länger werde ich nicht brauchen, um dasselbe mit ihr zu machen.«

»Niemand wird irgendwelche Türen aufbrechen«, sagte Hort. »Ich will nur, dass sie in Sicherheit ist. Alles andere ist mir egal, Sie hatten recht. Sie können alles verlangen, was Sie wollen, wenn Sie sie nur laufen lassen.«

Larison überlegte. Es war kaum vorstellbar, dass Hort wegen der Diamanten das Leben seiner Tochter riskierte. Aber die Frage lautete, würde er auch seine Hunde zurückpfeifen? Und wie konnte Larison sicher sein, so oder so?

Doch noch während er darüber nachdachte, verflüchtigten sich seine Bedenken. Wenn er erst die Diamanten hatte und Hort tot war und Rain, Treven und Dox ebenfalls, sollte die Regierung doch versuchen, ihn aufzuspüren. Es war Zeitverschwendung. Denn sie würden nach einem Geist suchen.

Kapitel Dreiundzwanzig

Am nächsten Morgen drängten wir uns zu fünft vor dem Fernsehgerät im Motelzimmer. Der Präsident hatte im Rosengarten eine Pressekonferenz einberufen und wir vermuteten, dass Horton etwas damit zu tun hatte.

Wir hatten die Futons hereingeschleppt und die Nacht abwechselnd geschlafen. Kei hatten wir ein Bett überlassen, der Rest von uns benutzte die Futons und Schlafsäcke und das übrige Bett, wobei mindestens einer von uns immer wach blieb. Larison schien nicht viel zu schlafen und wenn doch, stöhnte er, und einmal schrie er sogar auf. Ich kannte mich aus mit schweren Nächten und hatte daher so eine Ahnung, welche Schrecken ihn im Traum heimsuchten.

Kei hatte sich kooperativ verhalten. In Gegenwart von uns allen war sie weniger gesprächig, vielleicht merkte sie, dass wir einzeln oder zu zweit leichter manipulierbar waren als *en masse*. Ich war froh über die Ruhepause. Ich wollte nicht, dass sie Dox einwickeln konnte.

Um neun Uhr unserer Zeit, Mittag in Washington, traten zwei Männer aus dem Weißen Haus – der Präsident in seinem üblichen, dunklen Anzug, und Horton, entschlossen wirkend, in voller Uniform, die Brust mit der kompletten bunten Lamettaauswahl tapeziert. Sie gingen auf das versammelte Pressekorps zu, dann blieb Horton zurück, während der Präsident ans Rednerpult trat.

»Guten Tag«, sagte der Präsident. »Ich möchte zwei kurze Verlautbarungen machen.

Zunächst habe ich angesichts der beispiellosen Serie von Angriffen auf das amerikanische Heimatland in jüngster Zeit – und der anhaltenden Notstandssituation – als Oberkommandierender der Streitkräfte Einheiten der Nationalgarde angewiesen, Schlüsselpositionen in amerikanischen Städten zu besetzen. Diese Einheiten der Nationalgarde werden eng mit den eigens verstärkten Polizeibehörden zusammenarbeiten, um sicherzustellen, dass alles Menschenmögliche getan wird, um weitere Anschläge aufzudecken und zu verhindern. Und, sollte es zum Schlimmsten kommen, die Rettungskräfte zu unterstützen.

Zum zweiten freue ich mich Ihnen mitteilen zu können, dass die Position des Leiters der Nationalen Antiterror-Zentrale nach dem tragischen Tod von Tim Shorrock neu besetzt wurde. Aus Sicherheitsgründen unterliegt der Name seines Nachfolgers jedoch der Geheimhaltung.«

Ich fragte mich, warum Shorrocks Name dann nicht auch geheim gehalten worden war. Vielleicht handelte es sich um eine Reaktion auf die jüngsten Ereignisse. Oder die reflexartige Geheimniskrämerei der Regierung. Oder beides.

»Allerdings«, fuhr der Präsident fort, »steht mein neuer Berater für Terrorismusabwehr hier direkt neben mir. Ich freue mich, bei dem Kampf meiner Regierung gegen die anhaltende terroristische Bedrohung auf den Rat und die Unterstützung von Colonel Scott Horton zählen zu können. Colonel Horton kann auf eine lange und herausragende Karriere im Dienst unserer Nation zurückblicken und seine reichhaltige Erfahrung im Bereich der Nationalen Sicherheit wird von unschätzbarem Vorteil für mein Kabinett sein. Bitte richten Sie alle eventuellen Fragen an Colonel Horton.«

Der Präsident trat beiseite. Ein paar Reporter schrien Fragen, aber er ignorierte sie. Horton übernahm das Rednerpult.

»Meine Damen und Herren«, sagte er und ließ den Blick über die Menge schweifen. »Ich will mich kurz fassen.«

Vielleicht lag es an dem feierlichen Ernst in Hortons Miene – der, so vermutete ich, von der Belastung durch das Wissen um die Situation seiner Tochter herrührte. Möglicherweise auch an seiner straffen, militärischen Haltung, seinem Bariton und diesem kultivierten Südstaaten-Akzent. Was auch immer, selbst im Fernsehen war spürbar, wie die kollektive Aufmerksamkeit des Pressekorps sich erwartungsvoll auf ihn richtete.

»Wie der Herr Präsident soeben gesagt hat«, fuhr Horton fort, »werden im Augenblick Einheiten der Nationalgarde in alle größeren Städte Amerikas verlegt. Er hat von einem Notstand gesprochen. Und selbst wenn ich den Begriff der Sachlage für angemessen halte, so glaube ich doch, dass er falsch verwendet wurde. Denn sehen Sie, der Notstand, dem wir uns gegenwärtig gegenüber sehen, hat seine Ursache viel weniger in einer terroristischen Bedrohung, als in der Überreaktion unserer Regierung auf diese Bedrohung.«

Ich dachte: *Was zum Henker tut er da?* Darüber hinaus stockten alle Denkprozesse.

Stille breitete sich unter den Reportern aus. Sie starrten Horton wie gelähmt an. Keiner machte sich Notizen. Ich betrachtete den Präsidenten, der ein paar Schritte seitlich hinter Horton stand. Sein Gesicht war eine Maske aus schlecht verhehltem Schock und Zorn.

»Denn«, sprach Horton weiter, »was soll das eigentlich bedeuten, wenn in Amerika die Bundesregierung den ›Notstand‹ erklärt? Es gibt überhaupt keine verfassungsmäßige Grundlage für ein derartiges Konzept. Woraus besteht der Notstand? Wann endet er? Das sind schwierige Fragen, aber gleichzeitig auch rein rhetorischer Art. Ich kann Ihnen nämlich versichern, dass hier und heute, in diesem Land, Männer an den Schalthebeln der Macht ernsthaft erwägen, die Verfassung außer Kraft zu setzen und das Kriegsrecht zu verhängen. Und der sogenannte ›Notstand‹ soll die Brücke zwischen dieser Außerkraftsetzung und dem Kriegsrecht bilden.«

Die Zuschauer im Rosengarten waren immer noch vollkommen still. In unserem Hotelzimmer schien es selbst Dox die Sprache verschlagen zu haben.

»Heute«, fuhr Horton fort, »möchte ich allen Amerikanern eine einfache Frage stellen. Wenn die Terroristen uns sagen würden, dass sie ihre Anschläge solange fortführen, bis wir die Verfassung zerreißen und unsere Freiheit aufgeben, was würden wir ihnen darauf antworten? Wir würden ihnen zu Recht sagen, sie sollen sich zum Teufel scheren. Und doch sind wir bereit, genau diese Dinge zu tun, wenn wir glauben, es wäre unser eigener, freier Wille und würde zu unserem Schutz geschehen. Aber wo liegt am Ende der Unterschied? Die Verfassung ist in beiden Fällen verloren. Die Freiheiten, auf die wir so stolz sind und für die unsere Vorfahren gekämpft haben, für die sie gestorben sind, für die ich und Mitglieder meiner Familie seit dem Bürgerkrieg gekämpft haben, werden auf ewig dahin sein.«

Immer noch herrschte absolutes Schweigen, das an Schock grenzte.

»Ich habe daher lange mit mir gerungen, als der Präsident mich bat, in seiner Regierungsmannschaft mitzuarbeiten. Ich fragte mich: Was soll ich tun? Wenn Ihnen jemand erzählt, die Nähe zur Macht, vor allem in einer Krise, sei nicht verlockend, dann ist er ein Lügner. Ich war also versucht, dieser Regierung zu dienen. Warum auch nicht? Schließlich habe ich mein ganzes Leben lang meinem Land gedient. Das Problem jedoch ist, dass mir klar wurde: Ich kann unserem Land heute nicht mehr dienen, indem ich dem Präsidenten diene. Im Gegenteil, das eine schließt das andere aus. Den Dienst, den der Präsident von mir erwartete, kann zweifellos auch ein anderer kompetent erfüllen. Was jedoch unbedingt nötig war, und zwar dringend, ist, dass jemand mit gutem Beispiel vorangeht. Und ich hoffe, dass viele Menschen meinem Beispiel folgen werden.«

Er machte eine Pause. Niemand rührte sich. Alle Augen, vor dem Weißen Haus wie in unserem Motelzimmer, waren wie gebannt auf Horton gerichtet.

»Daher«, sagte er, »muss ich mit sofortiger Wirkung mein Amt in dieser Regierung niederlegen und mein Offizierspatent der Armee der Vereinigten Staaten zurückgeben. Jeden, von dem verlangt wird, die Verfassung zu zerstören, und zwar unter dem diabolischen Vorwand, sie zu retten, möchte ich darin bestärken, sich meinem Beispiel anzuschließen. Ich fordere alle Amerikaner jeglicher Couleur auf, dem Versuch der Regierung Widerstand zu leisten, die verfassungsmäßige Garantie, dass unsere Regierung nur aus dem Volk, durch das Volk und für das Volk existieren kann, zu pervertieren und auszuhöhlen. Und allen Menschen, denen ihre Sicherheit wertvoller ist, als ihre Freiheit, empfehle ich, nach Nordkorea zu gehen, wo sie in einer Gesellschaft leben können, die ihren Vorlieben eher entsprechen dürfte als die, die wir hier in den Vereinigten Staaten von Amerika aufgebaut haben.«

Er verstummte kurz, dann sagte er: »Es mag sein, dass niemand meine Mahnung ernst nimmt. Damit kann ich leben. Aber ich will verdammt sein – ich würde verdammt sein –, wenn ich zulasse, dass irgendeiner Gruppe primitiver, hasserfüllter, fanatischer Versager, die der Welt nichts anderes zu bieten haben als feige Anschläge auf Zivilisten, mich dazu zwingt, die Freiheiten aufzugeben, auf die ich stolz bin, die ich liebe und die an meine Kinder weiterzugeben ich entschlossen bin, so wie meine Eltern sie an mich weitergegeben haben.«

Er sah jedem Einzelnen im Publikum ins Gesicht, dann machte er auf dem Absatz kehrt und marschierte ins Weiße Haus zurück, aufrecht, mit hoch erhobenem Kopf. Einen Moment lang herrschte noch verblüfftes Schweigen, dann sprangen die

Reporter auf und begannen, eine Kakofonie von Fragen durcheinander zu schreien. Eine Sekunde lang schien der Präsident völlig aus der Fassung zu sein. Dann drehte auch er sich um und schritt zurück ins Weiße Haus.

Wir starrten alle den Bildschirm an. Dox brach schließlich das Schweigen.

»Ach du heilige Scheiße!«, sagte er.

Ich stand auf und schaltete den Fernseher ab, da ich keine Lust auf die unvermeidlichen, schwachsinnigen Kommentare hatte. Ich wandte mich um und sah Larison, Treven und Dox an. »Was zum Teufel war das denn?«

Dox nickte. »Geht es nur mir so oder klang das nach einem Mann, der hoch hinaus will?«

»Allerdings«, erwiderte ich. »Aber wie hoch? Wenn diese Kerle bekommen, was sie wollen, dann glaube ich nicht, dass sie in naher Zukunft Wahlen veranstalten werden. Und mit naher Zukunft meinte ich: jemals.«

Niemand sprach. Ich sagte: »Ich meine, es hörte sich doch nicht so an, als wollte er einen Putsch veranstalten? Und hätte den Berater des Präsidenten für Terrorismusbekämpfung ermorden lassen, damit er die Position des Toten übernehmen kann?«

»Du meinst, wir könnten uns geirrt haben?«, fragte Dox. »Was Hortons wahre Absichten angeht? Darüber, dass er uns in Washington diese Unglückseligen auf den Hals gehetzt hat?«

»Aber wer sonst hätte von unserer Anwesenheit wissen können?«, fragte ich. »Es sei denn, Horton hätte es noch jemandem mitgeteilt, der … ich weiß nicht, seine eigenen Gründe hatte, uns auszuschalten.«

»Nein«, erwiderte Treven. »Hort hätte die operative Sicherheit niemals gefährdet, es sei denn, er wollte uns eliminieren.«

Larison neigte den Kopf zu Kei, die mit einer an den Bettpfosten gefesselten Hand auf dem Bett saß. »Und außerdem«, sagte er, »was ist mit den zwei Männern, die zu ihrem Schutz abgestellt waren?«

»Könnte sie ein anderer geschickt haben, damit es so aussah, als wäre Horton dafür verantwortlich?«, dachte ich laut nach.

Larison schüttelte den Kopf. »Das ist ein wenig weit hergeholt, meine ich. Die Logik sagt, dass wir recht hatten, was Horts Motive betrifft. Aber ich gebe zu, seine Taktik ist ... überraschend. Andererseits tut Hort nie das, was man von ihm erwarten würde. Er behält immer etwas in der Hinterhand. Die Frage ist nur, was ist es diesmal? Meinen Sie, er glaubt, damit würde er sie retten?«

Dox sah Kei an. »Sie muss nicht gerettet werden, ja? Wir müssen lediglich dafür sorgen, dass ihr Vater das glaubt.«

Es war idiotisch, so etwas in Keis Gegenwart zu sagen. Wir waren darauf angewiesen, dass sie Angst vor uns hatte und kooperierte. Aber es war nun einmal heraus und zu widersprechen änderte nichts mehr.

Larison sah Dox an. »Es spielt keine Rolle, was wir seiner Tochter antun oder nicht antun könnten. Entscheidend ist Horts Blickwinkel. Und ich garantiere Ihnen, mir glaubt er.«

Es lag eine leichte Betonung auf dem ›mir‹. Um eine Auseinandersetzung zu verhindern, sagte ich: »Wir haben zwei Forderungen gestellt. Die Diamanten und dass er seine Hunde zurückpfeift. Die Frage ist, was hatte diese Nummer vor dem Weißen Haus damit zu tun?«

»Gar nichts«, meinte Treven. »Auf ersteres hat es keinen Einfluss und das zweite verhindert es sogar. Soll ich Ihnen sagen, was ich glaube? Die Nummer war lange geplant. Sie hat nichts mit seiner Tochter zu tun. Da geht es um etwas anderes.«

Das klang einleuchtend. »Gut«, sagte ich. »Aber um was?«

Niemand erwiderte etwas. Dox wandte sich zu Kei. »Süße, wenn Sie über irgendwelche Einblicke verfügen, was sich da soeben im Fernsehen abgespielt hat, wäre es ein großartiger Zeitpunkt, sie mit uns zu teilen.«

Zunächst antwortete sie nicht und ich sah, dass der Anblick ihres Vaters sie betroffen gemacht hatte, sei es wegen seines Rücktritts oder wegen der Umstände. Sie versuchte, ihre Gefühle unter Kontrolle zu bringen.

»Vielleicht übersehen Sie etwas unglaublich Offensichtliches«, sagte sie nach einem Augenblick. »Mein Vater ist ein ehrenwerter Mensch.«

Dox lächelte traurig. »Nun, bei allem Respekt, aber Sie kennen ihn nicht so wie wir.«

»Nein«, sagte sie. »Sie kennen ihn nicht so wie ich.«

Wir verstummten wieder. Ich überprüfte das Bulletin-Board. Es gab eine Nachricht von Horton.

»Er kommt«, verkündete ich. »Heute Abend, mit den Diamanten. Ankunft am LAX gegen acht Uhr in einem Privatjet. Sagt, er kann mit den Diamanten keinen Linienflug riskieren. Die Flughafensicherheit ist völlig übergeschnappt, alles wird manuell durchsucht. Er trifft sich mit uns, wo wir wollen.«

»Er hat Ihnen seinen Flugplan verraten?«, fragte Treven.

Ich nickte. Die Bedeutung lag auf der Hand. Entweder Horton versuchte, uns in eine ziemlich offensichtliche Falle zu locken. Oder er teilte uns mit, dass wir ihn ohne Widerstand umbringen konnten, wenn wir nur seine Tochter laufen ließen.

Es musste der zweite Grund sein. Er wusste, dass wir uns nicht mehr als unbedingt nötig exponieren würden. Nur einer von uns würde die Diamanten abholen kommen, während die anderen seiner Tochter mittlerweile eine ganz und gar nicht metaphorische Pistole auf die Brust setzen.

»Er sagte mir, seine Ankündigung sollte uns beruhigen«, meinte Larison. »Haben wir da etwas übersehen? Ich verstehe es nicht.«

Niemand antwortete. Ich glaubte nicht, dass wir das Rätsel lösen konnten. Wir würden einfach Horton fragen müssen. Und da begriff ich.

»Wir sollten gar nichts sehen«, sagte ich. »Er will nur eine Chance, mit uns zu reden. Wer immer die Diamanten abholt, Horton sucht ein Gespräch, nicht nur eine Übergabe.«

»Was hat er davon?«, fragte Dox.

Ich sah Kei an. »Ich weiß nicht. Aber wir müssen entscheiden, wer sich mit ihm trifft.«

Dox stand auf. »Verdammt, ich mache es.«

Ich fragte mich, ob er nur bluffte. Ich wusste, dass er Kei beschützen wollte und sich Sorgen wegen Larison machte.

»Nein«, sagte ich. »Ich will, dass Horton dieses spezielle prickelnde Gefühl hat, das man nur empfindet, wenn man weiß, dass ein ehemaliger Scharfschütze einen durch ein Zielfernrohr beobachtet.«

»Ich auch nicht«, wehrte Larison ab. »So gerne ich es tun würde. Von uns vieren fürchtet Hort mich am meisten. Weil er weiß, dass es für mich eine persönliche Angelegenheit ist. Wenn Sie ihn gefügig machen wollen, muss er sich vorstellen, dass seine Tochter mir hilflos ausgeliefert ist.«

Der Gedanke an Larison allein mit Kei gefiel mir nicht besonders, aber gegen seine Einschätzung der Lage war nichts einzuwenden.

Treven warf ein: »Ich mache es.«

Eigentlich hätte ich es vorgezogen, selbst zu gehen. Ich traute Treven nicht. Er war in der U-Bahn in L. A. außergewöhnlich still gewesen, als wir erstmals diskutierten, ob wir etwas gegen Horton unternehmen sollten. Und er hatte mich beschuldigt, ihn wegen der Falle in Verdacht zu haben, die Horton uns mit dem Zyanid gestellt hatte. Doch ich war mir nicht sicher und wollte auch keine neue Auseinandersetzung. Das Verhältnis zwischen uns mochte sich etwas entspannt haben, aber immer noch konnte eine kleine Meinungsverschiedenheit in ein Feuergefecht ausarten.

Seltsamerweise war ich relativ unbesorgt, dass Treven sich mit den Diamanten absetzen könnte. Hundert Millionen Dollar sind eine Menge Geld, sicher. Aber wenn Larison, Dox und ich hinter einem her waren, lebte man nicht lange genug, um es auszugeben. Besser, sich mit ebenfalls galaktischen fünfundzwanzig Millionen zufriedenzugeben und sie entspannt genießen zu können. Ich stellte mir vor, dass auch Larison diese Überlegung angestellt hatte und zum gleichen Ergebnis gelangt war.

»Sie müssen einen äußerst gründlichen Gegenaufklärungsgang durchführen«, sagte ich. »Wir wissen nicht …«

Er hob die Hand. »Wie er uns in Washington aufgespürt hat. Schon klar. Satelliten, Drohnen, Überwachungskameras etcetera. Ich werde vorsichtig sein.«

Ich nickte abermals. Mein kontrollbessener Führungsstil brach durch. Anscheinend konnte ich nicht anders.

»Er wird wissen wollen, wann wir seine Tochter freilassen«, sagte Larison. »Sagen Sie ihm, erst, nachdem die Diamanten von einem Experten geprüft wurden. Wenn er sich einbildet, er könnte wieder einen Sack voller Plastik abliefern, wird er dafür bezahlen.«

»Die Diamanten sind nur die Hälfte der Miete«, sagte Dox. »Wie will er seine Hunde zurückpfeifen, jetzt, wo er nur noch Zivilist ist? Und wie könnten wir jemals sicher sein, so oder so?«

Ich sah, dass Larison diese Gefahr kalt ließ. Er wollte nur die Diamanten. Das war keine neue Entwicklung, aber trotzdem beunruhigte sie mich. Ich spürte, dass wir seinetwegen irgendwann Maßnahmen ergreifen mussten, extreme Maßnahmen. Aber ich wusste nicht, was. Oder vielleicht wollte ich es einfach nicht wahrhaben.

Ich sah Treven an. »Horton wird Ihnen Garantien geben, den Fahndungsdruck abzubauen. Wir wissen nur noch nicht, welcher Art sie sein werden. Nehmen wir fürs Erste an, dass sie etwas taugen, weil er kein Risiko für seine Tochter eingehen will.

Egal, was er sagt, antworten Sie ihm, dass Sie es erst mit uns durchsprechen müssen und wir uns später mit ihm in Verbindung setzen.«

»Das wird ihm nicht gefallen«, meinte Treven.

Larison grinste. »Er wird es hassen. Aber hat keine Wahl. Er wird nicht riskieren, Sie mit leeren Händen zu uns zurückzuschicken.«

Dann sah er Dox an und sagte: »Jedenfalls nicht, solange ich hier bin.«

Kapitel Vierundzwanzig

Treven saß in einer Ecke des riesigen, verschnörkelten Wartesaals der Union Station in Los Angeles und wartete auf Hort. Die Glock lag versteckt in einer schwarzen Bauchtasche mit geöffnetem Reißverschluss auf dem großen Stuhl aus Mahagoni und Leder neben ihm, aber er rechnete nicht mit akuten Problemen. Selbst wenn Hort nicht gerade aus der Regierung ausgeschieden wäre und sein Offizierspatent zurückgegeben hätte, was sollte er hier schon machen? Ein Team einsetzen, um ihn sich zu greifen? Sie würden Treven durch den gesamten Bahnhof schleifen müssen, vorausgesetzt, sie überlebten das vorhergehende Feuergefecht. Ein einfacher Mordanschlag? Das würde Horton höchstens eine tote Tochter einbringen. Nein, das wahrscheinlichste Szenario war – abgesehen davon, dass Hort lieber gar nichts unternahm, weil sie ihn bei den Eiern hatten –, dass er seine Streitkräfte zurückhängen ließ und hoffte, sie würden Treven zu dem Ort folgen können, wo Kei gefangen gehalten wurde. Das war der Grund, warum sie Hort über die sichere Website die Union Station als Treffpunkt mitgeteilt hatten. Mit ihren multiplen Ebenen und vielfältigen Ein- und Ausgängen, den zahllosen Bahn-, U-Bahn- und Buslinien und ihrer Nähe zu drei Highways und unzähligen anderen Straßen, konnte nicht einmal eine ganze Armee den Bahnhof vernünftig überwachen.

Er war ein wenig überrascht gewesen, als Rain ihn zu dem

Treffen mit Horton schickte. Der Mann hatte einen guten Instinkt und nach dem Hinterhalt im Capital Hilton sofort Treven in Verdacht gehabt. Aber er hielt nichts Konkretes in der Hand und hatte deshalb vermutlich beschlossen, sein Misstrauen im Zaum zu halten. Jedenfalls fürs Erste.

Treven sah die seltsamsten Typen durch die riesigen Bögen kommen und gehen, während die Geräusche ihrer Handys und Gespräche von der hohen Decke mit ihren Art-Deco-Lüstern verschluckt und immer wieder von Durchsagen übertönt wurden, die betonten, wie wichtig es sei, wachsam zu bleiben und jede verdächtige Aktivität sofort zu melden. Es lag eine Spannung in der Luft, die ihn an die Zeit unmittelbar nach 9/11 erinnerte: Die Leute hatten es eiliger als gewöhnlich, als bedeutete der Aufenthalt in einem Bahnhof mittlerweile eine tödliche Version des Spiels ›Die Reise nach Jerusalem‹. Die Mienen waren verkniffen und misstrauisch und ängstlich. Augen huschten unruhig hin und her, versuchten, in Gesichtern zu lesen, die sie früher vergnügt übersehen hätten. Überall stand Polizei herum und ein halbes Dutzend Soldaten patrouillierte in Kampfuniform, M-16 im Anschlag. Allerdings gehörten sie keinesfalls zu Hort. Hier handelte es sich um Reservisten und für einen Agenten wie Treven war der Unterschied zwischen einem Freizeitsoldaten und einem JSOC-Veteranen für schwarze Operationen so deutlich, wie der zwischen einem Kind, das ›Touch-Football‹ spielt, und einem abgehärteten NFL-Profi. Horts Jungs blieben unsichtbar, bis sie einem eine Kapuze über den Kopf zogen oder eine Kugel in den Kopf jagten. Die Burschen hier waren reines Sicherheitstheater. Sie sollten einfach männlich aussehen und einer verunsicherten Öffentlichkeit demonstrieren, dass Etwas Getan Wurde, und Treven nahm an, sie wären zumindest dieser Aufgabe gewachsen.

Hort tauchte kurz nach neun Uhr auf. Er trug Zivilkleidung – Khakihose und grünes Polohemd – und hatte eine blaue Nylon-

Sporttasche dabei. Seine Miene war ungewöhnlich verhärmt, am Rande der Erschöpfung. Er sah aus wie ein Mann, der einen großen Verlust erlitten hat und jetzt befürchtet, am Ende ohne alles dazustehen.

Er ging langsam durch die Wartehalle und drehte den Kopf nach links und rechts, bis er Treven erblickte. Als er näherkam, schloss Treven die Finger um den Griff der Glock, ließ den Daumen aber außen auf der Bauchtasche ruhen. Wenn nötig, konnte er durch das Ding hindurchschießen, und bis dahin sollte die Waffe unsichtbar bleiben. Er suchte den Raum ab, konnte aber nirgendwo jemanden sehen, der verdächtig wirkte.

Hort blieb ein, zwei Meter entfernt stehen. Er setzte sich nicht und Treven stand nicht auf.

»Ich bin froh, dass Sie es sind«, sagte Hort.

Treven ließ den Blick noch einmal durch den Raum gleiten. »Sollten Sie nicht.«

»Warum nicht?«

»Diese Hotelgeschichte war Ihr zweiter Versuch, mich umbringen zu lassen. Ich war ein Idiot, Ihnen zu verraten, was Larison vorhatte. Er hatte recht. Ich hätte ihm einfach helfen sollen, Sie auszuschalten.«

»Diese Männer waren nicht ihretwegen da. Von Ihnen wusste ich, wo ich Sie finden konnte, erinnern Sie sich? Ich weiß, dass Sie der Einzige sind, dem ich trauen kann. Wissen Sie, was das für mich bedeutet, nach allem, was zwischen uns vorgefallen ist? Haben Sie überhaupt eine Ahnung, wie dankbar ich Ihnen war, dass Sie mir eine zweite Chance gaben?«

Treven hatte mehr oder weniger so etwas erwartet. Das Ärgerliche daran war, dass er sich versucht fühlte, dem Mann zu glauben. »Sie haben, was wir wollen?«, fragte er.

Hort warf den Sportbeutel auf den Stuhl neben Treven. »Es ist alles da drin. Nur ein Nylonbeutel, kein Platz für Peilsender, obwohl ich annehme, dass Sie das ohnehin überprüfen werden.«

»Wir werden auch den Inhalt überprüfen lassen. Von einem Fachmann.«

»Selbstverständlich. Dennoch versichere ich Ihnen, dass es sich genau um das handelt, worum Sie gebeten haben. Und jetzt möchte ich Ihnen noch ein zusätzliches Angebot machen, Sie aber auch um einen weiteren Gefallen bitten.«

»Und was?«

»Wenn Sie mich in einen der Canyons oder in den Nationalpark oder an einen anderen einsamen Ort bringen wollen, werde ich mich einfach hinknien und in die Ferne sehen und Sie können mir eine Kugel in den Hinterkopf jagen. Sie müssen es nur sagen.«

»Ist das das Angebot oder der Gefallen?«

Hort lächelte schmal. »So lautet das Angebot. Der Gefallen ist: Hören Sie mich bitte erst an. Und gleichgültig, zu welcher Entscheidung Sie gelangen, bitte ich Sie um noch etwas: Lassen Sie mein kleines Mädchen gehen.«

Beim letzten Wort brach seine Stimme. Treven mochte es kaum glauben. Er kannte Hort nur selbstbewusst, kompetent, als Herr der Lage. Es kam ihm so vor, als hätten sie den Mann durch die Entführung seiner Tochter gebrochen, und plötzlich fühlte er sich beschämt.

Doch Gefühle durfte er sich nicht leisten und schon gar nicht zeigen. »Das wären schon zwei Gefallen«, bemerkte er.

»Wie Sie wollen. Und es ist mir gleichgültig, was Sie mit mir vorhaben. Ich habe in meinem ganzen Leben nie um etwas gebettelt, aber jetzt flehe ich Sie an. Lassen Sie sie einfach gehen.«

Treven machte eine Kopfbewegung. »Lassen Sie mich Ihre Knöchel sehen. Und drehen Sie sich um.«

Hort gehorchte. Er war unbewaffnet.

Treven sah sich in der Halle um. Die Luft war rein. »Also gut«, sagte er. »Gehen wir.«

»Wohin?«

»Vielleicht zu einem der einsamen Orte, von denen Sie gesprochen haben. Was immer Sie mir zu sagen haben, Sie können es unterwegs tun.«

Sie gingen durch die Union Station zur Red-Line-U-Bahn. Treven blieb auf dem Bahnsteig stehen, während ein Zug hereinquietschte und dann wieder davonratterte. Als die ausgestiegenen Passagiere verschwunden waren und sie einen Moment lang allein dastanden, schaltete Treven das Wanzenspürgerät ein, das Rain ihm gegeben hatte. Keine Anzeige.

»Haben Sie ein Handy dabei?«, fragte er.

Hort nickte. »Ja, aber ich habe den Akku herausgenommen. Ich dachte schon, dass Sie fragen würden.«

Also gut. Entweder Hort war sauber oder er trug ein Gerät bei sich, das er später einschalten konnte. Um diese Möglichkeit auszuschließen, würde Treven das Spürgerät wieder einschalten, wenn sie das nächste Mal allein waren.

Noch ein Zug kam und ging und hinterließ einen kurzzeitig menschenleeren Bahnsteig. Diesmal war Treven sicher, dass niemand ihnen folgte, zumindest nicht in Sichtkontakt. Sie warteten noch ein wenig und stiegen dann in den nächsten Zug. Er war etwa halb voll und alle Passagiere sahen aus wie nervöse Zivilisten. Treven befahl Hort, sich ein paar Plätze weiter vorn in derselben Blickrichtung hinzusetzen, damit er den Sportbeutel durchsuchen konnte, ohne dass Hort diese Ablenkung dazu nutzen konnte, ihn zu entwaffnen. Es hätte ihm ohnehin nichts genützt, aber man nahm dem Gegner am besten Motiv *und* Gelegenheit.

Während der Waggon schwankend durch den engen Tunnel brauste, zog Treven den Reißverschluss des Beutels auf. Tausende von kleinen, hellen Steinen, manche gelblich, manche hellgrau, die meisten aber durchscheinend weiß. Er schob die Hand hinein und durchwühlte sie vorsichtig. Nichts, außer Steinen. Er tastete die Tragschlaufen und Säume des Beutels gründlich ab.

Keine verräterischen Ausbuchtungen oder Drähte. Kein Sender. Es war einfach ein Beutel. Okay.

An der Haltestelle Vermont / Beverly befahl er Horton auszusteigen und sie blieben auf dem Bahnsteig zurück. Keine Frage, die Luft war rein, es sei denn, Horton hatte genügend Leute, um jeden einzelnen Zug der Red Line zu überwachen. Beim nächsten stiegen sie wieder ein. Sie fuhren bis North Hollywood, der Endstation, und gingen dann zum Chandler Boulevard, wo Treven zuvor ein gestohlenes Auto geparkt hatte. Diesmal war es ein dunkelblauer Honda Accord, eines der häufigsten Autos in Amerika. Eine überarbeitete Hausfrau hatte ihn dummerweise mit dem Schlüssel im Zündschloss stehen lassen, während sie nur mal schnell mit einem Stapel schmutziger Hemden in eine Reinigung in Culver City gerannt war.

Er gab Hort den Schlüssel. »Sie fahren«, sagte er.

»Wohin?«

»Ich sage es Ihnen unterwegs.«

Es war schwer vorstellbar, dass Hort nach seinem Rücktritt noch Zugriff auf offizielle Überwachungsinstrumente hatte. Außerdem wusste Treven im Unterschied zu den anderen, dass Hort nichts dergleichen benötigt hatte, um sie im Capital Hilton aufzuspüren – das verdankte er schlicht und einfach Trevens Anruf. Darüber hinaus war es Nacht, sodass es den Satelliten schwerer fiel, sie zu verfolgen. Trotzdem ließ er Hort einen umständlichen GAG fahren, der dieselben Unterführungen und Tiefgaragen umfasste, die sie schon nach Keis Entführung benutzt hatten, um ihre Bewegungen zu verschleiern. Rains Wanzenspürgerät blieb die ganze Zeit stumm.

Schließlich erreichten sie den Lake Hollywood Drive, eine einsame, kurvenreiche Strecke in den Hollywood Hills oberhalb des Speicherbeckens. In einer Kehre, die teilweise von Gebüsch und ein paar vertrockneten Bäumen verborgen war, befahl Treven Hort, rechts ranzufahren. Normalerweise hätte er ungern an einer solchen Stelle gehalten, weil immer die Gefahr bestand, dass ein Streifenwagen auf der Suche nach ein paar geilen Jugendlichen vorbeikam, die es in den Hügeln in ihren Autos trieben. Aber die Polizei von Los Angeles war derzeit sicher mehr damit beschäftigt, die kritische Infrastruktur zu schützen.

Hort schaltete Zündung und Scheinwerfer aus und blickte aus seinem Fenster. »Kein schlechter Platz, um eine Leiche abzulegen«, sagte er. »Ich hoffe, Sie hören mich vorher an.«

»Ich lausche.«

»Stört es Sie, wenn ich eine Zigarre rauche?«

Treven packte den Griff der Glock fester und fühlte sich beruhigt durch ihr vertrautes Gewicht. »Wie Sie wollen.«

Hort ließ das Seitenfenster herunter, dann zog er ein Aluröhrchen und einen Zigarrenschneider aus der vorderen Hosentasche. Er schraubte das Röhrchen auf, ließ die Zigarre herausgleiten und schnitt das Ende geschickt mit dem Zigarrenschneider ab. Er warf es zum Fenster hinaus, steckte sich die Zigarre in den Mund, holte ein Streichholz aus dem Röhrchen, riss es mit dem Daumennagel an, wartete einen Augenblick und zündete dann die Zigarre an, indem er sie sorgfältig drehte, um eine gleichmäßige Glut zu erreichen. Als er endlich zufrieden war, wedelte er das Streichholz aus und behielt es in der Hand, bis es abgekühlt war, bevor er es ebenfalls zum Fenster hinauswarf.

»Eine kubanische Montecristo«, sagte er und lehnte sich zurück. »Entschuldigen Sie, aber ich habe nur die eine.«

Treven hielt die Glock auf ihn gerichtet. »Genießen Sie sie.«

Die Implikation war unmissverständlich und er musste es nicht aussprechen. *Es ist wahrscheinlich Ihre letzte.*

Hort stieß eine süßlich duftende Rauchwolke aus. »Ich weiß, was Sie denken. Sie glauben, ich stecke hinter den Anschlägen unter falscher Flagge. Dass ich dazugehöre.«

»Wollen Sie das bestreiten?«

»Nicht so, wie Sie glauben.«

Trevens Augen passten sich der Dunkelheit an. Ein Dreiviertelmond stieg auf, dessen bleiches Licht von der Straße und dem Stausee unter ihnen reflektiert wurde. »Dann erklären Sie mal.«

»Hat Rain Sie in das eingeweiht, was ich ihm von den angeblichen Zielen dieses Putsches erzählt habe?«

»Ja.«

»Was hat er gesagt?«

»Das System ist krank. Die Verschwörer suchen einen Vorwand, um an die Macht zu kommen und alles wieder ins Lot zu bringen, bevor sie die Macht an das Volk zurückgeben. Sie wiederum dachten, der ganze Plan wäre Wahnsinn und beauftragten uns, einige Schlüsselfiguren auszuschalten, um ihn zu stoppen.«

»Das nenne ich eine exakte Zusammenfassung.«

»Aber dann fanden wir heraus, dass die Personen, auf die Sie uns angesetzt hatten, gar nicht an der Verschwörung beteiligt waren. Dass sie sich vielmehr dagegen stellten.«

»Auch das ist richtig.«

»Was zum Teufel haben Sie dann vor, Hort? Auf wessen Seite stehen Sie?«

Hort seufzte. »Die Verschwörer haben insofern recht, als das amerikanische System krank ist. Ebenfalls recht haben sie mit der Ansicht, dass ohne einen sofortigen und radikalen chirurgischen Eingriff der Patient mit Sicherheit sterben wird. Aber sie haben unrecht, wenn sie glauben, es bedürfe eines Putsches. Was wir wirklich brauchen, geht ein wenig in eine andere Richtung.«

»Und das wäre?«

Hort sah ihn an. »Ein versuchter Staatsstreich.«

Treven antwortete nicht. Er versuchte, das was er bereits wusste, unter den neuen Gesichtspunkten zu analysieren. »Sie meinen … Sie wollten, dass die Verschwörer den Putsch in Gang setzen, aber …?«

Hort nickte. »Und dass er dann verhindert und als solcher entlarvt wird, ja.«

»Wozu? Was soll das bringen?«

»Vielleicht gar nichts. Dann welkt das Land eben dahin und stirbt mehr oder weniger nach Zeitplan, wie es ohnehin der Fall wäre. Aber vielleicht, nur vielleicht … wachen die Menschen auf.«

»Und begreifen – was?«

»Wie nahe sie davor standen, alles zu verlieren, was sie so hoch zu schätzen glaubten, aber in Wahrheit für allzu selbstverständlich genommen haben. Haben Sie meine kleine Ansprache vor dem Weißen Haus gehört?«

»Ja.«

»Dass wir niemals unsere Freiheiten aufgeben würden, wenn Terroristen es explizit von uns verlangten? Das ist die reine Wahrheit. Das wissen Sie, oder?«

»Ich schätze schon.«

»Nun, ich wollte dem Land einen kleinen Vorgeschmack darauf geben. Das Schlachtfeld vorbereiten.«

»Ich verstehe nicht.«

Hort sog an seiner Zigarre, behielt den Rauch im Mund und blies ihn dann langsam zum Fenster hinaus. »Unser Land wird von einem Komplex der Nationalen Sicherheit ausgeblutet, der so grotesk aufgebläht und metastasiert ist, dass nicht einmal Dwight Eisenhower es sich in seinen schlimmsten Albträumen und düstersten Zukunftsvisionen hätte vorstellen können. Die Menschen finden sich mit diesem Zustand ab, weil sie gar nicht merken, dass ihnen etwas genommen wird. Aber wenn der Oligarchie dieses Landes die Maske vom Gesicht gerissen wird und man ihre hässliche Fratze sieht, dann besteht die Chance, dass die Menschen sich wehren. Eine Chance. Verstehen Sie?«

Treven überlegte. »Sie meinen, selbst wenn jemand etwas freiwillig aufgibt – falls es ihm jemand wegnehmen wollte, würde er darum kämpfen.«

»Genau.«

»Warum sind Sie dann zurückgetreten?«

»Weil die desillusionierten Massen einen Helden brauchen werden, wenn der Brand gelöscht ist. Jemanden von untadeligem Charakter und kampfgestähltem Blick. Jemanden, der durch seine Taten und Opfer bewiesen hat, dass er ein selbstloser Diener der Nation ist und sich nicht durch Macht oder etwas anderes korrumpieren lässt.«

Nicht zum ersten Mal fiel Treven auf, wie geschickt sich Hort auf Ebenen der Manipulation, Täuschung und Strategie bewegte, die Treven völlig fremd waren. Er wusste nicht, ob er neidisch oder erleichtert sein sollte.

»Diese Ansprache«, meinte er. »Dox sagte, es würde so klingen, als wollten Sie hoch hinaus.«

»In gewisser Weise stimmt das.«

»Und welches Amt schwebt Ihnen vor?«

»Wenn alles klappt, wird eine unabhängige Expertenkommission einberufen werden, um die Gründe des versuchten Staatsstreichs zu untersuchen, die Verschwörer zu identifizieren und Maßnahmen vorzuschlagen, damit so etwas nie wieder geschehen kann. Ich werde der Leiter dieser Kommission sein. Und ich werde dafür sorgen, dass ihre Arbeit dem Besten unseres Landes dient.«

Treven packte den Griff seiner Glock fester, wie um sich daran zu erinnern, dass sie noch da war. »Aber … Sie sagten, sie wollten den Putsch als das demaskieren, was er tatsächlich ist.«

Hort lachte grimmig in sich hinein. »Nun … als das, was er beinahe tatsächlich geworden wäre.«

»Was soll das heißen?«

»Die Bürger müssen endlich begreifen, dass die unersättliche Gier der Oligarchie für die jüngste Serie von Anschlägen verantwortlich ist. In Wahrheit ist ein Großteil der Oligarchie natürlich mit dem Status quo ganz zufrieden und möchte ihn gar nicht ändern. Es kommt darauf an, dass die Menschen begreifen, wie nah sie daran waren, alles zu verlieren, was ihnen lieb und teuer ist. Und sie dürfen nie erfahren, dass ich hinter den Kulissen an den Fäden gezogen habe.«

»Weil dann Schluss wäre mit dem Fäden ziehen.«

»So ist es. Und dann würde die Sache möglicherweise aus dem Ruder laufen. Der Staatsstreich könnte Erfolg haben. Und die Unschuldigen würden gemeinsam mit den Schuldigen leiden.«

»Aber Sie sind schuldig.«

»Ja, das bin ich. Das Blut zahlreicher Amerikaner klebt jetzt an meinen Händen. Ich habe sie hingeschlachtet, Männer, Frauen und Kinder, und unabhängig davon, dass es für einen höheren Zweck war, werde ich dafür ewig in der Hölle schmoren, wenn es eine gibt.«

Er sog an seiner Zigarre und hielt den Rauch einen Moment lang zurück, als wollte er sich beruhigen. Dann stieß er ihn heftig durchs Fenster aus.

»Aber so lange ich lebe, bin ich fest entschlossen, dafür zu sorgen, dass diese Opfer nicht umsonst waren. Und dazu brauche ich Ihre Hilfe. Denn Sie haben mich in eine unhaltbare Position manövriert.«

»Wovon reden Sie?«

»Ich hatte nicht geplant, so früh meine Deckung aufzugeben und diese Rede zu halten. Ich brauchte meine Position, um die Dinge auf Kurs zu halten. Aber dann kamen Sie daher, entführten meine Tochter und zwangen mich, die Karten aufzudecken.«

»Ich weiß immer noch nicht, wovon Sie eigentlich reden.«

»Ich spreche davon, dass Dan Gillmor der neue Leiter der Antiterror-Zentrale ist. Er führt die Dschihadisten-Gruppen, die hinter den ganzen Anschlägen stecken. Und er ist keineswegs überzeugt, dass das Land schon weit genug an den Rand des Wahnsinns getrieben wurde, um eine Aussetzung der Verfassung und die Verhängung des Kriegsrechts zu akzeptieren. Er plant noch einen weiteren Anschlag. Der ihm Blankovollmachten verschaffen soll.«

Treven wich das Blut aus dem Gesicht. »Eine Schule.«

Hort sah ihn an. »Ja, richtig. Ein Anschlag auf eine Grundschule mit zahllosen Opfern. Danach kann der Präsident tun, was er will, und der Rest der Regierung und die Bevölkerung werden ihn noch dazu ermutigen. Der Staatsstreich wird ein *Fait accompli* sein. Ich kann ihn nicht mehr aufhalten.«

Treven war so wütend, dass er den Mann hätte erschießen können. »Gottverdammt, Hort, was zum Teufel haben Sie sich dabei gedacht?!«

»Es spielt keine Rolle, was ich denke. Was zählt, ist, wo wir jetzt stehen.«

»Pferdekacke. Warum mussten Sie ausgerechnet jetzt zurücktreten?«

»Weil ich sonst nicht am selben Tag nach Los Angeles hätte verschwinden können, an dem mich der Präsident zu seinem Berater für Terrorismusabwehr ernannte. Weil ich nur eine geringe Chance sehe, unser hiesiges Treffen lebend zu überstehen. Und es wäre kontraproduktiv gewesen, zum Sterben hierherzukommen, ohne vorher das Beispiel zu setzen, das ich geben musste.«

»Also riskieren Sie das Leben von – wie vielen? Dutzenden von Schulkindern? Massen? Zusätzlich zu all den Menschen, die Sie bereits auf dem Gewissen haben? Um Ihre Tochter zu retten?«

Es kam keine Antwort.

»Wissen Sie was, Hort? Wir sollten Ihrer Tochter eine Kugel durch den Kopf jagen, nur damit Sie wissen, wie es sich für all die Eltern anfühlt, denen Sie dieselbe Scheiße angetan haben. Die. Selbe. Scheiße.«

Im Wagen wurde es still. Eine einsame Grille zirpte draußen.

»Bitte tun Sie es nicht«, sagte Hort leise.

»Ich tue es nur aus einem einzigen Grund nicht, und der ist, dass ich nicht so bin wie Sie.«

»Das weiß ich, und ich bin dankbar dafür. Aber für Larison gilt das nicht. Bitte, lassen Sie es nicht zu.«

»Larison ist sein eigener Herr.« Er war nicht sicher, ob er das ernst meinte oder ob er in seiner Wut Hort einfach quälen wollte.

»Hören Sie mir zu. Ich habe Ihnen die Diamanten gegeben. Sie können mich jetzt umbringen, wenn es das ist, was Sie wollen. Legen Sie mich in den Kofferraum und fahren Sie mich irgendwohin, wo Larison auf meine Leiche pissen kann. Das würde ihm gefallen, glaube ich. Aber wenn Ihnen etwas an Ihrem Land liegt, dann lassen Sie mich noch ein bisschen länger leben. Niemand außer mir hat vor, die Dinge wieder ins Lot zu bringen. Und niemand anderer ist in der Lage dazu.«

Treven schüttelte voll Abscheu den Kopf. »Sie sind der eigennützigste, scheinheiligste Lügner, der mir je untergekommen ist.«

»Es ist mir bewusst, dass meine Bitte, mich lange genug am Leben zu lassen, um die Dinge zurechtzurücken, eigennützig ist. Ich kann nur wiederholen, wenn es Ihnen lieber ist, können Sie mich gerne hier erschießen. So oder so, Ben. Ich bitte Sie. Lassen Sie mein Mädchen laufen. Sie hat Ihnen nichts getan, hat niemandem etwas getan. Sie kennen Sie ja nicht einmal. Bitte. Lassen Sie sie einfach gehen.«

Seine Stimme brach und er verstummte. Er räusperte sich, atmete tief aus und wischte sich mit dem Handrücken heftig über die Wangen, erst in die eine, dann in die andere Richtung.

Eine Weile saßen sie schweigend da. Horts Zigarre verlosch langsam in der Dunkelheit.

»Die anderen«, sagte Treven. Er wusste, dass er ein Zugeständnis machte und Hort es als solches erkennen würde. »Sie wollen nicht nur die Diamanten. Sie wollen, dass Sie Ihre Henker abziehen. Und uns von den Todeslisten löschen, auf die Sie uns gesetzt haben.«

»Ich bin jetzt Zivilist, Ben. Ich kann da nichts mehr tun. Als Vorsitzender der Kommission, die ich erwähnte, wäre es allerdings möglich.«

Treven starrte ihn an. »Sie sind wirklich unglaublich.«

»Ich dachte, Sie würden eine andere abscheulich eigennützige Formulierung finden«, sagte Hort. »Aber es ist eine Tatsache.«

Treven antwortete nicht. Es war wieder einmal genau das, was er von Hort erwartet hatte. Aber das hieß nicht unbedingt, dass es gelogen war.

»Betrachten Sie es doch so«, sagte Hort. »Sie haben die Diamanten. Und ich bin jetzt Zivilist, Sie können also jederzeit an mich herankommen. Lassen Sie mich beenden, was ich angefangen habe. Helfen Sie mir, den Anschlag auf die Schule zu verhindern. Und lassen Sie Mimi frei. Was haben Sie zu verlieren? Lassen Sie sie einfach laufen.«

Treven musterte ihn. Er hatte Hort noch nie so kleinlaut erlebt. Er war nicht sicher, ob es objektiv daran lag, was dem Mann zugestoßen war, oder ob er ihn nur in einem neuen Licht sah.

»Warum haben Sie im Capital Hilton versucht, uns auszulöschen?«, fragte er schließlich.

»Ich habe nicht versucht Sie auszulöschen. Wie gesagt, es ging um die anderen.«

»Das kaufe ich Ihnen nicht ab. Sie hätten es mir sagen können.«

»Wie denn? Sie hatten kein Handy, jedenfalls keines, das sie jemals eingeschaltet hätten. Und Sie haben sich nicht bei mir gemeldet.«

Das konnte durchaus sein. Unmöglich, es mit Sicherheit zu wissen. Aber Treven missfiel gewaltig, dass er Hort gerne glauben wollte.

»Egal. Dann anders. Warum wollten sie die anderen auslöschen?«

»Das muss Ihnen doch klar sein. Sie wissen zu viel. Über meine Verwicklung. Über alles.«

»Ich ebenso.«

»Wie gesagt, Sie sind der Einzige, dem ich vertraue.«

»Selbst wenn ich Ihnen glauben sollte, was nicht der Fall ist – Sie wären noch genauso motiviert, die anderen töten zu lassen, wie vorher. Vielleicht sogar mehr.«

»Mag sein, dass die Motivation noch vorhanden ist. Aber die Mittel habe ich nicht mehr. Sie kriegen es anscheinend nicht in Ihren Kopf, dass ich jetzt Zivilist bin. Sie haben die Diamanten, sie können überall hingehen, wo Sie wollen. Und wie gesagt, sie können auch später noch Jagd auf mich machen. Sogar auf meine Tochter, wenn ich etwas tun sollte, das Ihnen missfällt. Ich weiß nicht, wie ich Sie vernünftigerweise daran hindern sollte.«

Treven dachte nach. Sie hatten vereinbart, dass er Hort umbrachte, wenn sich, wie zu erwarten, die Möglichkeit dazu ergab. Vielleicht entpuppten sich die ›Diamanten‹, die er ihnen gegeben hatte, im Nachhinein als Fälschungen, wie damals bei Larison. Vielleicht würden sie weiter von einem aus dem Ruder gelaufenen Überwachungsstaat gehetzt werden. Aber wenn nicht einmal das Leben seiner eigenen Tochter Hort dazu bringen konnte, mitzuspielen, was dann?

Leider ergab eine Menge von dem, was Hort gesagt hatte, durchaus einen Sinn, wenn Sinn das richtige Wort dafür war. Sie hatten die Lage falsch eingeschätzt. Hort konnte ihnen lebend möglicherweise mehr nützen als tot. Vielleicht schaffte er es, den Staatsstreich zu verhindern und die Dinge wieder ins Lot zu bringen, wie er es ausgedrückt hatte. Ohne ihn würde das Räderwerk, das er in Gang gesetzt hatte, wahrscheinlich ein unaufhaltsames Eigenleben entwickeln, wenn es nicht schon zu spät war.

Und dann war da noch der Anschlag auf die Schule. Wie würde es sich anfühlen, so etwas zugelassen zu haben? Treven wusste, dass er in seinem Job eine Menge übler Dinge getan hatte, bei denen die Grenze zwischen Gut und Böse verschwamm. Manches davon hielt ihn nachts wach. Manches ließ ihn an den Tag der Abrechnung und des Jüngsten Gerichts und sogar an die Hölle denken. Aber er konnte aufrichtig sagen, dass alles, was er getan hatte, dem Schutz der Menschen in Amerika gedient hatte. Manchmal spürte er, dass nur dieser Gedanke ihm angesichts der Erfordernisse seiner Aufgabe die geistige Gesundheit erhielt. Was sollte er also tun? Wie sollte er damit leben, wenn diese Leute eine Schule in die Luft jagten – eine Schule, um Himmels willen –, und er hätte es verhindern können? Im Vergleich dazu kam ihm die Möglichkeit, dass jemand ihn mit irgendeinem Scheiß-Video erpresste, plötzlich unwichtig vor.

Er schwankte. Er traute seinen eigenen Beweggründen so wenig wie denen von Hort. Und er wusste nicht, wie die anderen reagieren würden. Sie hatten eine Abmachung getroffen und diese Art von Leuten verklagte einen nicht wegen Vertragsbruchs, die ging anders vor.

»Soll ich diese Zigarre ausrauchen?«, fragte Hort. »Ist es meine letzte?«

Treven konnte nur hoffen, dass er nicht reingelegt wurde. Wenn ja, war er wohl gleich ein dreifacher Verlierer. Er würde bekommen, was er verdient hatte.

»Erzählen sie mir von dieser gottverdammten Schule«, knurrte er.

Kapitel Fünfundzwanzig

Die Nacht verging in angespanntem Warten auf Treven. Dox holte Pizza. Wir aßen und dann, um uns die Zeit zu vertreiben, sahen wir uns die Nachrichten an, in denen es von sogenannten ›Terrorismusexperten‹ nur so wimmelte, die sich über die neueste existenzielle Bedrohung ausließen und wie ihr am besten zu begegnen sei. Dazwischen Sprecherinnen mit Föhnfrisuren, die zwanghaft die Semiotik von Hortons verblüffendem Auftritt im Rosengarten früher am Tag analysierten.

Je später der Abend, desto paranoider wurde Larison. Er war überzeugt davon, dass Hort sich mit einem Team Treven geschnappt hatte und jetzt unseren Aufenthaltsort aus ihm herausfolterte. Irgendwann richtete er seine Glock auf Kei und schwor, dass sie als Erste sterben würde, wenn jemand durch die Tür kam. Worauf Dox mit untypischer Bedrohlichkeit antwortete: »Stecken Sie das Ding weg. Sie machen ihr Angst.«

»Sie sollte auch Angst haben«, gab Larison zurück.

»Na, dann gratuliere, Sie haben es geschafft. Und jetzt, wie gesagt, stecken Sie Ihre Waffe weg und hören Sie auf, so daherzureden. Das ist nicht notwendig.«

Larison starrte ihn an: »Sie werden mir nicht sagen, was ich zu tun und zu lassen habe.«

Dox zog seine Wilson Combat. »Söhnchen, diesmal gebe ich nicht den Cleavon Little. Wenn Sie sich mit mir anlegen, müssen

Sie selber sehen, wie Sie da wieder rauskommen.«

»Haltet verdammt noch mal die Schnauze, alle beide«, sagte ich, bewusst das Alpha-Tier markierend. Wenn es funktionierte und sie meine Dominanz anerkannten und zuhörten, konnten sie ihr Gesicht wahren. Wenn nicht, würde die Lage brenzlig werden.

Eine lange, angespannte Stille entstand. Dann steckte Larison widerstrebend seine Glock wieder in den Hosenbund. Dox, der Larison ohne zu zwinkern beobachtete, folgte langsam seinem Beispiel.

Ich winkte Larison zum Badezimmer. »Gib uns eine Minute«, bat ich Dox.

Wir gingen hinein und ich schloss die Tür hinter uns. »Hören Sie«, sagte ich leise. »Er hat eine Schwäche für Frauen und wenn Sie das Mädchen derartig erschrecken, weckt das seine Beschützerinstinkte.«

»Das ist sein Problem.«

»Okay. Aber Sie sind Profi. Was können Sie dadurch gewinnen? Was haben Sie davon?«

Er antwortete nicht.

»Worauf ich hinaus will: Das sieht Ihnen nicht ähnlich. Wir haben jetzt einige Zeit zusammen verbracht – zwei Attentate, eine lange Überlandfahrt, eine Entführung – und Sie hatten sich immer unter Kontrolle. Was bringt Sie jetzt so auf die Palme?«

Er wandte den Blick ab. »Ich weiß nicht.«

»Wollen Sie darüber reden?«

Er lachte. »Spielen Sie jetzt den Seelenklempner?«

»Ich versuche, Ihr Freund zu sein.«

»Schön, aber lassen Sie es bleiben.«

Ich sah ihn an. »Wie viele Leute kennen Sie, die verstehen würden, was Sie hinter sich haben? Und wie sehr es Sie belastet?«

Wieder gab er keine Antwort.

»Hören Sie«, sagte ich, »tun Sie, was Sie wollen. Aber Sie müssen aufhören, so gereizt zu reagieren. Das macht Dox nervös und mich langsam auch. Wenn ich behilflich sein kann, lassen Sie mich helfen, aber wir brauchen sie als besonnenen Menschen. Bitte, regen Sie sich ab. So, wie Sie normalerweise sind. Okay?«

Nach einem langen Augenblick nickte er. »Okay.«

Wir verließen das Badezimmer und die Warterei ging weiter. Keiner wedelte mehr mit der Waffe herum. Ich würde wegen Larison etwas unternehmen müssen, aber ich wusste nicht, was. Ihn schütteln? Ihn erschießen? Wie konnte ich zu ihm durchdringen? Ich dachte: *Bevor ich je wieder mit einem Team arbeite, lasse ich mich lieber selbst erschießen.* Und dann musste ich ein leicht hysterisches Lachen unterdrücken, weil das bei diesem Team genau das Problem war.

Es war beinahe ein Uhr morgens, als es leise an der Tür klopfte. Alle sprangen auf, bis auf Kei, die an den Bettpfosten gefesselt war. Alle Waffen waren gezückt. Larison sah Kei an. Dox beobachtete Larison. Ich spähte durch den Spion. Es war Treven.

»Entspannt euch«, sagte ich zu Larison und Dox. »Er ist es.«

Ich öffnete die Tür und ließ Treven herein. Er hatte einen Sportbeutel bei sich. Das war ermutigend. Ich schloss die Tür hinter ihm.

»Sie haben die Diamanten?«, fragte Larison.

»Moment«, sagte ich. »Noch nicht.« Ich wies auf Kei. »Dox, könntest du ihr bitte die Kopfhörer aufsetzen?«

Wir hatten einen geschlossenen Muschelkopfhörer und ein Radio besorgt, damit wir uns in ihrer Gegenwart ungestört unterhalten konnten. Dox setzte sich den Kopfhörer erst selbst auf, stellte die Lautstärke zu seiner Zufriedenheit ein und stülpte ihn dann Kei über die Ohren. Sie trug es mit Fassung. Ihre Miene war neutral, nicht ausdruckslos, ihre Haltung resigniert, aber unbesiegt.

»Hier sind sie«, sagte Treven und hielt den Beutel in die Höhe.

Larison nickte. Mir gefiel es nicht, wie gierig er wirkte. »Haben Sie ihn erledigt?«, fragte er.

Kurze Stille. Dann sagte Treven: »Nein.«

Larison blieb der Mund offen stehen. »Was?«

»Ich will Sie nicht anlügen«, sagte Treven. »Ich hätte es tun können. Aber aufgrund dessen, was er mir sagte, denke ich, es wäre ein Fehler gewesen.«

»Gottverdammt«, sagte Larison, »Hort lügt einem die Hucke voll. Immer. Wann zum Teufel werden Sie das je begreifen?«

Treven sah ihn an. »Wissen Sie«, meinte er, »langsam habe ich die Nase voll von Ihnen.«

Ich dachte: *Herrgott, geht das schon wieder los.*

»Zuhören!«, befahl ich im besten Kommandoton. »Wir sind alle ein wenig angespannt. Wir sind Profis, wir kennen die Anzeichen und die Ursachen dafür. Wir haben eine Woche extremer Belastung hinter uns, von Las Vegas bis Wien, Schießereien, eine dreitägige Non-Stop-Tour in einer fahrbaren Sauna den ganzen Weg bis nach Kalifornien, immer in Sorge um Satelliten, Drohnen und wie Horton uns in Washington aufgespürt hat … keine Intimsphäre, keine Pause, kaum Schlaf. Es ist erstaunlich, dass wir uns noch nicht gegenseitig umgelegt haben. Also lasst uns jetzt nicht damit anfangen, okay? Wir müssen einen Gang zurückschalten. Sonst sind wir alle tot.«

Keiner sagte etwas. Vielleicht hatte ich zu spät eingegriffen und Dox würde wieder einmal eine Filmeinlage geben müssen. Sonst schossen wir uns gegenseitig über den Haufen. Jedenfalls *einen* der drei anderen.

Endlich meinte Larison: »Was hat er erzählt?«

Treven sah mich an und sagte: »Sie hatten recht mit den Schulen.«

Wir hörten schweigend zu, während er berichtete. Als er fertig war, meinte Larison: »Sie können ihm doch nicht ernsthaft glauben. Begreifen Sie denn nicht, was er vorhat?«

Ich blickte Treven an. »Er hat Ihnen gesagt, wo und wann der Anschlag auf die Schule über die Bühne gehen soll?«

Treven nickte. »Lincoln, Nebraska. Exakt im Zentrum des Landes. In drei Tagen, am ersten Schultag nach den Sommerferien. Anscheinend findet in der Aula eine Art Versammlung zu Schulbeginn statt. Dieser Gillmor führt ein Team von vier Männern. Hort sagt, sie werden mit Maschinenpistolen bewaffnet sein und einfach alles niedermähen. Nichts Ausgefallenes, kein großer logistischer Aufwand, nur Entsetzen und Zerstörung pur, maßgeschneidert für Fox News.«

»Genau«, sagte Larison. »Es ist wieder eine Falle. Wir sollen mit fliegenden Fahnen genau da auftauchen, wo Hort uns haben will. Aber diesmal wird er Scharfschützen in Fahrzeugen überall um die Schule herum postiert haben. Er ködert uns, erledigt uns, geht nach Hause und trinkt gemütlich ein Bier auf den Erfolg.«

»Da ist noch etwas anderes«, sagte Treven. »Sie werden das Gebäude mit von Drohnen abgefeuerten Hellfire-Raketen beschießen, während die Attentäter drin sind.«

»Wozu das?«, wollte Dox wissen. »Um sie zu töten?«

»Ja«, antwortete Treven. »Genau wie Hort uns zu töten versuchte, nachdem wir Shorrock und Finch erledigt hatten. Und außerdem, um den Zerstörungsfaktor zu vergrößern. Verstehen Sie? Wenn wir die Sache aufhalten wollen, werden wir nicht gemeinsam auftreten können. Einige von uns müssten die Attentäter ausschalten. Mindestens einer müsste sich um die Drohne kümmern oder das Bodenteam ausschalten, das sie steuert.«

»Dann hat Hort uns eben an zwei Stellen statt einer in der Falle«, meinte Larison. »Es ist dieselbe Scheiße und Sie fallen schon wieder darauf rein. Noch einmal.«

»Und wenn Sie sich irren?«, fragte Dox Larison. »Was, wenn Horton die Wahrheit sagt? Dann würde eine ganze Horde von Kindern abgeschlachtet und wir wären verantwortlich.«

Larison sah verständnislos aus. »Wie, verantwortlich?«

»Wir haben Shorrock und Finch ausgeschaltet«, sagte Dox. »Wir haben mitgeholfen, das alles in Gang zu setzen.«

»Nicht unsere Schuld«, sagte Larison. »Wir dachten, wir würden genau das verhindern, erinnern Sie sich nicht?«

»Ihnen war es doch egal, ob wir irgendwas verhinderten, begannen oder uns in den Arsch fickten«, sagte Dox. »Sie wollten nur ihre verdammten Diamanten.«

Einen Sekundenbruchteil lang zuckte es in Larisons Gesicht. Ich interpretierte es als: *Was soll das heißen?* Ich spürte, dass er sich bemühte, Treven nicht anzusehen, der den Kopf fast unmerklich schüttelte, als wollte er ausdrücken: *Von mir wissen sie es nicht.*

Horts Worte blitzten vor meinem geistigen Auge auf:

Er ist ein Mann, der zu viel zu verbergen hat. Ein zerrissener Mann.

Ich war nicht sicher, woher die plötzliche Klarheit kam. Es lief alles unbewusst ab, nichts, was ich hätte in Worte fassen können. Aber ich wusste es. Larison war schwul. Treven wusste es auch und Larison wusste wiederum, dass Treven sein Geheimnis kannte.

Es dauerte nur einen Sekundenbruchteil. Ich glaubte nicht, dass Dox etwas gemerkt hatte, und ich vermutete, Treven und Larison würden annehmen, dass weder Dox noch mir etwas aufgefallen war. Ich wusste nicht genau, was ich mit der Information anfangen sollte. Stand Larison deshalb so unter Druck? Warum sollte Dox oder mich es kümmern, ob er schwul war?

Aber Larison kümmerte es. Das war klar. Es war sein Geheimnis und er wollte, dass es so blieb.

»Es spielt keine Rolle, was ich ursprünglich vorhatte«, sagte er. Er hatte sich wieder völlig unter Kontrolle. »Aber was immer diese Leute an einer Schule oder sonst wo planen oder auch nicht planen, es geht uns nichts an. Abgesehen davon können Sie darauf wetten, dass es ein Hinterhalt ist. Und selbst wenn wir ihn überlebten, würden sie wirklich Hort wieder zu einer Machtposition verhelfen wollen? Es ist unser Glück, dass er im Moment ein zahnloser Löwe ist. Wollen Sie, dass er sich wieder an unsere Fersen hängt? Denn das würde er. Seine Motivation hat sich nicht verändert, nur seine Mittel.«

»Tun Sie von mir aus alle, was Sie wollen«, sagte Treven. »ich habe meine Entscheidung getroffen. Ich werde nicht danebenstehen und es tatenlos zulassen. Ich habe in meinem Leben eine Menge beschissenes Zeug getan, aber das bringe ich nicht fertig.«

»Schön«, sagte Larison. »Wir lassen morgen die Diamanten prüfen. Wenn sie echt sind, bekommt jeder von uns ein Viertel und wir gehen unserer Wege.«

Seine Logik war unangreifbar, aber trotzdem gefiel mir sein Standpunkt nicht. Was würde er tun, wenn er dachte, dass wir sein Geheimnis kannten? Brachte uns das in Gefahr? Doch Treven wusste bereits Bescheid und Larison schien es zu tolerieren. Aber was war mit den Diamanten? Würde er wirklich drei Viertel von dem aufgeben, was ursprünglich alles ihm gehört hatte?

Dox sah mich an. »Ich werde auch nicht daneben stehen und es zulassen. Selbst, wenn die Diamanten sich als echt herausstellen, wie könnten wir das Geld in dem Wissen genießen, dass ein Haufen Schulkinder dafür sterben musste?«

»Was zum Teufel hat das eine mit dem anderen zu tun?«, fragte Larison.

Dox achtete nicht auf ihn. »Wie wär's, wenn du deinen asiatischen Freund fragst, ob er etwas unternehmen kann? Entweder es selbst verhindern oder, wenn nicht, uns mit Informationen und der nötigen Hardware versorgen?«

Ich nickte. Aber innerlich war ich gespalten. Ich fragte mich, ob von uns vier Larison der Einzige ohne Gewissen war. Oder der Einzige mit Verstand.

In Gedanken sprang ich zurück zu meinem Frühstückstreffen

mit Horton. Aus seiner kleinen Ansprache hatte ich die Überzeugung herauszuhören gemeint, dass er sich eines Tages vor seinem Schöpfer verantworten müsse. Aber es hatte sich nicht auf das bezogen, was er schon auf dem Gewissen hatte. Sondern auf das, was er erst im Begriff war zu tun. Und ich war ein Idiot, dass ich es übersehen hatte.

»Mal sehen, was er tun kann«, sagte ich. »Und morgen bringen Larison und ich Proben der Diamanten zu einem Juwelier. Wenn sie echt sind, sind wir alle wieder freie Menschen.«

Keiner erhob Einwände gegen die Arbeitsteilung. Alle verstanden, dass niemand mit den Diamanten allein gelassen werden durfte, und auch für das Echtheitszertifikat des Experten musste es einen Zeugen geben.

Eine teuflische Anspannung machte sich breit. Zu dieser Einsatzgruppe zu gehören, erinnerte mich an die alte Maxime über den Krieg: Leicht anzufangen, schwer zu beenden.

»Eines haben Sie vielleicht nicht bedacht«, sagte ich zu Larison.

Er sah mich an. »Und das wäre?«

»Mein Kontaktmann. Er sagte, wenn wir ihm Beweise beschaffen, kann er uns loseisen. Von der Todesliste des Präsidenten streichen lassen oder wo immer wir draufstehen.«

Larison schüttelte angewidert den Kopf. »Glauben Sie etwa, es wäre Zufall, dass Hort behauptet, dasselbe zu wollen? Einen Beweis, dass diese Anschläge unter falscher Flagge erfolgten?«

»Ich kann Ihnen nicht ganz folgen.«

»Hort hat die unheimliche Eigenschaft, alles, was *er* will, so klingen zu lassen, als wäre es genau das, was *Sie* wollen.«

»Aber wir wollen doch so oder so einen Beweis.«

»Dann beschaffen Sie ihn. Wie gesagt, ich steige aus.«

Mehr gab es nicht zu sagen. Wir legten uns wieder abwechselnd hin, aber ich fand wenig Schlaf. Ich versetzte mich in Larisons Lage und versuchte, uns aus seinem Blickwinkel zu sehen. Und dieses Bild hielt mich hellwach.

Kapitel Sechsundzwanzig

Früh am nächsten Morgen machten Larison und ich uns auf, unseren Anteil der Diamanten prüfen zu lassen. Es war uns etwas unbehaglich dabei, mit Bauchtaschen im Gegenwert von annähernd fünfundzwanzig Millionen Dollar herumzulaufen, falls die Diamanten echt waren, aber zu diesem Zeitpunkt war es das Sicherste, wenn jeder sich um seinen eigenen Anteil kümmerte. Larison würde seinen bestimmt nicht aus den Augen lassen – er war schon einmal durch einen Austausch hereingelegt worden und wollte das nicht erneut riskieren.

Wir machten einen gründlichen Gegenaufklärungsgang, um jegliche Überwachungsmöglichkeit auszuschließen, und landeten schließlich am Beverly Wilshire, wo Horton und ich vor, wie es schien, ewigen Zeiten gefrühstückt hatten. In der Nacht zuvor hatte ich auf das Bulletin-Board eine gründliche Zusammenfassung von Trevens Gespräch mit Horton hochgeladen. Jetzt rief ich Kanezaki von einem Telefon in der Lobby aus an.

»Irgendwas herausgefunden?«, fragte ich, als er abnahm.

»Ja. Und es stimmt mit dem überein, was Horton Ihnen erzählt hat.«

»Inwiefern?«

»Zwei Dinge. Erstens, während einem seiner regelmäßigen Ausflüge außerhalb der Regierung leitete Gillmor ein von der

DARPA finanziertes Unternehmen namens Novel Air Capability. Üblicherweise NAC genannt.«

»Okay.«

»Was ich Ihnen hier sage, ist topsecret …«

»Ich bitte Sie.«

»Tut mir leid. Gewohnheit, schätze ich. Egal, NAC hat einen Drohnenprototyp entwickelt. Sie nennen ihn die Viper.«

»Ein schauriger Name.«

»Tja, sie brauchten etwas, um mit Predator und Reaper mitzuhalten. Es handelt sich um ein extrem vielseitiges Fluggerät. Modulare Technik, in dreißig Minuten montiert. Es ist klein – mit zusammengefalteten Flügeln passt es in einen Laster von der Größe, wie ich ihn euch besorgt habe. Senkrecht startend und landend. Stealth-Bauweise. Vierundzwanzig Stunden Bereitschaft in der Luft. Kann zwei Hellfire-Raketen tragen und abfeuern.«

»Scheiße.«

»Das ist noch nicht alles. Die Fernsteuerung wurde radikal vereinfacht und mobil gemacht. Sie nennen sie das Vipernauge.«

»Warum überrascht mich das nicht?«

»Haben Sie schon einmal jemanden ein ferngesteuertes Modellflugzeug fliegen sehen?«

»Ja.«

»Ziemlich genau davon reden wir hier. Der einzige echte Unterschied ist, dass diese Maschine über Video und nicht auf Sicht gesteuert wird. Das liegt an der Reichweite der Viper und gibt dem Piloten eine Vogelperspektive von seinem Ziel. Die Fernsteuerung selbst sieht genauso aus wie ein robuster Laptop mit ein paar Joysticks. Man braucht keine Spezialausbildung, wie sie ein traditioneller Predator- oder Reaper-Pilot erhält. Um sich mit den Grundlagen des Systems vertraut zu machen, muss man nur ein paar Testflüge absolvieren. Sie vermarkten es für den Einsatz bei den Polizeibehörden im Inland.«

»Ohne die Hellfire-Raketen, hoffe ich.«

»Ja, als Überwachungsdrohne. Aber entscheidend ist, dass sie für leichten Transport, schnelle Ausbildung und einfache Bedienung ausgelegt ist.«

»Lassen Sie mich raten. Ein Exemplar wird vermisst.«

»Das ist richtig.«

»Sie glauben, sie werden sie gegen diese Schule einsetzen?«

»Diese Schule, und wenn das nicht reicht, gegen andere.«

Ich antwortete nicht. Ich dachte zurück an die Unterhaltung mit Treven im Lastwagen, als ich ihm gesagt hatte, dass meiner Meinung nach als nächstes Schulen drankamen. Damals hatte ich es nicht wirklich geglaubt. Hatte tief drinnen nicht wahrhaben wollen, dass irgendjemand so weit gehen würde. Aber das war natürlich naiv gewesen. Der Triumph der Hoffnung über die Erfahrung.

»Sind Sie noch dran?«, fragte er.

»Ich bin da.«

»Also, ich glaube, der Plan sieht so aus, dass Gillmors nicht eingeweihtes, unter falscher Flagge segelndes Team in die Aula der Schule eindringen und die Anwesenden mit automatischen Pistolen zusammenschießen soll. Mit vier Mann kann man die Schule nicht komplett unter Kontrolle bringen, aber großen Schaden anrichten, sobald man drin ist. Es wird also Zeugen geben. Deshalb wird Gillmor das Gebäude, während sich das Team darin aufhält, mit zwei Hellfire-Raketen dem Erdboden gleichmachen. Alle Überlebenden werden nur von irren islamistischen Terroristen berichten, die *Allahu Akbar* brüllten, und jeder wird glauben, sie hätten vorher hochexplosive Sprengsätze angebracht, um wie Märtyrer zu sterben.«

Ich überlegte. »Ist diese Information zuverlässig?«

»Warum fragen Sie?«

»Wenn das der Plan ist, hat er eine Menge Haken. Es wird zum Beispiel Zeugen geben, die ein eigenartiges Flugzeug beschreiben. Vielleicht eines, das Raketen unter den Flügeln abfeuerte.«

»Wo soll da das Problem liegen? Das ist irrelevant. Der Iran hat kürzlich die Einführung eigener Drohnen verkündet. Also selbst wenn es eine Sichtung geben sollte, würde ein hochrangiger Beamter im Weißen Haus einen schwanzwedelnden Reporter anrufen und ›inoffiziell aus höchsten Kreisen‹ verlauten lassen, dass die Regierung von einer Beteiligung des Iran ausgeht. Die Öffentlichkeit ist bereits darauf konditioniert, den Iran für die Quelle alles Bösen zu halten. Wenn der schwanzwedelnde Reporter also diese Information erhält, passt sie perfekt in die bereits bestehende Legende, und die Öffentlichkeit schluckt sie als Tatsache.«

»Wenn ich es nicht besser wüsste«, sagte ich, trotz aller widrigen Umstände ein Lächeln unterdrückend, »dächte ich, Sie hätten selbst ein Regiment an schwanzwedelnden Reportern bei Fuß stehen.«

»He, in dieser Stadt ist das wichtiger als ein Hofstaat. Aber wir waren beim Iran. Es läuft auf Folgendes hinaus: Bei jeder größeren Katastrophe gibt es hinterher eine Anzahl von Zeugen, die seltsame Erscheinungen beschreiben. Die Mainstream-Medien sind darauf trainiert, so etwas zu ignorieren, außer, sie haben anderslautende Anweisungen.«

»Und wenn jemand es mit dem Handy filmt?«

»Es gibt Aufnahmen von UFOs. Vom Ungeheuer von Loch Ness. Das lässt sich alles wegerklären.«

»Wollen sie damit sagen, das Ungeheuer von Loch Ness wäre echt?«

»Das kann ich weder bestätigen noch dementieren.«

»Was ist mit den Trümmern? Das FBI wird den Tatort mit einem feinen Sieb durchkämmen. Die Spurensicherung wird nachweisen können, was die Explosionen verursachte.«

»Sehen Sie sich doch an, wie das FBI die Anthrax-Ermittlungen gehandhabt hat. Man wird ihm empfehlen, der Öffentlichkeit zu erzählen, was sie hören soll, und ansonsten den Fall abzuschließen. Die Mainstream-Medien werden die Sache weisungsgemäß totschweigen und abgesehen von ein paar Bloggern ist das dann das Ende.«

»Aber wir sprechen hier von handfestem Beweismaterial. Am Tatort.«

»John, hören Sie mir zu. Sie verstehen nicht. Das Land ist traumatisiert. Wenn die Menschen ihren Führern glauben wollen, dann tun sie das. Sie werden die Wahrheit nicht akzeptieren. Wissen Sie, es spielt keine Rolle, ob die CIA Kennedy ermorden ließ. Es spielt keine Rolle, ob 9/11 das Werk von Insidern war. Selbst, wenn man solche Dinge beweisen könnte, würden die Beweise ignoriert werden, denn aus quasi-religiösen Gründen kann die Nation solche Gedanken nicht akzeptieren. Besonders in Zeiten wie diesen.«

»Aber Hortons ganzer Plan besteht darin, die Angelegenheit als das zu entlarven, was sie ist. Mehr oder weniger.«

»Das ist etwas anderes. Zumindest hoffe ich das. Horton ist kein Niemand mit einem Handy und einer Verschwörungstheorie. Er ist ein Insider und seinen Ruf hat er sorgfältig selbst geschmiedet. Dieser Ruf – sein Markenzeichen – ist im Grunde gegen den Strich gebürstet. Er unterläuft ›Ich kann nicht glauben, dass ein Amerikaner so etwas tun würde‹ mit ›Ich bin Amerikaner, außerdem ein Held, und Sie wissen, dass ich aufrichtig bin‹. Horton ist ein Kommunikations-Genie. Glauben Sie mir.«

Ich konnte mich eines leisen Lächelns nicht erwehren. »Ich schätze, Sie müssen es wissen.«

»Stimmt, da haben Sie recht.«

»Okay. Gehen wir davon aus, dass Ihre Informationen korrekt sind. Können sie die Sache stoppen?«

»Vielleicht. Mit Ihrer Hilfe.«

»Wieso hatte ich geahnt, dass Sie das sagen würden?«

»Weil es wahr ist.«

»Warum können Sie nicht einfach die Polizei in Lincoln anrufen?«

»Und was soll ich denen sagen? Ich habe gehört, jemand will ihre Schule bombardieren?«

»Ja, genau.«

»Mal angenommen, sie würden mich ernst nehmen, und angenommen, man würde mich nicht dafür in einem Geheimgefängnis verschwinden lassen – die Verschwörer nähmen sich einfach ein anderes Ziel vor. Vergessen Sie nicht, das sind nur vier Leute mit Maschinenpistolen und einer monströs einfach zu transportierenden Drohne. Es bedarf kaum der Vorbereitung und benötigt so gut wie keine Planung. Die ganze Geschichte ist ein Spontananschlag – wenn es sein muss, suchen sie sich einfach eine andere Schule aus. Und abgesehen von den Schützen – die sie nach dem ersten Anschlag nicht mehr benötigen, weil die *Allahu Akbar*-Zeugen bereits existieren und den richtigen Kontext herstellen –, können sie die Sache je nach Bedarf wiederholen. Wir müssen sie auf frischer Tat ertappen.«

»Na schön, dann schicken Sie Ihre Leute hin.«

»Wen denn? So viel Einfluss habe ich nicht bei der paramilitärischen Abteilung. Außerdem, wer würde lediglich auf mein Wort hin einen Fallschirmjägereinsatz über Lincoln, Nebraska, befehlen?«

»Herrgott, hören Sie auf, mich zu manipulieren.«

»Vielleicht manipuliere ich Sie, aber ich sage Ihnen die Wahrheit.«

Verdammt, er klang genau wie sein Mentor, mein verstorbener Freund Tatsu. Einen Moment lang machte mich das traurig. Tatsu wäre stolz auf seinen Protegé gewesen.

»Wie lautet Ihr Plan?«, fragte ich und hasste es gleichzeitig, nachzugeben.

»Sie und Ihre Jungs können die Attentäter erledigen, bevor

sie in die Schule eindringen. Sie sind nicht gut ausgebildet, sie erwarten keinen Widerstand. Eine Schule ist so ziemlich das Maximum, das sie bewältigen können.«

»Was ist mit der Viper?«

»Wenn ich den Piloten orten kann, legen Sie ihn auch um.«

»Dahinter steht ein großes Fragezeichen. Und verzeihen Sie, ich hänge ungern in der Nähe von Bodenzielen herum, die für einen doppelten Hellfire-Angriff vorgesehen sind.«

»Ich habe ein paar Ideen und verfolge einige Spuren. Ich erwarte nicht, dass der Pilot weit von der Schule entfernt sein wird. Je geringer die Flugdistanz der Viper, desto unwahrscheinlicher ist es, dass jemand sie sieht. Außerdem werden sie die Raketen möglichst nahe beim Ziel abfeuern wollen. Damit die Leute nicht zwei Rauch- und Feuerstreifen schon aus ein paar Kilometer Entfernung heranschießen sehen.«

»Aber Sie haben gesagt …«

»Ja, letzten Endes kann man alles wegerklären. Aber wozu mehr erklären, als unbedingt nötig.«

»Es macht nicht den Eindruck, als hätten Sie viel, auf dem Sie aufbauen können.«

»Noch nicht. Aber eines noch. Wenn Sie unter den gerade beschriebenen Parametern der Pilot wären, was würden Sie sonst noch brauchen?«

Ich dachte nach. »Einen … ruhigen Ort. Abgelegen, einsam. Wo ich parken, die Drohne montieren und starten kann, ohne dass mich jemand dabei beobachtet. Und wo ich sie ungestört fernsteuern kann.«

»Bingo. Und was glauben Sie, wie viele Orte es in der Nähe von Lincoln gibt, auf die diese Beschreibung zutrifft?«

»Eine Menge, vermutlich.«

»Ja, das ist das Problem. Aber ich befasse mich damit. Außerdem gibt es noch einen Punkt, der das Spiel zu unseren Gunsten wenden könnte.«

»Und der wäre?«

»Ich habe einen Freund bei einer der Telefongesellschaften.«

»Einen Freund?«

»Wie immer Sie es nennen wollen. Er überwacht Gillmors Handy für mich.«

Ich lächelte. Es hatte etwas Befriedigendes, zu sehen, wie sich die Werkzeuge des Überwachungsstaats gegen ihn selbst wendeten.

»Sie glauben, Gillmor ist der Pilot?«

»Er hat die nötige Ausbildung. Er hat Zugang. Außerdem, ist Ihnen aufgefallen, dass der Präsident in seiner Ankündigung Gillmors Namen nicht genannt hat? Aus Sicherheitsgründen?«

»Ja, darüber habe ich mich gewundert.«

»Ich glaube, sie wollen nicht, dass der Bursche vor den Anschlägen in der Öffentlichkeit genannt wird. Er soll sich so frei bewegen können wie möglich, abhängig davon, bei wie vielen Schulen sie zuschlagen wollen. Das Positive daran, wenn man es so nennen kann, ist, dass nicht viele nötig sein werden, wenn ich die Stimmung im Land richtig einschätze. Wir stehen kurz vor einem Kipppunkt.«

»Ja, das Gefühl habe ich auch.«

»Außerdem«, sagte er, »wenn Sie entschlossen genug wären, eine Schule oder viele Schulen in die Luft zu jagen, wie viele Leute würden Sie damit beauftragen? Bei wem könnten Sie sich darauf verlassen, dass er nicht in letzter Minute die Nerven verliert? Ja, ich denke, es wird Gillmor sein. Und wenn das stimmt, sollten wir sein Telefon bis nach Nevada verfolgen können.«

Ich dachte eine Weile nach. Einerseits wollte ich es nicht tun. Es war zu gefährlich. Zu viele Möglichkeiten für einen Hinterhalt. Zu viele Unbekannte, zu viele verborgene Motive.

Aber andererseits …

An jenem ersten Morgen hatte ich Horton die Wahrheit gesagt: Ich habe mehr Leben genommen, als ich zählen kann. Als ich jünger war, konnte ich mich noch vor den Gedanken an all die Mütter, Väter, Frauen, Geschwister, Kinder abschirmen. Ich ignorierte die Elemente in der Akte einer Zielperson, die mir Unbehagen bereiten konnten. Ich redete mir ein, dass sie schon irgendwie Dreck am Stecken haben musste, wenn sie solche Feinde hatte. Mein Mantra lautete unterbewusst: Wenn ich es nicht tue, tut es ein anderer. Rationalisierung war mein Betäubungsmittel. Und wie bei allen Drogen gewöhnt man sich mit der Zeit daran. Ich brauchte mehr und mehr davon, während die Wirkung immer stärker nachließ. Schließlich gab es keine Dosis mehr, die mir den Trost verschaffte, nach dem ich mich sehnte.

Und heute, mit zu vielen Gestern und immer weniger Morgen, belastet mich das Wissen zunehmend, das ich früher so geschickt verdrängen konnte. Die Erkenntnis, dass meine kurzen Begegnungen mit jenen Fremden, die zu erledigen ich eingewilligt hatte, nichts hinterließen als Tränen und Traumata, die Trümmer miteinander verwobener Leben, für immer zerrissen und entstellt. Das Wissen, dass es keinen Weg gab, das Ausmaß an Schmerz zu rechtfertigen, das ich in die Welt gebracht hatte. Und dass diese Welt ein klein wenig besser gewesen wäre, hätte es mich nie gegeben.

Ich konnte niemanden wiederauferstehen lassen, dem ich das Leben genommen hatte, oder den Schaden wiedergutmachen, den ich angerichtet hatte. Diese Seite der Bilanz war unveränderlich. Das Einzige, was ich vielleicht tun konnte, war, einen Ausgleich zu schaffen. Etwas zu unternehmen, um mehr Leben zu retten, als ich genommen, mehr Schmerz zu verhindern, als ich zugefügt hatte.

Es war nicht viel. Aber was sonst konnte ich mir erhoffen?

Voll Hass auf das Gefühl, manipuliert zu werden und mich zum Narren zu machen, sagte ich: »Wir werden einiges an Hardware brauchen.«

»Natürlich.«

»Und ein Privatflugzeug nach Lincoln. Selbst wenn wir die Zeit hätten, mit dem Auto zu fahren, wären wir im Moment zu überreizt dafür. Ich denke, wir würden uns unterwegs gegenseitig umbringen.«

»Ich bringe Sie hin.«

»Ich muss erst mit den anderen sprechen. Ich rufe später zurück.«

Ich hängte auf und sah auf die Uhr. Beinahe zehn. Bald würden die Läden öffnen.

»Kommen Sie«, sagte ich zu Larison. »Ich setze Sie unterwegs ins Bild.«

Wir gingen zu Harry Winston am Rodeo Drive, dem Juwelierladen, auf den wir uns nach einer Internetsuche am Morgen geeinigt hatten. Wir wollten eine angesehene Firma und viel angesehener als Harry Winston ging es nicht. Keinem von uns gefiel es, die Hardware im Motel zu lassen, aber wir konnten nicht gut bewaffnet bei einem Juwelier auftauchen. Larisons gefährliche Ausstrahlung war schon problematisch genug. Wenn ein aufmerksamer Wachmann dann auch noch eine verräterische Beule an unserem Hosenbund oder am Knöchel entdeckte, würden wir eine Menge zu erklären haben. Zu viel.

Unterwegs berichtete ich ihm, was Kanezaki herausgefunden hatte. Es überraschte mich nicht, dass er nichts von dem Vorschlag wissen wollte. Gerne hätte ich diesen seltsamen Augenblick von gestern Nacht angesprochen, als Dox ganz unschuldig etwas gesagt hatte, das wie eine Anspielung auf Homosexualität klang. Aber ich wusste nicht, wie. *Keine Sorge, mir ist das völlig gleichgültig?* Oder: *Keine Sorge, ich erzähle niemandem davon?* Was, wenn ich mich irrte? Und was sollte überhaupt dabei herauskommen? Aber der Gedanke, dass Larison ein Geheimnis hatte und den Verdacht hegte, dass Dox und ich darüber gestolpert waren, machte mir Sorgen. Er war ein Typ, der mehr als fähig dazu war, zu töten, damit sein Privatleben privat blieb.

Wir erreichten das Geschäft kurz nach zehn. Ein Gemmologe namens Walt LaFeber bediente uns. Er ließ uns vor einem Glastisch in einer Ecke des Ladens Platz nehmen, während er sich auf die andere Seite setzte. Auf dem Tisch befanden sich ein Mikroskop und eine Anzahl anderer Instrumente.

Ich zog den Umschlag heraus, in den wir zwanzig Steine verschiedener Größe gesteckt hatten, und leerte ihn vorsichtig auf den Tisch. LaFeber griff nach einem der größeren Steine und berührte ihn mit etwas, das wie ein Amperemeter aussah.

»Was ist das?«, fragte ich.

»Ob Sie es glauben oder nicht«, sagte er, »es heißt einfach Diamantentester. Diamanten sind ausgezeichnete Wärmeleiter und das Gerät misst die Wärmeleitfähigkeit. Ihrer macht soweit einen guten Eindruck.«

Er untersuchte den Stein noch mit mehreren anderen Methoden, die, wie er uns währenddessen erklärte, Farbe, Härte, spezifisches Gewicht und verschiedene innere Charakteristika feststellten.

Nach etwa zehn Minuten sagte er: »Gratuliere, das ist ein ziemlich guter Stein.«

»Ist er echt?«, fragte Larison. »Ein echter Diamant?«

»Aber ja. Ganz echt.«

»Wie viel ist er Ihrer Ansicht nach wert?«, wollte Larison wissen.

»Aufgrund der Größe – beinahe fünf Karat –, Struktur, Form und Farbe würde ich sagen, in der Gegend von zwanzigtausend Dollar. Möglicherweise auch mehr. Ein sehr schöner Stein.«

»Zwanzigtausend ist eine hübsche Gegend«, sagte ich und sogar Larison lächelte.

LaFeber prüfte den Rest der Steine. Sie waren nicht alle so gut wie der erste, aber er schätzte auch den schlechtesten davon auf über fünftausend Dollar. Es sah so aus, als hätte Horton geliefert.

Der Service war kostenlos. Schon eigenartig. Wir hatten Steine im Wert von rund einer Viertelmillion Dollar prüfen lassen und mussten nicht einmal etwas dafür bezahlen. Ich nahm an, es war eine der Methoden, wie die Reichen immer reicher wurden.

Wir bedankten uns bei LaFeber und traten hinaus ins Sonnenlicht des Rodeo Drives, ohne die Passanten wahrzunehmen, die um uns herumfluteten. Einkaufen, so schien es, war das Letzte, was die Leute aufgeben würden, selbst angesichts andauernder Terrorangriffe.

Wir gingen auf dem Wilshire Boulevard nach Westen. Ich dachte daran, dass ich jetzt um die fünfundzwanzig Millionen Dollar reich war. Aber der Gedanke fühlte sich unwirklich an. Nicht nur wegen der Summe. Sondern weil ich erst überleben musste, um sie ausgeben zu können. Und weil ich im Augenblick nicht behaupten konnte, dass die Aussichten dafür allzu rosig standen.

Larison und Rain bestiegen einen Bus auf dem Wilshire Boulevard und fuhren nach Koreatown, wo sie in einen Metro-Zug wechselten. Das war die falsche Richtung zu ihrem Motel in Santa Monica, aber sie wollten nicht das geringste Risiko eingehen, besonders jetzt, da sie die Diamanten hatten. Nicht heute, vielleicht niemals wieder. Was Larison ganz recht war. Er lebte jetzt seit Jahren in einem milden Stadium der Paranoia. Er akzeptierte es. Er war daran gewöhnt. Ständig über die Schulter sehen zu müssen, um am Leben zu bleiben, war ihm so selbstverständlich wie die Notwendigkeit, sich die Zähne zu putzen. Das gehörte einfach zum Leben.

Rain war eine gute Tarnung. Larison machte die Leute nervös, aber wenn der Blick eines Zivilisten auf Rains asiatische Gesichtszüge fiel, war er sofort beruhigt. Larison konnte beinahe sehen, wie die unbewussten Rädchen sich in ihren Köpfen drehten: *Sieht nicht muslimisch aus. Friedfertiger Japaner. Kein Problem.*

Larison konnte kaum glauben, dass sich die Diamanten tatsächlich in seinem Besitz befanden. Darauf hatte er jahrelang hingearbeitet, dafür hatte er geplant, dafür hatte er es mit der gesamten US-Regierung aufgenommen. Gut, Hort lebte noch – dieser Versager Treven war wieder auf dessen typisches Süßholzgeraspel hereingefallen –, aber damit konnte Larison leben, jedenfalls fürs Erste. Sein ursprünglicher Plan hatte gelautet, Hort von Rain, Dox und Treven ausschalten zu lassen und dann die Klappe zuzumachen, indem er sie ebenfalls umlegte. Aber Hort war jetzt Zivilist, insofern kam man leicht an ihn heran und es war vielleicht nicht so wichtig, dass die operative Reihenfolge sich umgekehrt hatte. Alle Schlachtpläne veränderten sich, wenn sie auf die Realität des Krieges trafen. In diesem Kontext war die Änderung unbedeutend. Und letzten Endes irrelevant.

Er würde bei der ersten Gelegenheit zuschlagen, wahrscheinlich, sobald sie ins Motel zurückkamen und er wieder bewaffnet war. Es gab wirklich nur zwei Dinge zu bedenken. Eines davon war das Geräusch der Schüsse. Aber sie hatten noch die schallgedämpften Pistolen, die sie den toten Typen vor Keis Wohnung abgenommen hatten. Wenn er an eine davon herankam, ohne dass jemand misstrauisch wurde, war das Lärmproblem gelöst.

Und dann blieb die Reaktion derjenigen einzukalkulieren, die den ersten Schuss überlebten. Aktion war immer schneller als Reaktion und er war ziemlich sicher, dass er alle drei umlegen konnte, bevor einer eine Chance hatte zu reagieren. Aber ziemlich sicher war unter den gegebenen Umständen nicht wirklich beruhigend. Der kleinste Fehler konnte tödlich sein. Treven, Rain und Dox waren allesamt außergewöhnliche Kämpfer und Larison musste mit extrem schnellen Reaktionen rechnen, wenn die Schießerei begann. Er beschloss, Treven als ersten umzulegen, weil er der beste Kampfschütze war. Dann Rain, denn Rain besaß die schärfsten Instinkte. Und Dox als letzten, weil er das größte Ziel bot und daher am schwersten zu verfehlen war.

Dox. Anfangs hatte er nicht viel von dem großen Scharfschützen gehalten, aber sein Respekt vor ihm war gewachsen. Diese Vorstellung im Hilton in Washington war etwas fürs Guinnessbuch gewesen und Larison musste zugeben, dass sie sich ohne Dox ziemlich sicher eine Sekunde später gegenseitig über den Haufen geschossen hätten. Und als es gestern Nacht beinahe wieder dazu gekommen wäre, war er wider Willen beeindruckt gewesen, wie leicht Dox seine leutselige Art abgestreift und sich von tödlicher Ruhe und Gelassenheit gezeigt hatte. Es kam selten vor, dass ein Mann eine so bedrohliche Haltung in Larisons Gegenwart aufrechterhalten konnte. Er fragte sich, ob er die operative Reihenfolge vielleicht abändern und Dox zuerst ausschalten sollte.

Das Problem war, ein Teil von ihm wollte keinen von ihnen erledigen. Nicht einmal Treven, der dämlich genug gewesen war, Hort davonkommen zu lassen, als er seine Leiche problemlos mit dem Gesicht nach unten in einem einsamen Canyon in den Hügeln von Hollywood hätte ablegen können.

Sie waren kompetent. Verlässlich. Und sie arbeiteten als Team gut zusammen. Okay, Treven war nervtötend ernsthaft und Dox eine Knallcharge und Rain erinnerte Larison zu sehr an sich selbst, um ihm jemals ganz zu vertrauen. Aber … Scheiße, jedes Mal, wenn er das Szenario durchspielte, sie umzulegen, stellte er fest, dass er statt seiner üblichen, emotionslosen Einschätzung von Winkeln und Entfernungen und Chancen etwas anderes spürte, etwas Belastendes, Unangenehmes und Unheilvolles. Als ob ein Teil seines Verstands sich vorstellte, wie es war, mit dem Wissen und den Bildern zu leben, die ihn später verfolgen würden, und ihn warnte, anflehte, sich diese Last nicht aufzubürden. Der Preis, wie Rain es formuliert hatte. Er schleppte schon zu viel mit sich herum.

Er versuchte, das alles auszublenden, aber es gelang ihm nicht. Er redete sich ein, dass er keine Wahl hatte, weil es schlicht und einfach eine Frage der operativen Sicherheit war. Er war nicht überzeugt. Er sagte sich, dass sie mit ihm dasselbe tun würden. Er glaubte es nicht. Er argumentierte, dass es besser wäre, auf Nummer Sicher zu gehen und zu überleben, als ein Risiko einzugehen und zu sterben. Die Worte klangen hohl.

Das Schlimmste war gewesen, als Rain ihn beiseite gezogen und versucht hatte, mit ihm zu reden. Was hatte er gesagt? *Ich versuche, Ihr Freund zu sein.* Das Furchtbare daran war, dass Larison ihm glaubte.

Aber er hatte auch gespürt, wie ihm einen Sekundenbruchteil lang die Kontrolle zu entgleiten drohte, als dieser Clown Dox das mit dem Arschficken gesagt hatte. Wie oft hatte er das vor Millionen Jahren in den Militärbaracken erlebt? Jedes Mal war ein Teil von Larison in Panik geraten, dass sein Geheimnis enttarnt wäre, weil jemand Bescheid wusste oder einen Verdacht hegte und sich über ihn lustig machte. Aber das war nie der Fall gewesen. Die Leute redeten einfach so. Und er hatte gelernt, den Reflex zu unterdrücken. Warum also der Ausrutscher letzte Nacht? Er glaubte, dass Rain etwas bemerkt hatte, war aber nicht sicher. Der Mann war ziemlich undurchschaubar.

Aber was, wenn es stimmte? Erst Treven, dann Hort, jetzt Rain und Dox … die Zahl der Menschen, die über ihn Bescheid wussten, wuchs ständig. Die Sache geriet außer Kontrolle und wenn er jetzt keinen Riegel vorschob, war es zu spät.

Auf einer gewissen Ebene war ihm klar, dass es keine Rolle spielen sollte. Die Einstellung zur Homosexualität veränderte sich, nicht einmal die Maxime, sie totzuschweigen, galt noch … aber der Gedanke, dass Menschen Bescheid wussten, ihn mit anderen Augen betrachteten, anders behandelten … er hasste es. Es war dasselbe, wie eine schreckliche, ausbeutbare Schwäche zu enthüllen.

Und das war noch nicht alles. Immer mehr Menschen wussten, dass er keineswegs tot und vergessen war, sondern noch lebte und mit ihm gerechnet werden musste. Ihre Zahl stieg ständig. Es war möglich, dass Hort es neben Treven, Dox und Rain auch anderen erzählt hatte, und dann war die Katze bereits aus dem Sack. Aber Larison bezweifelte es. Hort hielt sich gerne bedeckt. Und wenn er anderen davon erzählt hatte, na und? Der Schaden war geschehen. Trotzdem musste er der Sache einen Riegel vorschieben, solange es zumindest theoretisch noch möglich war.

Er sah aus dem Fenster hinaus auf die Stadtlandschaft und fühlte sich in der Falle. Was zum Teufel stimmte nicht mit ihm? Sein Verstand sagte ihm das eine. Sein Bauchgefühl wollte nicht mitmachen.

Er wusste nicht, was er tun sollte. Er wollte nicht sterben. Er wollte nicht geoutet werden. Aber er sehnte sich danach, wieder schlafen, sich ins Bett legen zu können, ohne Angst vor den Bildern zu haben, die er sah, wenn er die Augen schloss und allein und wehrlos seinen Träumen ausgeliefert war.

Er hatte Angst, schwach zu sein. Und er befürchtete, dass die größte Schwäche von allen war, jetzt nicht die taktisch richtigen Maßnahmen zu ergreifen.

Der Trick bestand darin, nicht lange darüber nachzudenken. Fahr zurück ins Motel, schnapp dir die Glock, warte auf die richtige Gelegenheit und nütze sie. Ja, genau so. Nicht nachdenken. Nur Mustererkennung, Reflex und fertig.

Und nicht nur Treven, Rain und Dox. Auch Kei. Niemand durfte übrig bleiben, der etwas von ihm wusste.

Bis auf Hort natürlich. Aber diesen losen Faden würde Larison in Kürze auch noch abschneiden. Und dann war er fertig. Befreit von allen Hemmschuhen. Frei.

Es musste ihm nicht gefallen. Er musste es nur tun.

Kapitel Siebenundzwanzig

Treven und Dox warteten zusammen mit Kei im Motel. Kei saß auf einem der Betten, Dox auf dem anderen. Treven wurde immer kribbeliger, weil Rain und Larison so lange brauchten, und tigerte in dem engen Raum auf und ab.

Er hasste das Warten. Wenn er allein war, reichte seine Geduld für Tage, sogar Wochen. Aber das hier war anders. Die ganze Operation war mit Problemen durchsetzt. Larison verhielt sich zunehmend labil. Die Lage zwischen ihnen war mehrmals so explosiv geworden, dass ein Überschreiten des kritischen Punkts tödlich geendet hätte. Und dann war da noch Hort, der mit seiner Nummer vor dem Weißen Haus plötzlich die Karten neu gemischt hatte.

Er hoffte, dass es richtig gewesen war, den Mann am Leben zu lassen. Er redete sich ein, dass er logisch gehandelt hatte, aber ein Teil von ihm glaubte es nicht. Der Teil, von dem er wusste, dass er emotional reagierte. Treven sah Larison und Rain und Dox, und er wollte nicht so sein wie sie. Er brauchte eine Linie, die er nie überqueren würde, ein Gefühl von Befehlsstruktur und Loyalität innerhalb einer Einheit. Etwas, das den Unterschied zwischen einem Soldaten mit Gewissen und einem Auftragskiller ausmachte. Wo immer diese Linie verlief, er wusste, dass er im Moment auf ihrem schmalen Grat entlangtanzte. Seinen Kommandeur zu töten hätte bedeutet, sie ein für allemal zu überschreiten.

Die Entscheidung quälte ihn. Hort war gefährlich. Vielleicht spürte er sie genau in diesem Moment mit Methoden auf, die keiner von ihnen so recht begriff. Natürlich dachten die anderen, Hort hätte sie in Washington mittels Satelliten und Überwachungskameras gefunden, weil sie nicht wussten, dass Treven es dem Mann einfach verraten hatte. Aber die Satelliten und Überwachungskameras waren ja Realität. Und sicher, Hort hatte seine große Ansprache gehalten, war zurückgetreten und hatte damit seine offiziellen Befugnisse verloren. Doch er besaß immer noch Freunde in hohen und weniger hohen Positionen. Hort selbst hatte Treven *Hsün-Tzu* gelehrt: *Wenn du stark bist, täusche Schwäche vor. Wenn du schwach bist, täusche Stärke vor.* Gestern Nacht im Wagen hatte Hort zweifellos Schwäche gezeigt und je länger Treven darüber nachdachte, desto ruheloser wurde er.

Dox machte ihn nervös. Der riesige Scharfschütze saß mit dem Rücken ans Kopfbrett gelehnt und hatte die Beine auf dem Bett ausgestreckt. Seine Augen waren geschlossen und er hielt die Wilson Combat im Schoß, eine Szene wie ein schlafendes Kleinkind mit Waffe statt Lieblingsteddy. Dox war mindestens ebenso geduldig wie Treven sonst und verbrachte die Wartezeit in stoischer Reglosigkeit. Natürlich lag das nahe – ein armseliger Scharfschütze, der nicht auf sein Ziel warten konnte – und normalerweise hätte Treven diese Eigenschaft bewundert und vielleicht sogar beruhigend gefunden. Aber jetzt drängte sich ihm das Gefühl auf, dass die Quelle von Dox' Gelassenheit ein geheimes Wissen war, das Treven fehlte.

Immer noch mit geschlossenen Augen fragte Dox: »Was liegt Ihnen auf der Seele, mein Sohn?«

Herrgott, konnte der Kerl auch noch Gedanken lesen? »Was meinen Sie?«

Dox schlug die Augen auf. »Na ja, entweder wollen Sie den Teppich unserer Luxussuite hier niedermachen oder sie haben Hummeln im Arsch.«

»Hat nichts zu bedeuten. Ich mag nur das Warten nicht.«

»Ich dachte, ihr ISA-Hengste hättet die Geduld eines Felsens. Wollen Sie mich eines Besseren belehren?«

Treven lachte leise. »Es ist nichts.«

»Schon gut. Ich habe selbst Hummeln im Hintern.«

Treven sah ihn an. Gelassen ans Kopfbrett gelehnt wirkte er ungefähr so ruhelos wie eine Statue.

»So benehmen Sie sich also, wenn Sie Hummeln im Hintern haben?«

Dox grinste. »Oh ja. Mein Blutdruck ist in ungeahnten Höhen. Wenn ich entspannt bin, bin ich praktisch unsichtbar.«

Treven war nicht ganz sicher, ob er scherzte oder es ernst meinte. »Also schön, was macht Ihnen Sorgen?«

»Ihr Freund, um ehrlich zu sein.«

»Larison?«

Dox nickte und wandte sich zu Kei, die jetzt, obwohl sie nichts gesagt hatte, ihrem Gespräch plötzlich mit Interesse zu folgen schien.

»Süße«, sagte er, »hätten Sie etwas dagegen, die Kopfhörer für ein paar Minuten aufzusetzen? Nichts Besonderes, nur lästige OpSec, wie wir harten Burschen die operative Sicherheit nennen.«

»Ich habe nichts dagegen, zuzuhören«, sagte Kei.

Dox lächelte ein wenig traurig. »Das weiß ich. Würden Sie mir trotzdem vertrauen?«

Erstaunlicherweise nickte Kei, als vertraute sie ihm tatsächlich. Treven stellte fest, dass Dox einfach eine unnachahmliche Art hatte, mit Menschen umzugehen. Die Kinder im Minivan im Capital Hilton hatten ihm nach fünf Minuten praktisch aus der Hand gefressen. Und jetzt schaffte er es anscheinend, dass die Frau, die zu entführen er geholfen hatte, glaubte, er habe nur ihr Bestes im Sinn. Treven wünschte, er würde den Trick kennen. Er hätte ihn gerne selbst angewandt.

Dox stand auf und legte Kei die Kopfhörer an, dann kam er zu Treven. »Lassen Sie mich Ihnen eine Frage stellen«, sagte er leise. »Wie gut kennen Sie diesen *Hombre*?«

Treven fragte sich, worauf er hinaus wollte. »Nicht besonders. Ich habe ihn für Hort in Costa Rica aufgespürt und dann landeten wir gemeinsam in dieser beschissenen Operation.«

»Dann kennen Sie ihn eigentlich gar nicht?«

»Warum fragen Sie?«

»Ich bin mir über ihn nicht im Klaren. Normalerweise kann ich Menschen gut einschätzen, aber bei Larison habe ich das Gefühl, nur auf leere Seiten zu stoßen. Oder es ist zu dunkel, um sie zu lesen.«

»Ja, ich weiß, was Sie meinen.«

»Was, glauben Sie, denkt er jetzt?«

»Wie meinen Sie das?«

»Ich meine, versetzen Sie sich an seine Stelle. Sie haben gerade herausgefunden, dass die Diamanten echt sind und Hort nur noch Zivilist ist, und ob ein paar Schulkinder ermordet werden, ist Ihnen scheißegal. Was würden Sie unter diesen Umständen tun?«

Treven antwortete nicht. Er hatte sich halb unbewusst mit derselben Frage herumgeschlagen.

Dox wartete, dann sagte er: »Nehmen Sie einfach Ihren Anteil an den Diamanten und hauen ab?«

»Ich weiß nicht.«

»Da würden Sie nämlich einen Haufen lose Fäden zurücklassen.«

»So kann man es auch sehen.«

»Und das ist nur die eiskalte Berechnung eines unbarmherzigen Agenten, die ich hier gerade anstelle. Es könnte noch schlimmer sein.«

»Inwiefern?«

»Glauben Sie, dass Larison … Geheimnisse hat?«

Plötzlich und nachdrücklich begriff Treven, wie sehr er sich die ganze Zeit in Dox getäuscht hatte, als er ihn für ein wenig beschränkt hielt. Und ebenso blitzartig wurde ihm klar, dass er ihn gefährlich unterschätzt hatte. Er fragte sich, wie viele Leute schon zu dieser Erkenntnis gelangt waren, unmittelbar bevor Dox ihnen das Lebenslicht ein für allemal ausblies. Vermutlich durfte er sich glücklich schätzen, die Lektion kostenlos bekommen zu haben.

»Geheimnisse?«, fragte er und hoffte, seine Miene würde nichts verraten.

Dox sah ihn an und der Hillbilly war vollständig verschwunden und durch etwas ersetzt worden, das einem menschlichen Lügendetektor ähnelte. »Geheimnisse«, wiederholte Dox. »Denn wenn ja, und er hätte Grund zu der Annahme oder auch nur dem Verdacht, dass wir diese Geheimnisse kennen, mache ich mir ein wenig Sorgen, zu welchen Schlussfolgerungen er gelangen könnte.«

Treven antwortete nicht. Dox hatte recht, aber er war sich nicht ganz klar, wohin es führen würde, wenn er ihm zustimmte.

»Ich denke, Sie wissen, was ich meine«, sagte Dox. »Und darum schweigen Sie. Glauben Sie, dass ich mich irre?«

Treven schüttelte den Kopf. »Nein.«

»Gut, mit Larison kommen wir zurecht. So oder so. Aber ich will mir gar nicht erst vorstellen, was er diesem Mädchen hier antun könnte. Wenn die Diamanten echt sind, brauchen wir sie nicht mehr. Und sie hat schon genug durchgemacht. Ich sage, wir lassen sie laufen. Was meine Sie?«

»Einfach laufen lassen?«

Dox nickte. »Und zwar jetzt. Bevor unser Engel des Todes zurückkommt und anfängt, irgendwelche Beschlüsse umzusetzen, die er während seiner Abwesenheit gefasst hat.«

Treven dachte nach. Er wollte genauso wenig wie Dox für den Tod des Mädchens verantwortlich sein. Aber es war gefährlich, so zu handeln, ohne auch nur den Versuch zu machen, vorher zu einem Konsens zu gelangen.

»Hören Sie«, sagte er, »selbst wenn ich Ihrer Meinung wäre, und ich sage nicht, dass ich das bin, können wir sie nicht einfach hier rausspazieren lassen. Rain und Larison sind noch nicht zurück und wir müssen davon ausgehen, dass sie direkt zur Polizei geht.«

»Sie weiß nicht einmal, wo sie ist«, sagte Dox. »Ich könnte sie mit verbundenen Augen wegbringen, irgendwo absetzten und das war's.«

»Sind Sie sicher, dass sie nicht zurückfinden würde? Es gibt Geräusche, Gerüche … vielleicht haben wir etwas übersehen, das dieses Zimmer identifizieren könnte. Oder sie hat ein Gefühl für die Richtungsänderungen und Entfernungen, die Sie zurücklegen. Sie ist intelligent. Das weiß ich genauso gut wie Sie.«

»Also gut, was würden Sie dann sagen, wenn ich mit ihr irgendwohin fahre und dort auf Ihren Anruf warte? Dann könnte ich sie freilassen und wir hätten alle reichlich Zeit, zu verduften.«

»Und wenn die Diamanten nicht echt sind? Das wissen wir noch nicht.«

»Und wenn schon. Sehen Sie sie doch an. Wollen Sie ihr eine Kugel in den Kopf jagen? Oder zusehen, wie Larison es tut?«

Treven schwieg.

»Natürlich wollen Sie das nicht«, sagte Dox. »und Sie sollten stolz und erleichtert sein, dass Sie dazu nicht in der Lage sind – dass Ihre Eltern niemanden großgezogen haben, der zu so etwas fähig wäre. Ich finde, die Sache hat jetzt lange genug gedauert. Wenn Horton unseren Bluff durchschaut hat, sei's drum. Wir haben Besseres zu tun, zum Beispiel eine Bande von skrupellosen Fanatikern davon abzuhalten, einen Haufen Schulkinder im Namen eines höheren Ziels zu massakrieren.«

Die Anspielung auf seine Eltern, die beide schon lange tot waren, traf Treven hart. Einen Moment lang fragte er sich, ob

Dox absichtlich die nicht praktikable Idee geäußert hatte, Kei sofort gehen zu lassen, weil er genau wusste, dass Treven dann Einwände praktischer Natur erheben und sich so auf diskussionsfähiges Gebiet begeben würde. Er begriff, dass Dox nur auf den richtigen Augenblick für dieses Gespräch gewartet hatte. Wahrscheinlich hatte er gehofft, Treven würde ihm ein Stichwort liefern, und als ihm langsam die Zeit ausging, hatte er selbst den Anfang gemacht. Treven schalt sich einen Narren, weil er diesen Mann sträflich unterschätzt hatte. Wenn hier jemand beschränkt war, dann er selbst.

»Herrgott«, sagte er. »Larison flippt aus, wenn er zurückkommt. Und Rain vielleicht auch.«

»Rain hätte keine Einwände. Ich kenne ihn. Was Larison betrifft, nun, er ist im Moment unbewaffnet. Ich schlage vor, wir sorgen dafür, dass es so bleibt, bis er Zeit hatte, sich an die neuen Gegebenheiten zu gewöhnen.«

Treven überlegte kurz. »Wenn die Diamanten echt sind«, meinte er, »dann kommt Larison darüber hinweg, schätze ich.«

Dox nickte, als hätte er Trevens Schlussfolgerung bereits vorweggenommen. Und gewusst, dass er ihm zustimmen würde.

»Aber wenn sie nicht echt sind«, sagte Treven, »und er den Eindruck hat, dass er von Hort schon wieder reingelegt wurde, und zwar mit unserer Hilfe, dann müssen wir ihn töten. Denn sonst tötet er uns.«

Dox nickte abermals, und wieder kam es Treven so vor, als ob er von außerordentlich geschickten Händen manipuliert worden sei.

Aber das änderte nichts an der grundsätzlichen Richtigkeit der Einschätzung. »Also gut«, sagte er. »Schaffen Sie sie hier weg. Und machen Sie schnell. Sie könnten jeden Moment zurück sein.«

Dox sah ihn an, dann bot er ihm die Hand. »Ben Treven, ich bin froh, dass Sie zu den guten Jungs gehören.«

Treven schüttelte ihm die Hand. »So weit würde ich nicht gehen. Und jetzt verschwinden Sie.«

Rain und Larison kamen ungefähr eine Stunde, nachdem Dox mit Kei aufgebrochen war, zurück. Treven entriegelte die Tür und winkte sie mit der linken Hand herein. In der rechten hielt er die Glock.

Sie traten ein und schlossen die Tür hinter sich. Sie sahen sich im Zimmer um und beäugten die offene Tür zum Badezimmer. Treven straffte sich.

»Wo ist das Mädchen?«, fragte Larison.

»Bei Dox«, erwiderte Treven.

»Scheiße, verdammt«, sagte Rain und presste die Finger gegen die Schläfen wie jemand, der mit einem Migräneanfall kämpft. »Ich wusste, das würde passieren.«

»Was passieren?«, fragte Larison. Er wandte sich zu Treven. »Wo sind sie?«

Rain sagte: »Er hat sie weggebracht, nicht wahr?«

Treven nickte.

Larisons Miene verdüsterte sich. »Weggebracht? Was zum Henker ist hier los?«

Treven sah Larison an. »Ich will Ihnen die Wahrheit sagen. Er dachte, Sie würden sie töten, wenn Sie zurückkommen. Und wissen Sie, was? Ich war derselben Ansicht.«

»Und wenn schon?«, fragte Larison. »Horton sollte seine Hunde zurückpfeifen. Stattdessen hat er sich selbst kastriert. Er hat die Vereinbarung gebrochen. Dafür muss er bezahlen.«

»Sind die Diamanten echt?«, wollte Treven wissen.

Rain nickte. »Das sind sie.«

»Gut«, meinte Treven, immer noch den Blick auf Larison gerichtet. »Das ist mehr als ausreichend. Wir werden kein unschuldiges Mädchen töten, weil Sie einen Groll gegen seinen Vater hegen. Es ist mir egal, wie Sie es nennen. Aber das ist es.«

Rain sagte: »Gut, lassen Sie uns erst einmal praktisch denken. Hinterher können wir uns immer noch gegenseitig umbringen, wenn wir wollen. Was haben Sie mit Dox vereinbart?«

»Ich soll ihn anrufen, wenn Sie beide zurück sind«, sagte Treven. »Und dann werden wir uns in dem Café in Beverly Hills treffen, dass Sie besonders mögen.«

»Scheiße«, meinte Rain, »wir kommen gerade aus Beverly Hills. Welches Café? *Urth*?«

»Genau. Dox ist ziemlich anspruchsvoll, was das Essen angeht.«

»Hat er eines der Handys?«

»Ja.«

»Gut, rufen Sie ihn an. Aber am besten von einem Münztelefon. Es reicht schon, eines der Handys zu verbrennen.«

»Soll ich den Treffpunkt ändern?«

»Nein, ich möchte keinen Treffpunkt über eine ungesicherte Verbindung erwähnen. *Urth* ist okay. Ist das Zimmer bezahlt?«

»Alles geregelt.«

»Was für einen Wagen fährt Dox?«

»Den Honda, den ich kurzgeschlossen habe.«

»Dann ist der Laster noch hier?«

Treven wies mit dem Kopf zum Nachttisch. »Da sind die Schlüssel.«

»Also gut. An der Nordwestecke der Kreuzung Lincoln und Pico gibt es ein Münztelefon. Rufen Sie Dox an und sagen Sie ihm, wir treffen uns am geplanten Ort so bald wie möglich.«

»Wo ist meine Waffe?«, fragte Larison.

»Kommode, oberste Schublade«, sagte Treven. »Ihre und seine.« Er wartete einen Augenblick, aber Larison machte keine Anstalten, sich der Kommode zu nähern. Das war gut. Ansonsten hätte Treven ihn auf der Stelle erschossen. Er fragte sich, ob Larison das wusste.

»Wir fahren den Laster in fünfzehn Minuten nach vorne«,

sagte Rain. Er schien genau zu wissen, was vor sich ging, und Treven fragte sich, was er wohl vorhatte. Mit Larison reden? Ihn töten? Er konnte in Rain genauso wenig lesen wie in Larison.

Hoffentlich wusste er, was er tat. Treven nickte und ging hinaus.

Kapitel Achtundzwanzig

Larison wollte unbedingt an die Kommode herankommen und sich seine Glock schnappen. Er war nicht einmal sicher, was er damit anfangen wollte, aber er fühlte sich derartig ausmanövriert und in die Enge getrieben, dass er einfach eine Waffe in der Hand halten musste. Es war so ähnlich wie manchmal, wenn er aus einem seiner Träume erwachte, mit zitternden Armen und hämmerndem Herzen, schweißüberströmt. Das Einzige, was ihn da herausholen konnte, war das Gefühl einer Waffe in der Hand, das Totem der wachen Welt. Aber Rain stand zwischen ihm und der Kommode und er wusste nicht, wie er reagieren würde. Ihn aufhalten? Larison war dreißig Kilo schwerer als der Mann, vielleicht sogar mehr, aber er hatte gesehen, wie Rain die freien Mitarbeiter in Tokio abgefertigt hatte, und die waren noch größer als Larison gewesen. Und selbst wenn er Rain im Kampf Mann gegen Mann schlagen konnte, hatte es wenig Sinn, die Waffe zu erreichen, wenn er es mit einem gebrochenen Arm oder Schlimmerem bezahlen musste. Er beschloss, dass er sich fürs Erste besser zurückhielt.

Rain beobachtete ihn und Larison hatte das Gefühl, dass er genau wusste, was er dachte.

»Also?«, sagte Rain. »Was sollen wir tun?«

»Was meinen Sie?«, erwiderte er und redete sich ein, dass er nur auf Zeit spielte.

»Wie würden Sie dazu stehen, wenn ich Ihnen sage, dass in einem Vier-Mann-Team drei Mitglieder unabhängig voneinander zu denselben Schlüssen über das vierte gekommen sind?«

Larison schwieg.

»Falls ich mich nicht deutlich genug ausgedrückt habe«, fuhr Rain fort, »die Schlussfolgerung, von der ich spreche, war, dass Sie das Mädchen abservieren, sobald Sie zurückkommen.«

»Na und?«

»Hatten wir recht?«

»Was für einen Unterschied würde das machen?«

»Gewissermaßen gar keinen. Denn wenn drei von vier Leuten das Schlimmste von Ihnen denken, gibt es ein Problem, selbst wenn diese drei Leute sich irren. Und das Problem sind Sie.«

Larison gab keine Antwort. Herrgott, wenn er nur diese Waffe hätte. Allein das Gefühl in seiner Hand. Um die ganze Scheiße in Schach zu halten.

Rain beobachtete ihn. »Wollen Sie wissen, was Treven *nicht* gesagt hat?«

Wieder antwortete Larison nicht. Die Kommode war zweieinhalb Meter entfernt. Konnte Rain ihn wirklich aufhalten?

»Das andere, was wir alle dachten, hat er nicht ausgesprochen. Nämlich, dass Sie nicht nur Kei abservieren wollten. Sie würden versuchen, uns alle zu killen.«

Larison knirschte mit den Zähnen. »Hören Sie auf, herumzueiern. Wenn Sie die Sache beenden wollen, dann lassen Sie es uns tun.«

»Was glauben Sie, was ich hier versuche?«

»Sie versuchen, mich zu verarschen, und das gefällt mir nicht.«

Rain ging zur Kommode.

Larison war so in seinen eigenen Zwiespalt verstrickt, dass er zu langsam reagierte. Er stieß hervor: »Halt!« Aber in der Zeit, die er brauchte, um das Wort auszusprechen, hatte Rain bereits die Schublade aufgezogen. Er blickte ihn über die Schulter an, dann griff er hinein und holte die Glock heraus.

Larison beobachtete ihn fasziniert. Eine seltsame Gelassenheit senkte sich über ihn. Er versuchte, etwas zu sagen. Aber er brachte nichts heraus. Er spürte eine momentane Schwäche in den Knien, aber eher vor Erleichterung, als vor Angst. Ja, Erleichterung.

Rain überprüfte den Ladezustand der Glock. Er hielt die Waffe in die Höhe und sah Larison an. Seine Miene war von grimmiger Entschlossenheit.

Larison lächelte. Irgendwie war es wichtig, Rain wissen zu lassen, dass er keine Angst hatte. Dass er in gewisser Weise sogar einverstanden war.

Rain warf ihm die Waffe zu. Larison war so verblüfft, dass er fast nicht schnell genug reagiert hätte. In letzter Sekunde bekam er die Hände hoch und fing sie auf. Einen Moment lang starrte er sie einfach schockiert an.

»Was für eine Verschwendung«, sagte Rain. »Alles in allem waren wir eine ziemlich gute Einsatzgruppe. Wir haben zwei Hinterhalte und eine lange Hetzjagd durch den Überwachungsstaat überlebt. Wir haben hundert Millionen Dollar abgesahnt. Unser schlimmster Feind hat sich gerade selbst kaltgestellt, oder kastriert, wie Sie sagen … und das wollen wir alles aufgeben, damit wir uns gegenseitig abknallen? Ergibt das für Sie irgendeinen Sinn?«

Larison blinzelte. Verarschte Rain ihn? Er spürte am Gewicht, dass das Magazin der Glock voll war. Trotzdem lud er sie durch, um sicher zu gehen. Eine Patrone wurde ausgeworfen. Larison fing sie aus der Luft und starrte sie an. Eine Standardpatrone, neun Millimeter. Die Waffe war geladen.

»Was tun Sie denn da?«, fragte Larison. Er hielt die Waffe in der Hand, aber plötzlich spürte er Todesangst.

»Ich tue für Sie, was Dox einmal für mich getan hat. Ich habe Ihnen in Wien davon erzählt.«

»Sie haben mir erzählt, dass er Ihnen das Leben gerettet hat.«

»Das war nur das Vordergründige. Er hat mir auch gezeigt, dass ich jemandem vertrauen kann. Von den beiden Dingen hatte das zweite den nachhaltigeren Effekt, würde ich sagen.«

Larison suchte nach Worten, aber er fand sie nicht.

»Was glauben Sie, wie Horton es gerne hätte?«, fragte Rain. »Glauben Sie es wäre ihm lieber, dass Sie jeden umbringen, der Ihre Geheimnisse kennen könnte? Oder dass Sie sich auf Leute verlassen können, die Ihnen den Rücken frei halten?«

Larison starrte ihn an. Er wollte fragen, was Rain mit ›Geheimnissen‹ meinte. Aber das hätte bedeutet, sie zu enthüllen. Außerdem spürte er auf einer tiefen, unerklärlichen Ebene, dass Rain ... bereits Bescheid wusste. Und auf dieselbe Art wusste er, dass ihn das nicht störte.

»Was ist mit den anderen?«, hörte er sich selbst sagen. Herrgott, er klang wie ein Schwächling. So flehend.

»Dox erwartet, dass Leute sich ehrenvoll verhalten«, sagte Rain. »Sollten Sie ihn in dieser Hinsicht enttäuschen, glaubt er, es wäre ehrenvoll, Sie aufzuspüren und zu erschießen. Aber er neigt dazu, im Zweifel für den Angeklagten zu plädieren.«

»Ich kann ihn nicht durchschauen.«

»Er wächst einem ans Herz. Egal, Dox oder Treven interessiert einzig und allein, ob Sie Freund oder Feind sind. Jeder von uns hat gerade mehr Geld eingesteckt, als er jemals ausgeben kann. Jetzt kommt es darauf an, lange genug zu leben, um es genießen zu können. Und die Chancen dafür stehen besser, wenn wir uns gegenseitig den Rücken decken, statt uns vorbeugend umzubringen. Haben Sie das nicht in Wien gesagt? Dass Sie sich wünschten, jemand würde ihnen wirklich den Rücken decken? Wie wollen Sie das erreichen, wenn Sie reflexartig Leute umbringen, weil Sie eine Todesangst davor haben, ihnen zu vertrauen?«

Larison stieß einen tiefen Atemzug aus. Dann noch einen. Er wollte aus der Haut fahren und befahl sich, sich Gottverdammt. Ab. Zu. Regen.

Rain sah ihn an. »Haben Sie etwas dagegen, wenn ich meine Pistole aus der Kommode hole?«

Larison schüttelte den Kopf. Noch vor einer Minute hätte er Rain glatt erschossen. Jetzt … spielte es keine Rolle mehr.

Rain nahm die Wilson Combat an sich, überprüfte sie und schob sie in den Hosenbund.

»Wie lautet der Plan?«, fragte Larison, ohne seine eigene Waffe aus der Hand legen zu können, obwohl er nicht die Absicht hatte, sie zu benutzen.

»Tja«, sagte Rain. »Es ist vielleicht egoistisch, aber ich bin ziemlich sicher, dass drei von uns nach Nebraska gehen werden, um ein Massaker zu verhindern.«

»Warum ist das egoistisch?«

»Weil man behaupten könnte, dass wir es nicht tun, um anderen das Leben zu retten. Sondern um uns das Weiterleben mit uns selbst erträglich zu machen.«

Larison antwortete nicht. Er wusste, dass Rain auf das anspielte, was Larison ihm in Wien über seine Albträume erzählt hatte. Es war eine Schwäche gewesen, Rain das anzuvertrauen, und er war nicht sicher, warum er es getan hatte. Aber … der Gedanke, dass es eine Chance geben könnte, einen Weg, diese schrecklichen Träume zu verbannen … er wollte es einfach glauben.

»Ich war mir nicht im Klaren darüber, als ich mich auf diese Operation einließ«, sagte Rain. »Jedenfalls nicht bewusst. Aber ich muss versuchen, aus dem ganzen Mist, den ich getan habe, dem Schrecken, den ich verbreitet habe, noch irgendetwas Gutes zu machen. Und ja, Horton hat mich mit dieser Vorstellung manipuliert und selbst wenn ich mich über das wahre Ziel der Operation getäuscht habe, bekomme ich vielleicht trotzdem noch meine Chance. Und ich will sie nicht vermasseln.«

»Warum erzählen Sie mir das?«

»Weil ich glaube, dass es keinen Weg zurück gibt, wenn wir

jetzt die falsche Entscheidung treffen. Ich stand schon früher am Rand des Abgrunds. Ich will nicht fallen. Und im Moment balanciere ich auf dem Grat.«

Larison schluckte. Er hatte sich noch nie so verwirrt gefühlt. Oder so unsagbar erschöpft.

»Ich brauche … ein bisschen Zeit«, sagte er.

Rain nickte mitfühlend. »Ja, ich erinnere mich, was es für ein Schock ist, jemandem zu vertrauen. Ich war auch völlig durcheinander. Nach einer Weile gewöhnt man sich daran.«

Larison schob die Glock unter den Hosenbund. Er fühlte sich, als hätte man ihm einen Schlag in die Magengrube versetzt. »Was zum Teufel haben Sie mir da nur gerade eingeredet?«

»Ich habe Ihnen nichts gesagt, was Sie nicht schon wussten. Sie wollten es nur nicht wahrhaben.«

Rain streckte ihm die Hand hin. Nach kurzem Zögern schlug Larison ein und schüttelte sie.

Kapitel Neunundzwanzig

Dox fuhr mit dem von Treven gestohlenen Honda in östlicher Richtung zur Union Station. Von dort aus konnte Kei einen Red-Line-Zug nehmen und im Handumdrehen zu Hause sein.

Es hatte ihm widerstrebt, sie wieder in den Gepäcksack einschließen zu müssen, um sie zum Auto zu tragen, aber Treven hatte recht. Es wäre unvernünftig gewesen, das Risiko einzugehen, dass sie sich ausrechnen konnte, wo sie festgehalten worden war. In Wahrheit machte er sich allerdings weniger Sorgen darum, sie könnte zur Polizei laufen, als dass sie sich selbst nicht mehr leiden konnte, wenn sie es nicht tat. Besser, ihr einfach gar keine Anhaltspunkte zu geben, damit sie sich die Schuldgefühle ersparte.

Das Schlimmste war, wie bereitwillig sie es zugelassen hatte. Er hatte ihr den Kopfhörer abgenommen und gesagt: »Süße, mir ist es nicht geheuer, hier zu warten, bis der Schwarze Mann zurückkommt. Er ist zu unberechenbar für meinen Geschmack. Daher würde ich Sie, Ihr Einverständnis vorausgesetzt, jetzt gerne nach Hause bringen.«

Sie hatte ihm in die Augen gesehen, klug genug, nach einer Lüge zu suchen, vertrauensvoll genug, zu glauben, dass er es ehrlich meinte, und einfühlsam genug, zu sehen, dass es tatsächlich so war. Dann hatte sie genickt und gesagt: »Okay.« Das war alles. Er trug sie in dem Sack nach draußen, öffnete im Kofferraum den Reißverschluss wieder, schloss sie ein und fuhr los, nahm eine umständliche Route mit vielen Unterführungen und Tiefgaragen.

Nach fast einer Stunde Fahrt klingelte sein Handy. Er nahm ab. »Ja.«

Treven meldete sich: »Okay, sie sind wieder da. Die Steine sind echt.«

»Schön, das sind gute Nachrichten. Wie läuft es mit unserem Mann?«

»Ich weiß nicht. Ihr Freund ist jetzt mit ihm allein. Versucht, ihn zu überreden, glaube ich.«

Das klang nicht gut. »Überreden?«

»Ich weiß nicht, was ich Ihnen sagen soll. Er bat mich, rauszugehen und Sie von einem Münztelefon anzurufen. Und Ihnen mitzuteilen, dass wir uns wie geplant treffen, sobald wir drei kommen können.«

Dox hoffte, dass dann noch drei übrig sein würden. Wenn es schiefging, was immer Rain da versuchte, würden es wahrscheinlich nur noch zwei sein. Oder einer.

»Gut, danke für die Mitteilung. Wir sehen uns dann.«

Er legte auf und beendete seine Fahrt in der Ducommun Street, einer verlassenen Sackgasse ein paar Ecken von der Union Station entfernt, wo er an dem zerrissenen Maschendrahtzaun vor einem leer stehenden Lagerhaus parkte. Er stieg mit Keis Umhängetasche aus und sah sich um, kniff die Augen vor der sengenden Sonne zusammen. Jemand hatte mit inzwischen verblasster roter Farbe *Unberechtigt abgestellte Fahrzeuge werden abgeschleppt* auf die verbretterten Tore des Gebäudes gesprüht, aber angesichts des Unkrauts, das zwischen den Spalten des Pflasters wucherte, und des Mülls, der sich unter der schief hängenden Laderampe sammelte, glaubte er nicht, dass jemand die Drohung wahr machen würde.

Er ging nach hinten und öffnete den Kofferraum. Kei schloss

die Augen und hob die Hand, um ihr verschwitztes Gesicht vor dem plötzlichen, gleißenden Licht abzuschirmen.

Sie blinzelte ängstlich zu ihm hoch. »Sie werden mich wirklich gehen lassen?«

Er fragte sich, ob man sich noch mieser fühlen konnte als er jetzt. Er würde nie wieder so etwas tun, ganz egal, wie hoch der Einsatz war. Niemals.

Er streckte ihr die Hand hin. »Ich habe es Ihnen versprochen. Und es tut mir leid, dass die Fahrt so lang gedauert hat. Ich kann verstehen, dass Sie zu zweifeln begonnen haben. Außerdem muss es gotterbärmlich heiß gewesen sein da drin.«

Nach einem Moment des Zögerns ergriff sie seine Hand und setzte sich auf. Sie sah sich um.

»Wir sind ein paar Blocks von der Union Station entfernt«, sagte er. »Aber, wie Sie sehen, nicht gerade in der gehobensten Umgebung. Wenn Sie nichts dagegen haben, folge ich Ihnen einfach mit dem Wagen, bis Sie dort sind, um sicherzugehen, dass nichts passiert.«

Sie zog sich an seiner Hand hoch und stieg aus dem Kofferraum. Noch einmal sah sie sich um. »Okay.«

Sie hielt immer noch seine Hand. Er drückte sie kurz, bevor er sie losließ.

»Ich weiß, es klingt unter den gegebenen Umständen ziemlich lahm«, sagte er, »aber ich möchte mich dafür entschuldigen, was wir Ihnen angetan haben. Ich hätte mich nie darauf einlassen sollen. Es war falsch und ich bedauere es aufrichtig.«

Sie sagte: »Danke.«

Er schüttelte beschämt den Kopf. »Es gibt nicht das Geringste, wofür Sie mir danken müssten. Ich habe Ihnen etwas Schreckliches angetan.«

Sie sah ihn an. »Ich wusste, Sie würden mir nicht wehtun. Sie waren der Grund, warum ich keine Angst hatte.«

Das machte es nur noch schlimmer. »Ich glaube nicht, dass

das sehr viel zählt.«

»Für mich schon.«

»Süße«, sagte er sanft, »haben Sie schon einmal von der Sache gehört, die man Stockholm-Syndrom nennt?«

»Ich weiß, was das ist. Und ich leide nicht darunter. Wenn die Polizei die Tür zu diesem Zimmer eingetreten hätte, ich hätte mich nicht schützend über Sie geworfen, das kann ich Ihnen versichern.«

Er lächelte. Unter anderen Umständen hätte er gesagt, dass es auch nette Aspekte gehabt hätte, wenn sie sich über ihn warf. Stattdessen meinte er: »Sie rauben mir alle Illusionen.«

Sie lachte, nur ein wenig. »Es hätte für mich viel schlimmer sein können. Sie haben es mir erleichtert. Immer, wenn ich diesen furchterregenden Typen ansah, diesen Larison, dachte ich: ›Dox würde es nicht zulassen‹.«

Er fragte sich, ob sie mit ihm spielte. »Das haben Sie wirklich gedacht?«

Sie nickte. »Ja.«

Er sah zu Boden. »Wenn ich etwas getan habe, um Ihnen diese Tortur ein wenig zu erleichtern, dann freut es mich. Aber es war trotzdem eine Tortur und ich war daran beteiligt. Glauben Sie mir, ich weiß, dass Sie jetzt vor Erleichterung und Dankbarkeit platzen, aber später? Es wird sich alles setzen. Sie werden begreifen, was Sie durchgemacht haben. Gefangen gehalten zu werden, wie wir es mit Ihnen getan haben, ist keine Kleinigkeit.«

»Sie klingen, als hätten Sie selbst Erfahrung damit.«

Er zweifelte, ob er noch mehr sagen sollte, tat es dann aber trotzdem. »Es ist noch nicht allzu lange her, dass ich von ein paar Männern entführt wurde. Ich will nicht ins Detail gehen, aber Elektroschocks, mehrfaches Waterboarding und Drohungen gegen die gute alte Nessie gehörten dazu. Ja, ich bin nicht unvertraut mit dem, was Sie in den kommenden Tagen und Wochen durchmachen werden. Ich wünschte, ich könnte etwas dagegen tun, aber das ist unmöglich. Ich kann Ihnen nur noch einmal sagen, wie leid es mir tut.«

Sie zog eine Augenbraue hoch. »Nessie?«

Er schüttelte den Kopf und wusste, dass er keinen so blöden Scherz hätte machen sollen. »Vergessen Sie's.«

Er reichte ihr ihre Umhängetasche. Sie schlang sie sich über die Schulter.

»Was hat mein Vater Ihnen angetan?«, fragte sie.

Er schüttelte wieder den Kopf. »Ich will nicht darüber reden. Wir hätten Sie da nie hineinziehen dürfen. Aber ich bitte Sie, mir noch etwas zu sagen.«

»Was?«

Er sah sich um. Die Straße mit dem rissigen Asphalt, der Stacheldraht, die unter dem unbarmherzigen Auge der Sonne von Los Angeles glühten.

»Wie sind Ihre Pläne? Ich meine, für die Zukunft. Filmschule ... Sie wollen Filme drehen?«

Sie lächelte. »Ja, das möchte ich. Manchmal fällt der Apfel ziemlich weit vom Stamm, hm?«

»Kann man sagen. Das freut mich. Ich mag Filme. Wann werde ich Ihre zu sehen bekommen?«

»Ich weiß nicht. Ich habe ein Drehbuch geschrieben, das ich für großartig halte. Aber die Finanzierung ist heutzutage schwierig. Mal sehen.«

»Finanzierung, hm?«

Sie schüttelte leicht den Kopf, als würde sie nicht verstehen, worauf er hinaus wollte.

»Wenn Sie nach Hause kommen«, sagte er, »sehen Sie auf dem Grund Ihrer Tasche nach. Da liegen ein paar kleine Steine. Sie sehen nicht nach viel aus, aber es sind Diamanten. Ich weiß nicht, was ein Film kostet, und für Harry Potter wäre es wahrscheinlich zu wenig, aber für den Anfang sollte es reichen.«

Sie sah ihn an, dann sagte sie: »Ist das Ihr Ernst?«

Er blickte sie mit gespielter Strenge an. »In der kurzen Zeit, die wir uns kennen, habe ich Sie da je angelogen?«

Sie betrachtete ihn noch einen Moment länger, dann trat sie wortlos auf ihn zu und umarmte ihn. Er erwiderte die Umarmung nur zögernd. Er schämte sich, ihre Dankbarkeit zu empfangen, und es gefiel ihm auch nicht, wie gut sie sich in seinen Armen anfühlte. Die Wilson Combat steckte vorne in seinem Hosenbund und geriet zwischen sie, und das sollte eigentlich als Metapher genügen, dachte er.

Nach einem Augenblick löste er sich von ihr. »Also gut, Mädchen«, sagt er. »Jetzt aber los. Ich geleite Sie sicher zum Bahnhof. Und ich halte die Augen offen nach Ihrem Film.«

Sie zögerte. »Werde ich Sie je wiedersehen?«

Er schüttelte den Kopf. »Da spricht das Stockholm-Syndrom aus Ihnen.«

»Blödsinn.«

Er lächelte und versuchte nicht zu zeigen, wie beschissen er sich fühlte. »Nun, ich habe ja Ihre Handynummer. Wer weiß?«

»Rufen Sie mich eines Tages mal an? Nicht gleich. Erst … wenn das alles anfängt, irreal zu erscheinen.«

Er hielt sein Lächeln aufrecht. »Das würde mir gefallen.« So, wie er es ausgedrückt hatte, war es nicht einmal gelogen.

Er folgte ihr wie geplant zum Bahnhof. Als er sich vergewissert hatte, dass sie eine sichere Zone erreicht hatte, hielt er neben ihr. Sie wandte sich ihm zu und sah ihn an, und er dachte, sie würde gleich an den Wagen treten. Also biss er die Zähne zusammen, hob die Hand zum Abschied und fädelte sich in den Verkehr ein. Er sah in den Rückspiegel und der Anblick, wie sie da allein auf dem Gehsteig stand und ihm nachblickte, machte ihn trauriger, als er sich seit langem gefühlt hatte.

Kapitel Dreißig

Am nächsten Morgen standen wir alle vier auf dem Vorfeld des verschlafenen Flughafens von Santa Monica. Kanezaki hatte einen Linienflug zum LAX genommen, wo er in einen gecharterten Jet umstieg, um uns hier abzuholen. Wir hätten uns auch am LAX mit ihm treffen können, aber die Sicherheitskontrollen an den großen Flughäfen waren derzeit extrem und wir wollten nichts riskieren – selbst, wenn wir bereit gewesen wären, unsere Schusswaffen zurückzulassen, was nicht der Fall war. Also hatte ich die anderen am Flughafen von Santa Monica abgesetzt und dann den Lastwagen zu einer *U-Haul*-Niederlassung in der Nähe gebracht, damit Kanezaki nur die Strafe dafür entrichten musste, einen Laster auf der falschen Seite das Kontinents zurückzugeben, statt ihn komplett bezahlen zu müssen.

Wir hatten die Nacht in einem anderen Billigmotel in L. A. verbracht. Kei war weg und das war eine Erleichterung – selbst für Larison, wie es schien. Larison und Dox hatten ein paar Worte miteinander gewechselt, aber außer Hörweite, daher wusste ich nicht, was gesagt worden war. Aber am Ende hatte Dox den offenbar verblüfften Larison in eine seiner bärenartigen Umarmungen gezogen. Larison wirkte so überrascht und aus der Fassung gebracht wie ich beim ersten Mal. Ich hätte ihm gerne gesagt, dass man sich nach einer Weile daran gewöhnte – Dox hätte behauptet: es genoss –, aber ich dachte, das würde er schon selbst herausfinden. In der Zwischenzeit war es gut, wenn Larison begriff, dass es zwar keinen schlimmeren Feind gab als Dox, aber auch keinen besseren Freund.

Ich hoffte, die richtige Entscheidung getroffen zu haben, als ich Larison die Glock zuwarf. Rückblickend war ich mir über meine eigenen Motive nicht ganz sicher. Es war entweder das Nobelste oder das Dümmste, was ich je getan hatte. Und leider war es noch zu früh, um es mit Sicherheit sagen zu können.

Ich hatte am Morgen das Bulletin-Board überprüft. Es gab eine einzelne Nachricht von Horton:

Rufen Sie mich an. Die Sache muss gestoppt werden.

Und danke. Ich werde es nicht vergessen.

Der letzte Teil bezog sich wohl darauf, dass wir Kei hatten laufen lassen, vielleicht auch, weil wir sie vor Larison geschützt hatten. Wahrscheinlich war es sogar ehrlich gemeint gewesen in der Erleichterung, die ihn nach mehreren Nächten mit den schlimmsten Ängsten seines Lebens durchflutet haben musste. Aber ich bezweifelte, dass seine Dankbarkeit anhalten würde. Ich beschloss, nicht anzurufen. Larison hatte recht. Horton war ein chronischer Manipulator und ich wollte ihm keine weitere Chance geben, mich mit seiner Süßholzraspelei einzuwickeln.

Auf dem kleinen Flughafen war nicht viel los und ich erkannte das Flugzeug sofort, das Kanezaki mir beschrieben hatte: eine seltsam knollige private Turboprop-Maschine mit zwei Stummelflügeln unter der Nase und nach hinten versetzten Haupttragflächen. Eine Piaggio P180 Avanti. Sie kam aus Nordwesten angeflogen, landete, rollte heran und blieb stehen. Die Tür öffnete sich und Kanezaki trat auf das Vorfeld. Er sah uns und winkte.

Wir stiegen ein. Ich schüttelte Kanezaki die Hand. Dox erstickte ihn natürlich in einer seiner Umarmungen. Kanezaki schloss die Tür hinter uns und fünf Minuten später hoben wir ab und der Pilot nahm Kurs auf Lincoln.

»Verdammt«, meinte Dox und lehnte sich in einem der bequemen Ledersitze zurück. »So eine sollte ich mir vielleicht auch zulegen.«

Das komische daran war, er hätte es sogar gekonnt. Aber ich glaubte nicht, dass es sein Ernst war. Das Geld kam uns immer noch irreal vor. Außerdem standen wir unter großem Druck. Und wir waren zu sehr konzentriert darauf, diesen Horror zu beenden, den in Gang zu setzen wir geholfen hatten.

»Ich hatte recht, was Gillmor betrifft«, sagte Kanezaki. »Er ist in Lincoln.«

»Ihr Freund überwacht sein Mobiltelefon?«

Er nickte. »Das bedeutet, wir müssen uns die Arbeit aufteilen. Wir erwarten vier Terroristen und ein Bodenteam – vermutlich nur ein Mann –, das die Drohne aus der Entfernung steuert. Ihr müsst entscheiden, wie wir sie am besten ausschalten.«

»Kommt zum Teil darauf an, was für Spielzeug Sie mitgebracht haben«, sagte Dox.

Kanezaki stand auf und holte zwei Segeltuchtaschen aus dem Heck des Flugzeugs. Eine setzte er ab, die andere reichte er Dox.

Dox zog den Reißverschluss auf und grinste, als wäre gerade Weihnachten. »Gottverdammich«, sagte er, während er einen langen, schwarzen Karabiner herauszog und an die Schulter setzte. »*Knight's Armament SR-25*, integrierter Schalldämpfer, zwanzigschüssiges Magazin und, oooooh, das *Leupold Mark 4 HAMR*. Mit so einem habe ich noch nie gespielt. Kommen wir wohin, wo ich es einschießen kann?«

»Wir finden einen Ort«, sagte Kanezaki. »Da, wo wir hingehen, gibt es eine Menge offenes Land.«

Er kniete sich hin und öffnete den Reißverschluss der anderen Tasche. »Hier, zur Kommunikation«, sagte er. »*INVISO Digital Ears X5* Headsets mit *X50* Multi-Comm-Modul. Hände frei, Ohrclip, Bügelmikro. Verschlüsselt, und wir können alle gleichzeitig miteinander reden.«

»Sonst noch Waffen?«, fragte Larison.

Kanezaki griff in die Tasche und holte eine Pistole heraus, mit der ich recht gut vertraut war. »*Heckler & Koch MK23 SOCOM, Knight's Armament*-Schalldämpfer. Eine für jeden.«

Kanezaki ging noch einmal zum Heck und kehrte mit einem großen, schwarzen Diplomatenkoffer zurück. Er öffnete ihn. Innen lag eine HK mit Schalldämpfer in ihrem Schaumstoffbett. »Ich weiß, es gibt keine sinnvolle Möglichkeit, so eine unbemerkt in einer städtischen Umgebung am Körper zu tragen«, sagte er. »Aber Sie können sie innerhalb einer Sekunde schussbereit aus dem Koffer holen. Danach kommt es nicht mehr darauf an, ob jemand Sie sieht. Und falls die Diplomatenkoffer nicht die richtige Tarnung sein sollten, habe ich auch Sporttaschen dabei.«

Treven nickte zufrieden.

Ich sagte: »Panzerwesten auch, hoffe ich? Sie wissen schon, für alle Fälle.«

»*Dragon Skin*-Westen«, erwiderte Kanezaki. »Sie sind in der Lage multiple 7,62 mm-Geschosse aufzuhalten.«

Er zog einen Aktenordner hervor und schlug ihn auf. »Das hier sind Satellitenbilder und Straßenpläne von der Schule und der Umgebung«, sagte er. »Manches davon aus Google, anderes ist militärischen Ursprungs. Das sollte ihnen einen ungefähren Eindruck verschaffen. Ein Van steht bereit. Gleich nach der Landung machen wir eine Erkundungsfahrt.«

Wir betrachteten die Karten. Die Schule war ein quadratisches Backsteingebäude außerhalb der Innenstadt, zweigeschossig, umgeben hauptsächlich von Grasflächen und kahler Erde. Es gab einen Haupteingang, aber sekundäre Zugangspunkte auf den drei anderen Seiten.

»Wenn alle vier Schützen planen, den Haupteingang zu benutzen«, sagte ich, »ist alles klar. Aber wenn sie sich aufteilen, brauchen wir einen Mann auf jeder Seite. Womit uns einer fehlt, um sich um den Piloten der Drohne zu kümmern.«

Kanezaki blickte auf. »Sie haben mich nicht mit eingerechnet.«

»Stimmt«, sagte ich. »Das tue ich nicht. Tom. Wir haben das doch schon einmal durchgekaut. Sie sind ein großartiger Agent, aber nicht der Typ, der Türen eintritt. Wenn Sie den falschen Eingang bewachen, stehen Sie vielleicht plötzlich einer Übermacht von vier zu eins entgegen. Das funktioniert nicht.«

Dox sagte: »Ich denke, es gibt einen besseren Weg.«

Wir sahen ihn alle an. Er fuhr fort: »Sehen Sie sich die Gebäude in der Umgebung der Schule an. Was haben wir da … eine Kirche, Videoladen, Autohändler und ein Holiday Inn, wie es aussieht. Dazwischen nur ebener Grund und von jedem der genannten Punkte aus habe ich zwei Seiten der Schule voll im Schussfeld. Mit einem Beobachter zur Zielverifizierung und meiner neuen Freundin SR-25 hier könnte ich auf die kurze Entfernung vier Ziele in vier Sekunden erledigen. Wenn Tom für mich den Beobachter spielt, bleiben Treven und Larison für die restlichen zwei Seiten. Und Rain hätte freie Hand, sich den Piloten der Drohne vorzunehmen, wo immer er sich eingenistet hat.«

Ich wusste nicht, ob er Kanezaki wirklich als Beobachter brauchte oder ihm einfach etwas zu tun geben wollte. Ich sagte: »Entweder als Beobachter für dich oder als Fahrer für mich. Hängt davon ab, wo und wann wir Gillmor aufspüren, und wie das Terrain aussieht.«

Keiner erhob Einwände. Die Vorgehensweise erschien vernünftig. Treven und Larison waren die beiden besten Kampfschützen, Dox der einzige Scharfschütze und damit blieb der Bursche, der die Drohne flog, für mich übrig. Und selbst wenn er bewaffnet war, würde er durch seine Aufgabe abgelenkt sein.

»Wie sind die Sicherheitsvorkehrungen in der Schule?«, wollte Treven wissen.

»In normalen Zeiten«, antwortete Kanezaki, »nicht existent.

Aber wegen der ganzen Spekulationen über Anschläge auf Schulen postieren viele Kleinstädte Polizisten vor den Eingängen. Ich denke, damit müssen wir rechnen.«

Treven nickte. »Sicherheitstheater.«

»Genau«, meinte Larison. »Ein oder höchstens zwei gelangweilte Cops mit ihren 38ern im Halfter. Schnelligkeit, Überraschung und massive Gewaltanwendung und sie sind tot, bevor sie wissen, was geschieht.«

»Die Umgebung sieht zu achtzig Prozent nach Äckern und Wiesen aus«, sagte ich. »Jede Menge einsame Stellen. Wenn Ihr Freund Gillmors Handy nicht lokalisieren kann, wird es höllisch schwierig, ihn zu finden.«

»Ich arbeite daran«, meinte Kanezaki grimmig. »Lassen Sie uns in der Zwischenzeit anhand der Karten überlegen, wo wir uns an Gillmors Stelle postieren würden.«

Wir verbrachten den restlichen Flug damit, den Plan auszufeilen und dringend benötigten Schlaf nachzuholen. Als wir landeten, war es bereits Abend, und obwohl der Asphalt des Vorfelds noch die Hitze des Tages abstrahlte, als wir ausstiegen, wurde es langsam kühler. Wir setzten Baseballmützen und Sonnenbrillen auf, nur für den Fall, das selbst hier draußen in der Pampa von Lincoln jemand nach uns Ausschau hielt. »Die einzig richtige Art zu reisen«, meinte Dox, die Tasche mit der SR-25 über die Schulter geschlungen, während wir zur Autovermietung gingen, um den von Kanezaki versprochenen Van abzuholen.

Wir kauften etwas zu essen, dann fuhren wir zur Schule. Die Sonne stand schon tief an einem blauen, wolkenlosen Himmel, der sich in die Unendlichkeit erstreckte, und selbst im Van roch die Luft nach frischem Heu.

Die Schule stand am Stadtrand, in einer Gegend, wo es hauptsächlich Einfamilienhäuser gab, dazwischen einzelne Farmen und ein Gewerbezentrum mit Büros und Läden. Ich vermutete, die Verschwörer hatten die Schule wegen ihrer relativen Abgeschiedenheit ausgesucht: Da gab es weniger potenzielle Zeugen, um jene Aspekte des Gemetzels zu beschreiben, die die Verschwörer verheimlichen wollten.

Ein Stück weiter kamen wir an einem halb fertigen Bau vorbei. Dox sagte: »Moment mal, das würde ich mir gerne ansehen.«

Wir kehrten um und fuhren durch unsere eigene Staubwolke zurück. »Sieht nicht so aus, als würde hier gearbeitet«, meinte Dox.

Er hatte recht. Maschinen und Baumaterial waren nirgends zu sehen, nur ein viergeschossiges Skelett aus Doppel-T-Trägern und Betonsteinen, nicht einmal mit einem Maschendrahtzaun gesichert. Keine Fenster, kein Dach, keine Türen.

»Ich glaube, was wir hier vor uns sehen, ist eine Bauruine, wie man diese Opfer von Amerikas anhaltender Rezession nennt. Und ein urbanes Scharfschützenversteck. Seht euch das an – direkte Sichtverbindung zur Vorderseite der Schule, zweihundert Meter. Kinderkram. Ich würde gerne im Dunkeln einsteigen und mich vergewissern, aber ich denke, wir haben meinen Standort gefunden. Wann sollen die Terroristen eintreffen?«

»Die Eröffnung des neuen Schuljahres ist um acht Uhr fünfundvierzig«, antwortete Kanezaki. »Also vermutlich gleich danach.«

»Also gut. Ich schlage vor, wir schleusen mich um Null-dreihundert ein, in der Stille der Nacht. Ich schieße das Gewehr beim ersten Tageslicht ein. Es werden nicht viele Menschen in der Nähe sein und der Schalldämpfer reduziert das Geräusch. Sie haben nicht zufällig einen Schlafsack dabei?«

»Verdammt, nein«, sagte Kanezaki. »Daran habe ich nicht gedacht.«

»Macht nichts, es gibt hier sicher einen Wal-Mart. Ich brauche wärmende Jagdbekleidung und eine Schaumstoffmatte zum Hinlegen. Werde den Sonnenaufgang bewundern, das ist hübsch.«

Wir besorgten Dox seine Ausrüstung und kehrten nach Einbruch der Dunkelheit zur Baustelle zurück. Dox ging hinein und befand die Lage für gut. Dann checkten er und Treven, die am ehesten wie Einheimische aussahen, uns in einem anonymen Motel am Highway ein, zwei nebeneinander liegende Zimmer im oberen von zwei Stockwerken. Wir aßen zu Abend, überprüften die Ausrüstung und gingen den Plan durch. Kanezaki rief über ein Satellitentelefon seinen Freund bei der Telefongesellschaft an. Anscheinend hatte Gillmor sein Handy am Vortag in Lincoln eingeschaltet gehabt, aber jetzt war es aus.

»Wenn wir ihn nicht lokalisieren können«, meinte ich, »ist die Operation gestorben.«

Kanezaki nickte. »Dann muss ich anonym eine Bombendrohung melden. Damit sie die Schule evakuieren. Aber das lenkt den Anschlag nur um. Und beim nächsten Mal wissen wir vielleicht nicht, welche Schule das Ziel ist.«

Wir waren alle sehr still. Ich wusste, jeder hatte das Gefühl, dass wir dieser Sache Einhalt gebieten mussten. Und wenn es uns hier nicht gelang, hatten wir wahrscheinlich die letzte Chance verpasst.

Kanezaki sagte: »Was ist mit Horton?«

»Was soll mit ihm sein?«, fragte ich.

»Ich weiß, er ist zurückgetreten, aber er hat immer noch Kontakte. Vielleicht weiß er etwas. Können Sie ihn erreichen?«

»Er ist uns möglicherweise im Moment nicht sehr gewogen«, meinte Larison.

Ich dachte an die Nachricht auf dem Bulletin-Board. »Nein, da irren Sie sich, schätze ich. Aber ich bin an einem Punkt angelangt, an dem ich nichts mehr von dem glauben würde, was er sagt.«

Larison grinste. »Besser spät als nie.«

»Was kann es schon schaden?«, fragte Kanezaki. »Benutzen Sie mein Satellitentelefon. Es ist unmöglich, seine Position durch Triangulation aufzuspüren.«

Ich dachte kurz nach. Er hatte recht – ein Nachteil war nicht erkennbar. Aber Horton hatte mich angelogen und uns in eine Falle gelockt. Ich hatte ihm nichts zu sagen. Ich hatte nicht einmal vor, ihn am Leben zu lassen, wenn das hier vorbei war.

Doch das war dumm. Die Taktik ging vor. »Gut, geben Sie mir das Telefon«, sagte ich. Horton nahm so schnell ab, als hätte er den Anruf erwartet. »Horton.«

»Ich sollte Sie zurückrufen.«

»Gott sei Dank, dass Sie es getan haben. Ich wollte schon bei der Polizei in Lincoln eine Bombendrohung melden. Aber das würde den Anschlag nicht verhindern, nur …«

»Umlenken, ich weiß.«

»Bitte sagen Sie mir, dass Sie vor Ort sind. Und dass Sie der Sache ein Ende bereiten werden.«

»Das letzte Mal, als Sie meinen Aufenthaltsort kannten, haben Sie vier Attentäter geschickt.«

»Das war der mit Abstand größte Fehler meines Lebens.«

Ich konnte mir vorstellen, dass das von Herzen kam. Nicht, dass es etwas geändert hätte. »Wie haben Sie uns dort aufgespürt?«, fragte ich und dachte dabei an Treven.

»Die technischen Möglichkeiten einer Regierung.«

Vielleicht sagte er sogar die Wahrheit. Das konnte ich unmöglich wissen. Ich war nicht einmal sicher, warum ich mir die Mühe gemacht hatte, zu fragen. Es war einfach ein loser Faden, der mir keine Ruhe ließ.

»Wenn Sie in Lincoln sind«, sagte er, »dann möchte ich helfen. Soweit ich kann.«

»Wir sind hier«, sagte ich und hasste es, ihm diese Befriedigung zu geben.

»Gut.«

»Gillmor auch.«

»Ja, ich weiß.«

»Ich muss wissen, wo. Sein Handy ist ausgeschaltet. Haben

Sie eine Möglichkeit, ihn aufzuspüren?«

Es gab eine kurze Pause, dann: »Lassen Sie mich ein paar Anrufe machen. Wie kann ich Sie erreichen?«

»Ich rufe Sie wieder an.«

»Danke«, sagte er und ich legte auf.

Niemand schlief. Um drei Uhr morgens fuhr Kanezaki Dox zu dem Bauplatz. Ich rief Horton an. Er hatte immer noch nichts herausgefunden. Kanezakis Freund bei der Telefongesellschaft teilte ihm mit, dass Gillmors Telefon weiterhin ausgeschaltet sei. Ich fing an, mich ziemlich trostlos zu fühlen. Es ging nicht nur darum, dass wir nicht in der Lage sein würden, den Anschlag zu verhindern. Es lag daran, dass ich mich immer dafür verantwortlich fühlen würde, ihn ermöglicht zu haben.

Ich beschloss, dass Horton sterben musste, egal, wie das hier ausging und wie lange ich warten musste. Es war belanglos und letzten Endes unwichtig, aber der Gedanke lenkte mich wenigstens ab und beruhigte mich. Er half mir, eine Weile einzudösen.

Kapitel Einunddreißig

Als es draußen hell zu werden begann, rief ich Horton noch einmal an und rechnete mit dem Schlimmsten.

»Gute Nachrichten«, sagte er.

Ich versuchte, nicht allzu viel Hoffnung zu schöpfen. »Inwiefern?«

»Die Drohne. Die Viper. Sie navigiert per GPS. Wenn sie gestartet wird, muss sie eine Verbindung zu einem Satelliten herstellen. Und dann …«

»Wissen wir, von wo aus sie gestartet wurde.«

»Korrekt. Ich habe einen Freund bei der NRO, der ausschließlich nach diesem Signal Ausschau hält. Sobald wir die Koordinaten haben, gebe ich sie Ihnen durch.«

»Uns bleibt möglicherweise nicht viel Zeit. Wir wissen nicht einmal, ob er sich im Gebiet von Lincoln aufhält.«

»Das ist mir klar. Aber ich denke, es wird funktionieren. Die Viper kann einen ganzen Tag lang in Wartestellung fliegen. So lange wird Gillmor sie sicher nicht in der Luft halten, doch er muss auch nicht bis zur letzten Minute warten. Ich vermute, er wird sie mindestens eine Stunde, bevor die Terroristen zuschlagen, starten. Das lässt ihm einen gewissen Spielraum, falls es mechanische oder andere Probleme geben sollte. Ich muss Sie erreichen können.«

Ich gab ihm die Nummer von Kanezakis Satellitentelefon

und war froh, dass es nicht eines unserer Handys war. »Ich werde im Auto sein«, sagte ich. »Rufen Sie mich an, sobald Sie mehr wissen.«

Ich sagte den anderen Bescheid, dann rief ich Dox über das Komm-System. »He«, meldete ich mich. »Ich habe dich doch hoffentlich nicht geweckt, oder?«

Er lachte in sich hinein. »Ich mag es, wenn du mich verarschst. Wie stehen die Dinge?«

Ich teilte es ihm mit.

»Okay, das ist gut«, sagte er und klang dabei milde erfreut – alle seine Reaktionen, wenn er sich im Scharfschützenmodus befand, waren milde, wie ich aus Erfahrung wusste, egal, wie die Neuigkeiten lauteten.

»Wie ist der Ausblick?«, fragte ich.

»Ganz hübsch bei dem Licht. Ich sehe alles.«

»Bist du auf dem Dach?«

»Ein Stockwerk darunter. Glaube kaum, dass mich jemand von oben sehen könnte, aber wozu ein Risiko eingehen?«

»Na denn, gute Jagd.«

»Dir auch, Partner. Wenn du diese Drohne nicht ausschaltest, ist meine ganze gute Arbeit für die Katz. Und ich glaube Treven und Larison wären auch nicht begeistert.«

Damit meinte er, dass Treven und Larison sich vor Ort an der Schule im Radius der Hellfire-Explosionen befinden und zu Asche verbrannt werden würden. Neben Gott weiß wie vielen Kindern.

»Ja, daran habe ich auch schon gedacht.«

»Gut. Nicht, dass ich drängen wollte.«

»Verstanden. Ich rufe dich an, sobald wir mehr wissen.«

Wir zogen die *Dragon Skin*-Westen an und machten uns kurz vor acht auf den Weg. Wir wären gerne früher in Position gegangen, aber abgesehen von Dox' Scharfschützenstellung gab es nur wenige Möglichkeiten, sich zu verstecken oder mit der Umgebung zu verschmelzen. Fremde Männer, die vor einer Schule herumlungerten, erregten Aufmerksamkeit. Allerdings standen die Terroristen vor dem gleichen Problem.

Kanezaki fuhr und wir überprüften derweil ein letztes Mal unsere Ausrüstung. Wir setzten Treven und Larison ein paar Ecken vor der Schule ab. Sie trugen Jeans, T-Shirts und Baseballkappen. Mit den Sporttaschen, in denen die HKs steckten, konnten sie problemlos als ein paar Einheimische auf dem Weg zur Arbeit im Baumarkt oder auf einer Baustelle durchgehen. Wir wünschten uns gegenseitig Glück und keiner sprach aus, was uns wirklich auf der Seele lag: Wenn ich nicht bald von Horton hörte, würden wir höllisch schnell einen Plan B aus dem Ärmel zaubern müssen.

Aber zehn Minuten später meldete er sich. »Wir haben ihn«, sagte er mit untypischer Erregung. »Nicht direkt in Lincoln, aber ganz in der Nähe. Ein kleiner Ort namens Palmyra. Schreibt sich Papa, Alpha, Lima, Mike, Yankee, Romeo, Alpha. Ein Bauernkaff. Haben Sie ein Navigationssystem?«

»Ja. Geben Sie mir die Koordinaten.«

Er tat es. Ich gab die Daten ein. »Vierzig Kilometer«, sagte ich zu Kanezaki. »Fahren Sie weiter auf der Route 2. Ich sage Ihnen, wenn Sie abbiegen müssen.«

Er trat aufs Gas. »Nicht zu schnell«, sagte ich. »Wir können es uns nicht leisten, wegen Geschwindigkeitsüberschreitung rausgezogen zu werden.«

»Wenn wir verfolgt werden, werden wir eben verfolgt«, meinte er und unter den Umständen hatte er wohl recht.

»Was können Sie mir sonst noch sagen?«, fragte ich Hort.

»Offensichtlich hat Gillmor den Ort wegen seiner Nähe zur Schule und gleichzeitigen Abgelegenheit ausgewählt. Die Gegend ist ziemlich eben, nicht unbedingt geeignet, um heimlich eine Drohne zu starten, aber er befindet sich am Ende einer Schotterstraße. Sieht aus wie ein verlassener Getreidespeicher, in einer Mulde neben einem Teich, von Bäumen umgeben. Er könnte die Drohne dort steigen lassen und auf Höhe bringen, ohne dass jemand es bemerkt. Auf dem Weg zur Schule würde sie nur über Äcker und Wiesen fliegen.«

»Wie lang ist die Schotterstraße?«

»Etwas weniger als vierhundert Meter.«

Ich würde mich nicht auf der offensichtlichen Route anpirschen, schon gar nicht auf einer Art von Straße. »Andere Zugangspunkte?«

»Keine. Aber das Feld sieht absolut befahrbar aus.«

»Sie haben die Satellitenfotos vor sich. Wo liegt mein bester Angriffspunkt?«

»Bleiben Sie östlich der Schotterstraße und nähern Sie sich zu Fuß. Dort sind Sie auf der anderen Seite des Getreidespeichers, wo es etwas Deckung und Versteckmöglichkeiten gibt. Ich könnte mir vorstellen, dass Gillmor bewaffnet ist.«

»Also gut, ich sage dem Rest des Teams Bescheid. Rufen Sie mich an, wenn sich etwas verändert.«

»Verstanden.«

»Okay. Und Horton?«

»Ja?«

»Wenn das wieder eine Falle ist, sollten Sie ganz sicher gehen, dass Sie jeden Einzelnen von uns töten. Denn wenn nur ein Einziger überlebt, wird er Sie finden.«

Kurzes Schweigen. »Ich erwarte ohnehin nicht, noch lange zu leben, aber doch, ich habe verstanden. Und viel Glück.«

Ich legte auf. Kanezaki hatte den Van auf beinahe hundertsechzig hochgejagt. Ich war froh, dass die Straße eben und gerade verlief, sonst hätte ich befürchtet, dass das Auto sich unterwegs in seine Einzelteile zerlegte.

»Okay«, sagte ich über die Komm-Verbindung, »das war Horton. Gillmor ist lokalisiert. Kanezaki und ich sind unterwegs, voraussichtliche Ankunft fünfzehn Minuten. Wenn wir nicht vorher einen Unfall haben.«

»Ich bin in Position«, antwortete Treven. »Die Lehrer trudeln ein. Und auch schon ein paar Kinder. Cop am Vordereingang.«

»In Position«, sagte Larison. »Dox, sind Sie da?«

»Ich bin nicht nur da«, sagte Dox mit seiner gelassenen Scharfschützenstimme, »ich sehe Sie sogar genau in diesem Augenblick durch mein kleines Fadenkreuz. Ich bin froh, dass wir unsere Meinungsverschiedenheiten ausräumen konnten, finden Sie nicht auch?«

Es kam keine Antwort. Dox sagte: »He, Mann, war doch bloß Spaß.«

»Verdammt noch mal, lass den Blödsinn!«, sagte ich, da ich einen neuen Ausbruch befürchtete und Larison besänftigen wollte.

Wir krachten in ein Schlagloch und der Van hob beinahe zu einer Umlaufbahn ab. »Herrgott!«, stieß ich hervor und zog meinen Sicherheitsgurt enger.

Kanezaki sagte ebenso gelassen wie Dox: »Sorry.«

Er hielt das Gaspedal durchgedrückt, bis wir von der zweispurigen Straße abbogen, und als wir die Schotterstraße zum Getreidesilo erreichten, lag er bereits unter dem Tempolimit. Wir fuhren noch ein paar hundert Meter weiter, dann zog er den Wagen in einer Mulde an den Straßenrand. »Ich werde nicht im Van warten«, sagte er. »Und es ist keine Zeit, darüber zu diskutieren.«

Da hatte er wahrscheinlich recht. »Okay«, sagte ich. »Halten sie sich links von mir. Sobald wir den Getreidespeicher erreichen, umgehen Sie ihn links, ich rechts. Wenn wir auf Gillmor treffen, lassen Sie mir den Vortritt.«

»Warum?«

»Es geht nicht um den Ruhm. Wenn die Drohne noch am Boden ist, können wir ihn abknallen, oder Sie tun es, das ist mir egal. Aber wenn sie schon in der Luft ist, müssen wir dafür sorgen, dass er sie zurückbringt, oder?«

»Das ist ein Argument.«

»Ja, ich versuche, solche Dinge im Auge zu behalten.«

»Okay, Sie haben den Vortritt.«

»Gut. Und wir sollten nicht davon ausgehen, dass er allein ist. Halten Sie die Augen offen. Wenn Gillmor die Fernsteuerung bedient und Sie noch jemanden sehen, dann knallen Sie den Typen auf jeden Fall ab. Er dient bloß als Rückendeckung und ist dann ein Problem weniger, über das wir uns Sorgen machen müssen.«

»Verstanden.«

Er wirkte ängstlich. Es war nicht gerade Vertrauen einflößend.

Ich sah die HK in seiner Hand an. »Sie können damit umgehen, oder?«

»Ich bin dazu ausgebildet, ja.«

Was natürlich eine andere Form war von *Ich habe keine Erfahrung.*

»Also schön«, sagte ich. »Denken Sie immer daran. Aggressive Haltung, Gorillagriff, Mündung aufs Ziel richten und abdrücken.«

Er schenkte mir ein schmales Lächeln. »Dox erwähnte schon, Sie wären detailversessen.«

Verdammt, er hatte recht. Entweder er schaffte es oder nicht. Was immer ich jetzt noch von mir gab, es würde keinen Unterschied machen.

»Na gut«, meinte ich. »Los geht's.« Damit die anderen Bescheid wussten, sagte ich: »Kanezaki und ich nähern uns jetzt dem Getreidesilo. Zielerfassung in etwa fünf Minuten.«

Wir liefen vierhundert Meter schnell und geduckt in nördlicher Richtung über ebenes Grasland, dann wandten wir uns nach Westen. Zwischen uns und dem Ziel lag eine Baumgruppe, aber abgesehen davon gab es nirgendwo Deckung. Ich versuchte, nicht an einen Scharfschützen zu denken, der uns vom

Getreidesilo aus im Visier haben konnte. Als wir die Bäume erreichten, blieben wir stehen. Ich konnte den Getreidespeicher sehen. Er war rund, ungefähr sieben Meter hoch und von einer Mauer umgeben, aber baufällig, und er bot keine Versteckmöglichkeit für einen Scharfschützen, zumindest nicht in unserer Richtung. Gott sei Dank. Die andere Seite konnte ich nicht erkennen. Rechts neben einem Teich ragte ein Lastwagen zum Teil ins Blickfeld, was ein gutes Zeichen sein mochte, aber kein Mensch war zu sehen. Wir steckten verdammt in der Klemme, wenn Horts Informationen falsch waren und wir hier niemanden antrafen.

»Kinder gehen jetzt durch den Vordereingang«, hörte ich Dox über den Ohrhörer sagen. »Eine Menge. Kommen zu Fuß oder werden von den Eltern abgesetzt. Keine Spur von unseren Attentätern.«

»Auf meiner Seite auch alles klar«, sagte Larison.

»Hier genauso«, meinte Treven.

»John, ich hoffe, du bist in Stellung«, meinte Dox. »Die Zeit wird langsam knapp.«

Ich wollte nichts sagen, klopfte stattdessen zwei Mal auf den Mikrofonbügel.

»Verstanden«, antwortete Dox.

Ich sah Kanezaki an. Er war bleich. Ich hoffte, er würde durchhalten. Ich neigte den Kopf in Richtung des Getreidespeichers. Er nickte und wir rückten mit gezogenen Waffen vor. Ich wusste nicht, wer ihn ausgebildet hatte, musste aber zugeben, dass er saubere Arbeit geleistet hatte. Trotz seiner unverkennbaren Furcht hielt er die HK im Anschlag, drehte den Kopf von links nach rechts, um das Gesichtsfeld zu erweitern und bewegte sich in einem gleitenden, schleppenden Gang.

Wir erreichten die Wand des Silos. Sie roch nach Erde und Heu und ich hätte mich am liebsten daran festgeklammert, wie jedes Mal, wenn ich die letzte anständige Deckung verlasse. Immer noch kein Lebenszeichen in der Umgebung des Lastwagens.

Ich blickte zu Kanezaki und deutete nach links. Er nickte und entfernte sich. Ich hielt mich rechts.

Als ich den Rand der Mauer erreichte, kauerte ich mich hin und warf einen schnellen Blick um die Ecke. In dem Sekundenbruchteil, in dem ich mich exponierte, sah ich Gillmor, einen hoch gewachsenen, drahtigen Weißen mit ergrauendem Stoppelschnitt. Er trug Jagdkleidung und stand der Straße zugewandt, während er die Tastatur von einer Art großem Laptop bearbeitete, der ihm in Hüfthöhe an einem Gurt um den Hals hing.

Ich trat um die Ecke, die HK auf ihn gerichtet. Rasch sah ich nach links und rechts, dann sagte ich in lautem Befehlston: »Gillmor. Keine Bewegung.«

Er schreckte zusammen und drehte den Kopf zu mir. Aber seine Hände blieben auf den Joysticks.

»Hände hoch!« rief ich.

Ich hörte Dox in mein Ohr sagen: »Attentäter eingetroffen. Laufen alle auf den Vordereingang zu. Larison, Sie gewinnen den ersten Preis für Hellsehen. Greife jetzt an.«

Ich hörte einen leisen Knall. Einen weiteren. Noch zwei.

»Danke fürs Mitspielen«, sagte Dox. »Nächster Kandidat.«

»Ihre vier Attentäter sind erledigt!« rief ich, während ich die Waffe nach links und rechts schwenkte, um meine Flanken zu decken. »Sie sind nicht einmal reingekommen. Jetzt die Hände hoch, sonst sind Sie tot!«

Er hob die Hände und wandte sich zu mir um.

»Umgehen Sie ihn«, rief ich Kanezaki zu. »Behalten Sie den Lastwagen im Auge. Vielleicht ist da noch einer.«

Kanezaki kam aus der Deckung und umkreiste Gillmor mit erhobener HK.

Gillmor musterte ihn, sah dann wieder zu mir. »Wer hat Sie geschickt? War es Horton?«

»Holen Sie sie zurück«, sagte ich. »Die Drohne.«

»Nein.«

»Holen Sie sie zurück«, sagte ich mit ausdrucksloser Stimme. »Ich sage es nicht noch einmal. Ich schieße Ihnen in den Kopf.«

»Mein Tod spielt keine Rolle«, nickte er. »Die Mission wird Erfolg haben.«

Na schön, dachte ich und schoss ihm in den Kopf. Die HK ruckte, es gab einen Knall, nicht lauter als die zustoßende Nadel einer Nähmaschine, und ein Loch erschien in seiner Stirn. Sein Körper erzitterte, seine Knie gaben nach und er fiel rücklings zu Boden.

»Herrgott!« rief Kanezaki. »Wie sollen wir jetzt die Drohne stoppen?«

»Überprüfen Sie den Lastwagen«, sagte ich. »Und bleiben Sie wachsam.«

Ich hörte Dox leise lachen. »Der Cop dreht gleich durch. Er fragt sich: ›Wer waren diese vier Fremden, die da auf mich zugestürmt kamen, und warum sind ihre Köpfe plötzlich alle entkorkt?‹«

Ich hastete zu Gillmors Leiche und untersuchte den Laptop. Zwei Joysticks, Telemetriedaten, ein Videobild, das aussah, als käme es von der Kamera in der Drohne. Ich erkannte das Terrain nach den Karten, die wir studiert hatten. Den in Ost-West-Richtung verlaufenden Highway, auf dem wir von Lincoln gekommen waren. Den Fluss im Süden.

Ach du Scheiße, er hat sie programmiert, um direkt …

Schüsse zu meiner Rechten. Ich wirbelte herum. Kanezaki lag am Boden. Ich sah eine Bewegung am Heck des Lastwagens.

Ich stürmte auf den Getreidespeicher zu.

Keine Zeit, mich um Kanezaki zu kümmern. Ich hoffte, die Schüsse wären in seiner *Dragon Skin* stecken geblieben, wusste es aber nicht. »Dox«, sprach ich in den Mikrofonbügel, »Gillmor ist erledigt, aber er hat die Drohne auf die Schule programmiert. Ich denke, die Hellfires sind so eingestellt, dass sie in allerletzter Sekunde gezündet werden und praktisch gleichzeitig mit der Drohne einschlagen. Sie kommt direkt von Osten auf dich zu. Geschätzte Ankunft drei, vielleicht vier Minuten. Kannst du sie abschießen?«

»Ich weiß nicht. Wo liegt ihre Avionik?«

Ich steckte den Kopf um die Ecke und zuckte gleich wieder zurück. Drei Schüsse knallten hinter dem Lastwagen und Kugeln schlugen in die Wand des Getreidespeichers ein. Herumfliegende Betonbrocken trafen mich.

»Ich weiß nicht. Ich habe das Scheißding nicht gebaut! In der Nase, vermute ich.«

»Gillmor kannst du wohl nicht mehr fragen?«

Wieder ein Schuss und wieder hagelte es Beton. Ganz entfernt registrierte ich, dass der Schütze wohl nicht allzu gut war, wenn er feuerte, obwohl er mich nicht sehen konnte.

»Gillmor ist tot!«, sagte ich.

»Tja, unter diesen Umständen und mal davon ausgehend, dass wir keinen anderen Drohnenexperten an der Hand haben, würde ich das als Reinfall bezeichnen.«

Vielleicht gab der Schütze ja jemandem Deckung, der sich von links an mich anschlich. Ich schob mich seitlich zur anderen Seite des Speichers vor, die HK im Anschlag. »Treven, Larison, Sie müssen jetzt da abhauen.«

»Ich gehe rein«, sagte Treven. »Die Schule muss evakuiert werden.«

»Dazu bleibt keine Zeit!«

»Ich muss es versuchen.«

Eine Pause entstand.

»Gottverdammt«, sagte Larison. »Ich wusste, dass das passieren würde. Ich gehe auch rein.«

»Nehmt die Seiteneingänge«, meinte Dox ruhig. »Vorne stoßt ihr auf einen ausgesprochen gereizten Polizisten.«

»Verstanden«, sagte Treven.

»Ich bin drin«, sagte Larison. »Gottverdammt.«

Auf der anderen Seite des Silos war die Luft rein. Dann handelte es sich also nur um einen Mann. Und er war nicht besonders gut. Ich fragte mich, ob ich den Lastwagen von hier aus stürmen konnte.

»Dox«, sagte ich. »Siehst du sie?«

»Noch nicht, aber ich halte Ausschau.«

Ich hörte Treven und Larison brüllen: »In der Schule ist eine Bombe! Dies ist kein Scherz. Dies ist keine Übung! Alle so schnell wie möglich raus hier und mindestens hundert Meter weit wegrennen! Bewegung! Bewegung!«

»Komm schon, Baby«, hörte ich Dox sagen. »Wo bist du? Komm zu Papa.«

Ich holte tief Luft, atmete aus und bereitete mich auf den Sturm auf den Lastwagen vor. Ich zählte. Eins, zwei …

Ich hörte es dreimal leise knacken, dann dröhnte ein Schuss. Ich stürmte um die Ecke des Getreidespeichers und rannte auf den Lastwagen zu.

Es war überflüssig. Kanezaki stand links davon auf den Beinen, die HK mit ausgestreckten Armen schräg nach unten gerichtet. Rauch kräuselte sich aus der Mündung des Schalldämpfers. Ich warf mich zu Boden und spähte unter das Chassis des Lastwagens. Auf der anderen Seite lag ein Körper am Boden.

»Ist er tot?«, rief ich.

»Ich glaube schon.« Er klang, als stünde er unter Schock.

»Nun, dann gehen Sie verdammt noch mal auf Nummer Sicher!«

Ich hörte noch einen leisen Knall. Dann: »Er ist tot.«

Dox, in meinem Ohr: »Gottverdammte Scheiße, ich stehe unter Beschuss.«

Er sagte es so gelassen, dass ich eine Weile brauchte, um zu verstehen, was er meinte. »Jemand feuert auf dich?«

Treven und Larison brüllten immer noch Befehle. In der

Schule herrschte ein Höllenlärm.

»Ja«, sagte Dox, »es ist dieser Cop. Er muss mich gesehen haben. Gute Augen. Er bräuchte schon einen echten Glückstreffer, um mich auf die Entfernung zu treffen, aber es wäre mir trotzdem recht, wenn ihm jemand einen Klaps gibt oder was. Ich möchte ungern einen Polizeibeamten erschießen. Treven, Larison?«

»Ich kümmere mich darum«, erwiderte Larison.

»Danke«, sagte Dox. »Immer noch keine Spur von der Drohne. Aber Kinder strömen auf allen Seiten aus der Schule. Gute Arbeit.«

Ein paar Sekunden verstrichen. Ich körte ein Geräusch – halb Bumms, halb Knirschen –, dann sagte Dox: »Danke, Mr. Larison! Autsch, das sah schmerzhaft aus.«

»Was ist passiert?«, fragte ich.

»Cop niedergeschlagen«, sagte Larison. »Waffe genommen.«

Ich hörte ihn sagen: »Hier, Sir, es tut mir leid. Wir sind von der Regierung, wir wollen niemandem etwas tun. Es findet einen Anschlag auf die Schule statt und Sie müssen hier weg, bevor die Bombe explodiert, verstehen Sie? Rennen Sie einfach mit den Kindern mit, die brauchen Sie jetzt.«

»Ich sehe sie«, sagte Dox. »Ganz schön schnell. Muss vorhalten.«

Kanezaki und ich rannten zu Gillmor. »Alles in Ordnung mit Ihnen?«, fragte ich.

»Er hat die Weste getroffen. Hat mich nur umgehauen. Alles okay.«

Gillmor lag auf dem Rücken, die Beine halb unter sich angezogen und starrte blicklos in den Himmel, aber seine Hände hielten immer noch die Fernsteuerung umklammert. Wir sahen auf den Bildschirm. Ich konnte die Schule durch das Kameraauge der Drohne erkennen. Sie flog direkt darauf zu.

Ich hörte ein leises Knallen. Das Bild auf dem Display wackelte, stabilisierte sich wieder. »Getroffen, aber nicht die Nase«, sagte Dox. Ich hörte es noch ein paar Mal krachen. Das Bild schwankte wild, stabilisierte sich aber auch diesmal wieder.

»Woraus zum Henker ist das Ding gebaut?«, fragte Dox. »Ich habe gerade sechzehn Kugeln reingepumpt. Okay, wechsele jetzt das Magazin.«

»Larison, Treven, machen Sie, dass Sie da rauskommen«, sagte ich. »Sie haben getan, was Sie konnten. Es ist keine Zeit mehr. Los!«

Die Schule lag in der Mitte des Bildschirms und wurde rasend schnell größer. Nach meiner Schätzung blieben nur noch ein paar Sekunden bis zum Aufschlag der Drohne.

»Also gut, meine Süße«, hörte ich Dox sagen. »Komm her. Hol dir, was Papa Dox dir mitgebracht hat. »

Es folgte ein methodischer Trommelschlag von Schüssen. Das Bild der Schule erzitterte. Wackelte. Stabilisierte sich, füllte den gesamten Bildschirm …

Und dann schwenkte die Kamera ab und begann, wie wild um die eigene Achse zu kreiseln.

»Das war's!«, sagte Dox und Jubel schlich sich in seine normalerweise ultrakühle Scharfschützenstimme. »Eins zu null für die Heimmannschaft.«

Der Himmel huschte über das Display, der Boden, dann ging alles so schnell, dass ich keine Einzelheiten mehr erkennen konnte. Einen Moment später wurde der Bildschirm schwarz.

»Wo ist sie runtergekommen?«, fragte ich.

»Nicht in der Schule«, antwortete Dox. »Aber auf dem Parkplatz. Verdammt, das war knapp. Niemand verletzt, glaube ich.«

»Sind die Sprengköpfe detoniert?«

»Nein, Sir. Gillmor muss sie so eingestellt haben, dass sie bei einem Aufschlag mit der Nase voran explodieren.«

»Treven, Larison, alles in Ordnung?«

»Bestens«, sagte Larison. »Ziehe mich in südwestlicher Richtung zurück.«

Im Hintergrund hörte ich Sirenen. »Gleichfalls«, sagte Treven. »Könnte eine Mitfahrgelegenheit brauchen. Fühle mich ein bisschen exponiert.«

»Geht zum Sammelplatz«, sagte ich. »Dox, vor allem du. Dieser Cop wird Scharfschützenfeuer von deiner Position aus melden. Wir treffen uns in zwanzig Minuten. Oder früher, bei Kanezakis Fahrweise.«

Ich erwartete, dass Treven und Larison sich in dem Tumult vor der Schule problemlos in nichts auflösen konnten. Aber es würde nicht lange dauern, bis erste Zeugen sie der eintreffenden Polizei beschrieben. Und Dox musste so weit wie möglich von seinem Versteck wegkommen.

Kanezaki zog ein iPhone hervor und machte Fotos von Gillmors Leiche und der Fernsteuerung.

»Was tun Sie da?«, fragte ich.

»Das ist unser Beweis.« Er begann, das Telefon in einem kleinen Kreis zu schwenken, während er sprach. Er musste auf Videomodus geschaltet haben.

»Wir müssen gehen«, sagte ich.

Er hob einen Finger. »Der Mann am Boden ist der neue Leiter der Nationalen Antiterror-Zentrale, Dan Gillmor, welcher heute den Drohnenanschlag auf eine Schule in Lincoln steuerte. Wir sind in Palmyra, Nebraska, ungefähr vierzig Kilometer entfernt.«

Er ging zu dem Typen, den er erschossen hatte, und hielt auch ihn auf Video fest, dann filmte er den Lastwagen und seine Nummernschilder, während er ständig redete und Zeit, Daten, Koordinaten und andere wichtige Details aufzeichnete. Dann rannten wir zum Van und auf dem Rückweg fuhr er, als hätte er die Herfahrt nur als Training benutzt. Wir erreichten den Sammelpunkt, eine Kirche etwa anderthalb Kilometer von der Schule entfernt, in weniger als fünfzehn Minuten. Kanezaki bremste und bog auf den Parkplatz ab.

»Wir sind es«, sagte ich ins Mikro und Dox, Larison und Treven tauchten hinter einem Müllcontainer auf. Sie stiegen ein und wir fuhren in normalem Tempo davon.

Ich kletterte nach hinten. Wir reichten uns alle die Hand. Ich sagte zu Dox: »Gute Schießeinlage.«

»Verdammt«, erwiderte er, »wenn sie gut gewesen wäre, hätte ich das Ding mit dem ersten Schuss runtergeholt.«

»He«, meinte Treven, »Sie haben sie abgeschossen. Nur das zählt.«

»Tja«, sagte Dox mit einem Blick zu mir, »ich will ja niemandem Vorwürfe machen, dass es so lange gedauert hat, aber ich glaube nicht, dass die Avionik bei diesem speziellen Drohnenmodell in der Nase sitzt, es sei denn, sie wäre schwer gepanzert. Am Ende habe ich das Ding einfach in Stücke geschossen und hoffte, etwas Lebenswichtiges zu treffen. Was anscheinend der Fall war.«

Wir lachten. »Tom«, sagte Dox. »Alles in Ordnung mit Ihnen? Habe ich eben gehört, dass Sie getroffen wurden?«

»Nur in die Weste«, antwortete Kanezaki. »Kein Problem.«

»Später wird es weh tun«, sagte ich. »Aber was soll's. Gut geschossen.«

»Sie haben Gillmor erledigt?«, fragte Dox. »Ich dachte, das wäre Rain gewesen.«

»Nein, seine Rückendeckung«, erwiderte Kanezaki.

»Die mich in der Zwickmühle hatte«, fügte ich hinzu.

»Hur-ra!«, sagte Dox. »Gebt dem Mann eine Zigarre! War das Ihr erster Abschuss?«

»Schätze schon«, meinte Kanezaki.

»Sie schätzen«, sagte Dox. »Das ist ja komisch. Wissen Sie, was man sagt? Den ersten vergisst man nie. Freut mich, dass er zurückgeschossen hat. Das macht es später ein bisschen leichter.«

Ich sah Larison an. »Danke, dass Sie mir zugehört haben.«

Er schwieg kurz, dann meinte er: »Ich hatte meine Zweifel auf dem Weg in die Schule, so kurz vor ein paar Hellfire-Raketen. Aber … ja.«

Er wandte sich zu Dox: »Sagen Sie nie wieder so einen Quatsch, dass Sie mich im Fadenkreuz hätten. Nie. Verstehen Sie?«

Ich dachte, Jesus, geht das schon wieder los. Aber Dox grinste bloß und meinte: »Schon gut, schon gut, ich wollte nur die Spannung etwas auflockern. Botschaft angekommen und ich tu's auch nie wieder.«

Er streckte die Hand aus und nach kurzem Zögern schlug Larison ein.

»Wohin fahren wir?«, fragte ich. »Der Flugplatz liegt in der anderen Richtung.«

»Ich will so schnell wie möglich raus aus Nevada«, antwortete Kanezaki. »Fahren wir einfach weiter und überlegen uns unterwegs etwas.«

»Mein Gott, nicht schon wieder eine Autoreise«, stöhnte Dox. »Ich habe mich von der letzten noch nicht erholt.«

Darüber mussten wir alle lachen. Ich merkte, dass es mir völlig egal war, wohin wir fuhren.

Kapitel Zweiunddreißig

Wir gelangten nur bis Des Moines. Die parasympathische Reaktion auf den Adrenalinstoß eines Kampfeinsatzes ist massiv und wir waren alle bereits zuvor erschöpft gewesen. Sobald wir in sicherer Entfernung von Lincoln waren, hingen wir durch. Wir fuhren bei einem Motel vom Highway herunter und nahmen zwei benachbarte Zimmer. Wir sahen eine Weile Nachrichten, aber es war alles extrem konfus. Sie verkauften es als fehlgeschlagenen Terroranschlag, was in gewissem Sinn ja auch stimmte. Wie die Dinge standen, spielte es den Verschwörern eher in die Hände, wenn auch nicht in dem Maß, wie ein erfolgreicher Anschlag. Die Menschen waren in Panik. Wie konnten sie jetzt noch guten Gewissens ihre Kinder zur Schule schicken und warum unternahm die Regierung nichts zu ihrem Schutz? Vielleicht würde der Tenor sich ändern, wenn neue Beweise auftauchten, etwa Kanezakis Foto- und Videoaufnahmen. Und natürlich würde Horton versuchen, die Dinge in die Richtung zu lenken, wo er sie, wie er behauptete, haben wollte. Aber insgesamt war es eher niederschmetternd. Wir sahen zu, bis wir es nicht mehr aushielten. Dann fielen wir alle in einen totenähnlichen Schlaf.

Als wir aufwachten, stellten wir den Fernseher wieder an, und die Darstellung hatte sich tatsächlich verändert. Jetzt war die Rede von einer geheimen Kommandoeinheit, die die Dschihadisten getötet, den Anschlag vereitelt und die Kinder evakuiert hatte. Ich fragte mich, was als Nächstes kommen würde.

Kanezaki lud sein Material zu Wikileaks hoch. Ohne weiteren Kontext würde es möglicherweise als abseitige Verschwörungstheorie abgetan werden. Ein anonymer Sprecher konnte erklären, dass Gillmor beabsichtigt hatte, die Drohne gegen die Terroristen einzusetzen; leider hatten die Terroristen seinen Standort ausfindig gemacht und ihn kaltblütig niedergestreckt, was die Drohne zum Absturz brachte; dennoch sei es seinen erfahrenen Männern gelungen, die terroristische Bedrohung auszuschalten, während ihr tapferer Anführer im Sterben lag.

Ich stellte fest, dass es mir ziemlich gleichgültig war. Wir hatten getan, was wir konnten. Und zwar gut. Jetzt musste ich nur noch einen Weg finden, unerkannt das Land zu verlassen und meine fünfundzwanzig Millionen zu genießen.

Kanezakis Satellitentelefon summte. Es war Horton. Kanezaki übergab mir das Telefon.

»Danke«, sagte er. »Ich habe es nicht verdient, von Ihren Taten zu profitieren, aber ich tue es.«

»Wie das?«

»Ich bin sicher, dass ich sehr bald in der Hölle landen werde, so oder so. Aber bis dahin haben Sie mir das nötige Werkzeug in die Hand gegeben, um den Putsch umzudrehen, wie ich es immer gehofft hatte, und ihn in eine Kraft des Guten zu verwandeln.«

»Eine Menge Menschen sind bei den Anschlägen gestorben«, sagte ich. »Da bin ich aber froh, dass alles einem übergeordneten Wohl dient.«

Es kam mir leicht verlogen vor, als ich es sagte. Andererseits hatte ich nie eine Gruppe Unschuldiger in die Luft gesprengt.

»Es wäre schlimmer, wenn alles umsonst gewesen wäre«, sagte er. »Oder weniger als umsonst.«

»Na schön, Sie haben, was Sie wollten.« Ich sprach es nicht aus, aber ich dachte es: *Und dennoch müssen Sie sterben.* Doch das war ihm vermutlich bewusst. Er hatte es bereits zugegeben.

»Ich möchte, dass Sie zwei Dinge wissen«, sagte er.

»Mhm.«

»Erstens habe ich über geeignete Kanäle die Auffassung vertreten, dass Sie alle durch einen Fehler auf die Todesliste des Präsidenten geraten sind. Ein Fehler, der auf ein geheimdienstliches Versehen zurückzuführen ist, das wiederum Resultat Ihrer furchtlosen Unterwanderung der Organisation war, die hinter den Anschlägen steckte. Dass Sie alle vielmehr das Risiko einer bundesweiten Menschenjagd auf sich nahmen, um Ihre Mission zu vollenden und die Kinder an dieser Schule zu retten. Sie haben keine weiteren Feindseligkeiten seitens des amerikanischen Militärs, der Geheimdienste oder Polizeibehörden zu befürchten.«

Ich hätte ihm gerne geglaubt. »Sagten Sie nicht, dass Sie seit Ihrem Rücktritt nicht mehr über die nötigen Beziehungen verfügen?«

»Angesichts meines Hintergrunds und dank meiner Ansprache bin ich nicht ohne Einfluss. Und er wird noch wachsen.«

»Das wussten Sie damals auch schon. Als wir Ihre Tochter hatten. Aber Sie sagten nichts davon.«

»Sie hätten mir nicht geglaubt. Außerdem mussten Sie mir etwas verschaffen, mit dem ich arbeiten konnte. Was Ihnen gelungen ist. Das Wrack dieser Drohne befindet sich im Gewahrsam der Polizei von Lincoln. Angesichts der Ungeheuerlichkeit dessen, was in ihrer Gemeinde gerade geschehen ist, wird es der Bundesregierung schwer fallen, ihnen das Beweisstück wegzunehmen und es verschwinden zu lassen.«

»Es sind weitere Beweise unterwegs«, sagte ich.

»Zum Beispiel?«

»Fotos und Videos von Gillmor. Alles zu Wikileaks hochgeladen. Sie könnten es jetzt nicht mehr verhindern, selbst wenn Sie wollten.«

»Verhindern? Ich bin froh darüber. Tatsächlich habe ich selbst meinen verifizierbaren Informationsschatz zu den guten Leuten von Wikileaks hochgeladen, die ihn getreulicher verbreiten werden, als die New York Times oder Washington Post es je tun würden.«

»Was für Informationen?«

»Unwiderlegbare Beweise, wer hinter dem Coup steckte. Außerdem nicht direkt damit in Verbindung stehende, aber vielleicht noch vernichtendere Beweise für sexuelle und finanzielle Fehltritte der betroffenen Individuen. Mit der Aussicht auf weitere Informationen.«

Ich dachte daran zurück, was er über Finch gesagt hatte, dass er alle möglichen Leute mit Informationen in der Hand hatte. War es Horton irgendwie gelungen, an seine …?

Dann ging mir ein Licht auf. »Sie«, sagte ich. »Sie sind der Makler der Informationen. Nicht Finch.«

»Das ist korrekt.«

Irgendwie begriff ich die Zusammenhänge nicht. »Das müssen Sie mir erklären.«

»Die beste Methode, eine Lüge zu verbreiten, ist, sie in Wahrheiten zu verpacken. Aus diesem Grund hat seit Beginn dieser Sache beinahe alles, was ich Ihnen erzählte, der Wahrheit entsprochen.«

»Warum haben Sie dann Shorrock und Finch von uns umbringen lassen?«

»Selbstverständlich deshalb, weil sie den Putsch verhindern wollten.«

Ich überlegte einen Moment. »Aber beide dachten, Sie stünden auf ihrer Seite.«

»So ist es. Wir hatten jedoch unterschiedliche Vorstellungen davon, wie der Staatsstreich verhindert werden sollte. Und wann. Außerdem wussten sie als Einzige von meiner direkten Beteiligung. Wenn ich sie nicht hätte eliminieren lassen, hätten

Sie mir im Weg stehen können, als ich mich zum Helden Amerikas machte, indem ich das Angebot des Präsidenten ausschlug. Wie es jetzt aussieht, kann ich es so darstellen, dass sie von den Verschwörern beseitigt wurden, weil sie den Coup verhindern wollten.«

»Es stimmt ja sogar. Sie wurden von einem der Verschwörer getötet. Von Ihnen.«

»Höre ich da einen Anflug von Ironie heraus?«

»Dann war also der Grund dafür, warum sie aus scheinbar natürlichen Ursachen sterben mussten …«

»Ein doppelter Grund. Einmal wollte ich nicht, dass Finch nach Shorrocks Tod auf die Idee kam, dass er auch auf einer Todesliste stand, weil er gegen den Coup war.«

»Weil man dann schwerer an ihn herangekommen wäre.«

»Ja. Und zweitens durfte wegen Finchs Tod auch nicht der Schatten eines Verdachts auf mich fallen, als der Präsident mich zu seinem Nachfolger ernannte.«

»Sie wussten, dass der Präsident Sie ernennen würde.«

»Natürlich.«

»Weil Sie über Informationen verfügten, um die richtigen Leute dazu zu zwingen, das in die Wege zu leiten.«

»Korrekt.«

»Aber Sie haben durchsickern lassen, dass Zyanid im Spiel war.« Ich sah immer noch keinen Vorteil darin, zu erwähnen, dass wir es nicht einmal verwendet hatten.

»Durchsickern lassen ist nicht der richtige Ausdruck. Diese Information wurde sehr selektiv ausgestreut.«

»Um uns zu Verdächtigen zu machen. Damit wir eliminiert wurden.«

»Ja, obwohl ich im Rückblick nicht unglücklich darüber bin, dass mein Versuch scheiterte.«

»Und der Grund war, weil wir, wie drücken Sie es aus? Ihnen hätten im Weg stehen können.«

»Auch das ist korrekt.«

»Aber das könnten wir jetzt auch noch.«

»Ich hoffe, Sie werden es nicht tun. Und wenn doch, bezweifle ich, dass es für Sie gut ausgehen würde. Ich verfüge jetzt über etliche Aktiva und wie schon gesagt, sie werden sich dramatisch vermehren. Ich glaube nicht, dass Sie Ihr Wort öffentlich gegen meines stellen wollen. Und selbst, wenn Sie mir damit schaden könnten, was ich momentan bezweifle, würde es die Aufmerksamkeit auf Sie lenken, und davon haben Sie inzwischen genug, vermute ich. An Ihrer Stelle würde ich einfach in aller Ruhe meinen neu gewonnenen Reichtum genießen.«

Als Drohung war das ausgesprochen subtil formuliert. Ich fragte: »Warum sagen Sie, Ihre Aktiva vermehren sich? Was soll das heißen?«

»Ja, das ist der zweite Punkt, den ich zur Sprache bringen wollte. In den kommenden Tagen, während nach und nach Einzelheiten über die wahren Hintergründe der von unserer Oligarchie getragenen Anschläge unter falscher Flagge zu den Mainstream-Medien durchsickern, werden Sie eine Anzahl sehr schmeichelhafter Artikel über mich lesen. Über meinen Mut, meine Integrität und meinen Weitblick. Hat Treven Ihnen von der unabhängigen Expertenkommission berichtet?«

»Ja.«

»Nun, diese Kommission wird bereits zusammengestellt. Mit dem Ruf, den ich mir inzwischen erworben habe, ein wenig Hilfe durch die Medien und als Leiter dieser Kommission, werde ich eine sehr mächtige Kraft des Guten in diesem Land sein.«

Ich antwortete nicht. Ich dachte: *Das macht dich nicht unverwundbar.*

Er lachte. »Ich weiß, was Sie denken. Und Sie haben recht. Gestatten Sie mir eine Bitte. Geben Sie mir ein Jahr. Ich nehme an, so lange wird es dauern, bis ich die Dinge wieder ins Lot gebracht habe. Wenn Ihnen etwas an meiner Handlungsweise missfällt, können Sie sich auch schon vorher an meine Fersen heften. Aber sofern Sie meinen Zielen zustimmen und wenigstens etwas Gutes aus den jüngsten, furchtbaren Ereignissen hervorgehen soll, an denen Sie, ob es Ihnen gefällt oder nicht, beteiligt waren, dann lassen Sie mich meine Arbeit beenden. Danach habe ich vor, in den Ruhestand zu treten. Ich besitze ein Haus in Virginia. Sehr ruhig und abgelegen. Ich sitze dort gerne am Abend allein auf der Veranda und trinke einen Whisky, rauche manchmal eine Zigarre. Ich stelle mir vor, ich werde dort ein ruhiges Leben verbringen, allein und verfolgt von meiner teuflischen Schuld. Bis jemand beschließt, meinen Qualen durch eine Kugel ein Ende zu setzen.«

»Ja«, sagte ich nach einer Weile. »Bis dahin.«

Kapitel Dreiunddreißig

Danach trennten sich unsere Wege und wir sagten uns unter dem gleichgültigen, blauen Himmel vor der Greyhound-Busstation in Des Moines Lebewohl. Bis auf das Summen des Verkehrs vom nahe gelegenen Highway war die Gegend ruhig, fast schläfrig. Niemand war da, der uns zwischen dem rissigen Pflaster und den verbretterten Backsteingebäuden hätte bemerken können, wo das Unkraut im Rinnstein wuchs und die Bäume in einer leisen Brise schwankten, während das Laub schon seine Herbstfärbung annahm.

Kanezaki hatte seinen Vorgesetzten eine Menge zu erklären, aber ich vermutete, er würde daraus eher gestärkt hervorgehen. Er wurde immer Respekt einflößender und ich konnte mich eines gewissen Stolzes angesichts seiner Entwicklung nicht erwehren. Er hatte sich bei der Schießerei am Getreidespeicher gut gehalten und mir mit seiner Entschlossenheit vielleicht das Leben gerettet. Auf jeden Fall war mir die unangenehme Aufgabe erspart geblieben, einen Sturmangriff auf den Typen hinter dem Lastwagen durchführen zu müssen. Ich sagte ihm, wie gut er seine Sache gemacht hatte und fragte, wie er sich fühlte.

»Ein bisschen … schockiert«, sagte er. »Betäubt. Ich habe nicht wirklich nachgedacht. Erst wusste ich gar nicht, was los war. Ich wurde umgeworfen und dann stand ich wieder auf und habe ihn einfach … erschossen.«

Ich lächelte. »Es heißt, ein guter Mann steht immer wieder auf.«

Er sah ein wenig verlegen drein. »Ich weiß nicht recht, wie ich damit umgehen soll.«

»Das ist bei jedem Menschen anders. In ein paar Tagen werden Sie sich vielleicht erschüttert fühlen. Oder Sie spüren gar nichts außer Befriedigung und Erleichterung, dass Sie ihn erwischt haben, bevor er Sie töten konnte. Wie auch immer, wenn Sie mit jemandem reden wollen, der sich mit diesen Dingen ein wenig auskennt, melden Sie sich, okay?«

Er nickte. »Ich danke Ihnen.«

»Und richten Sie Ihrer Schwester meinen Dank aus, dass sie uns aus dem Hotel in Washington herausgeschmuggelt hat. Sie war sehr beeindruckend.«

»Mache ich«, sagte er. »Sie hat sich übrigens nach Ihnen erkundigt. Sie ist seit unserer Kindheit etwas ruhiger geworden und ich glaube, sie ist ganz glücklich, aber tief drinnen hat sie wohl noch immer eine Schwäche für böse Jungs.«

Ich lachte. »Wie lautet eigentlich ihre Geschichte?«

Er stieß die Luft aus. »Die ist lang. Ich erzähle sie Ihnen ein andermal.«

Bei der Verabschiedung sorgte er dafür, dass jeder wusste, wie er ihn erreichen konnte, und ich las seine Gedanken. Er bildete sich ein, er hätte sich klammheimlich eine Sammlung eiskalter Killer zugelegt. Mit denen in der Hinterhand und seinen Geheimdienstquellen, wer weiß, wie weit er es noch bringen konnte?

Ich erwog, ihn über seinen Irrtum aufzuklären. Aber dann fiel mir wieder ein, in wie viele Operationen er mich im Laufe der Jahre hineingezerrt hatte und beschloss, das Schicksal lieber nicht herauszufordern.

Dox kehrte nach Bali zurück. Er wollte eine Zeit lang kürzer treten und sein unrecht Gut genießen.

»Du wirst doch nicht Kei anrufen, oder?«, fragte ich ihn, als wir uns verabschiedeten.

Ich dachte, er würde leugnen, überhaupt einen Gedanken daran verschwendet zu haben oder vielleicht mit einem Witz vom Thema ablenken. Stattdessen sagte er: »Sie war etwas Besonderes, Partner. Ganz ehrlich. Aber nein, ich werde sie nicht anrufen. Das wäre verkehrt.«

»Ja«, sagte ich voll Respekt für sein Bedauern und seine Resignation. »Das wäre es.«

»Und du? Hast du vor, nach Virginia zu gehen und Horton die letzte Ehre zu erweisen?«

»Vielleicht«, meinte ich.

»Weil er uns in eine Falle locken wollte?«

»Ja.«

»Tja, weißt du, normalerweise würde ich in so einer Situation sagen, ja, klar, kümmern wir uns darum. Aber diesmal …«

»Du denkst an seine Tochter?«

Er nickte. »Ja, ich glaube, wir haben ihr schon genug Leid zugefügt. Der Gedanke, ihr den Daddy wegzunehmen, gefällt mir überhaupt nicht. Andererseits … ich weiß nicht. Es ist einfach so ein Gefühl, was soll's? Wir haben einen guten Schnitt gemacht. Was, wenn es ihm Ernst damit ist, die Dinge mit den Händen an den Schalthebeln der Macht zu reparieren?«

»Das wollte er uns einreden.«

»Und wenn es stimmt?«

Ich schwankte. »Larison könnte da seine eigenen Vorstellungen haben, weißt du.«

»Um Larison soll Larison sich kümmern. Ich mache mir nur Sorgen um dich. Außerdem glaube ich, er wird den alten Horton in Ruhe lassen.«

Das erstaunte mich. »Warum?«

»Nur so ein Gefühl. Er hat seine Diamanten wieder, oder? Ich glaube nicht, dass Rache für ihn noch Priorität hat, auch wenn er sich das selbst nie eingestehen würde.«

»Wir werden es herausfinden.«

»Werden wir. Du hast gute Arbeit geleistet, Mister Rain, als Chef unseres kleinen, verschworenen Haufens. Ich war nicht sicher, ob du das Zeug dazu hast.«

Ich lachte. »Ich weiß nicht recht. Wie oft hätten wir uns beinahe gegenseitig das Gehirn rausgeblasen? Ohne dich wäre es einmal mit Sicherheit soweit gewesen.«

»Tja, ich kann nicht leugnen, dass ich eine verteufelt gute Cleavon-Little-Imitation abgebe, wenn's drauf ankommt. Aber sieh es doch einmal so: Mit einem anderen als dir als Anführer dieser Bande hätten wir uns nicht nur beinahe über den Haufen geschossen. Wir hätten es getan.«

Ich fand, dass er mir zu viel Anerkennung zollte, aber ich äußerte mich nicht dazu.

»Die Bescheidenheit in Person«, sagte er. »Okay, Zeit zu gehen. Versuch, mich nicht allzu sehr zu vermissen, ja?«

»Ich gebe mir Mühe.«

»Verdammt, und besuch mich in Bali. Jetzt, wo du wieder Single bist, kannst du dich auf meiner Insel erst so richtig amüsieren. Ich kenne die angesagtesten Plätze und die hübschesten Ladys. Es sei denn, du willst reumütig zu Delilah zurückkriechen.«

Ich lachte, um meine Verwirrung zu überspielen, und sagte, dass ich ihn natürlich in Bali besuchen würde. Dessen immerhin war ich mir sicher.

Der Abschied von Treven verlief etwas unbeholfen. Er war immer noch im aktiven Militärdienst und sagte nicht, wohin er fahren wollte. Ich hatte das Gefühl, dass die Armee nicht das Richtige für ihn war, aber der Ruhestand wohl auch nicht, nicht einmal mit fünfundzwanzig steuerfreien Millionen. Vielleicht war er jemand, der auf eine Organisation angewiesen war, die ihm Richtung gab, so wie ein Zug Gleise braucht.

Ich fragte mich immer noch, aus Gründen, die ich nicht ganz

artikulieren konnte, ob er bei dieser Operation nicht auf beiden Seiten gearbeitet hatte. Vielleicht lag es daran, dass er Horton nicht getötet hatte, als sich die Gelegenheit dazu bot. An seiner Begründung dafür war nichts auszusetzen gewesen, aber ich hegte den Verdacht, dass die Ursache für sein Zögern nicht wirklich rational war. Ich spürte da eine besondere Bindung zwischen ihm und Horton. Vielleicht hing das Gefühl auch nur damit zusammen, dass Treven so verzweifelt versuchte, sich an eine Struktur zu klammern, die er, wie ich vermutete, nötig hatte. Eine Struktur, die ihm immer Halt gegeben hatte, durch den Lauf der Ereignisse aber zunehmend erodiert war. Vielleicht hatte die Angst vor ihrem Verlust ihn Horton in die Arme getrieben, sodass er für beide Seiten spielte. Aber das war jetzt eigentlich gleichgültig. Ich gestand es mir ungern ein, aber ein Teil von mir wollte es lieber nicht so genau wissen. Sonst hätte ich deswegen vielleicht etwas unternehmen müssen. Es war leichter, die Sache ruhen zu lassen.

Larison drückte sich ebenfalls nur skizzenhaft über seine nächsten Schritte aus und ich vermutete, dass er zu seinem Geliebten fuhr. Ich wünschte ihm, dass es funktionierte. Mein eigener Versuch zu einer Liebesbeziehung mit einer Zivilistin hatte damit geendet, dass selbige Zivilistin mich töten lassen wollte. Und sie war die Mutter meines Kindes. Aber natürlich sprach ich mit Larison weder über sein Privatleben noch über Horton.

Er bedankte sich bei mir, als wir uns verabschiedeten, und ich wusste nicht recht, wofür – weil ich sein Geheimnis bewahrt hatte, weil ich ihn daran gehindert hatte, uns auf eine Art zu verlassen, die er bereut hätte, für das Risiko, das ich eingegangen war, indem ich ihm vertraute?

»Keine Ursache«, sagte ich. »Das war alles nur Selbsterhaltung.«

»Pferdekacke«, sagte er. »Ich stehe in Ihrer Schuld.«

»Wofür denn? Sie haben mich an einer Operation beteiligt,

die mich um fünfundzwanzig Millionen reicher gemacht hat.«

Er antwortete nicht gleich, und mir wurde klar, was er dachte, dass in seinem ursprünglichen Plan nicht vorgesehen gewesen war, dass ich die Diamanten behielt. Anscheinend löste die Erinnerung daran für ihn uncharakteristische Gewissensbisse aus. Ich hatte Glück gehabt, dass die Sache sich so entwickelt hatte. Es hätte leicht auch ganz anders ausgehen können.

»Ich weiß noch nicht genau, wo ich sein werde«, sagte er. »Aber wenn Sie mich brauchen, werde ich Ihnen den Rücken decken.«

Ein solches Angebot von Larisons Seite musste ebenso selten wie bedeutungsvoll sein. Ich wusste es zu schätzen und das sagte ich ihm auch. Ich hatte das Gefühl, wir würden uns wiedersehen.

Und so löste sich unsere Einheit auf. Jedenfalls für eine Weile.

Ich kehrte natürlich nach Tokio zurück, wie ich es anscheinend immer tue, ein Lachs, der instinktiv flussaufwärts schwimmt zum Ort seiner Geburt. Ich lebte mich wieder ein und genoss das Gefühl, dass in meinem Leben Flaute herrschte. Die Stadt erholte sich langsam vom Trauma des Erdbebens und des Tsunamis und ich spendete einen unmöglich großen und entsprechend anonymen Betrag für die Hilfsmaßnahmen im Norden. Die Enthüllungen über das ganze Ausmaß der Korruption, die zur Kernschmelze im Reaktor von Fukushima geführt hatte, erstaunten sogar einen Zyniker wie mich. Trotzdem schienen sie nichts zu bewirken. Japan unterschied sich, zumindest was die Apathie der Bevölkerung anging, anscheinend nicht sehr von Amerika.

Denn auch von dort erreichten mich erstaunliche Nachrichten. Enthüllungen, Entlassungen, Anklagen wegen Hochverrat. Größtenteils die Wahrheit, wie Horton prophezeit hatte, und die wenigen Lügen waren so sorgfältig in das Gewebe eingeflochten, dass niemand, der nicht die Entstehungsgeschichte des Bildteppichs kannte, sie je bemerkt hätte. Wie er vorausgesagt hatte, gewann Horton enorm an Einfluss. Manche Stimmen forderten seine Präsidentschaftskandidatur. Zu seiner Ehre muss gesagt sein, dass er sich dagegen sträubte, und ich konnte mir vorstellen, dass das, was die Leute für noble Widerstandskraft gegenüber den Verlockungen der Macht hielten, eines Tages die Hochglanzpolitur auf seiner Legende abgeben würde.

Doch trotz aller Enthüllungen, Verhaftungen und dem öffentlichen Aufschrei konnte ich keine großen Veränderungen erkennen. Die Kriege zogen sich zäh in die Länge. Die Menschen gingen nicht auf die Straße, keine Bauern stürmten mit ihren Mistgabeln das Kapitol oder hängten die Wallstreet-Barone auf, wenigstens als Puppen. Es wurde von einer dritten Partei gesprochen – sie als zweite zu bezeichnen, hätte es meiner Ansicht nach besser getroffen –, aber es kam nichts von Bedeutung dabei heraus. Obwohl alle Dokumente für die Enthüllungen von Wikileaks stammten, heimsten die New York Times und die anderen Mainstream-Medien die Lorbeeren ein. Dabei hätten sie diese Informationen ohne die vorherige Veröffentlichung durch Wikileaks nicht einmal mit einer Beißzange angefasst. Es war, wie Kanezaki prophezeit hatte. Die Menschen schienen die Perfidie des Systems als ein Problem einzelner Persönlichkeiten zu betrachten, nicht als etwas, das sich heimtückisch wie ein Krebs in ihren Institutionen ausbreitete.

Horton blieb seiner Linie treu und spielte mit den Hebeln seiner Macht und Popularität, aber ich hatte den Eindruck, dass seine Expertenkommission, weit davon entfernt, sich von ihm nach Belieben lenken zu lassen, sich mehr und mehr zu einem Klotz am Bein entwickelte, der seine Bestrebungen unter Kontrolle bringen und entschärfen sollte. Ich fragte mich, ob ihn die Enttäuschung quälte und er in den dunklen, stillen Stunden kurz vor Tagesanbruch manchmal schlaflos im Würgegriff der Verzweiflung lag, während die Verantwortung für all die Lebensfäden, die er brutal abgeschnitten hatte, wie Mühlsteine auf seiner Brust lastete.

Ich machte mir keine Sorgen, dass er uns jagen würde. Vermutlich glaubte er wirklich, dass wir ihm nicht viel schaden konnten. Und einen von uns ermorden zu lassen, ohne gleich alle zu töten, wäre höchst riskant gewesen. Wenn nur einer von uns zu dem Schluss kam, dass Horton wieder eine Bedrohung darstellte, hatte er ein echtes Problem. Und dann war da natürlich noch seine Tochter. Vielleicht hatte sie ihm erzählt, dass Dox ein sanfter Teddybär war. Aber für den Rest von uns galt das nicht. Würde Horton wirklich Repressalien gegen uns riskieren? Ich bezweifelte es.

Während ich seine weit entfernten Machenschaften von meinem sicheren Hafen in Tokio aus verfolgte, so distanziert wie der Mann im Mond, fragte ich mich manchmal, ob Horton sein Land nicht falsch eingeschätzt hatte. Vielleicht haben Demokratien, vielleicht haben alle Kulturen einen gewissen Lebenszyklus, genau wie die menschlichen Wesen, aus denen sie sich zusammensetzen. Eine Kultur kann etwas tun, um ihren Zyklus zu verlängern – mit dem Äquivalent von mehr Bewegung und gesundem Essen, oder, um bei Hortons Analogie zu bleiben, einem radikalen chirurgischen Eingriff –, aber am Ende ist es von marginaler Bedeutung. Vielleicht diktieren, ungeachtet aller Anstrengungen, die ureigensten, in ihrer DNA verborgenen Gene einer Kultur die Zahl ihrer Lebensjahre und das Einsetzen von Sklerose, Senilität und Tod ist so unvermeidlich wie das Schicksal, das den Faden eines einzelnen Lebens abschneidet.

Ich wusste nicht recht, was ich wollte. Ich trainierte im Kodokan, meditierte an stillen Schreinen und amüsierte mich in meinen Jazzklubs und Cafés und Whisky-Bars. Ich unternahm lange nächtliche Spaziergänge durch die damaszierte Stadt und dachte darüber nach, was ich getan und was ich dabei beinahe verschuldet hätte. Ich fragte mich, wie es meinem Sohn ging, und ich vermisste Delilah. Ich dachte an Horton. Ich traf keine Entscheidungen.

Ich schlief besser als seit langem. Ich hoffte, es würde so bleiben.

Anmerkungen des Autors

Zwar fand der 10. jährliche Kongress der Gesellschaft für die amerikanische Verfassung tatsächlich im Capital Hilton in Washington statt, es gibt jedoch im Hotel keine Tiefgarage. Abgesehen von diesem Detail sind alle Örtlichkeiten so beschrieben, wie ich sie vorgefunden habe. Fotos und mehr finden sich auf meiner Website:
www.barryeisler.com

Danksagung

Mein Dank gilt:

Lara Perkins, weil sie eine erstaunliche Lektorin ist und auch das Geschäftliche so großartig regelt.

Stephen Blower, Vierter Dan des Kodokan, für sein vernichtend elegantes Judo – und seine großzügigen Beschreibungen und Demonstrationen, wie es ist, in Rains Liga zu spielen.

Mike Kleindl von Tokyo Food Life, der Rain mit *L'Ambre* und vielen anderen erstklassigen Restaurants in Tokio bekannt machte.

Dave Camarillo, Autor von Guerilla Jiu-Jitsu, für seine Hilfe bei der Choreografie der Szene in Tokio, in der Rain die freien Mitarbeiter ausschaltet, und weil er ein großartiger Lehrer und Freund ist.

Ken Rosenberg für seine Hilfe bei den finanziellen Aspekten der Hintergrundstory.

Der Schriftstellerin Victoria Dahl für Dox' mehr als falschen Satz: »Straining the gravy.«

Dr. Peter Zimetbaum für seine wie üblich unschätzbare Hilfe in kardiologischen Fragen.

Elke Sisco für ihre Hilfe bei den deutschen Dialogen.

Daniel Velez für seine Hilfe bei den spanischen Dialogen. Albóndigas.

Koiuchiro Fukasawa und Yukie Kito für ihre Hilfe beim Japanischen.

Dem Autor J.A. Konrath, denn ohne seinen Zuspruch wäre dieser Roman vielleicht bei einem traditionellen Verlag erschienen, was bedeutet hätte, dass Sie bis nächstes Jahr darauf warten müssten.

Dem Autor Lee Goldberg für kulinarische, kulturelle und verkehrstechnische Beratung bezüglich Los Angeles.

Ron Winston, der sein unvergleichliches Fachwissen über Diamanten mit mir teilte.

Clint Overland, einem guten Mann, der einige schlimme Dinge getan hat, für seine Einsichten in die Verlockung, schreckliche Talente für einen guten Zweck einzusetzen.

Der außerordentlich eklektischen Gruppe »Feinschmecker mit Gewaltproblem«, die sich auf Marc »das Tier« MacYoungs und Dianna Gordons www.nononsenseselfdefense.com herumtreiben, für gute Laune, gute Gesellschaft und massenhaft Einsichten, vor allem über den wahren Preis der Gewalt.

Jeroen Ten Berge von JeroenTenBerge.com und Rob Siders von 52Novels.com für tolles Coverdesign und Formatierungen.

Tracy Mercer und dem Four Seasons in Palo Alto für großzügige Gastfreundschaft, unbegrenzt Jasmintee und perfektes Feng Shui.

Naomi Andrews, Alan Eisler, Judith Eisler, Montie Guthrie, Tom Hayse, Mike Killman, den Autoren J.A. Konrath, Lori Kupfer, Dan Levin, Doug Patterson und Ted Schlein für hilfreiche Kommentare zum Manuskript und wertvolle Vorschläge und Einsichten.

Und vor allem meiner Gattin Lori, einer sehr geduldigen Frau und fantastischen Lektorin. Danke, Baby, für alles.

Quellen

Ein Großteil der Hintergrundgeschichte, der Technologie und viele der erwähnten Vorfälle entsprechen der Realität. Hier eine abgekürzte Bibliografie:

Der wirtschaftlich-mediale Komplex.
http://www.thenation.com/doc/20100301/jones/print

Die Todesliste des Präsidenten, einschließlich amerikanischer Staatsbürger.
http://www.salon.com/news/opinion/glenn_greenwald/2010/01/27/yemen/index.html
http://www.washingtonpost.com/wp-dyn/content/article/2010/01/26/AR2010012604239.html

Die angemaßte Macht des Präsidenten, amerikanische Staatsbürger zeitlich unbegrenzt ohne Anklage, Verhandlung oder Urteilsspruch zu inhaftieren.
http://www.salon.com/news/opinion/glenn_greenwald/2009/05/22/preventive_detention

Putschversuche in der Türkei.
http://www.economist.com/world/europe/displaystory
http://www.guardian.co.uk/world/2011/jan/18/wikileaks-cables-turkey-military-arrests

Eine BBC-Dokumentation über Operation Gladio.
http://www.informationliberation.com/?id=16921

Und ein Buch über Gladio.
http://sandiego.indymedia.org/media/2006/10/119640.pdf

Die versteckte Hand des Pentagon hinter Fernsehanalysten.
http://www.nytimes.com/2008/04/20/us/20generals.html

News Corporation Zeitungen als erpresserischer Arm des globalen Konglomerats.
http://www.alternet.org/story/151713/the_big_lie_at_the_heart_of_rupert_murdoch%27s_media_empire/

Korporativismus als amerikanische Lebensart: Booz Allen, die NSA, das Pentagon.
http://www.salon.com/news/feature/2007/01/08/mcconnell

Die Metastasierung des Top-Secret-Amerika.
http://projects.washingtonpost.com/top-secret-america/articles/a-hidden-world-growing-beyond-control/

Goldene Hängematten für Spitzenmilitärs in der Rüstungsindustrie.
http://www.boston.com/news/nation/washington/articles/2010/12/26/defense_firms_lure_retired_generals

Proteste gegen islamisches Zentrum als PR-Goldgrube für Radikalislamisten.
http://www.nytimes.com/2010/08/21/world/21muslim.html

Wie viele geheime Kriege trägt Amerika wirklich aus?
http://www.washingtonpost.com/wp-dyn/content/article/2010/06/03/AR2010060304965.html
http://www.alternet.org/story/151904/our_commando_war_in_120_countries:_uncovering_the_military's_secret_operations_in_the_obama_era/

Russische Anschläge unter falscher Flagge und die Folgen.
http://trueslant.com/barrettbrown/2010/03/23/vladimir-putin/

Ausgezeichnete Analyse des verpatzten israelischen Mordanschlags in Dubai.
http://www.gq.com/news-politics/big-issues/201101/the-dubai-job-mossad-assassination-hamas

Einsatz von Drohnen mit Nachtsicht, Infrarot und Thermalbild im Inland.
http://tpmmuckraker.talkingpointsmemo.com/2011/01/are_unmanned_drones_coming_to_a_police_dept_near_y.php

Drohnen zur Inlandüberwachung.
http://www.usatoday.com/tech/news/surveillance/2011-01-13-drones_N.htm

6. August 2001, President's Daily Brief: »Bin Laden entschlossen zu einem Schlag gegen die Vereinigten Staaten«.
http://news.findlaw.com/hdocs/docs/terrorism/80601pdb.html

Die wachsende privat-öffentliche Überwachungspartnerschaft.
http://www.privacylives.com/washington-examiner-d-c-expanding-public-surveillance-camera-net/2011/01/24/

Ein Großteil der Internetzensur richtet sich gegen Blogs.
http://yuxiyou.net/open/

JSOC, die Malteserritter und Kreuzfahrer-Erkennungsmarken.
http://whowhatwhy.com/2011/02/23/pulitzer-prize-winner-seymour-hersh-and-the-men-who-want-him-committed/

Versuchter Staatsstreich gegen Franklin Roosevelt und der Untersuchungsausschuss des Kongresses.
http://en.wikipedia.org/wiki/Business_Plot

Die TSA (Behörde für öffentliche Sicherheit im Verkehr) durchsucht Züge, Busse, etc. Sogar Privatwagen.
http://motherjones.com/mojo/2011/06/tsa-swarms-8000-bus-stations-public-transit-systems-yearly

New York Times peppt Stories auf Bitten der Regierung auf.
http://news.firedoglake.com/2010/12/01/the-war-on-wikileaks-and-the-radical-theory-of-breaking-conspiracies/
http://www.democracynow.org/2008/4/1/exclusivebushs_law_eric_lichtblau_on_exposing
http://consortiumnews.com/2011/06/30/the-nyts-favor-and-fear/

Vorbild für eine Kommission aus Personen, die ihre Integrität bewiesen haben – hier durch ihren Widerstand gegen den Ruf nach Folter.
http://www.pen.org/viewmedia.php/prmMID/6067/prmID/172

Die ›Salzgrube‹.
http://harpers.org/archive/2010/03/hbc-90006791

Camp No.
http://www.harpers.org/archive/2010/01/hbc-90006368

Die Geiselnahme in der Schule von Beslan.
http://en.wikipedia.org/wiki/Beslan_school_hostage_crisis

Die außergewöhnlich schwache und zusammengeschusterte Anklage der Regierung gegen die Anthrax-Verdächtigen.
http://www.salon.com/news/opinion/glenn_greenwald/2011/07/19/anthrax/index.html

Wie einfach es ist, in Washington einen Möchtegern zu korrumpieren – hier: Harold Koh.
http://www.salon.com/news/opinion/glenn_greenwald/2011/06/29/ko

George Carlins mehr denn je relevante Meinung darüber, wem Amerika gehört und was sie wollen.
http://www.youtube.com/watch?v=acLW1vFO-2Q
Zwei Videos zu dem K. o.-Schlag gegen den Hals.
http://www.youtube.com/watch?v=00je-NmU4Tg
http://www.youtube.com/watch?v=DcaOr1TBA1w

Warum ist John Rain so paranoid wegen der Aufspürbarkeit von Handys?
http://www.wired.com/dangerroom/2011/07/global-phone-tracking/all/1

Hortons Ansprache im Rosengarten bedient sich verschiedener rhetorischer Techniken, die im Detail in *The Ass Is A Poor Receptacle For The Head* beschrieben werden.
http://www.amazon.com/dp/B0050O7VLW

Und hier ein Äquivalent aus dem echten Leben in Norwegen.
http://www.washingtonpost.com/world/europe/head-of-norways-delta-force-says-finding-boat-to-island-retreat-caused-no-real-delays/2011/07/27/gIQAqtkOcI_story.html

Novel Air Capability, die Inspiration für die Drohne aus dem Buch.
http://www.technewsdaily.com/7-next-generation-uavs-0855/1

Ein wahres Beispiel für die Art, wie mit Fiktionen die öffentliche Wahrnehmung des Terrorismus beeinflusst wird.
http://electronicintifada.net/blog/benjamin-doherty/how-clueless-terrorism-expert-set-media-suspicion-muslims-after-oslo-horror

Dox' Knight's Armament SR-25 Scharfschützengewehr in Aktion.
http://www.youtube.com/watch?v=-Yv1uC3qZkk

1660774R00210

Printed in Germany
by Amazon Distribution
GmbH, Leipzig